물과 물결
그리고 하느님

# 물과 물결 그리고 하느님

**초판 인쇄**   2021년 6월 23일
**초판 발행**   2021년 6월 25일

**지 은 이**   류해욱 신부
**펴 낸 이**   김재광
**펴 낸 곳**   솔과학
**등     록**   제10-140호 1997년 2월 22일
**주     소**   서울특별시 마포구 독막로 295번지 302호(염리동 삼부골든타워)
**전     화**   02-714-8655
**팩     스**   02-711-4656
**E-mail**   solkwahak@hanmail.net

**I S B N**   979-11-87124-89-4 (03810)

값 20,000원

# 물과 물결
## 그리고 하느님

류해욱 신부

Water
and
Waves
And
God

솔과학

# 일상에서 선과 사랑의 승리자

「물과 물결 그리고 하느님」은 한 사제의 겸허하고 진솔한 고백록입니다. 느닷없이 찾아온 병고에도 희망을 노래하는 시인의 일기이며 성실한 구도자의 편지입니다. 넓은 안목으로 문학 작품이나 영화를 재해석해 주는 문화 영성의 수필이기도 합니다.

성 이냐시오의 제자다운 인내와 용기로 인생이라는 도장(道場), 일상의 싸움터에서 선과 사랑의 승리자가 되신 류해욱 신부님의 사제서품 30주년을 감사와 존경의 마음으로 축하드립니다. 신부님의 온유한 미소를 닮은 하얀 안개꽃 한 다발을 기도의 창가에 놓으며 가만히 웃어보는 미지의 독자들에게도 아름다운 첫 강복을 주십시오.

지성과 영성의 향기로 어우러진 이 글 모음집이 주님께는 영광이 되고 이웃에겐 기쁨의 선물이 되리라 믿습니다.

이해인(수녀, 시인)

# 새로운 꿈을 찾고 그 너머의 꿈 너머 꿈을 찾는 분들께

그러고 보니 어느덧 강산이 변한다는 세월이 흘렀습니다. 10년 전 바이칼 여행 때 류해욱 신부님을 처음 만났습니다. 겨울의 심장을 찾아 가장 기온이 낮은 2월의 겨울 바이칼 호수에서 신부님의 동행한 모든 여행자의 수호천사였습니다. 영하 40도, 바이칼 호수에서 가장 깊은 수심 1,700m의 얼음 위에서 저마다 자기 인생을 돌아보며 어깨에 걸린 무거운 짐들을 내려놓을 때, 류 신부님은 우리 모두의 영적 지도자이셨습니다.

바이칼 호수를 뒤로하고 돌아오는 시베리아 횡단 열차 안에서 류신부님과 개신교 목사님이 함께 인도하신 신구교 합동 미사와 예배가 열렸는데, 특별히 그날의 감동이 지금까지 제 가슴 깊은 곳에 남아 있습니다. 저도 모르게 터져 나온 오열을 지금도 기억합니다.

하염없이 쏟아졌던 눈물을 통해 아마도 제 영혼의 세포가 씻겨지고 새로운 힘을 얻지 않았나 싶습니다. 그리고 어느 날 바이칼 여행을 함께 했던 조송희님으로부터 신부님의 투병 소식을 들었습니다. 너무 안타까웠고 그저 기도뿐 달리할 수가 없음을 가슴아파 했는데 이렇게 서품 30년을 맞아 책을 내셨다니 더없이 반갑고 놀랍고 감사할 따름입니다.

이 책은 류 신부님의 분신입니다. 류 신부님 그 자체입니다. 한 사람의 인간으로서, 진실된 신부로서 수많은 사람을 만나며 어떤 삶을 나누었는지 알게 하는 이 책을 위로와 치유가 필요하신 분들에게, 새로운 꿈을 찾고 그 너머의 꿈 너머 꿈을 찾는 분들께, 무엇보다도 영적 성장과 성숙을 원하는 분들께 권해 드립니다.

이 책이 자신의 영혼의 우물을 깊이 바라보는 시간이 될 것입니다.

고도원

# 이 책을 읽는 독자들에게

류해욱 신부님으로부터 사제서품 30년을 기념해서 만든 책 「물과 물결 그리고 하느님」의 추천사를 써줄 수 없냐는 부탁을 받았을 때, 기쁘게 "예"라고 응답했습니다. 그러자 류해욱 신부님께서 출판사 사정으로 인해서 그러니 추천사를 두 주일 안에는 받아야 한다고 말했습니다.

400쪽에 달하는 막대한 양의 원고를 보면서, '아, 기한 내 추천사를 쓰려면, 정말 부지런히 서둘러서 읽어야겠다'란 생각을 했습니다. 하지만 신부님의 사제로서의 30년 삶이 담긴 원고를 읽어 내려가는 가운데, 서둘러 읽고 싶지 않다는 생각이 올라왔습니다.

단순히 추천사를 쓰기 위해서 읽기보다는 영적 독서로 읽어야겠다는 내적 바람이 올라왔습니다. 왜냐하면, 신부님의 글들이 어느 순간부터 저 자신을 성찰하도록 만들고 있었고, 또 제가 그동안 전혀 보지 못했던 것들을 보거나, 알지 못했던 것을 알도록 인도했기 때문입니다.

제가 그러했듯이, 이 책을 읽는 독자들께서도 흥미로운 소설이나 수

필을 읽듯이 쭉쭉 읽어나가기보다는, 한 주제를 음미하면서 천천히 읽은 다음에는 즉시 그다음 주제로 나아가지 말고 잠시 책을 덮고 성찰해 보는 시간을 갖는다면 도움을 받을 것이라고 봅니다.

류해욱 신부님은 지난 30년 동안 주님의 사제로서 살아오면서, 복음 묵상에서 나오는 기도 내용과 강론만을 우리에게 나누고 있지 않습니다. 시, 영화, 소설, 우화, 역사 그리고 오페라 등 다양한 문화적 장르의 작품을 통해서 전달되고 있는 인생의 실재와 복음적 가치에 대해서도 통찰력 있게 알려주고 있습니다.

신부님 자신이 신학적 문학적 그리고 예술가적 감각을 갖고 계시기에, 나눔 하나하나가 우리가 그동안 소홀히 했던 것들을 중요시하게 만들고, 우리가 그동안 미처 보지 못했던 것들을, 다시 볼 수 있도록 만들 것입니다. 또 독서 중에 우리 입이 미소를 짓도록 만들고, 때로는 크게 웃게도 할 것입니다.

예로서 우리가 살다 보면 화가 날 때가 왕왕 있는데, 신부님께서는 분노를 잘 다스리기 위해서 "어쭈구리"와 같은 말을 사용해보도록 추천합니다. 또 원한다면 신부님의 러시아 이름인 "유리 해우기스키"에서 욕처럼 들릴 수 있는 "기스키"를 사용해도 좋다고 허락하십니다.

류해욱 신부님의 서품 30주년을 진심으로 축하드립니다.

송봉모 신부

# 시심으로 엮은 하느님 찬미의 여정

류해욱 신부님은 무엇보다 시인이심을 먼저 느낍니다. 시인의 마음으로 보고 듣고 느끼신 글들이 아름답습니다. 시인의 영으로 사색하시고 명상하신 글들이 가슴을 따뜻하게 하고 움직이게 합니다. 글들은 진솔하고 순수하며, 단순 명확하여 아무런 군더더기가 없어서 읽는 이에게 혼동이나 혼란이란 있을 수 없습니다. 또한, 시인으로서의 풍부한 상상력과 섬세함은 읽는 이의 공감을 쉽게 이끌어냅니다.

이렇게 류 신부님께서 하느님을 찬미하고 계심을 보게 됩니다. 이런 류 신부님과의 처음 만남은 제가 우연히 서강대학교에서 있었던 영성 강의를 듣게 되면서부터입니다. 제가 처음 들었던 류 신부님의 강의는 창세기의 홍수와 관련이 있는 길가메쉬에 대한 해설이었던 것으로 기억됩니다. 한 17~8년 전쯤일 듯합니다. 그 후 저희 성당의 한 무리가 메주고리 성지 순례를 계획하면서 함께 해 주실 지도신부님을 찾던 중, 메주고리 성지 순례에 각별한 애정을 갖고 계시던 류 신부님 생각이 느닷없이 난 겁니다. 이렇게 류 신부님과 저희들의 만남은 순례 길의 여정으로 시작되었지요.

그렇습니다. 이 순례의 길은 이후 하느님께로 향하는 저희들의 영원한 여정으로 이어지게 됐습니다. 그때부터 류 신부님은 저희들의 영적 지도신부가 되시어 저희들의 기도 모임을 오늘에 이르기까지 사랑으로 이끌어 오고 계십니다. 류 신부님께서는 이 책이 류 신부님의 30년 사제생활, 하느님을 향한 한 사제의 여정에서 겪으신 사랑과 전투의 흔적들이라고 말씀하고 계십니다.

사랑과 전투의 흔적이라니! 왠지 비장미가 흠뻑 느껴집니다. 왜 안 그러시겠습니까! 우리네 평범한 사람들의 삶도 비장한 나날인데요! 그리고 앞만 보고 달리셨다지요. 신부님께서는 이 책을 통해 하느님과 함께 하는 도정, 그리고 그 도정에서 만난 수많은 사람과의 관계 안에서 사랑과 전투와 나눔을 어떻게 행하셨는지를 들려주십니다.

주로 미사 강론과 여러 피정 지도를 위한 영성 강의가 대부분이지만, 그 밖의 영화관람 평이나, 자연에 대한 순수한 찬미와 묵상으로 된 수필들도 있습니다. 그 어느 것 하나 하느님 찬미가 아닌 글은 없지요. 두어 편의 어린이를 위한 재미있는 동화도 있어요. 신부님께서 기존의 동화를 재구성하신 듯, 얘기는 물 흐르듯 재미있게 흘러 어린이들이 넋 놓고 들을 것 같아서, 어린이 미사 강론의 모델이 되길 희망해 봅니다.

국내외 여러 성지의 순례기는 오래전 기억을 되찾아 주면서 새롭고 생생하게 순례현장을 회고케 하며, 당시의 감동과 아름다운 묵상 속에 다시금 잠기게 해 줍니다. 우리 인간 삶의 여러 주제와 영적 문제들에 대해서 말씀하고 계시지만, 특별히 '길'이라는 신부님의 큰 테마는 제게 깊은 묵상과 깨달음을 던져 줍니다.

"이냐시오의 영성을 가장 잘 드러내는 이미지가 바로 길이라고 생각하기 때문입니다. 사실 인간이라는 존재 그 자체, 그리고 우리 삶의 여정이 길 위에 있는 것입니다. 그렇게 따지면 우리 모두 이 지구별로 떠나온 순례자입니다. 언젠가는 우리가 떠나온 그곳, 바로 하느님께로 돌아가는 여정의 길을 따라 걷는 순례자 ……"(길 위의 순례자)

"순례자는 길 위의 사람입니다. 그렇기 때문에 순례자의 삶의 나날은 길을 떠나는 것을 선택해야 하고 또 돌아옴의 순간을 선택해야 합니다. 순례자의 시간은 이 두 여정으로 이루어져 있습니다. 그 두 여정 사이에 많은 만남이 …… 있습니다."(길 위의 순례자)

"우리는 믿음의 여정을 걸어가지요. 그런데 믿음의 순례 여정이란 환히 보이는 길을 가는 것이 아닙니다."(야훼와의 동행)

이처럼 환히 보이는 길이 아닌 순례길 위에서 겪는 인간의 여러 외적 내적 문제들, 특히 사람들의 번뇌와 고통, 시련을 보는 류 신부님의 마음, 류 신부님의 연민의 눈길에서 따뜻한 영혼을 지닌 한 인간을 보게 됩니다. 그것은 바로 예수님의 마음이기도 합니다. 예수님의 마음으로 바라보기를 권하시는 류 신부님의 마음은 바로 사랑일 것이라고 생각됩니다. 류 신부님께서는 말씀하고 계십니다.

"기도에서 가장 중요한 것은 예수님의 마음을 느끼는 것입니다. 이제 예수님의 마음에 머무르십시오."(조용하게 부르시는 하느님의 목소리)

류 신부님께서는 수년 전 뜻하지 않은 병고를 맞으셨지만, 그것이 축복이라고 하십니다.

"우리의 삶에는 아무도 우리에게 도움을 줄 수 없으며 아무의 도움도 소용없는 그런 때가 있습니다. 그럴 때 우리는 단식하면서 기다려야 하는 광야의 시간을 갖게 됩니다. 우리의 도움은 오직 주님임을 체험하게 됩니다."(시베리아 횡단 열차에서의 강론)

"우리도 넘어지는 것을 두려워하기보다 다시 일어설 수 있는 용기를 지녀야겠습니다. 베드로처럼 약하지만, 주님께 매여 달릴 수 있는 진솔한 마음을 지닙시다."(조용하게 부르시는 하느님의 목소리)

혹독한 광야의 시간인 병고의 시간 이후 신부님께서는 조금도 위축되심이 없으실 뿐만 아니라, 오히려 더 단단해진 믿음으로, 더 깊은 영성으로, 더 열정적으로 그 어느 때보다도 풍성한 저작 생활과 피정 지도를 이어가고 계심을 보게 됩니다. 류 신부님께서는 용기를 잃지 않으시고, 다시 굳건히 일어나신 것입니다. 새로운 삶을 발견하신 거죠.

어느 날 제가 우울했습니다. 류 신부님께 여쭈었죠. "신부님은 행복하신가요?" 한 치의 흔들림도 없이 즉시 신부님께서는 대답하셨죠. "네"라고요. 그때 저는 느꼈습니다. 류 신부님은 참으로 행복하시구나! 그것은 진실하고 깊은 기도 생활의 선물처럼 느껴졌습니다.

류해욱 신부님의 서품 30주년을 진심으로 축하드리면서, 이 책이 많은 신자에게 마음을 촉촉이 적셔주는 영적 양식으로 다가가기를 바랍니다. 또한, 앞으로 십 년, 이십 년 오래도록 더 깊고 맑은 시심으로 기도하시고 명상하시어, 저희 양 떼들에게 그 맑은 기도의 샘에서 퍼 올리신 영적 샘물을 나눠주시길 빕니다.

성양경

# 류해욱 신부님 사제서품 30주년에 부쳐

시베리아 횡단 열차에서 신부님이 집전하시는 미사에 처음으로 참례하였습니다. 겨울 바이칼을 여행하고 돌아오는 주일이었지요. 신부님은 함께 여행을 했던 목사님과 함께 신구교 합동 미사, 예배를 준비했습니다. 그날 시베리아 횡단 열차의 식당 칸에서 눈물로 드렸던 미사는 제가 평생 드렸던 모든 미사 중에 가장 은혜로웠습니다.

'영혼의 우물이 깊어야 한다.' 그날 강론에서 류 신부님이 하신 말씀입니다. 신부님은 작은 바람에도 흔들리는 분입니다. 곁에 있는 한 사람 한 사람의 아픔을 같이 느끼시고 사회의 불의에 분노하십니다. 사랑이 지극하신 만큼 세상의 슬픔을 더 예민하게 앓으셨습니다.

하지만 신부님의 영혼은 깊은 우물과 같습니다. 당신 영혼의 깊이가 어느 만큼인지 우리는 아직도 가늠할 수 없습니다. 신부님의 삶을 바라보고, 신부님이 번역하신 책들을 읽으며 그저 감탄할 뿐입니다. 제가 아는 류 신부님은 예수님을 가장 많이 닮은 분입니다. 예수님이 그러셨듯이, 신부님도 인간과 사회에 대한 연민으로 가득한 분이십니다.

주님 안에서 끊임없이 스스로를 새롭게 하시는 조용한 혁명가십니다. 신부님이 뇌졸중으로 쓰러졌다가 다시 일어서시는 과정을 지켜보며, 저는 기도의 힘을 알았습니다. 예수님을 향한 지극한 사랑은 곧 인간과 사회를 향한 사랑과 연민으로 이어진다는 것을, 알았습니다. 저도 가장 힘들었던 시절, 신부님의 부축으로 다시 일어선 사람입니다.

참 사제로 살아오신 신부님의 30년을 진심으로 존경합니다.

조송희

# "이냐시오의 해"를 보내면서

벌써 꽤 오래전 1993년에 제가 예수회 성소실의 문을 두드렸을 때, 당시 예수회 성소실 책임자이셨던 류해욱 신부님을 처음 만났습니다. 신부님의 친절한 안내와 말씀과 지도가 있었고, 예수회는 부족한 저를 받아들여 주었습니다. 신부님은 또한 제 첫 미사 강론을 해 주시기도 하셨습니다. 올해로 사제 서품 30주년을 맞이하신 이 특별한 때에 출판되는 신부님의 책에 부족한 제가 감히 추천사를 쓰게 되어 제 개인적으로도 매우 영광입니다.

신부님의 글을 읽으며 제 머릿속에는 하느님을 향해 길을 걸어가는 순례자의 모습이 자연스레 떠올려졌습니다. 순례자라고 자신을 지칭한 이냐시오 성인은 하느님을 향해 끊임없이 나아가는 순례의 여정에서 성인에게 영적으로 도움이 되는 것이면, 다른 사람들에게도 유익하리라는 생각으로 성인의 내면에서 일어난 일을 틈틈이 적어두었고, 이렇게 탄생한 것이 '영신 수련'입니다.

'물과 물결 그리고 하느님'이라는 책 제목이 이미 말해 주는 것처럼, 신부님의 글에서도 이냐시오 성인의 이 마음을 읽을 수 있었습니다. 신부님은 당신 순례의 여정 중에 내면에서 일어난 영적 사정을 깊은 기도로 길어 올려 신부님 특유의 감성과 지성으로 풀어내어 하느님을 향해 걷는 독자의 내적 순례 여정에 도움을 줍니다.

　특히 올해는 이냐시오 성인이 팜플로나 전투에서 부상을 입은 500년이 되는 해이기도 합니다. 이 부상은 이냐시오 성인이 하느님을 향한 순례의 여정을 시작하게 된 계기가 되었고, 이 순례의 여정에서 성인은 하느님의 은총으로 그리스도 안에서 모든 것을 새롭게 보게 됩니다. 이를 기리며 예수회는 올해 5월 20일부터 내년 이냐시오 성인 축일인 7월 31일까지 "이냐시오의 해"를 보내면서, 우리 또한 그리스도 안에서 모든 것을 볼 수 있는 은총을 청합니다.

　'물과 물결 그리고 하느님'은 우리 각자의 하느님을 향한 순례의 여정을 그리스도 안에서 새롭게 볼 수 있는 매우 좋은 길잡이가 되어 줄 것입니다. 저의 순례의 여정에도 매우 큰 도움이 된 '물과 물결 그리고 하느님'을 저술하신 신부님께 깊은 감사의 마음을 전합니다.

2021년 5월 30일, 삼위일체 대축일에
관구장 김용수 신부 빠스칼, S.J.

| 목차 |

# 1 길성지을 따라 걷다

# 6 분노의 마술

# 9 그대 나이 들어

# 포레스트 검프에 비추어 본, 저의 삶

7월 5일이 저의 서품 기념일입니다. 올해로 사제로 서품된 지, 꼭 30년입니다. 서품 30년을 맞아 제 삶을 되돌아보고, 다시 사제로서 새롭게 시작하는 계기로 삼고자 이 글을 정리하였습니다. 올해 어버이날을 맞아 오래전 영화, '포레스트 검프'를 다시 상영했습니다. 포레스트는 사랑과 행복의 상징입니다. 과연 저도 포레스트처럼 진정한 삶의 사랑과 행복을 찾을 수 있을까요?

저는 포레스트를 통해, 제 삶을 돌아보고자 합니다. 이 영화, '포레스트 검프'는 진정한 삶의 가치와 의미를 제시해 줍니다. 어느 버스 정류장에 앉아 있던 포레스트 검프는 그 옆에 앉아 있던 한 여성에게 그의 삶 이야기를 들려줍니다. 그가 이야기를 풀어나가는 중에 버스 정류장에서 그의 이야기를 듣던 사람들이 계속 바뀝니다.

이 영화는 여러 사람의 이야기를 담고 있습니다. 마치 저의 삶의 이야기와도 같습니다. 저도 여러 사람과의 관계 안에 있습니다. 포레스트의 이야기를 듣던 어떤 사람은 믿지 못하겠다는 듯한 모습을 보이기도 합니다. 그의 이야기에 무관심한 태도를 짓던 사람도 있었으며 또 재미있게 듣고, 관심을 보이는 사람도 있었습니다. 제각기 다른 사람들이 있기 마련이지요.

제 삶의 이야기도 그렇습니다. 저도 참 많은 사람을 만났습니다. 학교 가는 첫날 포레스트는 제니라는 한 소녀를 만납니다. 그 둘은 서로에게 이끌려 순수한 우정을 맺습니다. 저도 어느 날 하느님을 만났고, 그분께 이끌려서 사랑과 삶을 나누게 되었습니다. 포레스트와 제니는 함께 시간을 보냈고, 제니는 포레스트를 괴롭히는 아이들로부터 포레스트를 지켜냅니다.

저도 하느님과 함께 많은 시간을 보냈고, 하느님이 늘 저를 지켜주었습니다. 포레스트의 지능 지수가 평균 이하였지만, 그의 뛰어난 달리기 실력으로 앨라배마 대학교의 미식축구 선수로 입학할 수 있게 되었습니다. 저는 보잘것없는 사람이었지만, 신학교에 입학하였고 신부가 되었습니다. 포레스트는 베어 브라이언트 코치 밑에서 선수로 뛰게 됩니다.

저도 영적 지도 신부님이 계셨지요. 본문에서 나오는 고 정일우 신부님이 20년간 저의 영적 지도 신부님이었습니다. 포레스트는 버바라는 이름의 친구 한 명을 사귀게 되었습니다. 그의 입대하는 과정에서 아무도 그의 친구가 되어 주지 않습니다. 버바라는 친구가 유일한 벗입니다. 그 친구는 포레스트에게 전쟁이 끝나면, 그와 새우잡이 사업을 같이하자고 약속하였지만, 베트남 전쟁에서 전사합니다.

저도 예수회라는 벗과 함께 삶의 터에서 사랑과 전쟁을 했으며, 앞으로도 계속 삶에서 사랑을 나누고 전투에서 함께 할 것입니다. 포레스트는 전투를 하던 동안, 상처로 두 다리를 잃게 된 소대장 댄 테일러를 비롯한 소대 다수를 구해냅니다. 포레스트가 엉덩이에 탄을 맞아 병원에서 치료를 받던 중, 탁구에 대단한 소질이 있음을 알아냅니다.

제가 뜻하지 않게 뇌졸중에 걸리게 됩니다. 그것이 바로 은총이었습니다. 제가 뇌졸중에 걸렸고 비록 오른손을 못 쓰지만, 저는 이것마저도 축복이라고 생각합니다. 병을 만난 후 비로소 새롭게 삶에 눈뜨게 되었으니까요. 병장 포레스트 검프는 히피족 스타일로 살고 있던 제니와 다시 만나게 됩니다. 포레스트는 제시를 통해 본인의 신원을 확인합니다.

포레스트와 댄은 새우잡이에 매달리지만, 어려움을 겪습니다. 그러다가 허리케인 카르멘이 나타나지요. 그때 댄은 외칩니다. Come on, 한번 해 보자고 하며 절규합니다. 포레스트가 운영하는 배만이 풍랑에 살아남습니다. 엄청난 양의 새우를 잡아 새우잡이 배 10척을 살 만큼의 돈을 법니다. 이때 댄은 나름대로 그의 하느님과 화해합니다.

저도 여러 사람을 만나면서, 하느님과 사랑하고 전투하고 화해하는 법을 배웠습니다. 포레스트의 상관, 댄은 포레스트에게 자기가 살아남게 해 주어서 고맙다는 말도 하지 못했다고 이야기하며, 상징으로 헤엄을 칩니다. 댄은 애플사에 돈을 투자하고 포레스트는 그의 여생을 재정적으로 안전하게 보낼 수 있게 됩니다. 그리고 버바의 가족에게 반을 줍니다.

댄의 반대에도 그는 교회를 짓고 여러 병원을 세우는 데 돈을 기부합니다. 그는 집으로 돌아와 며칠 동안 그의 어머니의 죽음을 맞습니다. 죽음이 아주 인상적이지요. 저도 어머니가 돌아가셨고, 아버지도 저세상으로 떠나셨습니다. 그리고 어머니와 아버지의 돌아가심을 통해 죽음도 삶의 한 부분으로 감사하면서 받아들여야 함을 배웠지요.

포레스트는 달리기를 시작합니다. 그는 여러 번, 3년 반에 걸쳐 국가를 가로질러 달리기로 마음먹습니다. 그가 달림으로 유명하게 되자, 다른 사람들이 자발적으로 그의 뒤를 따라 달리기 시작합니다. 저도 사제가 된 이래 30년을 앞만 보고 달렸습니다. 30년을 계속 달리다 보니, 이제 제 삶을 돌아볼 때가 되었습니다.

"인생은 초콜릿 상자와 같은 거야. 네가 무엇을 고를지 아무도 모른단다."

불편한 다리, 남들보다 조금 떨어지는 지능을 가진 외톨이 소년 포레스트 검프와 헌신적이고 강인한 어머니의 보살핌 등 그의 삶은 다양합니다. 저도 사제생활 30년을 돌아보면, 참으로 여러 사람을 만났습니다. 그들이 저의 삶에 사랑과 전투와 동기를 부여했습니다. 비록 제가 조금 부족하지만, 그들이 그냥 묵묵히 받아주고 보살펴주었습니다.

여기 내어놓은 글은 제 삶의 흔적들입니다. 어떻게 삶을 사랑하고, 어떻게 전투를 했으며, 어떻게 삶을 나누었는지에 관한 단편입니다. 부끄럽지만, 제가 앞으로의 삶에 대한 성찰로 삼고자 합니다. 예수회 회원으로서 여러 형제와 함께 하고자 했던 시간에 감사를 드립니다.

표지 그림은 제 동생 류해일 화백의 그림을 사용했습니다. 올해 소의 해를 맞아, 이 그림을 쓰게 해 주어 감사했습니다. 보잘것없는 글에 아름다운 추천사를 써 주신 이해인 수녀님, 고도원님, 송봉모 신부님, 김용수 신부님, 성양경님 그리고 조송희님에게 감사드립니다. 출판을 해 주신 솔과학의 김재광 대표님에게도 감사를 드립니다. 그밖에 일일이 거론하지 않았지만, 다른 많은 사람에게도 감사드립니다.

# 1

길성지을 따라 걷다

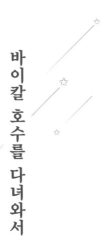

꼭 10년 전입니다. 10년 전 2월 17일은 바이칼 호수를 떠나 시베리아 열차를 타고 돌아오는 날이 주일이었습니다. 사순 제1주이었지요. 개신교에서는 목사님이 한 분 동행하셨습니다. 저는 목사님과 함께 의논하여 신구교가 합동으로 예배와 미사를 드리기로 했습니다.

개신교 측에서는 주로 '말씀의 전례' 부분을 맡아 장로님의 축도와 대표 신자의 기도, 목사님의 설교를 하고, 제가 '성찬의 전례' 부분을 하기로 했습니다. 신부의 강론을 듣기 원하는 분들을 위해 저도 강론을 하였지요. 제 강론이 사실 별로 특별할 것도 없고 감동적인 내용도 아니었지만, 설원을 시베리아 열차를 타고 달리면서 드리는 미사라는 분위기 탓이었는지, 많은 분이 제 강론에서 큰 은혜를 받았다고 나누어 주었습니다.

고도원님은 강론 내내 눈물을 흘리셨고, 미사 후에 아주 큰 은혜를 받았다고 하셨지요. 성찬의 전례도, 마치 마상에서 온 신경을 모아서 드리는 예배처럼 은혜가 컸다고 했지요. 저에게 무엇보다 기쁜 것은, 가톨릭 신자가 7분이 있었고 그중 4분이 냉담 중이었는데, 4분이 모두 다시 열심히 신자 생활하겠다고 제게 약속한 것입니다.

하느님이 하시는 일은 신비롭지요. 여러분들은 이미 들은 내용도 있지만, 제가 시베리아 열차에서 했던 강론을 나눕니다.


## 시베리아 횡단 열차에서의 강론

시베리아 횡단 열차로 설원을 지나면서 신구교가 함께 모여 예배와 미사를 드릴 수 있어 기쁘고, 하느님과 여러분 모두에게 감사드립니다. 저는 고도원님이 우리에게 오늘의 수칙 등을 통해 우리에게 주셨던 여러 화두 중에서 두 가지, 하나는 '절대 고독', 다른 하나는 '영혼의 우물을 깊이 파라'라는 화두를 중심으로 평소 생각했던 묵상 거리 몇 말씀 드리고 싶습니다.

첫째, 절대 고독에 대한 제 생각을 나눕니다.

개신교에서도 마찬가지라고 생각됩니다마는, 가톨릭에서는 사순 시기를 맞아 우리에게 예수님께서 광야에서 보낸 40일을 상기시키며 세례받으신 이후에 광야에 가서 기도하시고, 유혹을 받으신 복음 대목을 묵상하도록 이끌어 줍니다. 복음에서 보면 세례를 통해 축복을 받으신 예수님께서 그 축복의 의미를 새기시려고 택하신 장소가 광야입니다.

예수님께서 왜 광야를 선택하셨을까 생각해 봅니다. 우선 광야는 외로운 곳입니다. 아무도 살지 않기에 철저히 혼자이어야 하는 곳입니다. 예수님께서는 오로지 홀로 서시기 위하여 광야로 나가신 것입니다. 바로 절대 고독을 찾아 광야로 가신 것입니다.

절대 고독 안에서는 누구나 하느님을 찾을 수밖에 없습니다. 거기 하느님이 계십니다. 예수님께서는 바로 절대 고독 안에서 하느님을 만나기 위하여 광야에 가신 것입니다. 거기서 사십 주야를 단식하시면서 하느님과 함께 머무셨습니다. 그러나 예수님께서 하느님을 만난 후 찾아온 자가 있었으니, 그는 유혹하는 자, 악마였습니다.

우리도 때로 온전히 혼자 있는 절대 고독의 시간, 광야의 시간이 필요합니다. 우리의 삶에서도 광야의 체험이 필요합니다. 아무의 도움도 없이 오직 하느님하고만 지내는 시간이 필요합니다. 우리의 삶에 아무도 우리에게 도움을 줄 수 없으며, 아무의 도움도 소용이 없는 그런 때가 있습니다.

그럴 때, 우리는 다만 단식하면서 기다려야 하는 광야의 시간을 갖게 됩니다. 우리가 한 얼음 위의 명상도 어쩌면 광야의 시간일 수도 있습니다. 우리는 그 시간을 통해, 우리의 도움은 오직 주님임을 깊이 체험하게 됩니다. 참으로 아이러닉하게도 그것을 깨달으며 안도의 숨을 쉬려고 할 때면, 어김없이 찾아오는 자가 있습니다.

바로 예수님을 찾아왔던 유혹하는 자입니다. 바로 세례를 받으신 후에 예수님께서는 광야에 가셨고 악마의 유혹을 받으십니다. 예수님께서 세례를 받으시고 하늘에서 '이는 내 사랑하는 아들, 내 마음에 드는 아들이다.'라는 소리가 들려옴으로써, 하느님의 아들이라는 확신, 당신이 바로 메시아라는 체험의 순간이며 축복의 시간이기도 했던 것입니다.

놀랍게도 바로 그런 축복의 시기, 은총의 시간, 위대한 순간 이후에 따라오는 것이 바로 시험입니다. 우리의 삶도 그렇습니다. 우리의 삶에서 은총의 순간 이후에 어김없이 찾아드는 것이 바로 시험의 시간인 것입니다. 우리는 때로 놀라운 방법으로 하느님께서 우리와 함께하심을 느끼는 은총을 체험합니다.

바이칼 얼음 위에서 명상하면서 영혼의 두레박에 맑은 물을 마셨다면, 그리고 이제 보다 이타적인 삶을 살겠다고 결심하며 바이칼 명상여행을 새로운 삶의 출발로 삼았다면, 은총이고 축복이며 위대한 순간이지요. 그런데 이때야말로 조심해야 하는 때입니다. 질투가 많은 악마가 견디지 못하고 안달을 하는 때이기 때문입니다. 그러나 우리는 두려워할 필요는 없습니다.

예수님께서 악마보다 더 강하십니다. 그분께 의탁할 때, 그분이 도와주십니다. 오늘 복음에서 예수님께서 겪으신 유혹의 체험이 다만 외적인 것으로 생각하시면 잘못입니다. 그것은 바로 그분께서 내면적으로 겪으신 투쟁이기도 합니다. 그분의 마음과 정신, 영혼이 겪는 갈등이기도 한 것입니다.

우리도 똑같습니다. 실상 유혹하는 자가 우리를 찾아오는 것은 우리의 내면의 생각과 바람을 통해서이지요. 악마가 우리를 공격하는 부분은 언제나 우리의 내면에 있는 생각이지요. 가장 그럴듯한 생각을 불어넣으면서 우리에게 다가와서는 우리를 시험합니다.

예수님께서는 단호하게 거부하심으로서 악마를 패배시키셨습니다. 그래서 악마는 물러갔지요. 그런데 영원히 간 것입니까? 루가복음서 사가는 분명하게 말하지요. 그는 다음 기회를 노리면서 물러갔다고. 실제로 예수님께서는 수난을 예고하시는 예수님의 말씀을 들은 베드로가 안 된다고 할 때, 다시 '사탄아, 물러가라.'라고 말씀하시지요.

보십시오. 그 순간도 바로 베드로가 '당신은 그리스도이십니다.'라고 고백한 위대한 순간이었지요. 그 고백을 들으신 예수님께서 '너는 베드로다. 바로 네 위에 교회를 세우겠다.'라고 하신 위대한 은총의 시간이고, 축복의 순간이었습니다. 그때 사탄이 베드로에게 와서 유혹한 것입니다.

우리 인생은 그렇습니다. 한순간도 마음을 놓아서는 안 됩니다. 늘 주님께 매달려야 합니다. 그분께 매달릴 때 그분이 우리를 대신해서 외쳐주십니다. 베드로에게 외쳐주셨던 것처럼. '사탄아, 물러가라.' 아무도 유혹에서 제외된 사람은 없습니다. 예수님께서도 돌아가시는 그 순간까지 유혹에서 제외된 적이 없으신 분이십니다.

둘째로 '영혼의 우물을 깊이 파라.'라는 화두에 대한 평소 묵상 내용입니다.

사람이 누구에게 오래 머물다 가면
메울 수 없는 우물이 생기는가 보네
그 우물에선 맑은 물도 샘솟는가 보네
그곳에는 달이 뜨고, 향기도 찰랑찰랑하네.
내려다보면 무뚝뚝했던 나도 쳐다보고 있네.

나는 거기를 향해 돌멩이를 힘껏 던져보네
던지니까 나와 우물이 동시에 깨져버리네
깨진 우물은 시간이 흐르면 다시 아무네.
그가 나에게 남긴 우물,
그가 그리울 때면

나는 예서 물을 떠 목을 축이며 산다네.

김영남 시인의 "나도 그의 맑은 우물이 되고 싶네."라는 제목의 시입니다. 시인의 시어 표현을 그대로 빌리면 맑은 '향기가 찰랑찰랑하는' 시입니다. 저는 이 시에 '니고데모의 노래'라는 부제를 붙이고 싶습니다. 요한복음에서 듣는 니고데모의 예수님과의 만남입니다.

그 만남은 니고데모에게 목이 마를 때는 물을 떠 목을 축이는 우물이 되었을 것이기에, 니고데모가 예수님과 만나고 난 후, 시간이 얼마 지난 후에 시를 썼다면 이 시와 참 비슷한 느낌의 시가 아니었을까? 생각했기 때문입니다. 사람이 누구에게 머물다 갈 때, 거기 우물이 생길 수 있다면 그 만남은 참 특별한 만남일 것입니다.

이번 바이칼 명상여행에서의 우리들의 만남이 이런 특별한 만남이라고 생각합니다. 니고데모에게 예수님과의 만남도 그런 아주 특별한 만남이었을 것입니다. 복음에서 예수님을 만난 여러 사람에게 그러했듯이, 니고데모에게도 예수님은 갈증을 채워 주는 샘솟는 우물이 되었을 것입니다. 니고데모는 유대 지도자 중의 한 사람이었다고 복음은 우리에게 전해 줍니다.

공동번역에서 우리말로 '지도자'라고 옮겼지만, 원문에 쓴 단어(archon)를 보면 70인으로 구성되어 있던 유대 의회인 산헤드린의 한 사람임을 알 수 있습니다. 우리 식으로 쉽게 이해하면 국회의원인 셈이지요. 그러니, 상당히 지체가 높은 양반입니다. 또한, 상당한 재력가이기도 합니다.

예수님의 장례 때 쓰려고 침향이 섞인 몰약을 백 근이나 가져온 것을 기억하시지요. 당시에 침향이 섞인 몰약은 상당히 고가였다고 합니다. 사회적인 명성과 재력을 두루 지닌 니고데모라는 인물이 예수님을 만나려고 밤중에 은밀하게 찾아왔다는 것은 참 예사로운 일이 아닙니다. 이 사람에게 무엇이 부족했을까요?

바로 영혼입니다. 이 사람은 영혼의 목마름을 느꼈던 것입니다. 세상의 부귀영화로는 채울 수 없는 영혼의 목마름을 느꼈던 것이고, 그 갈증을 채워 줄 수 있는 분은 바로 예수님이시라는 것을 알았고 그래서 은밀하게 예수님을 찾아왔던 것입니다. 예수님께서는 니고데모에게 '새로 나야 한다.'라고 말씀하십니다.

예수님과 함께 머물면서 서서히 메울 수 없는 우물이 생겨난 것이라고 느껴집니다. 처음에 그 우물을 들여다보니 거기 처음에 무뚝뚝했던 자기의 모습이 보이기도 했을 것입니다. 그래서 거기를 향해 돌멩이를 던져보기도 했을 것입니다. 자기의 그런 모습이 싫었겠지요. 그러나 깨진 우물이 시간이 지나면 다시 아문다는 것을 알게 되었을 것입니다.

다시 아문 그 우물에는 이제 자신의 얼굴이 아니라 그분의 얼굴이 달처럼 떠오르고 향기가 찰랑거렸을 것입니다. 그래서 그는 외쳤을 것입니다.

**그가 나에게 남긴 우물,**

**그가 그리울 때면**

**나는 예서 물을 떠 목을 축이며 산다네.**

예수님이 자기에게 맑은 우물이 되어 주셨다는 것을 알게 된 니고데모는 깨달았을 것입니다. 자기도 이제 다른 사람들에게 우물이 되어 주어야 한다는 것을. 나도 누군가에게 맑은 우물이 되고 싶네. 우리가 삶에서 누군가에게 맑은 우물이 되어 줄 수 있다면, 얼마나 좋을까요?

저는 고도원 님이 하시고자 하는 일이 바로 이런 일이라고 생각합니다. 특히 '깊은 산속 옹달샘' 명상 센터를 통해 많은 사람에게 깊은 산속 옹달샘에서 솟는 물로 목을 축여 주시고자 하는 바람을 지니고 계신 것을 느낄 수 있습니다. 저도 같은 바람을 지니고 있습니다. 고도원 님이나 류해욱 신부뿐만 아니라 우리는 모두 그렇게 할 수 있고, 그렇게 하여야 합니다.

고도원 님이나 류해욱 신부, 아니 우리 자신의 힘으로 할 수 있는 것은 아닙니다. 부활하신 그분이 주시는 힘으로 그렇게 할 수 있습니다. 그것이 바로 부활하신 예수님이 우리에게 들려주시는 메시지입니다. 우리는 우리 자신을 나누는 것이 아니라 그분을 나누어야 합니다. 나누면 나눌 수로 맑은 물이 샘솟을 것입니다.

나누기 위해서 우리도 늘 그분이 주신 우물에 가서 오래 머물면서 그 시원한 물을 마셔야겠지요.

사람이 누구에게 오래 머물다 가면
메울 수 없는 우물이 생기는가 보네.
그 우물에선 맑은 물도 샘솟는가 보네
그곳에는 달이 뜨고, 향기도 찰랑찰랑하네.

우리 영혼의 우물을 깊이는 하나의 좋은 방법은 자주 절대 고독을 찾아 그분 안에 오래 머무는 일입니다. 이 바이칼 명상여행도 여러분의 영혼의 우물을 깊이는 시간이 되었으리라 믿습니다. 감사합니다.

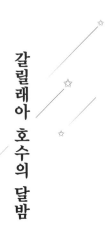

갈릴래아 호수의 달밤

갈릴래아 호수의 달밤을 떠올리며 제가 오래전에 쓴 졸시, '그대 눈빛'을 다시 찾아보았습니다. 어느 달밤의 감상이었지요.

그대 눈빛

겨울 달밤
풍류객 이태백을 불러
주거니 받거니 잔을 나누며 시를 읊다

달빛 사이
비낀 구름 강이 되어 흐르고
술잔에 담긴 그대 눈빛
내 가슴에 날아드네

그대 안에

달 안에

하느님 미소하시니

천지가 은은히 밝아라


이태백이 화답하다

혼자 놀던 달에

그대 함께 마주하니 나를 취하게 하는 것은 달인가

그대의 하느님인가?


건네사렛 마을에서 배를 탔던, 그날의 갈릴래아 호수는 지금 눈을 감아도 선명하게 떠오를 만큼 제 뇌리뿐만 아니라 가슴에 새겨진 도저히 잊지 못할 선경이었습니다. 그 선경은 무엇보다 달과 호수에 비친 달빛 그림자, 아니 황금빛 물결 위의 선율 때문이었습니다.

저희가 모두 배에 오르고 두둥실 떠날 즈음 동쪽 하늘로 희미하지만 둥근 달이 나타나더니, 점점 밝아져 오면서 그 모습은 그야말로 쟁반처럼 둥근 달, 바로 어머니의 모습으로 느껴지는 아주 넉넉하고 은은한 감미로움이었습니다. 서서히 날이 어두워지면서 잔잔한 호수 위로 달빛이 비쳤습니다.

부드러운 선율에 맞추어 춤추는 물결의 모습이 마치 황금색 물고기들이 줄지어 포크댄스를 하는 것처럼 보였습니다. 그 모습을 바라보노라니, 서서히 제 마음이 미쳐가는, 아름다움에 미쳐 그만 호수에 풍덩 빠지고 싶은 충동을 느꼈지요. 여러분, 영어로 lunatic이라는 말의 의미를 아시지요? lunatic은 '미친'이라는 뜻입니다.

달을 보면 미치게 되니 조심해야 합니다. 저는 그 달에서 어머니의 사랑이 가슴으로 느껴져 와서 미치지 않을 수 없는, 사랑에 미치지 않을 수 없는 지경에 빠진 것이지요. 그날은 유다인들의 축제, 푸림절이 시작되는 저녁이었습니다. 저희는 유다인들의 축제일에 유다인 뱃사공과 더불어 배 위에서 달빛이 수면을 비추어 주는 선율에 맞추어 덩실덩실 춤을 추었답니다.

물론 반주로 나오는 음악도 있었지만, 제 마음속에서 추는 춤은 달빛의 선율에 맞추었다는 말이지요. 일찍 자리에 누웠지만, 시차 때문인지 밤에 잠을 깬 시간이 겨우 12시가 조금 넘은 시간이었지요. 1시간 가량, 이런저런 생각으로 뒤척이다가 1시가 조금 넘어 호숫가로 나갔습니다.

흐르는 구름 사이로 교교한 달빛이 환상이었습니다. 달과는 일정한 거리를 두고 반짝이는 별이 하나 함께 마치 구름 사이로 헤엄을 치듯 떠가고 있었습니다. 달도 별도 성모님의 상징이지요. 낮은 태양이신 그분이 주관하신다면, 밤은 달과 별이신 성모님께서 주관하시는 것이 아닐까? 문득 생각했습니다.

호숫가에 놓인 의자에 앉아 고요 속에서 들려오는 소리에 귀를 기울이며 깊은 명상에 잠기게 되었습니다. 온 우주가 어머니의 넉넉한 품, 그분이 비추어 주시는 빛 아래에서 저마다의 고유한 소리를 내며 조화를 이루고 있었습니다. 야자나무를 스치는 바람 소리가 가장 크게 들립니다.

물소리와 더불어 가끔 물 위로 튀어 오르는 물고기의 춤 소리도 들리고 잠에서 깨어 노래를 부르는 이름 모르는 새들의 소리도 들려왔습니다. 삼라만상이 그분 안에서 그분께 찬미를 드리는 소리로 느껴지고 더없이 평화로운 안온함이 제 영혼을 조금씩 씻어주는 것을 느꼈습니다.

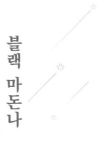

# 블랙 마돈나

체스토코바의 성모님

지난 순례 중에 저와 우리 순례자들이 아주 깊은 인상을 받은 곳 중의 하나가 폴란드, 체스토코바의 빛의 언덕이라는 뜻인 야스나 고라에 있는 바오로 은수회 수도원입니다. 늦은 오후 그곳 수도원의 대성당 한쪽 구석에 있는 경당에서 미사를 드리고, 수많은 순례자의 틈을 비집고 유명한 블랙 마돈나라고 불리는 성화가 모셔져 있는 중당 제대로 갔을 때, 아이들이 첫영성체를 하고 있었습니다.

어린 신랑과 신부처럼 정장과 하얀 드레스로 차려입은 아이들의 첫영성체 모습을 보면서 순례자들의 입에서 '아, 참 예쁘다.'라는 탄성이 절로 나왔지요. 아이들의 상기된 얼굴을 보면서, 이 첫영성체가 아이들에게 어떤 인상으로 그들의 생애에 깊이 아로새겨질 것인데 어렵지 않게 가늠할 수 있었습니다.

그날 첫영성체를 하는 아이들은 체스토코바 지역에 속한 아이들이 아니었습니다. 폴란드 전역에서 첫영성체를 하러 오기 때문에 블랙 마돈나 앞의 중앙 제대에는 새벽부터 저녁까지 계속 첫영성체 하는 아이들을 중심으로 미사가 이루어지고 있습니다. 그 모습이 바로 제가 우리 순례자들에게 보여주고 싶었던 모습의 하나이지요.

제가 4년 전 이곳 폴란드를 순례하면서 느낀 것이 이들의 신앙은 일상의 삶 안에 살아있다는 사실이었습니다. 당시 비가 오는데도 줄을 서서 고백성사를 보는 모습을 보면서, 저는 가슴이 뭉클했었지요. 폴란드인들의 그런 살아있는 신앙의 모습을 순례자들에게 보여주고 싶었는데, 그들이 아이들에게 첫영성체를 얼마나 중요하게 여기도록 이끌어 주는지 함께 볼 수 있어, 내심 기뻤습니다.

야스나 고라가 순례자들의 참배 수로 볼 때, 세계에서 두 번째라는 사실을 아는 사람은 거의 없습니다. 우리나라 신자들에게 세계에서 가장 많은 순례자가 찾는 성모 성지가 어디냐고 물으면, 대개 '루르드'라고 답합니다. 실제 통계적으로 세계 최대의 성모 성지는 단연 멕시코의 과다루뻬이지요. 연간 순례자들의 수가 2000만을 넘는다고 합니다.

그다음이 바로 블랙 마돈나가 모셔져 있는 폴란드의 야스나 고라입니다. 연간 순례자 수가 500만을 넘는답니다. 그다음이 메쥬고리예로 450만에 이르고 있지요. 그다음이 루르드로 300만 정도입니다. 야스나 고라가 세계인들에게 널리 알려진 것은 고 교황 요한 바오로 2세에 의해서입니다. 교황이 되신 후에 이곳 야스나 고라를 참배하시면서 말씀하셨습니다.

"폴란드의 아들을 베드로좌로 부르신 사실은 이 성지와 깊은 관계가 있습니다. 이곳은 큰 희망의 땅이며, 나는 이 성상 앞에서 수없이 기도하곤 하였습니다."(1979년 6월 4일)

야스나 고라의 바오로 은수자회 수도원에 있는 블랙 마돈나로 알려진 성모 성화는 많은 전설을 지니고 있습니다. 가장 잘 알려진 전설이며 이 성화가 폴란드 국민들뿐만 아니라 모든 가톨릭 신자들의 공경을 받는 이유 중의 하나는 성 요셉이 성 가정을 위해 만들었다고 전해지는 식탁 위에 새겨져 있었다고 전해지기 때문입니다.

실제로, 이 성화를 조사해 본 결과, 5세기에서 8세기의 것으로 판명되었다고 합니다. 이 성화는 신비스러운 여행 끝에 이곳에 모셔진 것으로 알려져 있습니다. 처음에는 팔레스티나에 모셔져 있다가 비잔티움으로 옮겨졌고, 그다음은 헝가리로 갔다가 루테니아로 갔고, 마지막에는 베츠 성으로 옮겨졌다고 합니다.

역사적인 기록으로는 폴란드의 라디슬라오 오플치크 왕자가 전리품으로 이 성화를 획득하여 체스토코바로 옮겨온 뒤, 1384년에 성 바오로 수도원의 수사들에게 넘겨준 것으로 되어있습니다. 1430년에는 약탈자들이 침입하여 많은 손상을 입혔는데, 국왕 라디슬라오 야기엘로가 아우그스부르크 궁중 미술가를 불러 복원시켰다고 합니다.

이 미술가는 원래의 모습대로 복원시킨 것이 아니라, 비잔시움과 서방 양식을 혼합하였습니다. 체스토코바의 마돈나는 '호디지트리아'로 알려진 동정 성모님의 모습인데, 이 말은 성모 마리아가 당신 왼팔에 안고 있는 거룩한 예수 아기를 오른손으로 가리키고 있는 모습이란 뜻이라고 합니다.

이 성화의 신비스러운 모습과 극적인 전설과 실제로 알려진 내용의 역사를 통해 대중적인 공경을 불러일으키고 순례자들의 발걸음을 그치지 않게 합니다. 그리고 1402년에 일어난 첫 번째 기적 때문에, 이 성모상은 '병자의 구원' '자비의 어머니', 그리고 '폴란드의 여왕'으로 불리게 되었지요.

1957년까지 대략 1,500회 이상의 기적 이야기가 보고되어 있다고 합니다. 마치 루르드처럼 치유를 받고 목발을 버리고 간 수많은 목발이 성당 벽면에 전시되어 있습니다. 1655년, 야스나 고라의 수도자들이 스웨덴의 침략을 기도로써 물리친 다음부터 순례자들이 수없이 몰려왔습니다.

성모님의 발현으로 적을 격퇴하였음에 감사하였다고 합니다. 그 후, 폴란드 의회는 이 축일을 수도자에게 감사드리는 날로 선포하였고, 1764년에는 폴란드가 성모 마리아께 은혜 입은 것을 영원히 갚아야 할 것이라고 선언하기에 이르게 됩니다. 18세기에는 폴란드가 독립을 잃게 되었습니다.

이때 성모님은 모든 항쟁의 수호자가 되셨고, 민중들은 마리아를 해방과 국가 통치권의 수호자로 열렬히 모셨습니다. 그러므로 침략자인 러시아는 순례를 금지시키고, 이 성상을 제거하려고 애썼다고 합니다. 이때, 그들을 비웃는 희화를 비롯하여 성모님께 더욱 매달리기를 호소하는 책자들이 쏟아져 나왔고, 또 체스토코바의 성모 성당이 최초로 건립되었습니다.

19세기에 이르러 폴란드가 자유를 잃게 되자, 야스나 고라 수도원은 폴란드 애국주의의 중심이 되었으며, 2차 세계대전 중에는 국민들이 나치에 항거하며 이 수도원까지 행진하여 그들을 놀라게 하였습니다. 그러므로 이 성모님과 성당은 폴란드 국민의 힘이지요. 이리하여 폴란드는 천주의 성모님께 봉헌되었습니다.

이렇게 하여 폴란드 국민들에게 야스나 고라 수도원은 그들의 영적 고향으로 누구나 찾아가기를 원하는 곳이 되었습니다. 교황 요한 바오로 2세께서 1979년 6월에 순례하신 다음부터는 세계 곳곳에서 순례자들이 모여들기 때문에 단순히 폴란드인들의 성지가 아닌 참배 순례자 수로 세계 두 번째의 성지가 되었습니다.

고 요한 바오로 2세는 체스토코바의 성모 신심은 자신뿐만 아니라 폴란드 전 국민의 심중에 깊이 자리하고 있으며, 전체 교회에 대한 감도와 신앙의 표상이 된다고 선언하셨습니다. 고 요한 바오로 2세께서 야스나 고라에 대해 말씀하신 몇 가지를 소개합니다.

"체스토코바는 교회 안에 성모님이 임재하심을 알리는 상징입니다. 천상 어머니께서 분명히 여기 이 자리에 계십니다. 어머니는 그리스도와 교회의 신비 안에 계십니다. 마리아는 만인을 위해 그리고 당신을 뵈려고 순례의 길을 찾아든 모든 이와 함께 계십니다."(1979년 6월 4일)

"흰옷을 입은 교회의 어머니이신 마리아여, 나는 다시금 당신의 모성적 사랑과 배려 앞에 나 자신을 바치나이다. 나는 온전히 당신의 것입니다. 나는 당신께 전 교회를 - 세상이 마칠 때까지 - 봉헌하나이다! 모든 인류를 어머니께 봉헌하나이다! 나의 모든 형제자매와 전 인류를, 모든 나라를 어머니께 바칩니다. 어머니여, 우리를 받아주소서! 어머니시여, 우리를 저버리지 마십시오! 어머니여, 우리를 인도하소서!"(1976년 6월 4일)

배론성지

어제 '무화과 기도 모임'에서 순교자 성월을 맞아 배론성지로 순례를 다녀왔습니다. 배론성지는 저의 고향 제천에 있습니다. 하여 제가 특별한 애정을 지닌 성지이기도 합니다. 제천, 원주간의 국도변에서 3Km 정도 안으로 들어가면 마치 어머니 품속처럼 아늑한 골짜기 마을이 나타납니다.

거기 한국천주교 전파의 진원지이며 여러 복합적인 의미를 지닌 배론성지가 모습을 드러냅니다. 요즈음 시절이 바로 메밀꽃 필 무렵이기도 하다는 것을 알려주려고 여기저기 작은 메밀꽃밭이 이효석의 소설에서처럼 소금을 뿌려놓은 듯 하얗습니다. 제가 특별한 애정을 지니고 있기에 제가 주장하여 배론성지를 순례한 것은 물론 아닙니다.

배론성지는 우리 한국 천주 교회사로 볼 때도 상당히 중요한 곳이며 의미가 깊은 성지이기 선택을 받은 것이지요. 배론에 천주교 신자들이 본격적으로 모여들기 시작한 것은 1791년(정조 15)에 일어난 신해 박해 이후라고 하니, 배론성지는 한국천주교 역사와 맥을 같이 합니다.

박해를 피해 숨어든 교우들의 은신처로서의 처음 교우 촌이 시작된 곳인 셈이지요. 박해를 피해 온 교우들은 밭을 일구어 농사를 짓기도 하였지만, 대개 옹기를 구워 생활하며 신앙공동체를 이루었습니다. 배론성지가 자리하고 있는 골짜기가 배(舟) 밑창을 닮았다 하여 배론(舟論)으로 불렀다고 합니다.

한자어로 쓰면, 舟論(주론)이지만, '론'은 '토론한다.'라는 말이 아니라 다만 한자어 표기를 위해 붙인 것이고 '곳'을 나타내는 우리말입니다. 배론성지는 우리나라 다른 어느 성지보다도 여러 다양한 신앙 유산을 지닌 곳입니다. 배론은 일찍이 신앙공동체가 형성된 곳입니다.

무엇보다 그곳 옹기 토굴에서 황사영 알렉시오가 비단 자락에 1만 3천 3백 11자로 그 나름대로 울분과 신앙을 기록한 '황사영 백서'가 쓰인 곳입니다. 그리고 조선의 최초 서구식 교육이 이루어진 첫 신학교가 세워진 곳입니다. 마지막으로 김대건 신부에 이어 한국인으로는 두 번째 신부였던 최양업 신부가 이곳 배론에 묻혀 있는 곳입니다.

이렇게 배론은 여러 복합적인 의미를 지닌 성지입니다. 먼저 교우 촌으로의 의미를 살펴보겠습니다. 천주교회가 시작된 이래 사학이라 하여 박해를 받게 되고, 당시 대부분 교우는 박해를 피해 깊은 산중으로 숨어들어야 했습니다. 신앙을 지키기 위해 가족과 생이별을 한 교우들이 깊은 산 속으로 숨어들었지만, 생계가 막막했을 것입니다. 가장 손쉽게 할 수 있는 것이 옹기 굽는 일이었습니다.

옹기 구이는 단순히 생계를 유지하는 수단일 뿐만 아니라 감시의 눈을 피해 토굴 속에서 신앙을 지키는 데 안성맞춤이기도 했답니다. 한편 구워낸 옹기를 머리에 이거나 등에 지고 나서면 아무 집이나 허물없이 드

나들 수 있어 잃은 가족을 수소문하거나 교회 소식을 전하는 데에도 편리했다고 합니다.

사람의 눈을 피해 신앙을 지켜 가던 옹기 마을인 이곳 배론에서 최초로 역사적 사건이 터진 것이 바로 황사영 백서 사건입니다. 1801년 신유박해 때 황사영이 이곳의 옹기굴에 숨어 있으면서 조선 교회의 박해상황과 외국의 도움을 청하는 내용의 백서를 작성하여 베이징 주교에게 보내려다 발각되어 순교를 당한 사건입니다.

1855년에는 배론 공소회장 장주기 요셉의 집에 한국 최초의 신학교인 '성 요셉 신학당'이 세워져 교장 푸르티에 신부, 교사 프티 니콜라 신부가 조선인 신학생을 가르쳤고, 1861년 최양업 신부가 문경으로 가는 길목에서 병사하자 푸르티에 신부 일행이 시신을 이곳에 안장했습니다.

처음 이곳 성지를 담당했던 고 양기섭 신부님에 의해 '성 요셉 신학당'이 복원되고 각종 기념물이 세워져 한국의 대표적인 성지로 자리매김하게 되었고, 배은하 신부님이 16년 동안 성지를 맡으면서 지금의 배 모양의 성당을 비롯하여 아름다운 모습으로 만들었습니다.

황사영 백서 사건은 아주 중요하기 때문에, 제가 찾은 자료를 바탕으로 자세히 설명을 해 드립니다. 황사영 알렉시온은 1774년 당시 유명했던 창원 황씨 가문에서 나고, 자는 덕소요, 어려서부터 홍명과 재덕이 남달리 뛰어나 이미 16세에 과거를 보아 진사에 장원 급제하였다고 합니다. 가히 천재였습니다.

정조대왕이 그를 탑전까지 불러올려 기특하고 귀엽게 여겨 그를 어루만지고 그의 손목을 붙잡고 "네가 20세가 되거든 내게로 오라. 내가 네게 높은 벼슬을 주고 네게 나라의 큰 소임을 맡기겠노라."라고 하였다는 말은 유명하지요. 그때부터 황사영은 임금님이 만지신 손목을 붉은 비단으로 감아서 만지지 못하게 하였다고 하지요.

오늘날은 조금 우습게 들리지만, 당시로는 대단한 명예였던 것이지요. 그는 학문을 더 깊이 연구하기 위하여 당시 가장 학문이 높은 집안인 정약용의 집안 바로 마재 정씨 가문을 찾아, 정약종의 문하생으로 들어갔습니다. 정약종은 이미 천주교를 믿고 있었으며 그의 영세명은 아오스딩이었습니다.

황사영은 스승이었던 정약종의 형인 정약현의 장녀인 정난주와 결혼하게 되지요. 그는 스승인 정약종에게 천주교에 대해 알게 되고 주문모 신부에게 직접 세례를 받고, 알렉시오라는 세례명으로 입교하게 됩니다. 그 후 황사영 알렉시오는 세속적인 학문에는 아무 의미를 찾지 못하고, 오직 교리 연구에만 열중하였다고 합니다.

정조는 한때 자기가 총애하던 황사영이 천주학은 신봉한다는 소식에 놀라며 못마땅하게 여겼지만, 그의 인간적인 면모에는 탄복을 금치 못했다고 합니다. 임금의 총애를 받으며, 자차 큰 인물이 되리라 믿었던 황사영에게 실망한 그의 가문에서는 그를 원망하고 미워한 것으로 당연한 일이었겠지요.

1801년 박해가 일어나자 그는 그해 정초에 지명수배되어 스승 그리스도의 말씀을 따라 이곳저곳 도피하다 10일 이내로 체포령이 내려졌다는 소식을 듣고, 급히 베론 산속으로 숨어듭니다. 남이 자신을 알아보기 쉬웠던 아름다운 수염을 자르고 상복을 입고 2월 15일, 서울을 빠져나와 경상도와 강원도를 거쳐 마침내 제천 배론 교우 촌에 다다르게 됩니다.

이곳에서 '이상주'로 이름과 성을 바꾸고, 옹기장 옆에 토굴을 파 그

속에서 8개월간 은거하며 김한빈 베드로와 황심 토마스를 외부 연락원으로 교회 소식을 듣곤 하였습니다. 한편, 주문모 신부님은 교우들이 계속 잡혀가게 순교를 당하게 자기가 자수할 결심을 합니다.

황사영은 8월 23일 황심 토마스로부터 주문모 신부님의 자수와, 그의 처형 소식을 듣게 됩니다. 이에 그는 그동안 써 왔던 백서를 보낼 결심을 하게 되지요. 그런데 9월 25일 황심이 먼저 잡히고 4일 후 황사영이 잡히고, 그는 포도청으로 압송되었습니다. 물론 백서도 빼앗겼지요.

10월 3일, 의금부로 이송되어 23일간 취조와 형벌 끝에 11월 5일, 대역부도 죄인으로 27세의 나이에 능지처참이라는 가장 극형에 처하게 됩니다. 황사영이 체포되면서 백서도 압수되지요. 백서를 본 조선 정부는 깜짝 놀라지요. 백서의 내용에는 조선을 위협하라는 내용이 있었으니까요.

소위 '황사영 백서'는 정부 관리의 손으로 넘어갔고, 그렇게도 신앙의 자유를 고대하던 황사영이 1801년 11월 5일(음력) 서소문 밖에서 능지처참형을 받고, 순교를 당하게 됩니다. 왜 백서가 그렇게 큰 문제가 되었는지 살펴볼까요? 사실 백서의 내용은 주로 신앙에 관한 것이지만, 다음 한 구절이 역적으로 몰리게 된 이유입니다.

"만일 할 수만 있다면, 병선 수백 척에 정병(精兵) 5-6만, 대포 등 날카롭고 강한 병기를 많이 싣고, 겸하여 글을 잘하고 사리에 밝은 중국 선비 3-4명을 데리고 오십시오. 그리고 국왕에게 '한 사람의 선교사를 받아들여 온 나라가 화를 입지 않도록 하라.'고 요청하십시오."(황사영의 '백서', 110-111행 중에서)

조선 정부로 보면, 이 내용은 정말 흉악무도한 역적의 글로 볼 수 있지요. 그런데 재미있는 사실은 황사영은 무력을 통한 선교의 자유를 갈망하면서도 우호 조약 체결을 염두에 두고 있었다는 것이지요. 군사력으로 위협은 하되, 우호 조약을 체결하기를 바란 것이지요.

우리는 그 내용을 두고 역적이냐? 아니냐?를 판단하기보다는 신앙의 자유를 갈망하는 한 젊은이의 고뇌를 헤아리면서 그의 놀라운 글을 대하며 숙연한 마음을 갖게 됩니다. 조선 정부는 '백서'를 천하에 둘도 없는 흉측한 글이라고 하여, 이를 의금부 창고 속에 깊숙이 집어넣어 오랫동안 아무도 볼 수 없었지요.

거의 백 년이 지난 1894년 정부가 오랜 문서들을 정리 소각할 때 담당자가 이것은 틀림없이 천주교와 관련된 것이라고, 생각하여 따로 간직해 두었습니다. 그는 나중에 그의 친구의 천주교인 이건영(요셉)에게 넘겨주었고, 이건영은 당시 교구장이었던 민 주교님께 바치게 됩니다. 그래서 다시 교회의 손으로 돌아오게 됩니다.

민 주교님은 1925년 한국 순교자 79위 시복식 때 당시 교황이신 교황 비오 11세께 기념품으로 드립니다. 저는 당연히 한국 천주교회가 간직해야 할 것을, 바티칸으로 보낸 것은 잘못된 판단이었다고 생각합니다. 그나마 다행인 것은 민 주교님 1924년 이 이백서의 실물 사본 2백여 매와 불문 번역본을 그때 교회 내외 주요 인사들에게 배부하였습니다.

하여 오늘날 '황사영 백서' 복사본을 쉽게 구입할 수 있게 된 것이지요. 배론의 두 번째 중요한 신앙 유산은 백서 사건 후 55년 뒤, 1856년 설립된 최초의 신학교입니다. 당시 공소 회장직을 맡았던 장주기 요셉의 집을 신학교로 사용하게 된 것이지요.

신학교에는 학생 열 명에 두 분의 교수 신부님이 있었습니다. 바로 1856년에 교장으로 임명된 푸르티에 신부님과 교수로서 프티 니콜라 신부님입니다. 신학교라고 하지만, 사실 겨우 방 두 칸의 작은 초가집이었습니다. 그리고 상황은 언제나 외부에 알려져 박해를 당할 위험이 도사리고 있었으니, 혹여 학교 옆으로 지나가는 사람들이 들을까봐 소리를 내서 글을 읽을 수조차 없었습니다.

당시 얼마나 열악한 환경이었는지를 가늠할 수 있는 기록이 있어 소개합니다. 교장이던 프르티에 신부님의 서한입니다.

"감옥, 즉 신학교 역할을 하는 오두막집에 8년 간 갇혀 있었기 때문에 내 건강이 완전히 악화되었습니다. 그러나 어찌할 수가 없습니다. 학생들과 나는 방 두 개밖에 가지고 있지 못합니다. 이 두 방이 형편없이 잘 닫히지 않는 칸막이로 나누어져 있어서 공기와 발산하는 냄새가 이 방에서 저 방으로 조금도 어렵지 않게 침투합니다."(프르티에 신부의 1865년 11월 20일자 서한 중에서)

이러한 상황에서도 조선의 선교사들은 한국인 성직자 양성을 위해 신학교를 존속시키고자 한 것입니다. 하여 두 신부님을 신학교 양성에 투입한 것입니다. 두 신부님은 아주 열성적으로 신학생들을 가르쳤습니다. 하지만 신학교가 생긴 지 10년 후 1866년 병인박해로 인해 두 신부님이 잡혀가 형장의 이슬이 되면서, 목자 잃은 양 떼처럼 신학교도 문을 닫게 됩니다.

마지막으로 배론이 중요한 성지로서의 의미는, 바로 최양업 신부님의 무덤입니다. 최양업 신부님은 한국 최초의 한국인 신부였던 김대건 신부님과 함께 공부하러 떠났지만, 여러 가지 이유로 그보다 4년 늦게 사제품을 받고 고국으로 돌아옵니다. 그는 12년간 조국에서 사목 활동을 하였습니다.

최양업 신부님은 지나친 열성으로 사목활동을 하다가 지쳐 쓰러져 병사한 후, 이곳 배론의 신학교 뒷산에 묻힌 것입니다. 일반적으로 김대건 신부를 '피의 순교자'라 부른다면, 최양업 신부를 '땀의 순교자'라고 부릅니다. 최근에 최양업 신부님의 업적에 대한 평가가 새롭게 이루어지면서, 한국 교회는 그의 시성 운동을 벌이고 있지요.

다시 간략히 정리해 드리면, 배론성지가 갖는 특징은, 첫째 그 복음의 역사가 한국 천주교회와 함께 오랫동안 지속하고 있는 점이고, 둘째 다른 성지나 사적지와는 달리 여러 의미의 성지와 사적들이 병행하며 복음의 역사의 애환들을 함께 간직해 온 곳이라는 점입니다.

가장 일찍 교우촌이 형성된 곳이요, 유명한 황사영(알렉시오)의 '백서'가 만들어진 곳이며, 한국 최초의 신학교인 '성 요셉 신학교'가 자리잡았던 곳이며 최양업 신부의 시신이 안장된 곳입니다. 그리고 후에 1866년의 병인박해 때 여러 순교자와 성인들의 발자취가 그대로 간직된 곳이라는 여러 의미를 지니고 있습니다.

나자렛 순례

허형,

우리의 첫 순례지는 포도원의 샘, 또는 포도 덩굴의 샘이라는 뜻을 지닌 아인카림의 '방문 성당'이었다오. 아인카림에서 '세례자 요한 탄생 성당'에 앞서 '방문 성당'을 순례했지요. 전에 이곳에 순례를 왔을 때는 늘 '세례자 요한 탄생 성당'부터 갔었는데, 가이드 엘리사벳 씨가 방문 성당부터 순례하도록 한 배려가 사려 깊다고 생각했습니다.

역사적으로도, 의미상으로도 저는 그 순서가 맞다고 봅니다. 아인카림은 참 평화롭게 느껴지고 언덕과 평원의 포도원이 조화를 이루는 풍광이 아름다워 주로 예술인들이 모여들어, 지금은 예술인 마을이 되었다고 합니다. '마리아의 샘'을 거쳐 세례자 탄생 성당을 순례한 후에 그곳에서 1시간 반 정도 달려 나자렛으로 향했습니다.

나자렛으로 가는 도중 버스에서 가이드 엘리사벳 씨에게서 이스라엘의 근대사에 대해 들었지요. 곳곳에 '팔레스타인 자치지구'가 보호 장벽으로 둘러싸여 있는 이곳을 제대로 이해를 위해 필요한 안내였지요. 현대의 독립 국가로서 이스라엘이 건국되기 이전에 이미 이스라엘에는 두 개의 자치 단체가 생겼지요.

키부츠와 모사비입니다. 형도 초등학교 교과서에서 배운 기억이 어렴풋이 떠오를 것입니다. 키부츠는 집단농장으로 150-1500명이 이루며, 공산주의에 가깝다고 이해하면 쉬울 거요. 사유재산을 인정하지 않고 모든 소유는 키부츠에 속하는 반면, 모사비는 협동농장으로 30-100가구 정도가 서로 사유재산을 인정하되, 서로 분업하면서 협동으로 농장을 경영하는 것이 크게 다른 점이지요.

키부츠는 1907년, 모사브는 1926년에 생겨나서, 1948년 이스라엘 건국의 초석을 놓은 것이지요. 이스라엘이 있는 팔레스타인 지역은 400여 년 동안 오스만 터키 제국이 관리하다가 20세기에 들어서면서 영국이 통치하다가 물러나면서 이스라엘과 팔레스타인이라는 두 개의 나라가 서게 되지요. 이스라엘은 70A.D에 로마에 의해 망하고 나라 자체가 없어져서, 그 민족이 온 세계로 흩어지게 되지요. 디아스포라라고 불리는 것을 형도 잘 알고 계시지요? 유대인들은 나라를 가지고자 하는 열망을 지니고 있었고, 그 열망 때문에도 악착같이 부를 축적했습니다.

허형, 그곳에는 오래전부터, 아니 2000년 전부터 살고 있던 사람들이 거기 있었고, 그들을 팔레스타인이라고 부르는데, 그들이 자기들이 2000년 동안 살고 있던 땅을 남의 나라로 내어주려고 하겠습니까? 두 나라는 싸울 수밖에 없는 처지입니다. 이스라엘이 1948년 독립 국가로 다시 나라를 세웠습니다.

실제적인 독립이 아니었고, 1967년의 6일 전쟁은 그들의 독립전쟁이라고 할 수 있습니다. 전쟁은 이겼지만, 평화를 얻은 것은 아닌 셈이지요. 6일 전쟁은 6만이 60만을 6일만에 이긴 전쟁이지요. 가이드 엘리사벳 씨가 죽기 살기로 싸우면, 누가 이기겠냐고 하여, 제가 소화제 하나를 해 주었지요.

할머니와 아주머니가 싸우면 누가 이기겠소? 답은 할머니이지요. 죽기 살기로 싸우니까. 경찰관과 소방관이 싸우면 누가 이기겠소? 소방관이지요. 물불을 안 가리니까. 신부와 신자가 싸우면 누가 이기는지 아십니까? 물론 심각하게 생각하지 말고 넌센스 퀴즈라는 점을 생각해 보십시오. 하하. 당연히 신자가 이기지요. 자식 이기는 부모 없으니까.

1948년 이스라엘이 건국할 당시 표방은 민주사회주의였다고 합니다. 공산주의는 아니라고 하더라도 자본주의보다는 사회주의를 표방한 셈이고, 그 밑바탕에 키부츠가 있었던 것이지요. 그런데 시대가 바뀌면서 점점 자본주의 정신이 흘러들어 오면서 키부츠도 사유재산화되는 과정에 있으니, 이스라엘이라는 나라도 어쩔 수 없을 것입니다.

우리는 산간 지역을 벗어나서는 이내 이즈르엘 평원을 달려왔지요. 북부 이스라엘 평원과 평원의 골짜기에 보이는 농장은 대개 키부츠가 아니라 모사브라고 합니다. 차창 밖으로 곳곳에 지도에서 점선으로 표시된 '팔레스타인 자치지구'를 볼 수 있었습니다. 높이 세워진 장벽 위에는 철조망이 걸쳐 있어, 긴장을 느낄 수 있는 풍경은 가슴 아프지 않을 수 없었습니다.

허형, 나자렛에 가까이 와서 '나자렛'이라는 말의 의미에 대해 들었소. '지키다, 수호하다'라는 뜻에서 파수병, 파수대라는 의미도 담고 있다고 합니다. 해발 400M나 되는 평원에서는 비교적 높은 곳에 위치하여 멀리까지 내려다볼 수 있는 곳으로 북부 이스라엘에서는 파수대의 역할을 하던 곳이라고 하오. 버스에서 3시 방향으로는 평원에 우뚝 서 있는 예수님께서 거룩한 변모를 하신 타볼산이 보였습니다. 타볼 산은 단순히 높은 산이라는 뜻이라고 합니다. 나자렛에서 처음 순례한 곳은 '마리아의 샘'이었지요. 처녀 마리아가 그 샘물에 물을 길으러 갔을 때, 가브리엘 천사가 나타났다고 전설로 전해지는 곳입니다.

'나자렛 예수'라는 영화에서 마리아의 역을 맡은 올리비아 핫세가 그 우물에서 가브리엘 천사가 나타나자 놀라는 장면이 있습니다. 마리아가 놀라 집으로 달려간 길이라는 그 옛길을 따라 '마리아의 집', 지금 '예수 탄생 예고 성당'이 있는 곳으로 갔습니다.

점심 전에 먼저 아래층을 순례했는데, 보통은 잠겨 있는 아래층 중앙문, 성문이라고 불리는 문이 활짝 열려 있었습니다. 주교님 두 분과 30분 가까이 되는 사제들이 막 미사를 마치고 나가고 우리는 일반적으로 마리아가 탄생 예고를 받은 곳으로 알려진 곳, 그래서 이곳에 대성당이 세워진 곳에서 잠시 기도를 드렸습니다.

여러 나라의 성모 탄생에 관한 그림이 그려진 성당 밖의 회랑을 둘러보고 가까이 있는 식당에서 점심을 하고 다시 대성당의 윗층으로 올라가서 잠시 묵상하게 되었지요. 프란치스코의 고고학자, 벨라르미노 신부는 1949년부터 11년 동안 탐사하여 이곳에서 수많은 동굴, 물 저장소, 곡식 저장소 등을 발굴합니다.

특히 비잔틴 시대의 성당 터를 발굴하게 되는데, 그 성당 터 위에 잘 보존된 동굴이 있었는데, 바로 마리아가 살던 집으로 추정하게 됩니다. 이곳에 3세기의 회당 건물이 발견되었고, 거기에 희랍어로 '마리아여! 찬미 받으소서!'라는 글이 새겨져 있었습니다. 하여 이곳을 마리아의 집으로 확신하면서 이곳에 대성당을 짓게 된 것이지요.

나자렛의 예수탄생 대성당은 현대에 지어진 가장 아름다운 성당의 하나로 손꼽히고 있습니다. 현대건축의 대가의 한 사람인 이탈리아의 무지오가 설계한 건축물이기도 합니다. 무지오는 역시 대가답게 옛 성당터에 대성당을 세우면서 안으로 서로 통하게 만들어서 옛 성당터의 유적을 보존할 수 있을 뿐만 아니라 순례자들이 볼 수 있도록 만들었습니다.

대성당은 1960년 교황 요한 23세에게서 인가를 받아 짓기 시작하여 1969년 완성하여 교황 바오로 6세가 직접 오셔서 축성 미사를 드린 곳이기도 하지요. 교황 바오로 6세는 축성 미사의 강론에서 '나자렛은 학교'라고 하셨다고 합니다. 예수님의 학교이면서 동시에 우리들의 학교입니다. 이곳에서 우리는 배워야 한다고 말씀하셨답니다. 무엇을 배워야 할까요? 바로 신앙이지요.

저는 이곳 나자렛은 무엇보다 마리아의 '예'라는 응답을 통해 강생의 신비가 이루어진 곳, 바로 구원의 역사가 시작된 곳으로서의 중요한 의미를 지닌다고 생각합니다. 물론 예수님이 공생활 이전에 이곳에서 사셨으니, 고향이기도 하지만요. 우리는 나자렛에서 7Km 정도 떨어져 있는 '빛의 신비 제2단'의 장소, 카나로 순례의 발길을 옮겼습니다.

그곳에서 우리 순례단의 유일한 부부, 김석원 바르톨로메오와 율리안나 씨의 혼인 갱신식도 하였지요. 그리고는 갈릴래아 호수로 향했습니다. 갈릴래아 호수를 바라다보면 "말이 모다 침묵이로다!"라는 싯귀가 떠올랐습니다. 정작 기가 막힌 풍광을 만나면, 무슨 말을 할 수 있습니까?

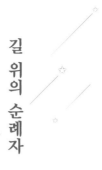

# 길 위의 순례자

오랜만에 강을 따라 난 길을 걸었습니다. 강바람이 코를 스치며 들풀들의 향기로움도 제 영혼에 쉼을 주는 것처럼 느껴졌습니다. 제 마음을 짓누르고 있는 어둡던 생각도 차츰 걷히고 영혼에 끼어 있던 때도 맑은 공기에 말끔히 씻기어 나가는 것 같았습니다. 길을 걷노라니 신경림 시인의 '길'이라는 시가 떠올랐습니다.

시인은 길이 사람을 밖으로 불러내어 온갖 곳 온갖 사람 살이를 구경시키는 것도 세상 사는 이치를 가르치기 위해서라고 말한다고 들려줍니다. 저에게는 아름다운 자연을 보여주면서 인간도 자연의 일부로 자연과 더불어 살아야 함을 가르쳐 주었고, 제가 걷고 있는 길의 의미도 다시 깊여 주었습니다.

'길'의 한 구절이 제 마음에 울림으로 다가와 저는 멈추어 서서 오래도록 강을 따라 난 길의 모퉁이까지 멀리 바라보았습니다.

"길이 사람을 밖에서 안으로 끌고 들어가 스스로를 깊이 들여다보게 한다는 것은 모른다. 길이 밖으로가 아니라 안으로 나 있다는 것을."

시인은 길이 밖으로가 아니라 안으로 나 있다는 것을 아는 사람에게만 길은 고분고분해서 꽃으로 제 몸을 수놓아 향기를 더하기도 하고 그늘을 드리워 사람들이 땀을 식히게도 한다고 말합니다. 시인은 우리가 육안(肉眼)으로 보는 길이 아니라 우리 영성의 길을 노래하고 있습니다.

시인이 비록 성 이냐시오나 '영신 수련'에 대해 잘 모를지라도 '영신 수련'의 정신을 이해하고 있는 사람이라는 느낌을 받았습니다. 성 이냐시오의 영성을 가장 잘 드러내는 이미지가 바로 길이라고 생각하기 때문입니다. 사실 인간이라는 존재 그 자체, 그리고 우리 삶의 여정이 길 위에 있는 것입니다. 그렇게 따지면 우리는 모두 이 지구별로 떠나온 순례자입니다. 언젠가는 우리가 떠나온 그곳, 바로 하느님께로 돌아가는 여정의 길을 따라 걷는 순례자. 성 이냐시오는 편지를 쓰고 나서 마지막에 반드시 '순례자'라는 서명을 했습니다. 그만큼 자신 삶의 여정을 순례의 여정으로 이해한 것입니다. 예수회원인 제게 성 이냐시오의 여로는 제 마음의 지도가 되어 각인되어 있습니다. 저는 묵상 중에 자주 사부인 성 이냐시오의 여로를 상상해 보고는 합니다.

세속적 명예를 얻기 위한 강한 열망으로 나헤르 공작의 군대에 장교로 입대했던 전도양양했던 청년, 이니고 로페르 데 로욜라의 길을, 프랑스와의 전투에서 포격으로 중상을 입고 고향으로 실려 왔던 그의 귀환의 길을, 그리고 로욜라의 성에서 고통스럽고 힘겨운 회복기를 보내며 '그리스도의 생애'와 '성인들의 꽃'을 읽던 그의 회심(回心)의 길을.

병상에서 처음 독서와 독서한 것에 대한 반추를 통한 그리스도와의 만남으로 그의 인생의 길이 완전히 바뀌게 됩니다. 청년, 이니고가 건강을 회복한 것은 그가 31살 되던 해입니다. 그 해에 그는 그리스도께 봉사하고자 하는 강한 열망으로 예루살렘으로 가서 주님과 똑같이 살려는 소망을 실현하기 위해 나귀 등에 올라 순례의 길을 떠나게 됩니다.

형들의 간곡한 만류에도 이니고는 자기의 상관인 나헤라 공작에게 간다는 말을 남기고 집을 나섭니다. 배웅 나왔던 한 형이 아란사수의 성모 경당에서 밤을 새우며 설득했지만, 이니고의 결심은 움직이지 않을 만큼 굳건했습니다. 이니고는 자기의 옷을 가난한 사람에게 주고 순례자의 길을 떠나게 됩니다.

이것이 순례자로서의 그의 여정의 첫걸음이었습니다. 저는 그 우직한 사나이가 초라한 옷에 바랑만을 걸머진 채 고독한 순례의 첫 발을 내디던 것을 묵상할 때마다 저는 알 수 없는 감동으로 가슴이 벅차오릅니다. 저 역시 예수회원으로 하느님의 이끄심을 따라 길 위에 선 순례자입니다.

저뿐만 아니라 성 이냐시오를 사부로 모시며 그의 '영신 수련'을 삶의 요체로 받아들이며 사는 모든 예수회원 역시 순례자이며, 사실 예수회원뿐만 아니라 신앙의 여정을 걷는 우리가 모두 순례자입니다. 예수회의 '회헌'에 보면, 예수회라는 새롭고 독특한 수도회의 첫 번째 특징을 여행이라고 밝히고 있습니다.

성 이냐시오와 예수회 '회헌'을 가장 잘 이해했던 예로니모 나달 신부는 예수회원들에게 가장 원칙적이고 특징적인 삶의 방식은 집에 머무르는 것이 아니라 여행에 있다고 했습니다. "그들은 끊임없이 돌아다닐 때, 세상을 두루 여행할 때, 그들 자신의 것이라고 부를 장소가 없을 때 가장 평화롭고 쾌적한 집에 있다고 생각했다.”

순례자는 길 위의 사람입니다. 그렇기 때문에 순례자의 삶의 나날은 길을 떠나는 것을 선택해야 하고 또 돌아옴의 순간을 선택해야 합니다. 순례자의 시간은 이 두 여정으로 이루어져 있습니다. 그 두 여정 사이에 많은 만남, 신경림 시인의 표현에 따르면, 온갖 곳 온갖 사람 살이를 구경하며 이루어지는 만남이 있습니다.

하지만 순례자라고 해서 길을 떠나고 돌아오는 것이 그리 쉬운 일만은 아닙니다. 지금까지 익숙해 있던 것들을 두고 다시 낯선 곳으로 떠난다는 것에 설레임과 더불어 두려움이 없을 수 없습니다. 떠나는 것이 두려우면 저는 신비주의 작가 파울로 코엘료의 말을 떠올리고 제 영혼에 출발의 나팔을 울리게 합니다.

“떠나라! 그리고 고향의 아가씨들이 가장 예쁘며 고향 산천의 풍치가 가장 아름다우며 그대의 집 안방이 가장 따뜻하다는 것을 알게 되면 그때 돌아오라!”

파울로 코엘료의 이 말이야말로 떠남의 순간과 돌아옴의 순간을 절묘하게 표현하고 있습니다. 제가 길과 성 이냐시오를 얘기하다가 뜬금없이 파울로 코엘료를 떠올린 것이 결코 우연은 아닙니다. 영혼과 육체, 성과 속, 사랑의 문제를 특유의 신비주의와 영적인 메시지로 풀어낸 파울로 코엘료가 리오 데 자네이로의 예수회 학교에 다녔습니다.

예수회 신부들에게 깊은 영향을 받았습니다. 그의 작품을 한두 편만 읽어보면 글 속에 깃든 영적 메시지를 느낄 수 있고 은연중에 성 이냐시오의 영성이 녹아 있는 것을 발견하며 고개를 끄덕이게 됩니다. 그가 38세에 작가가 되기로 결심한 것은 산티아고로의 순례 여행에서 돌아온 후였습니다.

그가 순례자가 되기까지에는 지독한 고통이 있었습니다. 그는 정신병원에 세 번이나 입원했었고, 브라질 군사독재 시절에는 그가 창간한 만화잡지가 반정부적이라고 해서 감옥에 수감되어 고문을 받기까지 했습니다. 하지만 정신병원 경력으로 인해 풀려난 그는 영국으로 망명했습니다.

그가 조국 브라질로 다시 돌아와 출간한 첫 소설 '순례자'는 바로 그의 경험에서 나온 것입니다. 산티아고에 도착한 순간 그의 여행은 끝이 아니라 시작이었습니다. '순례자'는 코엘료 본인의 생생한 경험이 바탕이 되어 나온 책입니다. 그 스스로가 순례자가 되어 영혼의 빛을 찾아 나서는 것입니다.

"비범한 것은 평범한 사람들의 길 위에 존재한다." '순례자'에서 가장 제 마음을 끄는 구절입니다. 그리스도교 탄생 이후, 첫 천 년 동안 수많은 순례자가 특별히 세 개의 순례의 길을 통해 영적 삶의 여정에 마르지 않는 물을 주는 샘을 찾았습니다.

첫 번째 길은 예루살렘의 예수님의 성묘로 가는 길이며, 두 번째 길은 로마의 성 베드로의 무덤으로 가는 길이며, 세 번째 길이 사도 야고보의 성 유해에 이르는 산티아고의 길입니다. 1986년 파울로 코엘료는 영적 스승의 권유로 700㎞에 이르는 '산티아고의 길' 순례에 나섰습니다. 자동차도 말도 이용할 수 없고 오로지 걸어서만 가야 했습니다.

성 이냐시오는 로욜라 성을 떠나 베니스를 거쳐 예루살렘으로 가는 길에서 자주 문간에서 노숙을 했습니다. 여행 중에 그는 너무나 쇠약해져 제대로 걸을 수도 없게 되었고, 동행하던 사람들이 그를 빈들에 버려두고 떠나기도 했습니다. 그런 여정을 통한 하느님의 이끄심과 빛 안에서 그는 자기가 걸어가야 할 길을 분명히 깨달아 나갔습니다.

코엘료 역시 산티아고의 길에서 긴 여정을 함께하는 안내자인 페트루스와 대화를 나누면서 조금씩 삶에 대한 깨달음을 얻게 됩니다. "죽음을 의식함으로써, 죽음을 피할 수 없음을 깨닫는 순간부터 아무것도 잃을 게 없기에 더욱 용감해지고 더 멀리까지 정복해 나갈 수 있다."

페트루스의 이 말에 코엘료는 '산 채로 매장당하는 훈련'까지 거부하지 않았고, 죽음을 받아들이고 두려워하지 않게 되었습니다. 순례 전 코엘료는 평범한 사람들의 길을 따라 걷는다는 것이 아무런 의미가 없다고 생각합니다. 하지만 비범과 평범은 동전의 양면이라는 점을 깨닫고, 큰 각성을 일으킨 산티아고 순례길이 코엘료를 세계적 작가로 만들었습니다.

아마도 산티아고의 길 위에서 코엘료는 주님의 강렬한 비추심의 은총을 받았는지도 모릅니다. 마치 성 이냐시오 성인이 카르도넬 강가에서의 신비체험을 한 것처럼 말입니다. 코엘료는 작가의 말에 다음과 같이 쓰고 있습니다. "늘 마음속으로는 바라왔으나 뛰어들 용기를 내지 못했던 작가의 꿈을 좇아야 한다는 것을 그때 깨달았다."

'순례자'뿐 아니라 '연금술사', '베로니카, 죽기로 결심하다', '피에트라 강가에서 나는 울었네', '포르토벨로의 마녀' 등의 모티브가 모두 순례 경험에서 솟아 나왔습니다. 코엘료는 이렇게 말합니다. "살아있는 동안 죽고 싶다."

어쩌면 순례자의 삶을 가장 함축적으로 말한 것인지도 모릅니다.

# 02

인셉션, 묘한 매력의 영화

# 오페라의 유령

여러분들, '오페라의 유령'이라는 이야기 아시지요? 유명한 뮤지컬이며 영화로도 만들어진 '오페라의 유령'은 원래 소설이었습니다. 프랑스의 추리작가 가스통 르루가 1910년에 쓴 소설입니다. 당대의 최고의 소설이었기 때문에 이미 1920년대에 처음 영화로 만들어진 이래 4번이나 다른 영화로 만들어지기도 했다고 합니다.

'오페라의 유령'이 우리에게 잘 알려진 것은 영국의 작곡가 앤드루 L. 웨버가 뮤지컬로 만들어 1986년 10월 런던에서 초연된 이후입니다. '오페라의 유령'은 소설과 뮤지컬과 최근 2004년인가 만들어진 영화의 내용이 모두 조금씩 다릅니다. 그렇지만 작품이 우리에게 말하고자 하는 주제는 똑같습니다.

여러분들, 주제가 무엇일 것 같습니까? 바로 작은 사랑이 큰 힘을 지닌다는 것입니다. '오페라의 유령'에는 음악성과 천사의 목소리를 타고났지만, 흉측한 얼굴을 가면으로 가린 괴신사 에릭, 또는 이름 없이 유령으로 등장하는 주인공이 아름답고 젊은 프리마돈나, 크리스틴을 짝사랑하는 사이에서 일어나는 여러 가지 사건들이 전개됩니다.

이야기의 흐름 안에서 일관되게 빛과 어둠, 인간 내면을 다루면서 사랑이 어떤 힘을 지니고 있는지에 대해 우리에게 메시지를 전하고 있습니다. 복음에서 너희가 근심하겠지만, 그러나 그 근심이 기쁨으로 바뀔 것이라고 말씀하십니다. 언제 근심이 기쁨으로 바뀝니까?

물론 예수님의 부활을 체험하게 될 때이기도 하지만, 저는 예수님의 사랑을 깊이 깨달을 때라고 생각합니다. 우리가 진정 사랑을 경험하게 되면 모든 고통과 근심은 사라집니다. '오페라의 유령'에서 평생을 가면 뒤 어둠 속에서 살았던 외로운 유령이 크리스틴을 만나 빛으로 나아가려는 처절한 몸부림은 마치 예수님께서 비유로 말씀하시는 진통의 시간과 같습니다.

적막이 무대를 가르고, 유령은 크리스틴에게 사랑을 고백하기 전의 여자처럼 고통스럽다 못해 처연하게 느껴집니다. 유령의 아픔을 깨달은 크리스틴의 몇 초간의 키스, 그 사랑의 마음이 어둠 속에서 한 줄기 빛이 되면서 근심이 바뀌어 기쁨이 됩니다. '오페라의 유령'에서 가면을 쓴 유령인 에릭은 우리의 내면의 모습인지도 모릅니다.

우리는 모두 빛으로 나아가기를 원합니다. 그러나 우리는 빛이 우리의 내면까지 훤히 비출 것 같은, 그러면 우리의 감추고 싶은 추함이 다 드러날 것 같은 그런 두려움을 지니고 있습니다. 그래서 우리는 종종 가면 뒤에 숨습니다. 참 빛이신 그분이 우리의 내면 깊은 곳을 바라보십니다.

예수님께서는 우리 인간 내면의 얼굴, 빛으로 나가기가 두려워서 가면 뒤에 서서 어둠 속에 있는 모습을 안타깝게 바라보고 계십니다. 제가 '오페라의 유령'이라는 긴 이야기를 다 나눌 수는 없고, 마지막 대목만 나눕니다. 적막이 무대를 가르고, 유령은 크리스틴에게 사랑을 고백합니다.

크리스틴은 유령의 가면마저 벗겨버립니다. 한편, 무대 반대쪽에서 목이 매인 채로 살해된 남자가수 피앙지가 발견됩니다. 그 혼란을 틈타 유령은 크리스틴을 납치해 자신의 지하 은신처로 달아납니다. 유령의 만행에 분노한 군중들이 유령을 잡으러 지하세계로 몰려갑니다.

유령의 은신처에 가장 먼저 다다른 사람은 당연히 크리스틴의 연인 라울이었습니다. 사랑은 용감한 사람의 몫이니까요. 라울은 유령이 자신의 뒤에 다가서는 것을 눈치채지 못하고, 결국 유령이 사람을 죽일 때 쓰는 마법의 밧줄에 목이 매달리고 맙니다.

유령은 크리스틴에게 자신과 영원히 같이 살든지 아니면 라울의 죽음을 선택하라고 요구합니다. 크리스틴은 유령이 지닌 흉측한 외모와는 달리 그의 내면 안에는 순수한 영혼을 지니고 있다는 것을 알게 됩니다. 또한, 유령의 그녀 자신에 대한 순수한 사랑도 알게 됩니다.

연민 가득한 눈물을 흘리며 크리스틴은 유령에게 다가가 키스를 합니다. 유령은 크리스틴을 사랑했지만 차마 그녀를 안아보지도 못합니다. 그리고 라울을 풀어줍니다. 그리고 자신을 잡기 위해 군중들이 점점 다가오는 것을 유령은 라울과 크리스틴에게 자기를 두고 떠나라고 말합니다.

'오페라의 유령'은 어린이들이 읽을 수 있는 동화로도 각색이 되었습니다. 동화는 가족과 세상에서 버림받은 유령의 비극적인 사랑 이야기를 신비롭고 아름답게 그려냈습니다. 어린이를 위한 동화 '오페라의 유령'에서는 이 대목을 감동적으로 그리고 있어, 소개합니다.

"난 태어날 때부터 버림받았어. 아무도 나를 인간으로 봐 주지 않았지. 어머니까지도 나를 지하세계, 이 어둠 속으로 몰아낸 건 바로 인간들이야. 어머니는 날 경멸했어. 그런데도 난 어머니를 그리워했어. 아니, 사람이 그리웠던 거지."

"당신을 사랑했어, 진심으로. 처음 당신을 보았을 때 당신에게서 나와 같은 외로움을 느꼈거든. 당신이 나를 사랑하지 않는다고 해도 난 당신을 영원히 사랑할 수밖에 없을 거야. 나를 위해 진심으로 눈물을 흘려 준 단 한 사람, 어머니조차도 날 버렸는데 크리스틴 당신은 내게 세상 누구보다도 더 큰 사랑을 주었지."

동화 '오페라의 유령'에서 유령의 절규는 인간이 지닌 근원적인 아픔이 무엇인지를 생각하게 합니다. 인간에게 가장 큰 아픔, 치통보다 더 큰 통증은 사랑받지 못하는 것입니다. 서슴없이 사람을 죽일 만큼 냉혹하고 잔인했던 유령이 크리스틴의 눈물 어린 키스, 사랑을 받자, 한 마리 순한 어린 양이 됩니다.

우리는 복음에서 "하느님께서는 세상을 너무나 사랑하신 나머지 외아들을 내주시어, 그를 믿는 사람은 누구나 멸망하지 않고 영원한 생명을 얻게 하셨다."라는 너무나 유명한 구절을 듣습니다. 하느님께서 세상이 크리스틴처럼 예쁘고 아름답기 때문에 사랑하셨을까요? 단순히 당신이 지으신 세상이니까 사랑하셨을까요?

본래 당신이 지으신 세상, 자연은 아름다웠겠지만, 인간이 세상에 살면서 저지른 죄악으로 세상은 그리 아름답지 않은, 어쩌면 오페라의 유령, 에릭처럼 흉측한 모습이 되었다는 느낌을 지울 수 없습니다. 하느님께서는 바로 그 모습을 보시고 깊은 연민을 지니시고, 더욱 세상을 사랑하여, 외아드님을 보내신 것이 아닐까요?

우리 인간이 살아가면서 어둠이 전혀 없을 수가 없습니다. 빛이 있으면, 그림자가 있듯이, 어둠은 있게 마련입니다. 우리 삶에 어둠이 필요하기도 하지요. 낮만 있고, 밤이 없는 백야는 그 자체가 고통일 것입니다. 또한, 우리가 어둠을 경험하지 않으면 빛의 고마움을 모르지요.

우리는 어둠에 머물 수는 없습니다. 우리는 빛이신 그분께로 나아가야 합니다. 그리고 우리도 그분의 말씀을 따라 빛이 되어야 합니다. 작은 촛불 하나가 어둠을 밝힙니다. 크리스틴의 눈물 한 방울, 몇 초간의 짧은 키스가 어둠의 유령, 에릭을 어린 양으로 만드는 이야기에서 우리는 다시 한 번 작은 사랑이 되어야 함을 생각합니다.

신<br/>과<br/>함<br/>께<br/>가<br/>라

　　2년 전 바이탈 팀이랑 강화도 동검도에 갔었습니다. 조송희 님의 초대로 간 동검도에서 아주 아름다운 영화관을 만날 수 있었습니다. 밖의 풍경은 강화갯벌과 드문드문 갈대숲이 보였습니다. 영화관의 이름이 특이했습니다. 'DRFA 365 예술극장'이었습니다. 정말 예술을 사랑하는 사람이 붙인 이름이었습니다.

　　DRFA는 약자로 '디지털 리마스터링 필름 아카이브(Digital Remastering Film Archive)'이라는 뜻입니다. 영화관을 상영하는 목적이 점점 분실되고 사라져가는 세계의 고전을 찾아서 관객에게 소개하고 상영하려는 것이었다고 했습니다. 예술극장의 주인은 유상욱 씨라는 사람인데 '조나단 유'라는 영화 이름을 쓰는 시나리오 작가이자 음악가이며 영화감독입니다.

　　그는 시나리오 "수강생들이 꼭 봐야 할 소중한 고전들이 분실돼 존재하지 않는다고 생각해 안타까워하던 차에 만들어지게 되었다."고 합니다. 유상욱 씨는 "시나리오 스쿨과 DRFA는 힘을 합쳐 전 세계의 고전,

예술, 작가주의 영화를 찾아서 복원하려는 취지로 몇몇 회원이 십시일반 힘을 모았다."고 설립 과정을 전했습니다.

관객석은 60석 정도로 비교적 아담한 편입니다. 2년 전 본 영화는 'Vaya Con Dios', '신과 함께 가라'였습니다. 그 영화는 한적한 독일의 칸토리안 수도원에서 시작합니다. 성가를 통한 찬양과 기도를 수행 방법으로 하는 칸토리안 수도회는 가톨릭교회로부터 파문당해 2개의 수도원만 명맥을 유지하고 있습니다.

그중 하나인 독일 칸토리안 수도원, 원장 수사님이 죽자 나머지 세 명의 수도자들은 교단의 보물인 규범집을 챙겨 들고 마지막 남은 이탈리아의 수도원을 향해 떠납니다. '신과 함께 가라(Vaya con Dios)'는 세 명의 수사님들이 세상 밖으로 나오면서 세상의 길에서 겪는 갈등과 방황, 성장을 다루고 있는 로드 무비입니다.

이 영화의 감독은 예기치 않은 사건을 연속적으로 겪는 수도사들의 변화를 통해 그들의 인간적 성장을 그리고 있습니다. 참 재미있는 것은 예수회 신부가 이 영화를 보고 영화평을 쓰고 있다는 사실입니다. 학문에 대한 열정이 강한 벤노 수사, 지적이지는 않아도 순박한 타실로 수사, 어린 나이에 수도원에 들어와 아직은 세상에 호기심이 많은 아르보 수사, 처음으로 수도원을 떠난 그들을 향해 세상은 유혹의 손길을 내밀고 있습니다.

타실로 수사는 30년 만에 만난 어머니 곁을 떠나지 못합니다. 벤노 수사는 예수회라는 큰 수도회 앞에서 갈등과 유혹을 느낍니다. 아르보 수사는 길에서 우연히 만난 여기자 키아라와 사랑에 빠집니다. 세 가지 서로 다른 유혹에 빠진 수사들은 엄청나게 헤매고 방황하면서도 결국 '유혹'을 딛고 일어섭니다.

아르보 수사의 혼돈과 갈등은 수사의 이야기를 뛰어넘어 진정한 '자기 자신'에게 이르는 길을 찾기 위해 헤매는 사람의 여정을 들려줍니다. 수사도 여성과의 사랑에 빠지냐고 묻는 아르보에게 벤노는 "가능, 불가능의 문제가 아니지. 문제는 자기가 원하는 게 무엇인가를 아는 것"이라고 대답합니다.

스스로 원하는 것이 무엇인지 몰랐던 아르보는 결국 수도원을 나와 제 길로 갑니다. 신과 함께 그는 떠나지요. 아르보는 자신이 진정 원하는 자유를 깨달을 수 있었을 것입니다. 그래서 'Vaya Con Dios', '신과 함께 가라'는 영화 제목은 의미심장합니다.

영화에서 벤노의 마음을 돌리기 위해 성당에 모인 3명의 수사들이 함께 성가를 부르는 장면은 압권입니다. 마지막에는 다른 길로 이끌지만. 'Vaya Con Dios', 신은 언제나 그들과 함께합니다. 이 영화는 종교적 주제였지만, 코믹한 영화였습니다.

# 사랑의 침묵

5년 전, '위대한 침묵'이라는 다큐 영화가 우리에게 침묵의 의미를 다시 생각하게 해 주었던 기억이 새롭습니다. '위대한 침묵'은 알프스의 깊은 계곡에 위치한 카르투지오 수도회의 그랑드 샤르트뢰즈 수도원을 배경으로 만든, 독일 영화감독 필립 그로닝의 작품이었습니다.

그는 수도원의 삶을 다큐 영화로 만들 기획안을 들고 수도원을 찾아 갔습니다. 하지만 아직 때가 되지 않았다는 이유로 수도원으로부터 거절을 당하였습니다. 그런데 그로부터 15년이 지난 후, 수도원으로부터 이제 준비가 되었다는 통지를 받고 이 영화를 만들게 되었답니다.

저는 '위대한 침묵'을 보고 난 후, 그 영화에 대한 감상의 글을 쓰면서 이 영화는 단순한 위대한 침묵의 영화가 아니라 놀랍도록 침묵과 소리의 조화를 이루고 있는 영화라고 썼던 기억이 납니다. 다시 말해, 그 영화는 시종일관 거의 대화가 없이 침묵으로 이어지지만, 소리 없는 침묵이 아니라는 의미이기도 하였습니다.

한편 다만 말이 아닌 다른 소리, 특별히 자연의 소리가 침묵과 묘한 조화를 이루면서 소리에 대한 감각을 크게 느끼게 해 준다는 의미에서 그런 표현을 했던 겁니다. '위대한 침묵'이 나온 시점에서 꼭 3년 후, 다시 수도원 삶을 다룬 영화가 나왔습니다. 이번에는 영국 영화로 '사랑의 침묵'이라는 제목의 영화입니다. 사실 원제는 'No greater love'인데 우리말로 옮기면서 '사랑의 침묵'으로 옮겼습니다.

'사랑의 침묵'은 여러 가지 점에서 '위대한 침묵'과 비교되지만, 저에게는 오히려 '위대한 침묵'보다 더 깊으면서도 따뜻하고 밝은 느낌을 주는, 더 매력적인 영화라고 생각합니다. 어쩌면 저에게 '위대한 침묵'보다 더 시적인 감수성이 짙은 영화로 느껴져 제 마음을 사로잡았기 때문인지도 모릅니다.

우선 남성인 수사님들이 아닌, 여성인 수녀님들의 삶을 다루고 있어, 더 부드럽고, 전혀 대사가 없는 것이 아니라 많은 부분이 인터뷰를 통한 대화가 훨씬 더 정감을 주며, 대사를 음미하는 여운이 더 깊게 느껴지는 차이가 있기 때문인지도 모릅니다.

이 영화의 감독은 영국의 마이클 화이트라는 사람인데, 그도 독일의 필립 그로닝처럼 오랜 시간을 걸친 요청 끝에 드디어 허락을 얻고 촬영을 할 수 있었답니다. 마이클 화이트은 영국 런던 노팅힐 한가운데 있는 '가르멜 여자 봉쇄 수도원' 맞은편에 살고 있었다고 합니다.

그는 처음에 수도원에서 들려오는 종소리에 끌려 수도원의 문을 두드리고, 수도원 측에 수도원에 대한 다큐멘터리 영화를 만들 것을 제안했답니다. 그 수도원은 영국의 런던 노팅힐에 1878년에 설립되었고, 맨발 가르멜 수도회 소속입니다. 수도원에서는 "저희는 매우 엄격하게 봉쇄 수도 생활을 하는 수녀들로서 대중 앞에 나서지 않습니다."라고 거절했다고 합니다.

그는 포기하지 않고 10년이라는 오랜 시간 동안, 수도원 문을 계속해서 두드렸다고 합니다. "문을 두드리라. 그러면 열리리라."라는 말씀처럼 드디어 문이 열렸고, 수도원은 그에게 촬영을 허락했다고 합니다. 필립 그로닝처럼 15년은 아니지만, 꼭 10년에 걸친 요청 끝에 마침내 런던 노팅힐에 있는 삼위일체 가르멜 여자 수도원으로부터 그들의 삶을 담는 다큐멘터리 영화를 만드는 허락을 얻은 것이지요.

영화가 시작되면서 자막으로 이 수도원에 대해 이렇게 나옵니다. "기도와 묵상에 전념하는 이 수도원의 수녀들은 병원에 가는 일 말고는 수도원을 거의 나가지 않는다. 이들은 하루 두 차례 휴식 시간을 제외하면 온종일 침묵을 지킨다." 저에게는 감독으로서도 필립 그로닝보다는 마이클 화이트라는 사람의 시선이 더 따뜻하고 아름답고 더 예술적인 감각이 뛰어난 것으로 느껴졌습니다.

'사랑의 침묵'은 청소기에서 나오는 아주 시끄러운 소리로 시작됩니다. 침묵과 대비를 이루며 침묵을 돋보이게 하는 기법입니다. '위대한 침묵'에 대한 글에서도 썼던 기억이 납니다마는 침묵은 다만 소리가 없는 것이 아닙니다. 여러 소리가 정적과 조화를 이루며 침묵의 깊은 의미를 사색하도록 이끌어 주는 의미를 지닙니다.

예를 들어, 영화에서 아주 여러 번 반복해서 들리는 것이 종소리입니다. 종소리는 다만 시간을 알려주는 것이 아니라 소리를 통해 침묵으로 이끄는 아이러니하면서도 오랜 전통을 지닌 방법이기도 합니다. 종소리에 이끌려 영화를 만들 생각을 한 감독은 종소리에 대한 특별한 애정을 지닌 것으로 느껴졌습니다.

종소리뿐만 아니라 비 오는 소리, 바람이 휘파람을 부는 소리, 낙엽

이 떨어지는 소리 등이 더 깊은 침묵으로 이끌어 주는 도구가 되어 줍니다. '사랑의 침묵'은 처음에는 하루의 일상을 다루는 것처럼 시작되지만, 결국 일 년의 주기를 통해 이루어지는 삶과 죽음의 계절을 아주 서정적으로 그리고 있습니다.

'위대한 침묵'과 다른 기법이 바로 인터뷰를 통한 수녀님들의 삶의 이야기를 듣는 풍요로움입니다. 수녀님들의 진솔한 삶에 대한 나눔은 놀랄 정도로 아름답고 감동적입니다. '사랑의 침묵'이라는 영화는 여러 가지 면에서 아주 묘한 조화가 두드러지는 작품입니다. 우선 소리와 정적의 조화를 언급했습니다마는 기록의 기법에서 일과 기도와 휴식의 조화가 두드러집니다.

삶과 죽음마저도 하나의 조화를 이루며 서로 분리되는 것이 아님을 보여줍니다. 미사를 드리는 모습을 보여주면서 사제가 '신앙의 신비여!'를 암송하는 것이 클로즈업됩니다. 미사가 수도 삶의 중심이며 이 수도 삶이 바로 신비이며 그 신비의 깊은 곳에 신앙이 있다는 것을 드러내는 기가 막힌 표현으로 느껴졌습니다.

성체를 모시는 장면을 오래 비추어 주는 것은 바로 성체가 이 신비를 살아가는 근원적인 힘의 원천이라는 것을 보여주기 위한 배려입니다. 저는 수녀님들이 인터뷰에서 하는 말 한 마디, 한 마디를 놓치고 싶지 않았습니다. 길지 않지만 깊은 의미를 담고 있는 함축적이며 시적인 언어에 깊은 감동을 느꼈습니다.

침묵의 의미에 대해 감독의 물음에 답하는 어느 수녀님의 말입니다.

**"침묵은 영혼의 메아리입니다. 침묵할 때, 우리는 비로소 우리 생각을 다스릴**

수 있게 됩니다. 우리 마음이 고요해지기 때문이지요. 생각이 다스려질 때, 침묵은 음악이 됩니다. 침묵할 때, 오히려 생명력이 넘치고 그 안에 은총이 흐르게 됩니다."

'사랑의 침묵'에서 종소리와 빗방울 소리 등의 자연의 소리뿐만 아니라 청소하는 시끄러운 소리조차도 침묵과 어우러질 때, 음악이 되는 것이 느껴졌습니다. 많은 사람이 봉쇄 수도원에 대한 오해를 지니고 있다는 것을 안타까워하는 어느 수녀님의 마음도 아름답게 느껴졌습니다. 아주 아기 같은 순수함이 묻어나는 그 수녀님은 수도 삶을 현실 도피로 보는 오해를 합니다.

"저희 수도 삶에 대한 가장 큰 오해는 현실 도피라는 생각인 것 같습니다. 그렇지 않습니다."

수도 삶은 결코 현실 도피가 아닌 까닭은 수도 삶의 의미를 스스로 찾아야 할 뿐만 아니라 언제나 자기 자신과 대면해야 하기 때문이라고 합니다. 번역자가 그냥 대면이라고 옮겼습니다마는 영어로 'face to face'라고 했습니다. 단순히 자신을 대면할 뿐만 아니라 마치 얼굴을 맞대고 보듯 하느님과도 대면해야 하는 의미를 함축하고 있습니다.

수도 삶을 살기 위해서 먼저 부르심이 있어야 하고, 그 부르심에 응답할 동기가 있으면 누구라도 봉헌된 삶을 살 수 있다고 합니다. 어떤 사람은 이 삶이 이기적이라고 생각하기도 하는데, 그렇지 않다고 하면서, 그 이유로 끝까지 온전히 하느님께 자신을 바치지 않으면 결코 살 수 없기 때문이라고 합니다. 저에게 가장 깊이 와 닿는 인터뷰의 대사는 바로 다음의 내용이었습니다. "단순히 기도나 전례가 좋아서 이곳에 온다면, 결코 이 삶을 끝까지 살 수 없습니다. 온전히 자신을 하느님께 바치는 봉헌의 삶만이 이 삶을 계속하게 해 줍니다." 저는 수도 삶의 본질을 이처럼 짧은 언어 안에 담는 표현을 본 적이 없습니다.

그렇습니다. 수도 삶은 봉헌된 삶입니다. 그 봉헌을 위한 방법으로 여러 가지 전례나 성무일도 등의 기도나 일 등이 따르는 것이지요. 영화에서 성 주간이 아름답게 그려지고 있습니다. 성목요일 전례에서, 발 씻김 예식은 미사 중에 사제가 하는 것이 아니라 원장 수녀님이 다른 수녀님들의 발을 씻어주는 모습인데, 아주 감동적입니다.

저도 사제로서 성 목요일 전례에서 교우들의 발을 씻어주면서 제 나름 온 정성으로 해 왔습니다마는 영화에서의 원장 수녀님만큼은 아니었습니다. 무엇보다 발을 씻어주고 나서, 발등에 작은 십자가를 긋고 입맞춤을 하는 것이 깊은 감동으로 다가왔습니다. 형식이 아닌 진정한 사랑의 표시로서의 입맞춤이라는 것이 느껴졌고, 아름다웠습니다.

원장 수녀님과의 인터뷰가 여러 번 나옵니다. 그분은 1959년 케임브리지 대학 1학년 때에, 어느 노사제가 "너는 가르멜에 들어가면 너에게 잘 맞는 삶이 될 것이다."라고 말씀해 주신 것이 계기가 됩니다. 수녀원의 문을 두드리게 되었지만 바로 수녀원에 들어온 것은 아니었습니다.

아버지의 뜻에 따라 졸업을 한 후에 입회하게 되었다고 합니다. 웃으면서 그 당시에도 그랬지만 수도 삶은 여전히 자기에게 신비라고 하는 말이 깊이 마음에 와 닿았습니다. 믿음이라는 신비가 없으면 이 삶은 아무 의미가 없고 어리석기까지 하게 보이지만 믿음으로 기쁘게 살아왔다고 합니다.

처음에 와서 살아보면서 이 삶에 대해 다 이해할 수 없었지만, 자기에게 이 삶이 맞겠다는 확신이 왔다고 합니다. 그것이 바로 부르심이겠지요.

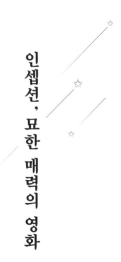

# 인셉션, 묘한 매력의 영화

인셉션. 영어단어, inception은 사전을 찾아보면, 시초, 발단, 개시 등으로 나오는 단어이지만 '인셉션'이라는 영화에서는 단순히 이런 의미보다 더 구체적으로 꿈속으로 들어가는 것을 뜻합니다. 작년에 '위대한 침묵'을 보고 난 후, 올해는 한국에서는 영화 볼 시간적 여유를 갖지 못하다가 미국까지 와서 영화 '인셉션'을 보았습니다.

이 영화는 한국에서 보아야 할 영화였습니다. 왜냐고요? 자막 없이 도저히 제 영어 실력으로 제대로 알아들을 수 없는 영화이기 때문입니다. 다만 위안이 되는 것은 저만 못 알아듣는 것이 아니고, 같이 보았던 영어 잘하는 사람들도 잘 이해하지 못했다고 고백했다는 사실입니다. 하하.

'크리스토퍼 놀란'은 우리에게 '메멘토', '배트맨 비긴즈', '다크 나이트'로 알려진 감독이지요. 처음에 저는 그의 이름을 듣고 뭐, 감독이 놀란다고? 할 정도로 영화에 대한 무식을 드러낸 사람입니다. 그런데 그는 놀랄 정도로 상상 안에서 이야기를 풀어가는 재주를 지닌 사람입니다.

제가 영화평론가의 평을 찾아보니, 놀란 감독은 '인셉션'을 통해서 가장 철학적으로 복잡한 논리를 대중적으로 끌어내어 쉽게 설명해 주고 있다고 하네요. 저는 이 평에 전혀 동의 안 해요. 우선, 제가 못 알아들었으니까. 하하. 놀란 감독의 '인셉션'은 자신이 생각하는 복잡한 이야기를 알기 쉽게 설명합니다.

　　관객이 그 의미를 놓치지 않도록 대사를 통해서 끌어당겨 준다고 하는데, 저는 대사를 들으면서 더 헷갈리던걸요. 이 영화를 이해하기 위해, 필요한 몇 가지 키워드가 있습니다. '킥', '토템'(이 영화에서는 팽이), '꿈', '꿈의 설계' 등입니다. 아, 가톨릭에서도 사용하는 단어, 림보도 있지요.

　　참 희안하지요. 이 영화는 의미를 잘 못 알아들으면서도, 숨을 죽이게 하는 어떤 마력을 지니고 있으니 말입니다. 갑자기 장면이 바뀌면서 상황을 파악하기 위해 머리를 쥐어뜯어야 하지만, 영화에서 나오는 음악은 마음을 편안하게 상상의 나래로 날게 합니다. '한스 짐머'라는 사람이 음악감독을 맡았다고 하네요.

　　제가 잘 못 알아듣는 것은 단순히 영어 때문은 아니라고 말씀드렸지요. 심리학적인 세계에 대한 이해와 더불어 철학적이고 논리적인 사고의 전개를 따라가야 하기 때문이지요. 대부분의 영화 이야기가 그렇듯이 이 영화도 사랑이 주요 주제의 하나이지요. '인셉션'은 삶에서 대두되는 근본적인 사랑과 죽음의 문제를 다루지요. 그 매체를 꿈이라는 심리학적인 메타포로 사용한다는 점에서 특이하지요.

　　함께 영화를 본 선배는 틀림없이 장자에서 힌트를 얻었다고 단언하였지요. 하긴 꿈속의 꿈은 장자가 처음 이야기하였으니까요. 사람과 죽음, 사랑과 미움, 선과 악은 모두 우리 안에서 일어나는 화두이겠지요. 주연은 '타이타닉'으로 유명해진 디카프리오. 조연들도 화려한 이름들입니다.

게이샤의 추억으로 알려진 일본인 배우 와타나베 켄. 얼른 보면 멍청할 것 같은데, 묘한 매력을 지닌 배우 조셉 고든-레빗. 퍼블릭 에너미에서 열연한 프랑스 배우 마리안 꼬띠아르, 주노에 나왔던 엘렌 페이지 등이 팀을 이룹니다. 저에게 매력적인 배우는 코브의 아내 멜로 분장한 슬픈 눈을 가진 여인, 마리안 꼬띠아르입니다.

그녀는 코브가 아는 사실을 다 알고 남편의 일을 망치게 하지요. 묘한 여운을 남기는 눈동자는 꿈속의 여인이라는 설정으로 더욱 매력적입니다. 코브는 그녀를 믿지 못하면서 사랑하기 때문에 약한 모습을 보이지요. 미워도 미워할 수 없는 사람, 사랑은 참 묘하지요.

첫 장면은 도쿄. 켄은 사업의 목적을 달성하기 위해 생각을 훔치는 능력을 지닌 코브에게 접근하여 구미를 당기는 제안으로 영화 '인셉션'은 시작됩니다. 생각을 훔치는 코브는 인셉션으로 생각을 주입시킬 수 있다고 주장하고 다섯 명의 팀을 구성합니다. 사업문제로 경쟁회사를 무너트려야 하는 켄은 아이들을 보고 싶어 하는 코브에게 집으로 안전히 돌려보내 주겠다는 조건을 걸고, 생각의 도둑을 제안하는 것이지요.

다섯 명의 생각 도둑 팀은 빠르고 흥미 있게 하나로 모아집니다. 코브 이외의 중심에 포인트 맨이 있지요. 날카로우면서도 고지식하고 바보 같은 인상을 주면서도 묘한 매력을 지닌 조셉 고든 레빗. 그는 음악으로 꿈에서 깨고 장치를 준비하고 코브를 돕는 중심에 있습니다.

그다음에 귀여운 배우, 엘렌 페이지. 그녀는 꿈을 설계하는 건축사업니다. 코브의 문제를 다 알고 그 문제를 풀기 위해 애쓰고, 결국 코브를 문제에서 벗어나도록 돕습니다. 그녀의 상상력은 뛰어나고 상황판단도 빠르고 똑똑하기 때문에, 코브를 문제에서 벗어나도록 조언해 줍니다.

　제가 참 재미있는 설정이라고 생각한 것은 생각을 훔치려면, 진정제가 필요한 것입니다. 왜냐하면, 꿈에서 깨어 버리면 곤란하기 때문이라고 하네요. 위험한 3단계까지 가게 된다면, 꿈에서 깨면 안 됩니다. 때로 우리 삶에서도 진정제가 필요합니다. 꿈은 현실과 다르고 꿈은 현실의 5분이 한 시간입니다.

　꿈과 현실의 경계가 아주 묘합니다. 꿈에서의 고통은 그대로 이어지고 꿈에서 죽게 된다면 현실에서도 죽음으로 이어집니다. 꿈은 현실의 5분이 한 시간이지만, 꿈속의 꿈은 기하급수로 더 짧아지지요. 60년도 꿈속의 꿈에서는 아주 짧은 시간. 시편 90편을 떠올리게 되었지요.

　"정녕 천 년도 당신 눈에는 지나간 어제 같고 야경도 한때와도 같습니다."

　'킥'이란 키워드. 우리가 꿈을 꾼다면 '킥'이 필요합니다. '킥'을 사용해서 꿈에서 깨려면, 또한 중력이 필요합니다. 그런데 인셉션이 위험한 까닭은 생각을 훔치는 자들이 생기니깐 당연히 보호하는 자들도 있기 때문이라고 하네요. 꿈을 훔치지 못하게 하는 훈련을 했다면, 꿈속 그들이 위험합니다.

　보통은 위험해도 깨면 현실로 돌아오기 때문에 문제가 없지만, 인셉션을 위해 진정제를 복용한 그들은 영원히 꿈의 밑바닥에서 현실을 꿈이라 생각하고, 꿈을 현실이라 생각하면서 깨어나지 않는 되는 것입니다. 그래서 '인셉션'에서는 죽으면 안 되는데, 코브의 아내 멜은 코브를 방해합니다.

　마지막이 제일 헷갈립니다. 토템, 팽이가 계속 돌고 있으면 아직 꿈이고 돌다가 멈추면 현실로 돌아온 것인데, 분명히 멈춘 것 같은데 저에게는 그 상황이 꿈의 연속으로 느껴지는 것입니다. 아마 현실로 돌아가기 싫은 아내와의 세상과 현실로 돌아와서 꿈이 현실이고 현실이 꿈이라 생각해 버리는 상황을 그리고 싶은 것이 감독의 생각으로 보입니다.

참 묘하지요. 인생이란! 꿈에서의 죽음은 현실로 돌아오지만, 현실에서의 죽음은 죽음으로 영원히 돌아오지 않는다면! 그 인생은 어떤 것일까요? 결국, 이 영화는 거대한 회사 간의 도둑이 스토리 전개에서 일어나고 있지만, 진짜 주제는 코브와 멜의 사랑에 관한 이야기라는 사실! 현실을 인정하지 못하고 무의식의 세계, 꿈의 세계에 남기를 선택한 멜은 바로 우리의 무의식 안에 있는 또 하나의 자아가 아닌가 생각합니다.

코브는 사랑하는 아내 멜에게 인셉션을 시행한 후, 자신이 멜을 죽였다는 죄책감에 시달리지요. 다시 회복하기 위해 애쓰고 그를 돕는 엘렌과의 관계도 긴장을 늦추지 못하게 하는 묘미를 던져 줍니다. 결국, 자신의 기억 속에서 멜과의 사랑을 이어가는 코브는 영화의 마지막 림보 속에 갇힌 멜을 떠나보내며, 어떤 깨달음을 얻은 것이 아닐까? 하는 생각에 잠겼습니다.

이 영화에서 놀라게 되는 것은 우리의 생각이 가장 강력한 바이러스라는 생각입니다. 제가 느끼기에 놀란 감독은 관객들에게 생각이라는 바이러스를 심어놓고, 관객의 생각이 어떻게 나타나는지를 보고 싶어 하는 것 같습니다. 말하자면, 영화를 관객이 즐기는 것이 아니라, 감독이 관객의 생각을 바라보며 즐기기 위해 만든 영화인지도 모릅니다.

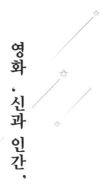

영화 · 신과 인간,

착한 목자는 양 떼를 버리지 않고,
새들이 떠나도 나무는 그 자리를 지킨다.

"수사가 된 것도 미친 짓이지."

영화 '신과 인간'에서 수도원 원장 크리스티앙이 내적 갈등으로 괴로워
하는 크리스토프 수사의 이야기를 찬찬히 듣고 난 다음 들려준 말입니다.
무엇에 미쳤다는 것일까요? 그것은 바로 사랑에 모든 것을 바쳤다는 의미
가 아닐까요? 어느 날 마을의 처녀가 의사인 뤽 수사님에게 묻습니다.

"사랑에 빠지면, 어떻게 되지요?"

뤽 수사님이 대답합니다.

"사랑은 일종의 매혹이며 욕구이지. 어느 날 갑자기 행복의 희망이 오
는 거야. 가슴이 뛰지. 그래서 혼란스러워."

"사랑을 해 보셨어요?"

"많이 했지. 그런데 더 커다란 사랑이 왔을 때, 거기에 응답했지. 그것
이 60년 전이야."

그는 더 큰 사랑에 미쳤기 때문에 60년을 수도자로 살았고, 수도자로

서 죽습니다. 사랑에 살고 사랑에 죽는 것, 그것이 궁극적인 수도자의 삶입니다. 영화 '신과 인간'은 1996년 북아프리카 알제리의 티베린이라는 외딴 마을에 살던 프랑스 수사들이 이슬람 테러리스트들에게 납치 살해 당한 사건을 바탕으로 만든 실화입니다. 일명 '알제리의 티브히린 프랑스 수도자 살해사건'입니다. 영화는 이 시편을 읊는 그레고리안 성가와 함께 수도원에서 울리는 종소리로 시작됩니다. 이어 또 다른 시편을 읊는 성가 가 고요히 들려옵니다.

"주님, 제 입술을 열어 주소서! 제 입이 당신을 찬양하리다."

이른 새벽 수사들은 작은 서재에 모여 찬미를 드리고 영적 독서를 한 뒤 각자의 소임대로 하루를 시작합니다. 의사인 뤽 수사는 가난한 마을 사람들을 치유해 주기 위해 각종 약을 챙깁니다. 이어서 마을 청년이 언 덕 위의 수도원으로 걸어오고 있습니다. 마을 축제에 수사들을 초대하기 위해 언덕을 오르는 그의 발걸음은 경쾌합니다. 뤽 수사는 아침부터 환 자들을 돌보느라 무척 분주합니다. 인간미가 물씬 풍기는 뤽 수사는 치 유된 어린이의 상처에 입을 맞추고, 너무 낡아버린 신발을 신고서 자신 을 찾아온 여인에게는 성한 신발을 신겨서 돌려보냅니다. 뤽 수사는 가 난한 사람들의 몸과 마음을 함께 치유해 주고 있었습니다.

영화는 수사들과 마을 사람들이 하나로 연결되어 있고, 서로 사랑을 나누는 관계임을 소소한 일상을 통해 전해 줍니다. 수도원의 종소리가 멀리 이슬람 사원의 기도 시간을 알리는 소리와 겹치지만 서로 방해되지 는 않습니다. 원장 크리스티앙의 책상에는 이슬람 경전인 '코란'과 성 프 란치스코 아시씨의 '작은 꽃'이 놓여 있습니다.

크리스티앙 수사는 코란과 성경을 함께 공부하며 마을 사람들과의 조화에 힘씁니다. 기상과 공동기도 시간, 미사 시간을 알리는 수도원의 종소리가 이슬람 사원에서 울려오는 종소리와 조화를 이루는 것은 겉으로는 서로 다른 이름으로 불리지만 궁극적으로는 한 분이신 하느님 안에서 어떻게 형제로 살아가야 하는지를 보여주는 상징적인 의미입니다. 1219년 제5차 십자군 전쟁 중에 성 프란치스코는 비무장으로 그리스도교의 적이던 이슬람 이집트의 술탄(왕), 말리크-알-카밀을 만나러 간 적이 있습니다. 그는 회교도들에게 진정한 형제로서 다가갔습니다. 술탄도 그의 진정성에 경의를 표하면서 답례로 그리스도인 포로들을 풀어주었습니다.

크리스티앙 수사는 군 복무 중 알제리에서 자신을 변호해주고 대신 참수된 무슬림 친구에게서 깊은 감화를 받고 성 프란치스코처럼 이슬람인들을 진정한 친구로 대했다고 합니다. 그는 '코란'과 아랍어를 공부하면서 '리바트 에사 살람'(평화의 끈)이란 모임을 만들었습니다. 그리스도인들과 이슬람인들이 일 년에 두 차례 아틀라스 수도원에 모여 함께 기도하고 명상하는 모임이었습니다. 수사님들은 평복을 입고 축제에 참석합니다. 마을 사람들과 일치를 이루기 위한 노력입니다. 축제는 이슬람 기도 소리와 지루해 하는 아이의 하품과 여인들은 수다가 뒤섞여 있습니다. 이슬람인의 기도와 수사들의 기도가 별반 다르지 않아 보입니다.

저희를 옳은 길로 인도하소서!
저희에게 무거운 짐을 지우지 마소서!
저희를 용서하소서!
저희는 신께 귀의 하나이다!"

밭을 갈고 채소를 기르고 벌꿀을 수확해서 시장에 내다파는 등 노동하는 수사들의 삶은 종교를 뛰어넘는 사랑으로 마을 사람들의 삶 속에 스며들어 있고, 기도하고 노동하는 그들의 모습은 평화롭고 아름답습니다. 저녁기도 중의 한 구절에 수도자인 저는 깊이 머물게 됩니다.

"살베 레지나! 자비의 어머니!"에 이어지는 구절이 "달콤한 인생, 그리고 우리의 희망. 저희는 당신께 외칩니다!"

달콤한 인생이라니요? 곧 마을에 끔찍한 일이 일어나 달콤한 인생은 쓰디쓴 인생으로 뒤바뀌는 순간이 될 것임을 역설로 보여주는 구절입니다. 히잡을 쓰지 않은 18살 처녀가 이슬람 근본주의자들에게 살해당했다는 끔찍한 소식을 전하는 마을 사람들은 '미친 짓'이라고, 세상이 미쳐 돌아간다고 한탄합니다.

"누가 누구를 죽이지요?"

"그것은 '코란'에 반대되는 것입니다. '코란'에는 분명 형제를 죽이면, 지옥에 간다고 되어있습니다."

어느 날 이 마을에도 반정부주의 이슬람 근본주의자들이 나타나 작업장의 크로아티아인들을 살해하는 사건이 일어나고 평화롭던 마을은 일대 위기를 맞게 됩니다. 정부는 수도원의 안전을 위해 군인을 배치해 주겠다고 제의하지만, 원장 수사는 거절합니다.

성탄 전야 그레고리안 성가가 울려 퍼지는데 이슬람 반군이 수도원에 침입합니다. 총을 들이대며 위협하는 반군을 원장 크리스티앙은 마치 프란치스코 성인처럼 부드럽게 응대합니다. 다친 반군 병사의 치료를 위해 의사를 데려가겠다는 하자 크리스티앙은 단호히 거절합니다.

의사인 뤽 수사 역시 필요한 사람은 누구든지 치료해 준다고 말합니다. 그러면 의약품이라도 내어놓으라고 하지만, 그들은 가난한 마을 사람들을 치료하기 위한 분량밖에 없다며 단호히 거절합니다. 물러서지 않는 반군에게 크리스티앙은 '코란'의 한 구절을 들려줍니다.

"믿는 자들을 사랑하는 사람들 가운데 그리스도교인들이 있을 것이며, 그들 중에 사제와 수도자들이 있을 것인데, 그들은 누추할 것이다."

결국, 반군은 돌아서고, 그런 그에게 크리스티앙 수사는 오늘은 특별한 밤이라고 이야기합니다. 왜냐고 묻는 반군에게 그는 평화의 왕의 탄생을 축하하는 밤이라고 대답합니다. 그러자 반군은 "아, 예수!"라고 하면서 크리스티앙 수사에게 악수를 청하고는 돌아갑니다.

반군들의 수도원 침입으로 위협을 느낀 수사들은 이곳을 떠나야 할지, 남아야 할지에 대해 각자 깊은 고민에 빠지게 됩니다. 그런 내면의 복잡 미묘한 감정을 차분한 시선으로 깊이 있게 표현한 배우들의 절제된 연기는 더 없이 훌륭했습니다.

"이 난폭한 시대에 주님 함께 계시니, 우리가 죽을 곳에만 계시나이다."

떠날 것인지, 남을 것인지 선택의 기로에서 신을 대면해야 하는 수사들의 고뇌는 그레고리안 성가와 기도 내용에서 절절히 묻어나고 있습니다. 성탄 전야에 있었던 반군들의 침입과 반군 부상병을 치료해 준 일로 정부군의 의심을 함께 받게 되어 양측 모두로부터 위협을 받게 된 수사들의 입지는 좁아지고 수도원은 불안과 긴장감이 팽배합니다.

수도자로서 신의 사랑과 믿음을 몸소 실천하려 하지만 그들 역시 인간이기에 생명을 위협하는 폭력 앞에서 두려울 뿐입니다. 두려움에 질린 한 수사가 그들이 오면 어떻게 하느냐고 묻자, 의사인 뤽 수사는 우리의 소명은 두려워하는 이들과 함께 이곳에 사는 것이라고 합니다. 어떻게 그럴 수 있냐고 되묻자, 그는 아주 재미있는 표정으로 코믹하게 대답합니다.

"숨바꼭질하는 거지."

상황은 점점 더 악화하고, 불안감이 극에 다다릅니다. 하지만 감독은 그들이 희망을 잃고 절망하는 것은 아니라는 것을 수사님과 마을 처녀가 함께 밭을 갈고 씨를 뿌리는 장면을 보여줌으로써 넌지시 암시합니다. 그들은 마치 예언자 예레미야처럼 땅을 고르고 씨앗을 심고 있었습니다. 씨앗은 희망의 상징이지요.

크리스티앙 수사의 고뇌의 눈물이 빗속의 성모상의 눈물과 오버랩되는 장면은 저의 뇌리에서 잊히지 않습니다. 나무 위로 밝게 비치는 햇살 속에 크리스티앙 수사가 양 떼를 모는 목동처럼 언덕을 오르는 장면과 호수가 바위 위에 앉아 기도하는 장면도 오래도록 잔상으로 남아 있습니다.

"하느님, 왜 이런 상황 안에서 당신은 침묵하십니까?"라는 욥의 물음을 던지며 고뇌하는 수사들의 인간적인 모습에 깊은 연민을 느끼게 합니다. 이 영화는 무엇보다 '영신 수련'의 중요한 내용인 '선택'을 다루고 있습니다. 과연 무엇이 옳은가? 순교란 무엇인가?에 대한 화두를 놓고 수사들은 고뇌하며 갈등합니다. 그들이 영적 독서로 읽는 내용 중의 하나가 카를로 카레토 수사의 글입니다.

"왜 하필이면 제게 이런 고통을 주십니까? 그냥 받아들이기에는 억울하고 부당하게만 느껴지는 일들이 있습니다. 과연 그 안에 담긴 하느님의 뜻은 무엇일까요? 왜 하느님은 이런 엄청난 고통을 허락하실까요?"

선택의 과정은 서서히 일어납니다. 처음부터 두려움 앞에 자유로운 뤽 수사도 있지만, 대부분은 카를로 카레토와 같은 질문을 던지며 두려움에 고뇌하고, 고통에서 도망치고 싶은 나약함을 보입니다. 그러나 그

나약함이 의연함으로 변모되는 과정을 지켜보던, 저는 진정한 '선택'의 의미를 다시 생각하게 되었습니다.

'선택'은 한 번에 이루어지는 것이 아니라 과정입니다. 삶이 과정이듯이 '선택'도 과정입니다. 고뇌를 거치지 않은 단호한 선택보다 진정 갈등을 통해 고뇌하며 서서히 이루어지는 그 선택이 더 아름답습니다. 영화에서 감독이 선택의 과정에서 무엇이 바른 선택을 하도록 이끌며 진정한 지혜를 주는지도 보여주려고 애쓰는 모습을 느낄 수 있었습니다.

그런 면에서 '신과 인간'은 진정 영성적인 면도 깊이 있게 다룬 영화입니다. 반군들의 테러 위협이 계속되는 가운데 도지사는 수사들에게 프랑스로 돌아가라고 강요하는 가운데 한 수사는 마을 사람들에게 말합니다.

"저희는 떠나야 할지도 모릅니다."

"저희는 가지 위에 앉은 새입니다. 떠날 수도 있고, 머물 수도 있습니다."

그러자 마을의 한 여인이 대답합니다.

"저희가 새이고, 수사님들이 가지입니다. 가지가 없으면 새인 우리는 어디에 앉지요?"

가난한 수사들은 자신들보다 더욱 가난하고 힘없는 마을 사람들이 자신들을 의지하며 살고 있었기에 도저히 마을 사람들을 버리고 떠날 수가 없었습니다. 그래서 모두 남기로 결정합니다. 그렇게 일치를 이루기까지 불안 속에서 제각각 깊은 고민에 빠졌었지만, 마침내 각자의 자유로운 식별 과정을 통해 온전한 마음의 일치를 이루게 됩니다.

그 과정은 단순히 그곳에 남을 것인가, 떠날 것인가에 관한 문제가 아닌 예수 그리스도를 따르겠다는 그들의 성소에 대한 식별이자 그리스도와의 일치였습니다. 착한 목자는 양 떼를 버리지 않고, 새들이 떠나도 나무는 그 자리를 지키는 법이지요.

크리스티앙 수사가 쓴 편지에는 '그분께서 바라보시는 그대로 그분과 함께 바라보기 위하여, 나의 눈길을 아버지의 눈길 안으로 잠근다.'라고 쓴 구절이 있습니다. 그 글을 보면 그는 분명 강생의 의미를 깊이 깨달은 사람임에 틀림이 없습니다. 또 그는 미사 중에 다음과 같이 말합니다.

"그리스도께서 우리를 위해 해 주신 일은 바로 태어남, 탄생입니다. 탄생에서 탄생으로, 그분은 당신을 우리 인간 안에 구현하셨습니다. 일상 안에 구원을 가져오십니다. 일상 안에 강생의 신비가 깃들어 있습니다. 우리가 겪는 일, 겪어야 할 일도 같습니다."

영화 '신과 인간' 중에서 가슴 아프면서도 아릿한 감동을 전해 준 장면은 '마지막 만찬' 장면입니다. 반군들의 침입이 있었던 이후 불안과 긴장 속에서 지내던 수사들이 제각각 고통스러운 식별 과정을 거친 후 모두 남기로 결정한 후, 마주한 저녁 식사 장면입니다.

평소와 다를 것 없는 검소한 저녁 식탁에, 의사인 뤽 수사가 감추어 두었던 포도주 두 병을 내어놓고, 카세트에 테이프를 끼워 넣습니다. 침묵 속에 차코프스키의 '백조의 호수'가 울려 퍼집니다. 음악이 흐르는 가운데 소박하지만 아주 특별한 만찬이 시작됩니다. 포도주를 마시며 수도원 형제들은 아무 말 없이 저마다 깊은 생각에 빠져듭니다.

이제는 고통스러운 갈등도 혼란도 없다는 듯이 환한 미소를 짓기도 하고, 눈물을 글썽이기도 하고, 옆에 앉은 형제의 어깨를 토닥이기도 하면서 내적 평화와 서로 간의 깊은 일치를 보여준 그 장면은 실로 아름답고 감동적이었습니다. '마지막 만찬'을 나누고 침대에 든, 그날 한밤중에, 20여 명의 무장 괴한들이 수도원에 침입합니다.

그들은 일곱 명의 수사들을 납치했고, 두 달 뒤 메데아의 한적한 길가에서 그들의 수급만이 발견되었습니다. 그들이 미처 발견하지 못한 장 피에르 수사와 아메데 수사만 살아남았고 이 두 분에 의해 이 이야기가 세상에 알려지게 되었습니다. 1991년부터 시작된 알제리 정부와 반정부 이슬람 단체 사이의 무력충돌로 시작됩니다.

알제리 내전은 무고한 언론인과 외국인은 물론 민간인들에 이르기까지 약 20만 명이 넘는 목숨을 앗아간 참혹한 전쟁이었습니다. 영화의 배경인 1996년은 양측의 대립이 최고조에 다다른 때로, 무차별적인 테러와 폭력의 난무로 인해 누가 언제 어디서 목숨을 잃을지 알 수 없는 긴장과 불안이 팽배해져 있었고, 사건은 바로 그 때 일어났습니다.

그들이 마지막 죽음의 골짜기로 걸어가는 모습은 제게 깊은 묵상 거리를 던져 주었습니다. 수사들은 서로 부축하면서 묵묵히 죽음의 골짜기를 향해 걸어갑니다. 크리스티앙 수사는 가장 연로한 뤽 수사를 부축하며 걷고 있습니다. 테러니스트도, 군대도, 죽음도 두렵지 않다던 자유인인 뤽 수사는 이제 진리이신 그분께로 걸어갑니다.

진리가 그를 자유롭게 할 것입니다. 눈보라 속으로 희미해 져가는 그들의 모습에 가슴 먹먹했지만, 그 희미함, 어둠 속에서 밝게 빛나는 한 줄기 빛을 느꼈습니다. 눈보라 속에서 점점 희미해지던 수사들의 모습은 이제 눈보라 속에 묻혀버리고, 크리스티앙 수사가 남긴 편지로 영화는 마무리합니다.

"나에게 그 일이 일어난다면, 이미 알제리에 있는 모든 외국인을 겨냥하고 있는 듯이 보이는 테러리즘의 희생자가 된다면, '나의 생명은 하느님과 이 땅에 바쳐졌다.'라는 것을 나의 공동체, 나의 교회, 나의 가족은 기억해 주길 바랍니다."

크리스티앙 수사는 자신들은 특별한 순교자가 아니며, 이름도 없고 관심도 없이 죽어간 수많은 이들의 무참한 죽음과 결부되어 있음을 알아달라고 부탁하고 있습니다. 그들의 생명이 다른 평범한 이들의 생명보다 더 가치 있는 것도 아니며, 그렇다고 덜 가치 있는 것도 아니라고 말합니다. 무엇보다 자신들이 '순교의 은총'에 참여하게 된다고 할지라도 이 죽음의 책임을 알제리인들에게 지우지 말 것도 당부합니다. 그의 깊은 내면의 목소리에 절로 존경으로 두 손을 모으게 됩니다. 영화는 다음의 성가로 막을 내립니다.

이제 밤이 내리네,
탄생의 위대한 밤이
사랑 말고는 아무것도 없어라.
스스로 드러내는 사랑뿐이네.


모래와 물을 갈라놓으심으로
한낮에 거하실 이 땅을
하느님은 요람처럼 마련해 주셨네.


밤이 내렸다네.
팔레스타인의 행복한 밤이
아기 예수 말고는 아무것도 없어라.
아기 예수의 성스러운 생명뿐이네.

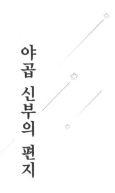

# 야곱 신부의 편지

'신부'와 '편지'라는 두 단어에 끌려 보게 된 영화, '야곱 신부의 편지'는 어제 관람 이후 내내 제 가슴을 잔잔히 울리고 있습니다. '신부'는 저의 정체성을 나타내는 단어이니 자연 이끌리게 되고, '편지'는 제가 아직 아날로그 세대인 까닭에 왠지 친숙하고 정이 가는, 잃어버린 어떤 것을 되찾아 줄 것 같은 느낌을 받기 때문입니다.

진정 마음을 담아 보내는 소통의 수단은 이메일이나 문자보다는 손으로 쓴 편지이어야 할 것 같은데, 게으름 때문에 손으로 쓰는 편지는 점점 먼 옛날의 일이 되어버렸기에, 편지는 더욱 제게 어떤 그리움 같은 것을 담고 있는 단어입니다. 영화관에서 불이 꺼지더니, 아무 광고, 선전도 예고편도 없이, 그냥 영화가 던져졌습니다.

영화는 감옥에서 교도상담자로 보이는 한 남자와 죄수인 한 여인이 나누는 짧은 대화로 시작됩니다. 이 짧은 대화 안에 이 여인이 누구이며, 어떤 상황인지를 담아내고 있습니다. 이 여인, 레일라는 살인죄로 복역하는 무기징역수입니다. 영화 종반부에서 밝혀지게 되는데, 언니를 폭행하던 형부를 충동적으로 살해하게 됩니다.

자기가 결국 언니의 삶도 망쳤다고 생각하여 언니와도 일체 연락 두절하고 완전히 세상과 마음의 문을 닫습니다. 그런데 어느 날 전혀 예상하지 않았던 사면을 받고, 출소하게 됩니다. 세상에 대해 적개심을 지니고 완전히 마음의 문을 닫고 사는 여인, 레일라는 외모부터 범상치 않습니다.

모습이 투박하고 거칠고 무표정합니다. 금방이라도 일을 저지를 것 같은 인상입니다. 그런데 그 이면에는 어깨 부상으로 메달 획득에 실패했지만, 투혼을 보여 준 역도 선수 장미란처럼 아주 순수해 보이는, 묘한 여운을 담고 있습니다. 이 묘한 조화를 소화해내는 그녀의 연기는 시선을 떼지 못하게 합니다.

그녀가 출소 후 제안을 받은 일은 어느 시각장애인 신부, 바로 야곱 신부님에게 온 편지를 읽어주고 답장을 써 주는 일입니다. 교도상담자에게 이런 제안을 받은 레일라는 너무나 시큰둥하지만, 그녀는 출소해도 달리 갈 곳이 없습니다. 결국, 야곱 신부를 찾아갑니다.

이 영화는 핀란드 영화라고 합니다. 저는 한 번밖에 가 본 적은 없지만, 핀란드라면 막연히 숲이 있는 아름다운 풍경을 그리게 됩니다. 영화에서 먼저 성당의 모습을 비추어 줍니다. 숲에서 조금 떨어져 있고, 바다에서 멀지 않은 곳으로 보이는 곳에 덩그러니 서 있는 성당은 단순하면서도 아름답습니다.

숲속에 있는 사제관의 겉모습은 마치 도둑의 소굴처럼 조금은 음침하고, 엉성한 무허가 낡은 창고 같은 집입니다. 그러나 사제관의 안의 모습은 불빛과 더불어 늘 끓고 있는 물 주전자가, 거기 사는 신부의 따뜻한 내면을 비추어 줍니다. 무엇보다 제 눈을 사로잡는 풍경은 사제관으로 들어오는 길입니다.

가로수 사이로 자전거를 타고 오는 우체부, 그리고 그의 야곱 신부님을 부르며 편지가 왔다고 외치는 소리는 잠자는 영혼을 깨우는, 적막 속의 울림입니다. 레일라가 낡은 가방을 들고 사제관에 가는 모습과 더불어 처음 나타나는 숲길이 저에게 향수 같은 친밀함을 불러일으켰습니다.

레일라와 야곱 신부님과의 첫 만남. 투박함과 거침, 세세함과 부드러움이 전혀 어울릴 것 같지 않으면서도 대비를 이루면서 묘한 분위기는 숨을 죽이게 합니다. 식탁에 마주 앉은 두 사람 사이에 흐르는 긴장, 그리고 이어지는 식사 안에서의 나눔은 대화가 별로 없지만, 거기 많은 이야기가 담겨 있습니다.

야곱 신부는 레일라가 자기 옆에 앉도록 배려하지만, 레일라는 단호하게 자기 찻잔을 들고 멀리 떨어져 앉습니다. 닫힌 마음을 여실히 드러냅니다. 야곱 신부님은 앞이 전혀 보이지 않는 시각장애인입니다. 시각장애이면서도 비교적 능숙하게 레일라의 찻잔에 물을 따라주고, 그녀를 편안하게 느끼게 해 주려고 애씁니다.

야곱 신부님의 행동을 꿰뚫으려는 듯 바라보는 레일라의 표정은 이런 상황이 너무나 못마땅합니다. 신부님이 정말 앞이 안 보이는지를 확인하기 위해, 긴 칼을 들고 신부님 눈앞에 바짝 대며 흔들어 보일 때는 섬뜩하게 느껴집니다. 정작 레일라가 신부님을 위해서 해야 할 일은 그리 어려운 일은 아닙니다.

야곱 신부님께 배달되어 온 편지를 읽어주고, 신부님이 불러주는 대로 답장을 써주는 것입니다. 야곱 신부님에게 온 편지 내용은 대개 사람들이 자기들의 마음의 짐을 나누는 내용입니다. 하여 야곱 신부는 레일라가 읽어주는 편지 내용을 듣기 전에, 오늘은 어떤 마음의 짐을 덜어 주어야 하느냐?라는 이야기를 합니다.

편지를 보낸 사람들은 나름대로 자기들의 짐을 누군가가 덜어 주기를 바랍니다. 야곱 신부님은 자기가 편지를 읽고, 그들에게 답장을 해 주는 일이 바로 하느님의 일이라는 사실, 그리고 그 일이 아주 중요한 일이라는 자각을 지니고 있습니다. 야곱 신부님이 처음에 레일라에게 이렇게 말하는 대목이 있습니다.

"사람들은 자기들을 위해 기도해 주길 바라고, 우리는 그들을 하느님께 다가가게 하지요. 하느님의 자녀들 가운데 아무도 쓸모없는 사람들은 없고, 또 그들이 누군가에게 아주 잊혀진 것이 아니라는 사실을 알고 느끼는 것은 아주 중요합니다."

그런데 나중에 편지가 더 오지 않고, 자기가 하던 일을 되돌아보면서 이번에는 야곱 신부님이 이렇게 말합니다. "나는 이 일을 하느님을 위해 하는 것이라고, 생각했어요. 하지만 그 반대였나 봐요. 나 자신을 위한 일이었나 봅니다." 이제 마음의 짐을 덜기 위해 편지가 오지 않게 됩니다.

야곱 신부님은 자기가 하던 그 일이 결국 눈이 안 보이고, 더 이상 다른 일을 할 수 없는 자기를 위한 하느님의 배려였다고 토로합니다. 늙고 병들고 외로운 신부에게는 마음의 짐을 나누는 편지가 바로 자기의 외로움을 위로하고, 그 외로운 마음의 짐을 더는 통로였다는 깨달음입니다. 그런데 그 편지가 더 이상 오지 않는 것입니다.

이것은 나중의 깨달음이고, 다시 서두로 돌아가면 야곱 신부님은 정말 진지하게 편지 내용을 듣고, 거기에 가장 적절한 성경 구절을 찾아 답을 해 주면서 편지를 보낸 사람들의 마음의 짐을 덜어 주려고 애쓰고, 주소가 없어서 답을 할 수 없을 때는 진지하게 그 사람을 위해 기도합니다.

거기 반해 레일라는 신부님이 왜 이런 일을 하는지, 정말 이해가 되지 않는다는 표정을 짓고 사뭇 귀찮아합니다. 편지의 일부는 버려진 우물에 던져 버리기도 하지요. 한편 영화에서 춘향전의 향단이처럼 마치 약방의 감초처럼, 문득문득 나타나는 인물이 우편배달부입니다.

그는 신부님이 무기징역수였던 레일라를 조수로 받아들인 것이 못마땅한 세상의 시선을 그대로 드러냅니다. 그는 레일라를 바라보며, 한편 겁을 내면서도 경멸과 무시하는 내면의 시선을 감추지 않습니다. 레일라의 우편배달부를 대하며 그와 벌이는 미묘한 신경전은, 세상에 대한 적개심과 마음의 문을 걸어 닫는 그녀의 마음에 대한 상징성으로 여운을 남깁니다.

우편배달부가 숲길을 달려오며 외치는 소리, 야곱 신부님은 그 자전거의 페달 소리만 들어도 우편배달부가 새 자전거를 마련한 것을 압니다. 그 우편배달부는 어느 날 밤에 혹시 레일라가 그 신부에게 어떤 해를 끼치지 않을까? 염려하여 밤에 몰래 와서 염탐합니다. 레일라에게 끌려 나온 그는 신부님은 좋은 분이고 당신은 전혀 그렇지 못한 사람이니 떠나라고, 그녀에게 소리치지요.

그 후 우편배달부가 숲길을 자전거를 타고 달려오다가 레일라를 보고 샛길로 빠지는 장면이 두어 번 나타납니다. 우편배달부가 그녀의 모습을 보고 놀라는 모습에서 그녀에 대한 두려움 때문에 편지를 전달하지 않고 도망을 하는 것으로 생각을 하게 되지만, 실은 이제 야곱 신부님께 편지가 오지 않았던 것입니다.

이제 찻잔을 들고 야곱 신부님의 곁으로 오는 모습을 통해 레일라는 마음의 문이 조금씩 열리게 되는 것으로 보이지만, 하나의 사건을 통해 아직 그것이 아니라는 것을 알게 됩니다. 야곱 신부님은 자기에게 더 이상 마음의 짐을 나누는 편지가 오지 않는다는 것을 알게 되면서 점점 생기를 잃게 되고 노쇠해집니다.

편지가 없느냐고 묻는 야곱 물음에 레일라가 없다고 무뚝뚝하게 말할 때, 신부님이 아쉬움을 감추지 못하는 모습은 보는 이의 마음을 아프게 만듭니다. 야곱 신부님에게는 편지가 당신의 존재 이유였습니다. 이제 그것이 없으니까 다른 환상을 보게 됩니다. 혼배 예식이 있다고 레일라에게 성당에 가자고 합니다.

많은 사람이 올 것이라고 하며, 신부님은 시간에 늦으면 안 된다고 말합니다. 들떠서 서둘러 성당으로 가지만, 거기 아무도 없습니다. 혼배 예식은 자기에게 익숙한 일이라고, 지금까지 많은 사람에게 부부의 연을 맺어주었고 이것이 마지막이 아니라고 독백하지만, 모든 일은 다만 환상 안에서 일어나는 일이었습니다.

사람들이 없다고 하자, 아마 세례식일 거라고 합니다. 그러나 거기 혼배 예식도 세례식도 아무것도 없었습니다. 촉촉이 비가 내리고 적막만이 흐르는 성당에서 야곱 신부님은 혼자 미사를 드리고, 그리고 제대 앞에 쓰러지듯 눕습니다. 그 머리 가까이 천장을 새어 들어온 빗방울이 정적을 깨웁니다.

이제 아무도 신부님께 마음의 짐을 나누지도, 신부 본연의 일인 혼배 예식이나 세례식도 청하지 않습니다. 늙고 병들고, 눈이 보이지 않아 이제 아무 쓸모가 없는 자신의 모습을 괴로워하며, 성당 제대 앞에 가만히 누워있는 야곱 신부님의 모습은 훗날 제 모습과 겹쳐, 저도 모르게 눈물이 흘렀습니다.

야곱 신부님은 집으로 데려달라고 청하지만, 그런 모습을 본 레일라는 성당에 신부님을 혼자 남겨놓고, 사제관으로 와서 짐을 싸고 택시를 부릅니다. 레일라의 그런 모습은 언뜻 이해하기 쉽지 않습니다. 그런 신부님의 모습에서 레일라는 자신의 모습, 자신의 처지를 보았고 그것이 견디기 힘들었던 것이었는지도 모릅니다.

택시 기사의 어디로 가느냐? 는 물음에 아무 대답을 하지 못하던 레일라는 결국 택시에서 내리고, 다시 사제관에 머물게 됩니다. 신부님의 환상을 보는 약하고 초췌한 모습은 레일라를 무척 혼란스럽고 당황하게 만듭니다. 그래서 레일라는 떠나려고 하지만, 오히려 자기의 처지를 보는 레일라에게 신부님께 마음의 문을 열게 되는 계기가 됩니다.

이제 그녀에게 하나의 삶의 의미가 주어진 것입니다. 바로 야곱 신부님께 다시 삶의 의미, 그의 존재 이유를 찾아주자는 것입니다. 이미 언급한 대로 우편배달부는 자신을 바라보는 세상 사람들의 시선을 상징하는 것이고 그것에 대한 적개심으로 그를 멀리 쫓아 보냈습니다.

그 세상 사람들의 시선을 거부하고, 그 시선에 위축될 수 밖에 없던 그녀였습니다. 그래서 자살까지 시도하지만, 그녀는 이제 삶의 의미를 찾았고, 그것을 위해 우편배달부를 직접 찾아갑니다. 그리고 이제 야곱 신부에게 편지를 배달하라고 부탁합니다.

한때, 야곱 신부님께 오는 편지들을 읽어주고 답장을 쓰는 일이 귀찮아서 우물에 슬쩍 버리기도 했던, 그녀는 신부님에게 삶의 의미를 되찾아 주기 위해 편지를 찾게 됩니다. 그런데 우편배달부는 더 이상 신부님께 편지가 오지 않는 거라고 말합니다. 그래도 옛날처럼 "야곱 신부님, 편지 왔어요."라고 소리를 지르며 오라고 부탁합니다.

우편배달부는 레일라의 말대로 아주 오랜만에 멀리서부터 소리칩니다. 그런데 우편배달부의 소리치는 외침에 늘 창문을 열고 바라보던 신부님은 이제는 정말 못 들었는지, 별 반응이 없습니다. 레일라의 청을 들은 우편배달부가 가지고 온 것은 다만 잡지였습니다. 그런데 레일라는 다시 편지가 왔다고, 그래서 자기가 읽어 드리겠다고 하고, 신부님을 모시고 전에 하던 대로 숲속 정원 의자에 앉습니다.

늘 깔끔하게 로만 칼라를 갖춰 입고, 마치 중요한 하느님의 일을 하는 것을 은연중 자부심으로 차 있던 신부님은 이제 후줄근한 내복 차림에 맨발로 의자에 앉습니다. 그에게서 어떤 권위도 찾아볼 수 없습니다. 맨발로 나온 것이 정말 편지가 반가워서 맨발로 달려 나온 것인지, 다만 모든 것을 내려놓아서 이제 온전히 자유로워진 것인지는 저도 잘 모릅니다.

다만 그 모습이 저에게 훨씬 더 깊은 감동으로 다가왔습니다. 레일라는 이제 신부님을 위해 진짜 편지가 온 것처럼 연기를 합니다. 잡지의 한쪽을 뜯어 마치 편지봉투를 개봉하는 것처럼 찢는 소리까지 냅니다. 레일라는 아주 소박한 거짓말을 짓습니다. 편지를 보낸 사람이 자기네 집 개가 없어졌다는 거짓말이지요. 주소가 있느냐? 고 묻는 신부님의 물음에, 레일라는 주소는 없다고 답합니다.

시큰둥 일어나려는 신부님에게 하나 더 있다고 하면서, 레일라는 자기 자신의 이야기를 꺼냅니다. 신부님은 묵묵히 그 이야기를 다 듣습니다. 레일라의 이야기를 들은 신부님은 그것이 레일라 스텐에게서 온 편지냐?고 묻습니다. 레일라가 그렇다고 하며, 자기가 용서받을 수 있는지를 묻습니다.

야곱 신부님은 대답 대신 보여 줄 것이 있다고 안으로 들어가서, 여러 개의 편지 봉투 묶음을 가져와서 그녀에게 내놓습니다. 겉봉투에 이름과 주소가 분명하게 씌어 있습니다. 리사 스텐. 그녀는 동생이 무기수로 복역을 하고 있으며, 자기는 동생을 사랑하는데 자기 편지를 거부하고 모두 돌려보내니, 너무 안타깝고 신부님에게 기도를 부탁한다는 내용입니다. 레일라는 그 편지들을 읽으며, 흐르는 눈물을 감출 수 없었습니다. 덩치 큰 그녀, 세상을 향해 마음의 문을 꼭꼭 걸어두었던 그녀에게도 마르지 않는 눈물의 샘이 있었던 것입니다. 야곱 신부님이 레일라에게 그 편지를 천천히 다 읽고 들어오라고 합니다.

자기가 안에서 차를 준비하고 있겠다고 말합니다. 차가 아닌 커피까지 준비하겠다고 하며, 안으로 들어갑니다. 진흙 속의 맨발이 어떤 상징처럼 느껴집니다. 레일라는 그 편지를 다 읽고 그 편지 묶음을 가슴에 품고 안으로 들어갑니다. 그런데 사제관 안에는 너무나 평온하게 느껴지는 정적이 감돌고 있었습니다.

바닥에 떨어뜨린 찻잔 조각 너머 신부님의 쓰러진, 아니 하느님 품에 안긴 시신이 시야에 들어올 때, 차라리 슬픔이 아닌 자유가 느껴졌습니다. 김광석의 노래, '부치지 않은 편지'의 가사가 떠올랐습니다.

"시대의 새벽길 홀로 걷다가 사랑과 죽음이 자유를 만나 언 강 바람 속으로 무덤도 없이 세찬 눈보라 속으로 노래도 없이 꽃잎처럼 흘러 흘러 그대 잘 가라. 그대 눈물 이제 곧 강물 되리니 그대 사랑 이제 곧 노래 되리니 산을 입에 물고 나는 눈물의 작은 새여 뒤돌아보지 말고 그대 잘 가라."

오래전에 제가 에밀리 디킨슨의 시를 '찢어지는 가슴을 안아 진정시킬 수 있다면'이라는 제목으로 옮긴 적이 있습니다.

> "나 한 사람의 찢어지는 가슴을 안아 진정시킬 수 있다면
> 나 정녕 헛되이 산 것이 아니어라.
> 나 한 사람의 욱신거리는 상처를 어루만질 수 있다면
> 삶의 고통을 달래 줄 수 있다면
> 한 마리의 가냘픈 울새를 도와
> 그의 둥지에 다시 올려놓아 줄 수 있다면
> 나 정녕 헛되이 산 것이 아니어라."

야곱 신부님도 레일라도 정녕 헛되이 산 것이 아닙니다. 야곱 신부님은 숨을 멈추는 마지막 순간까지 한 사람의 찢어지는 가슴을 달래주면서 하느님께로 돌아가셨고, 레일라는 자기가 용서받을 수 있을 뿐만 아니라 아직 사랑받고 있음을 알게 되었습니다. 그녀도 언니의 찢어지는 가슴을 안아주었던 것입니다. 이제 그녀에게는 갈 곳이 생겼습니다. 바로 고이 가슴에 안아 든 편지봉투에 쓰인 언니네 집 주소입니다.

몇 년 전 예수회 안에서 가장 큰 화두는 '소통'입니다. 회원 서로 간의 소통, 그리고 다른 협력자들과의 소통이 예수회 안의 모임에서 거론되는 주요 주제였습니다. 영화 '야곱 신부의 편지'의 주제도 '소통'이라는 느낌을 받았습니다. 편지는 분명 아날로그 세대의 소통 방식이었습니다.

거기 가장 진실한 마음을 엿보게 하는, 느리지만 가장 깊은 차원의 소통이 있음을 느끼게 해 주었습니다. 신부님의 시신을 실은 영구차가 떠나고, 이제 레일라도 다시 가방을 들고나옵니다. 처음 사제관을 찾아올 때의 무표정한 굳은 얼굴이 아닙니다.

마음의 짐을 덜어버린 편안한 얼굴이고, 손에는 자기가 찾아갈 주소가 적힌 편지봉투가 들려 있습니다. 언니의 편지를 통해, 자기가 언니의 삶을 망친 용서받지 못할 사람이 아니며, 오히려 언니에게 위로와 힘이 되었다는 것을 알게 된 그녀는 이제 언니의 품으로 가서 안길 것입니다.

그녀가 언니를 찾아가겠지만, 그녀의 가슴에는 언제나 야곱 신부님이 함께 머물 것입니다. 처음에 도저히 이해하지 못했던 야곱 신부님의 편지를 듣고 답장을 해 주던 그 일이 다른 사람이 아닌, 바로 자기에게 진정 구원이었다는 것을 알게 된 이제는 언니와 함께 새 삶, 위로와 희망을 지닌 삶을 살 것입니다.

'야곱 신부의 편지'는 영화 '신과 인간' 이후 다시 한번 신부로서의 저의 정체성을 되돌아보게 하는 영화였습니다. 불과 70여 분의 짧은 영화이지만, 아주 긴 여운이 있습니다. 그런데 그것이 무엇인지를 꼬집어서 표현하기가 너무 힘들어서 리뷰를 쓰는 것이 참 쉽지 않았습니다.

레일라가 편지를 읽어주는 내용 말고는 대사도 별로 많지 않아, 내용을 기억하는 것은 어렵지 않았는데, 여운으로 남긴 처리의 숨은 의미를 파악하는 일은 깊은 숙고를 통해 조금씩 다가왔기 때문입니다. 그림이나 사진이 여백을 통해 아름다움을 느끼게 되듯, 이 영화는 여백이 압권이었습니다.

나뭇가지 흔들리는 모습의 여백이나 빗방울 떨어지는 소리의 여백 등이 아름다운 수채화처럼 느껴지게 하였고, 때로 저 멀리 계곡의 물소리처럼 흐르는 음악은 처음 가 본 곳의 향수를 느끼게 하는 모순을 아무렇지도 않게 받아들이도록 만들어 주었습니다.

# 3

하느님의 사람들

# 기드온과 부자

우리는 판관 기드온의 이야기를 듣습니다. 그가 주님의 부르심을 받는 대목입니다. 주님의 천사가 그에게 나타나서 말합니다. "힘센 용사야, 주님께서 너와 함께 계시다." 그러자 기드온이 천사에게 묻습니다. "주님께서 저희와 함께 계시다면, 어째서 저희가 이 모든 일을 겪고 있단 말입니까?

저희 조상들이 주님께서 우리를 이집트에서 데리고 올라오지 않으셨더냐?'하며 이야기한 주님이 그 놀라운 일들은 다 어디에 있습니까? 지금은 주님께서 저희를 버리셨습니다. 저희를 미디안의 손아귀에 넘겨 버리셨습니다." 그러자 주님께서 기드온에게 돌아서서 말씀하십니다.

"너의 그 힘을 지니고 가서 이스라엘을 미디안족의 손아귀에서 구원하여라. 바로 내가 너를 보낸다." 그러자 기드온이 다시 말합니다. "제가 어떻게 이스라엘을 구원할 수 있단 말입니까? 보십시오. 저의 씨족은 므나쎄 지파에서 가장 약합니다. 또 저는 제 아버지 집안에서 가장 보잘것

없는 자입니다."

주님은 강한 자를 당신의 도구로 사용하시는 것이 아닙니다. 오히려 자기가 약하다고 느끼는 사람, 그렇기 때문에 온전히 주님께 의탁드릴 수 있는 겸손한 사람을 부르십니다. 주님께서 말씀하십니다. "네가 정녕 너와 함께 있겠다. 그리하여 너는 마치 한 사람을 치듯 미디안족을 칠 것이다." 하고 말씀하십니다.

판관 기드온에 관한 이야기는 판관기 6~8장까지 이어집니다. 드보라와 바락의 승전 이후 40여 년 동안 이스라엘은 평온했었습니다. 그런데 이스라엘은 다시 바알 신과 아세라 목상 등을 섬기는 우상숭배에 빠졌습니다. 하느님께서 이스라엘에게 요구하는 것은 단 하나였습니다. 바로 당신만을 섬기라는 것입니다.

그것이 이스라엘과 맺은 계약입니다. 그러나 이스라엘은 반복해서 하느님을 배신하고 우상을 숭배합니다. 그 결과는 주변 부족들이 미디안족과 아말렉족과 동방 부족들에게 침략을 당하고 고통을 겪습니다. 이런 시련과 고통 중에 있을 때, 기드온이 하느님의 부르심을 받고 이스라엘 백성들을 억압에서 해방하는 극적 장면이 펼쳐지게 됩니다.

기드온은 하느님께서 계시면 왜 우리가 약탈을 당하고 고통을 받아야 하는가?라는 고뇌에 찬 물음을 던집니다. 이것이 우리들의 물음이지요. 하느님께서는 그래서 내가 너를 통해 이스라엘 백성을 구하겠다고 말씀하시는 겁니다. 그는 주님의 천사를 통해 하느님을 만나는 체험을 하고, 주님께서 함께 계시겠다는 약속을 믿고, 그 부르심에 응답하여 이스라엘 백성의 자유와 해방을 위해서 일합니다.

주님의 영이 기드온과 함께 있었습니다. 판관기는 주님의 영이 기드온을 사로잡고 있었다고 표현합니다. 기드온은 바알의 신당을 부순 것으로 유명합니다. 기드온이라는 이름이 "도끼질하는 사람"이라는 뜻입니다. 우상을 도끼로 깨드린 사람입니다. 이처럼 기드온은 하느님의 영에 사로잡혀 있었고, 하느님께서 열성을 보였습니다.

그는 왕이 되어달라는 백성들의 청을 물리치면서 "내가 여러분을 다스릴 것도 아니고 내 아들이 다스릴 것도 아닙니다. 여러분을 다스릴 분은 주님이십니다."라고 했습니다. 그런 기드온도 나중에는 잘못을 저지릅니다. 전리품 가운데 금을 모아 에폿이라는 우상을 만든 것입니다. 그렇게 하여 백성들을 다시 우상숭배에 빠지게 만드는 잘못을 저지르게 됩니다.

우리는 여기에서 교훈을 얻습니다. 지금의 하느님에 대한 열정만이 중요한 것이 아닙니다. 그것이 항구해야 합니다. 그런데 우리는 유혹을 받습니다. 기드온도 금에 유혹을 받은 것입니다. 금은 오늘날로 바로 돈입니다. 금 앞에서 무너진 기드온은 우리에게 깊은 묵상 거리를 던져 줍니다.

예수님께서 부자 청년에게 재산을 팔아 가난한 이들에게 주고 당신을 따르라는 말을 듣고 슬퍼하며 떠나가자 제자들에게 말씀하십니다. 루카 복음에서는 부자 청년에게 직접 말씀하신 것으로 되어있는데, 마르코와 마태오 복음에서는 그가 떠난 후에 제자들에게 말씀하신 것으로 되어있습니다.

"부자가 하느님 나라에 들어가는 것보다, 낙타가 바늘귀로 빠져나가는 것이 더 쉽다." 전에 공동번역에서는 "더 쉬울 것이다."라고 옮겨, "아주 그렇다."라는 단언이라기보다는 조금 여운을 둔 느낌이었는데, 새 성경 번역은 아주 분명한 단언으로 느껴지게 옮겼습니다.

여러분들, 예수님의 이 말씀에 동의하십니까? 거부감을 느끼지 않습니까? 솔직히 우리 자신의 삶과 가치관을 돌아보며 성찰해 보면, 우리는 우리 자신도 모르는 사이에 너무 물질만능주의의 시대정신에 깊이 젖어 있는 것은 아닌지요? 겉으로는 안 그런 척하면서 속으로는 "실제로 세상을 살아보라고. 요즈음은 돈이 없으면 아무도 인간 대접 안 해 주는 세상인걸. 뭐니 뭐니해도 머니가 최고지."

그렇게 생각하지는 않는지 솔직히 가슴에 손을 얹고 성찰해 보십시오. 자신 있게 나는 '아니다.'라고 말할 수 있는 분이 있으십니까? 저의 영적 지도 신부님이셨던 고 정일우 신부님이 한 번은 탄식 조로 이런 이야기를 하셨습니다. "돈, 돈, 돈, 요즈음 사람들에게는 돈이 하느님이야."

정일우 신부님이 거의 30년 동안 하시던 도시 빈민 공동체를 떠나 괴산에서 농촌 공동체를 만들고 농사지으시면서 7, 8년 정도 농촌 생활을 하셨습니다. 신부님은 농부로서 농촌 사람들과 어울려 사시면서 농촌 사람들에게는 조금 다른 기대를 지니고 계셨는데, 실망이 크셨을 것입니다. 그분에게 참 안타까운 것은 농부들도 모여 앉으면 주로 하는 이야기의 주제가 돈이라는 사실이었답니다.

왜 그렇게 되었는지 그것이 참 안타까운데 현실이라고 말씀하신 기억이 납니다. 돈, 돈, 돈, 돈이 뭐길래? 광고에 "부우우자 되세~~~요!!!"라는 대사를 기억하시지요? 부자 되라는 말 듣기 좋은 말이에요. 그렇지요? 너도나도 모두가 부자만 되려고 합니다. 그런데, 정말 부자만 되면 모든 것이 해결되고 행복할까요?

문제는 저는 행복한 부자를 거의 못 봤다는 사실입니다. 물론 아주 없는 것은 아니지만, 참 드물어요. 실은 아무리 부자도 자기가 부자라고 생각하는 사람도 거의 못 봤어요. 강남에서 60평짜리 아파트에 사는 사람도 자기는 가난하대요. 90평짜리 아파트에 사는 사람을 부러워하면서 말입니다.

우리는 예수님의 말씀을 어떻게 알아들어야 할까요? 예수님이 왜 그런 말씀을 하셨을까요? 부자가 되는 것이 죄일리는 없는데, 왜 부자가 하늘나라에 들어가기가 쉽지 않다고 하셨을까요? 쉽지 않은 것이 아니라 사실 거의 불가능하다는 말씀으로 알아듣게 됩니다. 낙타가 어떻게 바늘귀를 빠져나가겠습니까?

구약성서 안에서 부는 분명히 하느님의 축복인데 예수께서는 왜 그런 말씀을 하셨을까요? 예수님의 이 비유를 곧이곧대로 들으면 도저히 불가능하니까 되도록 가능한 방향으로 알아듣기 위해서 학자들이 재미있는 해석을 합니다. 두 가지의 그럴듯한 해석이 있습니다.

하나는 이렇습니다. 당시의 성곽 도시의 모습을 보면 성안으로 들어가는 문이 두 개가 있었어요. 낙타나 우마차들도 다닐 수 있는 커다란 성문이 있고 그 옆에 주로 밤에 사람들만 다닐 수 있는 조그만 문이 있지요. 예루살렘 성의 문들도 마찬가지이었습니다.

예루살렘의 그 조그만 성문의 별칭이 '바늘귀'였다고 합니다. 그래서 예수님이 '바늘귀'라고 말씀하신 것은 실제 바늘귀가 아니라 우마차나 낙타는 통과하기 힘든 큰 성문 옆의 쪽문을 지칭하신 것이라고 해석하는 것입니다. 그렇게 되면 어렵기는 해도 아주 불가능한 것은 아닐 수도 있겠지요. 어때요? 그럴 듯 하지요. 또 다른 해석은 이렇습니다. 희랍어로 낙타가 kamelos이랍니다. 그런데, 배에서 주로 쓰는 밧줄이 희랍어로 kamilos라고 해요. 희랍어의 특징의 하나가 모음에 대한 발음이 거의 구별하기 힘들고 서로 호환되어 쓰이기도 한다는 것입니다. 희랍어 안에서

i 발음과 e 발음이 거의 구별하기 힘들었대요.

둘 다 우리말의 '에'에 해당하는 발음이지요. 그러니 실제 말을 할 때는 거의 같은 발음으로 들린답니다. 그래서 이 대목에서 실제로 예수님이 말씀하신 것은 kemelos(낙타)가 아니라 kamilos(굵은 밧줄)을 지칭하신 것이라고 하는 주장입니다. 그러니, 실이 아닌 밧줄이 낙타보다는 그래도 통과할 가능성이 있지 않겠느냐는 것이지요.

어때요? 이 해석도 그럴 듯 하지요. 그럴 듯 하기는 하지만, 가능성을 두고 싶은 학자들의 인간적인 몸부림이고요. 제 생각에는 예수님께서 분명히 말씀 그대로 "부자가 하느님 나라에 들어가는 것보다는 낙타가 바늘귀로 빠져나가는 것이 더 쉬울 것이다."라고 말씀하셨어요.

왜 그렇게 말씀하셨을까요? 분명 부 자체가 문제는 아닐 것입니다. 부의 노예가 되는 마음이 문제입니다. 부자 청년은 그 부 때문에 바로 생명이신 분, 참 지혜이신 분을 만났는데, 그만 울상이 되어 근심하며 떠나갑니다. 부에 매여 있는 그 청년을 보시며 예수님께서 이 말씀을 하셨다는 것을 다시 생각해 봅니다.

하느님의 영으로 가득 차 있던 기드온도 황금 앞에 무너졌습니다. 그 하느님의 영이 그를 떠난 것입니다. 우리는 하느님의 영이 우리를 떠나지 않게 해야 합니다. 성령의 불씨가 꺼지게 하면 안 됩니다. 그러면 계속 타오를 수가 없습니다. 우리는 계속 그 불길이 타오르도록 해야 합니다. 그렇게 하기 위해서는 어떻게 해야 하겠습니까? 기름을 준비해야 합니다.

혼인 잔치의 열 처녀의 비유를 생각해 보십시오. 어리석은 다섯 처녀의 한 사람이 되어서는 안 됩니다. 무엇이 기름입니까? 바로 우리의 기도와 주님에 대한 열정입니다.

## 성 바오로의 변모

　부활 후에 계속 들은 독서의 내용이 무엇입니까? 그렇습니다. 바로 '사도행전'이지요. 사도행전은 말 그대로 사도들의 삶과 행적을 담은 책입니다. 그런데 그 책의 삼 분의 이 이상이 누구에 관한 이야기입니까? 사도 바오로입니다. 사도 바오로는 참으로 놀라운 사람입니다.

　성서 묵상 시리즈를 낸 마르티니 추기경은 '바오로의 고백'이라는 책에서 '바오로의 변모'를 다룹니다. 단순한 변화가 아니라 변모라고 할 수 있을 정도로 크게 바뀌게 된다는 표현이지요. 바오로는 다마스쿠스로 가는 길에서 주님을 만난 이후 서서히 변모되어 간 사람입니다.

　우리는 그의 서간을 읽을 때마다 바오로의 영혼이 반사하는 빛에 눈부심을 느끼며 그의 글 안에 그의 열정과 그의 맥박과 빛남이 그대로 살아있는 것을 느끼며 경탄하게 됩니다. 사도행전 안에서의 그의 활동만 보아도 참으로 놀랍습니다. 마르티니 추기경은 바오로의 변모의 특징을 내적, 외적으로 나누어서 정리해 줍니다.

내적인 특징은 세 가지이고 외적인 특징은 두 가지입니다. 그의 변모의 내적인 자세로 세 가지를 들은 것이지요. 무엇이겠습니까?

첫째, 큰 기쁨과 내적인 평화입니다. 바오로가 말하지요. "우리는 온갖 고난을 겪으면서도 큰 위안을 받고 기쁨에 넘쳐 있습니다." 그가 말하는 기쁨은 좋은 성격의 결실도 아니고 인간적인 자질이나 인간적인 노력으로 얻어지는 것이 아니라고 합니다. 바오로는 신경이 예민하고 약간 우울증도 있어 실망에 빠지기 쉬운 성격이었다고 합니다.

사도 바오로를 연구한 학자 중의 대가로 꼽히는 홀츠너라는 사람은 이렇게 말해요. "바오로는 거센 파도를 일으키는 마음속의 분노를 거의 다스리지 못하는 사람이었다." 그런데 그런 그가 변모된 것입니다. 이제 그가 체험하는 것은 자기 안에 더 큰 힘이 나타난다는 것입니다. 바로 주님의 힘입니다.

둘째, 감사하는 자세입니다. 바오로 안에서는 항상 기쁨과 감사가 겹치고 있는데 이것이 두 번째 내적 변모의 특징이라고 할 수 있습니다.

셋째, 찬미입니다. 바오로는 어떤 상황에서도 찬미를 드렸습니다. 바로 어제 독서이지요. 필리피의 군중에 합세하여 바오로와 실라스를 공격하자, 행정관들은 그 두 사람의 옷을 찢어 버리고 매질을 많이 한 다음에 감옥에 가둡니다. 그런데 두 사람이 어떻게 합니까? 그런 상황에서 하느님께 찬미가를 부르며 기도합니다.

이어서 그리스도 안에서 변모된 바오로의 외적인 자세, 두 가지를 살펴보겠습니다.

첫째는 어떤 경우에도 지치지 않고 다시 새롭게 시작하는 불굴의 힘입니다. 바오로는 회심 후 바로 다마스쿠스에서 설교하다가 도망해야 했고, 아라비아로 갔고, 예루살렘에 와서 바르나바 덕분에 다시 설교할 수 있었지만, 원로들에 의해 고향 타르수스로 떠나야 했고, 그곳에서 7년이나 기다려야 했지만, 주님이 바르나바를 통해 불러주실 때, 다시 시작합니다.

그는 선교 여행에서 가는 곳마다 지독한 박해를 받았지만, 결코 포기할 줄 몰랐습니다. 피시디아의 안티오키아에서 선교하다가 쫓겨나 이코니온으로 갔으며, 거기서 돌아 맞아 죽을 뻔하다가 겨우 리스트라로 피신합니다. 리스트라에서는 돌팔매질을 당합니다. 그런 내용을 루카는 사도행전에서 아주 간략하게 전해 주는 것입니다. 그의 불굴의 힘을 느끼기 위해, 며칠 전 독서로 들은 내용을 다시 보기로 합시다.

"그런데 안티오키아와 이코니온에서 유다인들이 몰려와 군중을 설득하고 바오로에게 돌을 던졌다. 그리고 그가 죽은 줄로 생각하고 도시 밖으로 끌어내다 버렸다. 그러나 제자들이 둘러싸자 그는 일어나 도시 안으로 들어섰다. 이튿날 그는 바르나바와 함께 데르베로 떠나갔다."

그는 돌에 맞아 완전히 실신하여 죽은 줄 알 정도가 되었던 그곳에 다시 갑니다. 바오로의 삶은 늘 이런 박해와 역경 자체였다고 해도 과언이 아닙니다. 오늘 독서는 아테네에 가서 철학자들을 만나 선교하는 것이지요. 거기서도 조소를 받는 수치를 당하지만, 전혀 개의하지 않고 다만 자기 할 일을 합니다. 그리고 다시 코린토로 갑니다.

그런 상황들을 맞으면서 실망하지 않고, 다시 시작할 수 있는 것은 참으로 놀라운 불굴의 힘입니다. 바오로가 원래 이런 힘을 지닌 인물이었는가? 아닙니다. 이 불굴의 힘이야말로 사랑의 반사입니다. 바로 하느님 사랑입니다. 그가 사랑에 대해 말한 것을 기억하시지요? 사랑은 모든 것을 견디어 냅니다.

바오로 변모의 외적 자세의 두 번째 특징은 정신의 자유로움이라고 합니다. 바오로의 활동은 내면의 정신적 자유로움, 내면의 부유함에서 흘러나오는 것이라고 합니다. 그렇기 때문에 바오로는 다른 사람이 그에 대해 어떤 말을 해도 상관하지 않고 아주 자유롭게 행동합니다.

저는 바오로가 이런 변모를 이룰 수 있었던 원동력이 무엇이었을까를 묵상하면서 바로 오늘 독서 안에서 그 답을 찾았습니다. 저는 바오로가 직접 쓴 서간이 아니라, 루카가 쓴 사도행전을 통해서 듣지만, 바오로가 한 말 중에서 가장 중요한 말이 바로 오늘 독서에 있는 내용이라고 생각합니다. 무엇이겠습니까?

"우리는 그분 안에서 살고 움직이며 존재합니다."

"우리는 그분 안에서 살고 움직이며 존재합니다." 여러분들, 따라 해 보십시오. 기가 막힌 말입니다. 바오로는 이 확신으로 살고 행동했기에 그런 변모를 이룰 수 있었습니다. 그는 오늘도 우리 마음에 힘을 북돋아 주고 계속 믿음에 충실하라고 격려하면서, 들려줄 것입니다. "우리는 그분 안에서 살고 움직이며 존재합니다."

우리가 늘 그분 안에서 살고 움직이며 존재한다는 사실을 잊지 말도록 합시다.

# 바르티매오라는 눈먼 거지

오늘은 바르티매오라는 눈먼 거지 이야기를 하려고 합니다. 우리가 생각해야 하는 것은 기적 뒤에는 반드시 하느님이 보여주시는 계시, 즉 은총이 있습니다. 항상 하느님이 먼저 시작하십니다. 그리고 기다리십니다. 우리가 응답으로 자신을 드러내 보여주기를 기다리십니다.

하느님께서 어떻게 우리가 자신을 드러내기를 원하십니까? 있는 그대로를 드러내기를 원하십니다. 하느님께서는 어떻게 당신 자신을 드러내 보여주시는가? 그것이 문제입니다. 예수님께서는 눈먼 이들에게 빛을 주십니다. 복음에서 예수님께서 예리코에 들어가서 거리를 걷고 계십니다. 바로 하느님의 계시입니다.

하느님께서 먼저 당신 자신을 드러내십니다. 티매오의 아들 바르티매오라는 눈먼 이가 예수님이 지나가시는 것을 알고, "예수님, 저에게 자비를 베풀어 주십시오."라고 외쳤습니다. 예수님이 지나가시자, 그는 있는 그대로 자신을 드러냅니다. 예수님께서 물으십니다.

"무엇을 해 주기를 원하느냐?"

그가 대답합니다. "제가 다시 볼 수 있기를 원합니다."

예수님의 무엇을 원하느냐는 물음이 바로 하느님의 계시입니다. 그가 대답합니다. "다시 보고 싶습니다."

그가 무엇을 보기를 원합니까? 빛을 보기를 원합니다. 그가 누구에게 빛을 청합니까? 예수님께 빛을 청합니다. 예수님께서 "나는 세상의 빛이다."라고 말씀하셨습니다. 그가 빛이신 분에게 빛을 청했고, 그 순간 그는 볼 수 있었습니다. 빛이신 예수님께서 그에게 말씀하셨습니다.

"가거라. 네 믿음이 너를 구원하였다." 그러자 그가 곧 다시 보게 되었습니다. 이것이 바로 기적입니다. 우리는 이 기적의 의미를 깊이 묵상해야 합니다. 여기서 우리는 하느님과 인간이 서로를 드러내는 것을 보게됩니다. 또 하나의 예를 보겠습니다.

벳자타라고 불리는 못이 있고, 거기 마비된 사람이 있습니다. 그는 38년이나 앓아누워 있습니다. 그는 고통받는 인류를 상징합니다. 그러나 그는 희망을 잃지 않고 있습니다. 벳자타라는 못의 특징이 무엇입니까? 사람들은 물이 움직이기를 기다리고 있었습니다. 어느 때 하느님의 천사가 그 못에 내려와 물을 휘젓습니다. 그때 맨 먼저 물에 들어가는 사람은 병이 낫게 됩니다.

예수님께서 그곳에 가서 당신 자신을 드러내 보이십니다. 그 눈먼 이에게 계시하십니다. 예수님께서 물으십니다. "너는 건강해지고 싶으냐?"

치유를 원하느냐고 예수님이 물으십니다. 그가 어떻게 대답합니까? 그가 어떻게 자기 자신을 드러냅니까? "물이 출렁거릴 때에 저를 못 속에 넣어 줄 사람이 아무도 없습니다. 그래서 제가 가는 동안에 다른 이가 저보다 먼저 내려갑니다."

예수님께서 그에게 치유를 원하느냐고 물으시는데, 그는 다른 대답을 합니다. 만약 예수님께서 저에게 물으신다면, 저는 이렇게 대답했을 것입니다. "예, 주님! 저는 치유를 원합니다." 그에게 진정 문제는 무엇입니까? 자기는 혼자라는 의식입니다. 그에게는 도움을 줄 사람이 아무도 없습니다.

그가 하느님께 자신을 드러내는 방식은 "나는 아무도 없습니다. 저는 외롭습니다."라는 내면의 외침입니다. 여러분, 이 사건을 깊이 묵상해 보십시오. 이것이 누구의 이야기입니까? 우리는 이런 상황에서 누구에게 이야기를 합니까? 친한 친구에게 이야기를 합니까? 마비된 사람은 도움을 받을 수 없는 상황은, 바로 우리를 상징합니다.

예수님께서 우리의 도움이십니다. 예수님께서 말씀하셨습니다. "일어나 네 들것을 들고 걸어가거라." 그러자 그 사람은 곧 건강하게 되어 자기 들것을 들고 걸어갔습니다. 우리는 이것을 기적이라고 부릅니다. 우리는 이 기적의 의미를 잘 묵상해야 합니다.

이것은 바로 하느님의 계시에 대한 인간의 응답입니다. 단순히 기적만을 볼 것이 아니라 더 깊은 곳으로 내려가서 거기 서로를 드러내는 모습을 보아야 합니다. 많은 교부가 말합니다. "마음을 열어라!" 우리가 마음을 열어야 합니다. 우리가 하느님께 자신을 드러내면, 하느님께서 축복을 주십니다.

사마리아 여인이나 자캐오나 니코데모의 사건은 모두 하느님의 계시 앞에 자신을 드러내는 아름다운 순간들입니다. 그런데 한편 하느님의 사랑을 받는 사람들 가운데 빈손으로 돌아가는 사람들도 있습니다. 바로 바라사이파 사람들입니다. 그들이 왜 빈손으로 돌아갑니까?

하느님께서 그들에게 당신 자신을 드러내시지 않기 때문이 아닙니다. 다만 그들은 하느님의 계시에 자기 자신들을 드러내는 것을 실패하였기 때문입니다. 우리가 할 수 있는 것을 다 해야 합니다. 그리고 기다려야 합니다. 예수님이 우리 삶의 주인이 되도록 해야 합니다.

하느님의 말씀이 우리 가족들을 어루만지도록 해야 합니다. 그러면 우리 가정에 평화와 일치가 찾아옵니다. 가정이 우선입니다. 가정에 평화와 일치가 있으면, 더 나은 그리스도인으로 살 수 있습니다. 우리는 가족뿐만 아니라 모든 사람을 받아들여야 합니다.

우리는 생각의 지평이 넓어져야 합니다. 깊은 차원에서 하느님의 말씀이 우리 깊은 곳을 어루만져야 합니다. 그러면 우리 삶이 윤택하게 만들 수 있습니다. 그렇게 해서 우리는 보다 나은 그리스도인으로서 삶을 살게 됩니다. 오늘도 예수님이 우리에게 빛을 주신다는 희망을 지니고 우리에게 그 빛을 청합시다.

주님, 당신이 곧 빛이십니다. 오소서, 그 빛으로.

# 온유의 성인
## 프란치스코 살레시오

오늘 서강 공동체 미사에서 주례하셨던 김정택 신부님께서 프란치스코 살레시오에 관해 길지 않으면서도, 아주 인상적인 강론을 해 주셨습니다. 김 신부님의 강론에 제 나름 조금 살을 붙이면서 성 프란치스코 드 살이라고도 불리는 살레시오 성인에 대해 나누고자 합니다.

김 신부님은 강론 서두에서 80년대 초, 30년 전 신학교에서 교회사를 배울 때, 존 오멜리 신부님이라는 아주 유명한 역사학자에게서 16세기 교회 안의 혼돈과 갈등의 역사에서, 성 프란치스코 살레시오가 했던 교회 안의 역할을 다시 떠올리게 되었다고 하여, 저도 감회가 새로웠습니다.

저도 김 신부님과 같은 예수회 신학교를 다녔고, 존 오멜리 신부님이라는 분에게 저도 수학을 했을 뿐만 아니라, 저는 박사과정에서는 특별히 예수회 역사에 대해서 그분과 따로 1 대 1 수업도 했던 기억이 새로웠기 때문입니다. 존 오멜리 신부님은 하버드 대학교가 20세기에 미국을 움직인 100인에 선정될 정도로, 일반 역사학자로서도 아주 괄목한 업적을 남긴 아주 유명한 사람이랍니다.

성 프란치스코 살레시오는 1567년 8월 21일 사보이의 귀족, 바로 남작의 맏아들로 태어났습니다. 남작이었던 아버지는 프랑수아 드 보이시이며, 어머니는 프랑수아즈 드 시오느즈입니다. 그의 부모는 그에게 최고의 학교에서 교육을 받게 하겠다는 열망을 지니고 있었지요.

그의 부모가 택한 최고의 교육을 줄 수 있는 학교가 바로 예수회 학교입니다. 하여 그의 영성과 지식은 예수회의 영향을 받아 형성되었다고 볼 수 있습니다. 1583년 그는 파리의 예수회 대학 클레르몽 대학교에 들어갔습니다. 그곳에서 아주 탁월한 학생으로 인정을 받았다고 합니다.

예수회 대학을 다닐 당시 일화가 있습니다. 그는 운명에 대한 신학 토론에 참석한 후에 자신이 죽으면 지옥에 떨어지게 될 것이라고, 심한 공포심에 빠지게 되었다고 합니다. 1586년 12월 그의 절망과 공포심은 극에 달하게 되고, 결국 몸져눕게 되었습니다.

한 달 후에 조금 회복되었지만, 여전히 큰 두려움을 지니고 프랑스 남부에 있는 생테티엔드그레 성당을 방문하였는데, 거기서 그는 마음의 평온을 되찾았고, 자신의 일생을 하느님에게 바치기로 하였습니다. 그는 그곳에서 하느님께서 자신을 위해 어떠한 길을 걷게 해도 그 길을 따르겠다고, 굳게 마음먹게 되었습니다.

그는 하느님은 사랑이라는 깨달음을 얻었고, 사랑의 하느님에 대한 헌신으로 그의 불안감을 떨쳐냈을 뿐만 아니라 이후 생활과 그의 사상에 큰 영향을 미치게 되었습니다. 1588년 프란치스코는 파리의 예수회 대학에서 이탈리아의 파도바대학교로 편입하여 법률과 신학을 공부하였습니다. 그곳에서 그는 사제가 되기로 마음먹었습니다.

1592년 프란치스코는 법학과 신학 분야에서 모두 박사학위를 받았습니다. 그는 성모 마리아 순례지로 유명한 이탈리아의 로레토를 순례할 결심을 하면서도 먼저 집으로 갔습니다. 남작인 그의 부친은 두 개의 박사학위를 받은 아들을 위해 샹베리 시의회 의원직을 비롯하여 법에 관한 여러 중요한 요직을 미리 얻어놓은 상황이었습니다.

프란치스코 살레시오는 부모에게 자기는 성직자가 되기로 했다는 것을 말씀드립니다. 그의 부모는 처음에는 받아들이기 어려워하였지만, 결국 받아들여 줍니다. 어머니가 워낙 신심이 두터웠고, 아들의 성소에 적극적으로 지원하고 나섰던 것이지요. 그는 사제로 서품되었고, 서품되자마자 주교님의 요청에 의해 우리가 교과서에서 잘못 배운 소위 반종교개혁으로 표현되는 교회 안의 쇄신 활동을 하게 됩니다.

그는 곧 종교개혁자에 대항하는 지도자들 가운데에서도 가장 유명한 사람이 되었는데, 당시 그의 지혜와 해박한 지식을 따를 사람이 없었다고 합니다. 뛰어난 고해신부이자, 설교가인 그는 해박한 신학지식과 이해심으로 그의 강론을 듣는 많은 사람을 감동의 도가니로 빠뜨리곤 하였습니다.

김 신부님은 오늘 강론에서 존 오멜리 신부님이 하셨던 강의를 상기하니까, 영어로 Reformation과 Counter-Reformation이라는 표현을 쓰셨습니다. 1517년 종교분열이 일어난 상황과 그에 대항하는 교회 안의 쇄신을 일컫는 말입니다. 당시 유럽에서의 상황은 프로테스탄트 교에 속하는 칼뱅파가 제네바를 장악하게 되었습니다.

김 신부님은 강론에서 어느 해 성탄 미사에서는 한 번에 500명이나 다시 가톨릭으로 받아들이는 예식을 하기도 했다는 말씀을 하였지요. 프란치스코는 또한 로마와 파리를 부지런히 오가며, 교황 클레멘스 8세와 프랑스 국왕 앙리 4세 사이에 동맹을 체결하도록 주선하였습니다.

1599년 5월 22일 그는 스위스 제네바 교구의 보좌주교로 임명되었다가, 1602년에 선임 교구장이 사망하자 그를 계승하여 교구장 주교가 되었습니다. 그는 주교가 된 후에도 직접 예비자들을 가르치기도 했으며, 자신의 교구를 아주 훌륭하게 이끌었습니다. 특히 그는 가난한 사람들의 친구이면서 놀라울 정도로 깊은 온화함과 이해심을 가진 사람으로 잘 알려지게 되었습니다.

김 신부님은 그의 성품이 원래부터 온화한 사람은 아니었지만, 계속해서 덕을 닦아나가면서 서서히 온화한 사람의 대명사가 되었다고 하시더군요. 저에게도 희망을 주는 말씀이었습니다. 하여 그를 세인들이 '온유의 성인 프란치스코 살레시오'라고 부르게 되었습니다. 그는 어느 편지에서 이렇게 썼다고 합니다.

"우리 주님께서 우리에게 세 마디로 남겨 주신 중요한 교훈을 잊지 마십시오. 그러기 위해 그것을 하루에 백 번이라도 반복해야 합니다. 즉 '나는 마음이 온유하고 겸손하니 나를 본받으시오.'(마태 11, 29) 이것이 모두입니다. 이웃에게 온유한 마음을 가지며, 하느님께 겸손한 마음을 가져야 합니다."

그가 쓴 가장 유명한 책은 '신심 생활 입문'으로 특별히 평신도들을 대상으로 쓴 책이라고 합니다. '신심 생활 입문'은 오늘날에도 '준주 성범'과 더불어 가톨릭 신자들에게는 양대 권장도서로 평가받고 있습니다. 그는 높은 영성 생활 지도를 담은 서간인 '신애론(神愛論)'을 쓰기도 하였습니다.

1604년 그는 부르고뉴의 수도인 디종에서 유명한 강연을 하였는데,

그때 네 명의 어린 자녀들을 둔 젊은 남작 미망인인 성녀 요안나 프란치스카 드 샹탈을 처음 만나게 되었고, 그녀의 영적 지도자가 되었습니다. 이렇게 시작된 두 사람의 관계는 프란치스코 아씨시와 성녀 클라라와 더불어 교회 역사상 가장 유명한 영적인 우정으로 자라나게 되었습니다.

그로부터 3년 후인 1607년 그는 성녀 요안나 프란치스카 드 샹탈과 함께 기존 수도회의 육체적 엄격함을 견디기 어려운 젊은 여성들이나 미망인들을 위한 성 마리아 방문 수도회를 설립하였습니다. 그는 프랑스를 방문하고 돌아오는 길에 리옹에 있는 성 마리아 방문 수도원의 작은 방에서 머물렀는데, 이때 뇌출혈을 일으켜 병자성사와 고해성사를 하였습니다.

"하느님의 뜻이 이루어지소서! 예수, 내 하느님 나의 전부여!"라고 기도한 후 그다음 날인 1622년 12월 28일 숨을 거두었습니다. 그의 유해는 프랑스 안시에 있는 성모 마리아의 방문 대성당에 안장되었습니다. 성 프란치스코 살레시오의 유물을 보관하고 있는 순례지에서는 여러 가지 기적 사례가 보고되고 있다고 합니다.

그는 1662년 1월 8일 교황 알렉산데르 7세에 의해 성 베드로 대성당에서 시복되었는데, 이는 성 베드로 대성당에서 거행한 첫 번째 공식 시복식으로 기록된 것이라고 합니다. 그리고 그는 1665년 11월 19일 같은 교황에 의해 시성되었고, 1877년 11월 16일 교황 비오 9세에 의해 교회학자로 선포되었고, 교황 비오 11세에 의해 작가와 언론인의 수호성인이 되었습니다.

오늘 그의 축일을 지내며 저도 성인께 온유의 덕을 전구합니다. 제 까칠한 성격도 서서히 변화되어 온유해질 수 있도록 여러분들도 기도해 주십시오.

# 태양의 거리

서랍 정리를 하다가 성지 순례 중에 적은 메모지가 나왔습니다. 상단에 Park Hotel Perugia라고 적힌 메모지였습니다. 페루자이면 안정환이 뛰던 팀 연고지가 아닌가요? 로마를 떠나 성 비오 신부님의 향기를 맡으려고 산 조반니 로톤토를 향해 가는 도중에 묵은 호텔이었습니다.

메모지에 적힌 글을 그대로 옮깁니다.

"'태양의 거리'라고 불린다는 고속도로를 달리고 있다. 태양이 산 능선을 따라 파도타기를 하다가 산속으로 잠기어 가는 모습을 바라보았다. 가로지르는 교차로, 전봇대 사이로 태양은 마치 화롯불, 불꽃 춤을 추다가 ……. 이름 모르는 꽃밭, 언덕 위의 하얀 집들, 밀밭 사이로 나무들이 인사를 한다.

어쩌면, 이 '태양의 거리'는 쿼바디스, 로마를 떠나던 베드로가 주님을 만나고 다시 돌아가던 길이었는지도 모른다. 아마 그 시간도 지금처럼 석양이었을 것이다. 나는 지금 이제 막 성인으로 선포되신 비오 신부님을 만나러 간다. 성인은 누구인가? 다른 사람들을 하느님께로 돌아오게 한 사람들이 아닐까?

진정 이 시대에 많은 사람을 다시 하느님께로 돌아오게 하신 비오 신부님. 13세기에 아시씨의 프란치스코 성인이 그러하셨듯이 비오 신부님은 그리스도의 고통에 동참함으로써 사람들을 하느님께로 돌아오게 할 수 있었다. 우리가 단 한 사람이라도 진정 하느님께로 돌아오게 한다면, 성인이리라." 성 프란치스코는 오상을 받음으로 완전한 해방 체험을 하게 되었다고 합니다. 그러나 그 해방은 영적인 해방을 의미하며 육체적으로는 그리스도의 고통에 온전히 동참하는 십자가에 대한 사랑이었지요. 그런데 1200년 전이 아니라 우리 시대에 주님의 오상을 받음으로써 주님처럼 피 흘리는 고통을 50년 동안이나 받으셨던 비오 신부님이 계십니다.

성 프란치스코는 불과 몇 년이었지만, 비오 신부님은 50년 동안이나 오상을 받으셔야 했다는 사실이 우리 시대의 아픔을 대변하고 있는 것처럼 느껴집니다. 비오 신부님은 1887년에 이탈리아 피에트렐치나에서 태어나, 카푸친 수도회에 입회한 뒤 1910년에 사제로 서품되었습니다.

주님을 섬기려는 열망을 지녔던 젊은 신부에게 놀라운 일이 일어난 것은 서품을 받은 지 8년 뒤였습니다. 너무나 엄청난 일이라서 수도회나 교회 당국에서는 조심스러울 수밖에 없었지요. 비오 신부님의 생애 동안 역대 교황님들이 모두 신부님을 사랑하고 존경하면서도 교회에서 공적으로 오상을 인정하고 그분을 성인으로 선포하는 데는 많은 시간이 걸렸습니다. 비오 신부님은 오랫동안 신자들과 함께 미사를 드리지 못하는 등의 박해 아닌 박해를 받으시면서 묵묵히 교회에 순종하시면서, 겸손하게 기도로 당신 자신을 주님께 봉헌하셨지요. 젊은 사제 시절에 공경하는 마음으로 비오 신부님을 찾아왔었던 교황 요한 바오로 2세는 2002년

6월 16일에 그를 성인품에 올렸습니다.

현대의 과학자들과 의학자들은 비오 신부님의 오상 현상에 대해 밝히려고 여러 가지 실험을 하고 의학적 치료를 시도했지만 어떠한 과학적 설명을 찾지 못했지요. 오상(五傷)의 구체적인 모습은 손바닥에 난 작은 동전 크기의 구멍에서, 그리고 발과 가슴에서는 피가 나왔는데 미사를 드리는 중에도 피가 뚝뚝 떨어지기도 할 만큼 실제 상처에서 흘러내리는 피였다고 합니다. 교회에서는 함구에도 불구하고 소문은 꼬리를 물고 퍼져 나갔고, 세계 각지에서 수많은 병자가 신부님을 찾아왔지요. 실제 비오 신부님의 기도를 통해 많은 치유가 일어났습니다. 태어날 때부터 눈동자가 없던 시각장애자 소녀 젬마가 보게 된 것이라든지, 다이너마이트 폭발 사고로 실명한 조반니 사비노가 다시 눈을 뜨게 된 것은 주님의 태생 소경이나 다른 장님을 눈뜨게 하신 기적을 상기시킵니다.

세계 각처에서 수십만의 순례자들이, 산 넘고 물 건너 비오 신부님을 만나려고 산골 중의 산골인 산 조반니 로톤토를 찾아온 것은 단지 기적을 보기 위한 것만은 아니었습니다. 이미 성인으로 선포되기 전에 산 조반니 로톤토는 이탈리아 최대 순례자들이 찾는 성지였습니다.

비오 신부님이 살아계시는 동안에 많은 순례자가 신부님을 찾은 것은 고해성사를 보고, 영적 지도를 받고 그분이 집전하는 특별한 미사에 참례하기 위해서였습니다. 비오 신부님은 하루 대부분을 고해소 안에서 보냈다고 합니다. 선종하기 직전인 1967년 한 해 동안에 25000명의 신자들에게 고백성사를 주었다고 합니다.

비오 신부님에게 성사를 받는 일은 보통 일이 아니었습니다. 성사를 보려는 사람들이 너무나 많아서 며칠씩 차례를 기다려야 했지요. 먼저 참다운 회개와 통회가 있어야 성사를 볼 수 있었고요. 비오 신부님은 아직 마음의 준비가 되지 않았는데, 단지 당신을 만나 이야기를 나누고 싶어서 성사를 보려는 사람들은 돌려보냈다고 합니다.

그들은 진정한 회심을 한 후에 다시 신부님을 찾아왔지요. 비오 신부님이 집전하는 새벽 미사는 아주 특별하여 많은 사람이 그 미사에 참례하려고 밤을 새워 성당 문이 열릴 때까지 기다렸다고 합니다. 새벽 4시 30분에 시작하여 1시간 반 정도 집전하는 미사는 마치 그리스도께서 직접 드리는 희생 제물처럼 감동이었답니다.

이냐시오 성인도 눈물 없이 미사를 집전하지 못하시는 분이었는데 비오 신부님도 미사를 드리면서 아주 자주 눈물을 흘리셨다고 해요. 사람들이 왜 우시는지를 물으면, "저는 미사를 드리기에 합당치 않은 사람이기 때문입니다."라고 대답하셨답니다. 미사 때마다 양손의 상처에서 흘러나온 피가 제대포에 떨어지곤 하였지요. 비오 신부님이 미사에 대한 얼마나 커다란 열정을 지니셨는지는 그분이 하신 말씀에서 잘 드러납니다. "세상은 태양이 없어도 존재할 수 있지만, 미사성제 없이는 존재할 수 없습니다." 저는 2년 후인 2004년 다시 산 조반니 로톤토를 찾아갔었지요.

그때 동행했던 순례자들이 비오 신부님이 미사를 드리던 새벽 4시 30분에 비오 신부님의 시신이 안치된 지하 성당에서 기도하는 모습을 보면서 감동을 받았습니다. 비오 신부님의 향기가 느껴졌고요. 그 모습을 카메라에 담고자 묵었던 호텔까지 달려 갔다왔더니, 기도는 이미 끝나있었습니다. 등잔을 준비하지 못한 열 처녀처럼 어리석은 저의 모습이 부끄러웠습니다. 아, 다시 그곳에 가서 비오 신부님의 향기를 맡고 싶습니다.

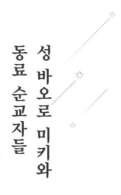

성 바오로 미키와 동료 순교자들

오늘은 일본의 '성 바오로 미키와 동료 순교자들' 축일입니다. 우리 103위 성인들의 순교 축일의 명칭이 '성 김 대건 안드레아 사제와 성 정하상 바오로와 동료 순교자 대축일'이듯이 일본의 26위 순교성인들 대표의 이름으로 성 바오로 미키가 축일 명칭 앞에 붙은 것이지요.

성 바오로 미키는 예수회원이었습니다. 한국의 교회가 수많은 순교자의 피와 땀을 밑거름으로 이루어졌듯이, 일본에도 수많은 순교자가 있었습니다. 사실 숫자로만 말하면, 일본이 훨씬 많지요. 그들의 신앙이 더 깊었다기보다는 정치적인 요인과 민족성에 기인한다고 봅니다.

물론 교회 역사는 우리보다 훨씬 더 오래되었지요. 여러분도 알다시피 성 이냐시오의 동료인 예수회원 성 프란치스코 하비에르가 이미 16세기에 일본에 선교했으니까요. 그러나 신앙이 깊이 뿌리내리기에는 일본은 너무나 척박한 땅이었어요. 막부시대에 정치적인 투쟁으로, 천주교를 받아들이고 있던 지방의 주민을 몰살하는 일본인의 잔인한 성향들이 더 많은 순교자를 낳는 결과를 가져오기도 했지요.

일본의 순교자들을 대략 30만 명으로 추산합니다. 우리 순교자들 수는 학자마다 조금 다릅니다. 가장 순교자 숫자를 많이 보는 학자의 견해도 일만 명 정도로 보는 것에 견주어보면, 30만은 엄청난 숫자이지요. 오늘 축일을 지내는 '성 바오로 미키와 동료 순교자들'은 나가사키의 성인들이라고도 불립니다.

나가사키 해안 근처 나가사키 언덕에서 마치 주님처럼 십자가에 달려 순교한 분들이랍니다. 나가사키는 일본 지역교회에서 가장 신자 수가 많은 교구이기도 하지요. 나가사키 언덕에 세운 순교비 안쪽의 기념관에는 박해를 피해 관음보살상 모습으로 만든 성모상과 '후미에'가 전시되어 있다고 합니다. 저는 가고 싶지만, 아직 못 갔습니다.

'후미에'는 '침묵'이라는 소설로 유명해졌지요. 오늘 그 영화 '침묵'을 용산 영화관에서 합니다. 박해자들이 사람들 가운데에서 천주교 신자를 가려내기 위해서 만든 예수님 모습을 그려 넣은 동판을 말합니다. 예수님 모습의 동판을 밟고 지나가면 살려주고, 단순히 그 이미지이지만 차마 예수님에 대한 사랑 때문에 그것을 못 밟으면 신자라는 증거이니까, 순교를 당했던 것입니다.

후미에는 말하자면, 천주교 신자들을 잡기 위한 일종의 덫이었습니다. '후미에'의 상징적 의미를 깊이 묵상하게 됩니다. 많은 신자가 예수님의 모습을 밟기보다는, 기꺼이 순교를 택했습니다. 그들의 신앙을 생각하면, 눈물이 납니다. 26명의 천주 교인들을 사형시키기 위한 나가사키 언덕의 형장에 많은 사람이 모였습니다.

그 많은 사람이 지켜보는 가운데 프란치스꼬 회원 6명과 예수회원 3

명, 일본인 신자 17명이 십자가에 매달리게 됩니다. 모두 흔들림 없이 평화 안에서 당당하게 십자가 위에 세워졌다고 합니다. 마르티노 수사는 "주님, 제 영혼을 당신 손에 맡깁니다."라고 말했습니다.

그는 주님처럼 '시편'을 읊었고, 프란치스코 블랑코 수사도 하느님께 감사드리는 말을 했고, 곤살보 수사도 큰소리로 주님의 기도와 성모송을 바쳤다고 합니다. 바오로 미키는 예수회원답게 그 극적인 순간에도 모여 있는 사람들에게 강론을 합니다. 제가 그 일부를 나누어 드립니다. 경건한 마음으로 들으시기 바랍니다.

판결문은 '이 사람들이 필리핀에서 왔다.'라고 합니다. 그러나 나는 그 어떤 나라 사람도 아닙니다. 바로 진정한 일본 사람입니다. 나는 일본인이자 그리스도인이고, 예수회원입니다. 내가 죽는 유일한 이유는 그리스도교의 교리를 가르쳤다는 것입니다. 나는 분명히 그리스도교 교리를 가르쳤습니다.

나는 내가 이 이유로 죽게 된 것을 하느님께 감사드립니다. 이제 이 순간을 맞아 내가 진리를 거스르리라고 생각하는 사람은, 여러분 중에 아무도 없으리라고 생각합니다. 나는 여러분이 내 말을 믿는 것을 알기 때문에, 여러분이 행복해지도록 예수 그리스도께 도움을 청한다고, 여러분 모두에게 한 번 더 말씀드리고 싶습니다.

나는 그리스도께 순명합니다. 그것이 나의 길입니다. 이 길은 나의 원수들과 나에게 폭력을 가한 모든 이들을 용서하라고 나에게 가르쳐 주고 있습니다. 그래서 나는 도요토미 히데요시까지도 용서하고 나에게 사형을 집행하려는 모든 사람을 기꺼이 용서합니다. 나는 하느님께서 그들 모두에게 자비를 베푸시도록 청하며 나의 피가 풍성한 결실을 가져오는 비처럼 나의 동포에게 내리기를 바랍니다.

놀랍지요. 우리의 김대건 안드레아 신부님이 사형을 받기 직전에 했던 말과 너무나 비슷하기에, 더욱 놀라게 됩니다. 성령으로 가득 차서 외쳤던 스테파노의 모습을 떠올리게 되기도 하고요. 정말 끌려갔을 때 무슨 말을 할까 걱정하지 말라고 하신 주님의 말씀을 깊이 새기게 합니다. 이들 모두는 자신의 말이라기보다는 성령께서 대신 말씀해 주신 것이라고 믿습니다.

김대건 신부님의 말씀 일부도 함께 보기로 해요. 장안의 구경꾼들이 모인 새남터 형장에서 김대건 신부는 마지막 열정을 불사르며 신앙을 증거합니다.

여러분, 귀를 기울여 내 말을 들어주시오. 내가 외국인과 만난 것은 천주를 위해서입니다. 그 천주를 위해서 나는 죽습니다. 그러나 나의 영원한 생명은 여기서 시작됩니다. 여러분도 영생을 얻으려거든 천주를 믿으십시오. 천주는 결코 우리를 저버리지 않으십니다.

이렇게 바오로 미키와 김대건 신부님께서는 사형장 주위에 모든 사람에게 당당하게 주님을 증거 하면서 전교를 하고는 함께 주님의 품으로 향하는 동료 순교자들을 격려했습니다. 함께 순교를 당하는 동료들은 모두 기쁨의 눈물을 흘렸다고 합니다. 골고타 언덕에 어둠이 내렸던 것처럼 나가사키 언덕에 어둠이 내리고, 26명의 아름다운 영혼들은 조용히 숨을 거두게 됩니다.

눈이 내리지 않았을까 상상해 보며 그 장면이 영화처럼 아름다운 영상으로 남습니다.

# 고백성사의 비밀

### 뒤믈린 신부와 네포목 신부

고백성사는 신비입니다. 신비라는 말은 어떤 어감으로 느껴지나요? 그리스어 'mysterion'의 어원은 휘장으로 덮여 감추어져 있다는 의미와 침묵이라는 의미를 함께 지니고 있습니다. 고백성사가 신비인 까닭은 무엇보다 고백성사의 비밀에 관한 절대성 때문이지요.

고백성사에 관한 모든 사항은 절대적인 비밀이고, 따라서 고백성사를 들은 신부는 물론이고 고백을 한 사람도 완전한 침묵을 지켜야 하지요. 그런 의미에서도 신비입니다. 고백성사의 절대적인 비밀에 대해서는 잘 알려져 있고, 그 비밀에 관한 이야기는 수없이 많습니다. 가장 유명한 두 가지 일화를 통해 고백성사의 비밀에 대한 의미를 되새겨 보며, 이 성사 안에 있는 특별한 은총을 나누고자 합니다. 하나는 비교적 우리에게 잘 알려진 프랑스의 뒤믈린 신부에 관한 이야기이고, 다른 하나는 제가 전에 다녀온 체코의 성 네포목 신부에 관한 이야기입니다.

프랑스의 뒤믈린 신부님에게 일어난 사건은 19세기가 저무는 때, 1899

년이었습니다. 뒤믈린 신부님은 새로 성당을 건립하기 위해 동분서주 애쓰고 있었답니다. 뒤믈린 신부님이 가정 방문을 하기 위해 외출을 한, 어느 날이었지요. 새 성당 건립 기금 모금의 어려움을 알게 된, 어느 신자 할머니가 자기의 재산을 성당 건립을 위해 기부하기로 하고, 본당 신부님을 찾아갔습니다.

본당 신부님이 외출하고 안 계시자, 그 신자는 성당 문지기에게 자기의 전 재산을 성당 건립을 위해 봉헌한다는 이야기를 하고, 그 돈을 신부님께 전해 달라고 맡기었답니다. 그 할머니는 원해 부유한 사람이 아니라, 평생 근면 절약하여 모은 돈이었습니다. 그 할머니는 성경에서 재물을 하늘에 쌓으라는 말을 실천하기 위해, 고생하며 모은 돈을 모두 성당 건립기금으로 내놓은 것입니다. 견물생심과 호사다마라고 했던가요? 질투가 많은 악마가 교묘하게 큰돈을 본 성당 문지기에게 유혹의 잔을 넘실거렸고, 그 성당 문지기는 유혹의 잔을 받아 마시고 악마의 하수인이 되었습니다. 그 돈에 대해 자기밖에 아는 사람이 없다는 것을 확인한 성당 문지기는 그 할머니를 망치로 머리를 때려 살해했습니다.

뒤믈린 신부님이 돌아오자마자 그 문지기는 신부님께 고백성사를 청하였습니다. 악마의 하수인이 된 그는 고백성사의 비밀을 교묘하게 이용하였습니다. 그는 자기가 악마의 유혹을 이기지 못하고, 그만 사람을 죽였다고 고백한 것입니다. 이미 악마의 하수인이 된 자가 악마의 유혹을 이기지 못했다고 고백하다니, 정말 양의 탈을 쓴 이리와 같은 악마의 속성을 잘 드러내고 있습니다.

문지기의 고백을 들은 뒤믈린 신부님은 너무 큰 충격을 받았지만, 그에게 경찰에 자수하여 죄에 대한 처벌을 기꺼이 받을 것을 권면하고 보속을 주었습니다. 그 문지기가 신부님의 말을 따랐을까요? 천만의 말씀이지요. 진실한 고백이 아닌, 악마의 교묘한 술책이었으니, 그럴 리가 없지요. 그 할머니의 죽음을 알게 된 경찰이 뒤믈린 신부님이 머물던 사제관으로 들이닥쳤습니다. 경찰은 가택수사를 했고, 신부님의 서재를 뒤지다가 서랍 속에서 피 묻은 망치를 발견했습니다. 경찰은 너무나 분명한 물증이라고 생각하고, 신부님을 체포했습니다. 신부가 고백성사의 비밀은 절대 누설하지 않는다는 점을 교묘하게 이용한 악마의 수법에 놀라움을 금할 수 없습니다.

프랑스의 모든 언론은 들끓었다고 합니다. 예나 지금이나 언론은 진실을 밝히기 위해 노력하기보다 민심을 자극하고 센세이션을 일으키는 데, 주력하나 봅니다. 가톨릭 신부가 살인을 저질러서 체포되었다고 대서특필했습니다. 경찰이 뒤믈린 신부님을 심문했습니다. 그 할머니를 죽였느냐고 물었고, 뒤믈린 신부님은 다만 자기는 살인을 하지 않았다고 답변했습니다. 그렇다면 왜 피 묻은 망치가 사제관의 서재 서랍에서 나왔는지 물었지만, 신부님은 자기는 모르는 일이라고 말할 뿐이었습니다. 고백성사의 비밀을 지키기 위해 그는 한 마디도 변명할 수가 없었습니다. 참답답한 노릇입니다. 결국, 뒤믈린 신부님은 살인죄로 종신형을 선고받고 살아서는 돌아올 수 없다는 죽음의 섬으로 유배 갔습니다.

뒤믈린 신부님은 그 섬에서 중노동을 하면서 무려 25년이라는 세월을 수인으로 살았습니다. 그러니까 신부의 유배 생활 25년이 거의 끝나가던 어느 날이었습니다. 파리시 빈민촌 어느 허름한 판자집에서 어느 늙은 병자가 남긴 유서가 발견되었습니다.

"뒤믈린 신부님이 살인죄로 종신 유배된 것은 억울한 일이다. 그때의 살인은 성당 문지기로 있던 내가 저지른 것이다. 살인한 직후 내가 신부님께 고백성사를 하였기 때문에 신부님은 고백의 비밀을 지키기 위해, 자기의 무죄를 주장하지 못하고 종신형을 받았다. 진짜 범인인 나는 곧 죽는다. 제발 신부님이 누명을 벗고 다시 돌아오도록 해 달라."

악마의 하수인이 된, 그가 잘 살았을까요? 그 문지기는 당시에 할머니로부터 빼앗은 돈은 금세 다 탕진하고 결국 유랑생활을 하다가, 빈민촌으로 흘러들어와서 생을 마감하게 되었지요. 마지막 순간에 자기의 죄를 깨닫고 진실을 밝히고 죽은 것입니다. 아마 순간적으로 악마의 달콤한 유혹의 잔을 마신 것을 한평생 후회하면서 죄책감에 사로잡혀 살았겠지요. 그 문지기의 유서를 통해 진실이 밝혀진 뒤, 뒤뜰린 신부는 죽어서야 돌아온다는 죽음의 섬에서 다시 살아 돌아왔습니다. 그러나 신부님의 몸은 25년의 중노동으로 피폐할 대로 피폐하여 거의 죽음 직전이었고, 돌아온 지 불과 얼마 되지 않아 세상을 떠났다고 합니다.

뒤뜰린 신부님은 이 사건을 통해 자기를 욕하고 성당을 떠났던 많은 사람이 다시 성당으로 돌아오게 된 것으로 만족하고 하느님의 품으로 가셨다고 합니다.

두 번째 이야기는 성 요한 네포묵에 관한 것입니다. 이 이야기는 성지 순례기의 형식으로 나누도록 하겠습니다. 체코의 현지 가이드는 세레나씨라는 아주 쾌활하고 설명을 잘하는 좋은 분이었습니다. 세레나 씨는 우리가 성 요한 네포묵의 이름을 잊지 말라고, 청포묵이 아니라 네포묵이라고 하면서 성인의 이름을 각인시켜 주려고 노력하였지요.

청포묵을 네 개 드신 성인으로 기억하면, 여러분도 잊지 않을 것입니다. 보헤미아의 네포묵에서 태어난 그는 원래 성은 뵐플라인인데, 후대 사람들이 고향 이름을 따서 성 요한 네포묵이라고 불러 아예 성처럼 되었지요. 성 이냐시오 로욜라처럼요. 그는 프라하 대학교에서 공부하고, 사제로 서품되었습니다. 그는 아주 명석하고 탁월한 능력을 인정받아, 서품된 지 얼마 지나지 않아서 프라하의 대주교 요한 젠젠슈타인의 총대리로 발탁되었고, 왕실의 고백 신부 역할까지 하게 되었다고 합니다. 가이드 세레나씨는 1탄, 2탄, 3탄에 걸쳐 성 요한 네포묵에 대해 설명을 해 주었지요. 우선 제1탄은 성 요한 네포묵의 성화 앞에서 해 주었습니다.

제1탄의 내용입니다. 당시 보헤미아를 통치하고 있던 왕은 벤첸슬라오 1세라는 어느 인간을 닮은 쥐새끼 같은 인간이었답니다. 왕은 폭군이면서 아주 잔인한 성격의 인물이었지만, 그의 왕비 요안나는 그와는 정반대로 경건한 신앙을 지니고 있었고, 오로지 하느님을 섬기는 곳에서만 즐거움을 찾는 온순한 부인이었다고 합니다.

당연히 왕과 왕비는 사이가 별로 좋지 않았겠지요. 왕에게는 왕비를 사찰하는 염탐꾼이 있었답니다. 어느 날 왕비가 고백성사 보는 것까지 사찰했나 봅니다. 그런데 요즈음 사찰에 망원경까지 동원했다고 하던데 당시에 벌써 투시경이 있었는지, 아니면 고백소를 나온 후에 본 것인지, 하여튼 고백성사를 들은 요한 네포묵 신부님이 우시는 것을 사찰하여 왕에게 일러바친 것입니다.

왕이 요한 네포묵 신부님을 불러 고백 내용을 말하라고 다그쳤답니다. 도대체 무슨 내용의 고백을 들었기에 눈물을 흘렸는지, 이실직고하라는 것입니다. 세레나 씨의 말을 그대로 인용하면, 처음에 왕은 요한 네포묵 신부님이 다른 사람들이 있기에 말을 안 하는지 알고, 저녁에 다시 은밀하게 불렀고 다른 사람들을 모두 내보내고서, 이제 사람들이 없는 곳이니 어서 말하라고 했답니다.

요한 네포묵 신부님은 이 방에 있는 오로지 한 영혼에게만 말할 수 있다고 했답니다. 왕은 그 영혼이 당연히 자기인지 알았는데, 신부님은 그 방에 있던 개를 가리켰답니다. 개에게만 말할 수 있다고 한 것이지요. 당신은 개만도 못하다는 은유가 아니었을까요?

정말 개 같은 사람도 있고, 개만도 못한 사람도 있습니다. 부인까지 사찰을 했으니, 개만도 못한 사람, 쥐새끼 같은 인간이지요. 화가 머리끝까지 난 왕은 신부님의 혀를 뽑고, 우리에게 몰다우강으로 더 잘 알려진 블타바강에 돌을 매달아 던져버렸답니다.

제2탄은 성당 안쪽으로 조금 돌아 무덤 앞에서 해 주었습니다. 정말 아름답게 꾸며진 무덤입니다. 온 국민이 성금을 하여 그 무덤을 봉헌했다고 합니다. 무덤은 은장식으로 꾸며져 있는데, 단순한 아름다움을 넘어 거룩함이 느껴지는 놀라운 예술품이기도 합니다. 무덤은 온 백성이 봉헌하고, 주위를 지키는 천사상과 포목은 당시 왕비가 봉헌했다고 합니다.

블타바강에 낚시하는 사람들이 눈에 띄는 곳입니다. 신부님이 살해당한 다음 날, 한 낚시꾼이 새벽에 고기를 잡으러 나갔다가 별이 다섯 개 떠 있어 이상하게 여겼답니다. 세레나씨의 표현 그대로 빌리면, 가방끈이 짧은 그는 그것이 무슨 의미인지를 몰라 그래도 가장 가방끈이 긴 본당 신부님께 여쭈었답니다. 본당 신부님도 고민을 하다가 문득 성경 구절을 떠올렸답니다. 베드로에게 예수님께서 이르신 말씀이지요. "그물을 던져라." 본당 신부님은 그 어부에게 별이 뜬 그곳에 그물을 던지라고 했고, 어부는 그곳에 그물을 던졌답니다. 아주 묵직한 것이 걸려 대어를 낚았는지 알고 끌어올렸답니다. 그런데 그물에 걸린 것은 대어가 아니라 혀가 빠진 채 죽은 요한 네포묵 신부님의 시신이었답니다.

놀랍게도 시신은 조금도 상하지 않고 그대로 있었답니다. 어부는 시신을 수습하여 본당 신부님께 모시고 왔고, 본당 신부님은 성당 마당에 요한 신부님의 시신을 안치하여 모셨지요. 본당 신부님은 그것이 왕의 짓인지 알았지만, 사람들에게 알리지는 않았답니다. 그런데도 그만 들통이 나게 되었답니다. 왜 그것이 들통이 났을까요?

밤마다 별 다섯 개가 그곳을 비추어 주었습니다. 그 사실이 입소문을 타고 전해지면서 온 국민들이 알게 된 것이지요. 왕은 아무도 모르게 하려고 했지만, 별이 그 사실을 밝혀준 것입니다. 네포묵의 요한이 성인품에 오른 것은 1729년 3월 19일 교황 베네딕트 13세의 시대였다고 합니다.

성인품에 오르기 10년 전, 시성 조사가 행해지던 때에 그의 무덤을 열어 시체를 검사하니, 3백 년 이상이나 지난 그때 전신은 모조리 다 썩어 있었지만, 혀만 마른 채로 그대로 남아 있었다고 합니다. 사람들은 이것이야말로 고백의 비밀을 지킨 성인의 충실함에 대한 하느님의 존귀한 보수의 표시라고 기뻐하였습니다.

체코의 국민들은 그를 정성스럽게 황금의 성광에 모시고, 순은으로 장식하여 성당의 보물로서 영구히 보존하게 된 것입니다. 또한, 이 성인은 다리 위에서 물속에 던져져 순교한 점에서 다리의 성인이라 칭하고, 수많은 다리 위에 그의 초상을 모시게 되었답니다.

성 요한 네포묵은 보헤미아의 수호성인이면서 동시에 세계의 모든 고백자의 수호성인이기도 합니다. 성 요한 네포묵의 초상은 보통 사제 복장 위에 소백의와 영대를 하고 오른손에 십자가를 들고 왼편에 입을 다문 모양을 그립니다. 항상 머리 위에는 별 다섯 개가 있고요.

제3탄은 나중에 카를 교에서 해 주었습니다. 우리 순례자 일행은 골목길을 지나 카를교로 갔습니다. 대부분의 사람은 카를 교에 있는 요한 네포묵 신부님의 동상에 손을 대고, 소원을 빕니다. 세레나씨 말에 의하면, 대개의 소원 내용이 이곳 프라하에 다시 오게 해 달라는 소원을 빈답니다. 우리 순례자 일행 중에도 전에 그 소원을 빌었고, 그래서 다시 오게 되었다고 하신 분이 있었습니다. 그런데 정작 더 중요한 장소는 네포묵 성인이 동상이 아니라 떨어져 순교하신 장소입니다. 저는 잠시 그곳에 손을 대고 기도하면서, 요한 네포묵 신부님께서 고백성사를 들으시고 우셨다는 사실이 가슴 뭉클하게 다가오면서, 그 생각으로 그날 오후를 보내게 되었습니다.

신부님의 고뇌는 죄 자체보다 죄를 짓는 인간에 대한 깊은 연민이었겠지요. 고백의 비밀을 지키신 네포묵 신부님. 그것을 목숨보다 더 소중하게 여긴 그 정신은 모든 사제가 몸으로 익혀야 할 덕목입니다. 성 요한 네포묵 신부님은 단순히 체코 사람들이 수호성인으로 공경할 성인이 아닙니다. 물론 성인품에 오른다는 것이 전 세계의 가톨릭 신자들의 공경 대상이 된다는 의미이기도 하지만, 요한 네포묵 신부님이야말로 우리나라에서도 더 널리 알려야 할 분이라고 생각합니다. 저도 4년 전에 이곳에 왔을 때만 기억하고 잊고 있었는데, 반성했습니다. 정말 훌륭한 분이고, 우리의 가슴에 깊이 새겨야 할 성인입니다.

우리에게 잘 알려진 두 신부님의 이야기를 통해 고백성사의 비밀에 대해 나누었습니다. 죄도 깊이 감추어져 있어서 알 수 없다는 의미에서 신비이지만 고백성사도 절대적인 비밀, 온전한 침묵을 지켜야 하는 신비입니다. 신부나 신자들 모두 경건한 마음으로 이 신비를 대하도록 합시다.

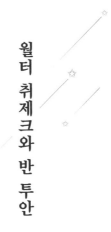

# 월터 취제크와 반 투안

오늘 토요 신심 미사를 드리면서 성체에 대한 신심에 대해 나누고자 합니다. 복되신 동정 마리아 신심 미사이지만, 저는 성모 마리아께서 가장 소중하게 여기시는 것이 무엇일까를 생각하면서 당연히 성체를 통한 아드님에 대한 공경이라고 생각하여, 오늘 성체 신심에 대해 나누고자 한 것입니다.

저는 성체에 대해 진실한 신심을 지녔을 뿐만 아니라, 소박한 사랑을 통해 성체의 소중함을 잘 보여 준 두 분을 떠올렸습니다. 한 분은 '러시아에서 그분과 함께'와 '나를 이끄시는 분'으로 우리에게 알려진 예수회원, 취제크 신부님이고, 또 다른 한 분은 '지금 이 순간을 살며'와 '지금 이 순간을 사랑하며'를 쓰신 베트남의 성자, 반 투엔 추기경님입니다.

먼저 월터 취제크 신부님의 성체에 대한 사랑을 보여주는 장면을 그려보며, 그분에 대해 나누고 이어서 반 투엔 추기경님에 대해 나누겠습니다.

월터 취제크 신부님은 미국에서 태어나, 예수회에 들어왔고, 구소련으로의 비밀 선교를 위해 폴란드에서 활동하다가 구소련군에게 체포되어, 바티칸 스파이라는 혐의로 구소련으로 끌려가 감옥과 시베리아 강제 노동 수용소에서 무려 23년을 보낸 분입니다.

시베리아 강제 수용소로 간 이후 아무 소식을 접할 수 없었던 미국 예수회에서는 취제크 신부님이 결국 시베리아에서 죽었다고 생각하고, 사망자 명단에 넣어 위령미사를 드렸었습니다. 나중에 취제크 신부님은 그 사실을 알고, 약간은 해학적으로 아마 자기가 그 위령미사의 덕으로 살아남았나보다고 말하기도 했습니다.

미국 정부의 노력으로 구소련의 스파이 두 사람과 교환되어, 죽었다고 생각한 그가 고국 미국으로 송환됩니다. 그는 사람들의 요청에 따라 먼저 자기의 체험을 생생하게 전하는 '러시아에서 그분과 함께'를 쓰고, 그 책이 출간된 이후에 자기가 정말 하고 싶었던 이야기를 다 담지 못했다고 느끼며, 다시 자기 체험을 더 깊이 묵상해서 책을 쓰지요.

그것이 바로 '나를 이끄시는 분'입니다. 사람들에게는 '러시아에서 그분과 함께'가 많이 알려졌지만, '나를 이끄시는 분'이 훨씬 더 깊이 있고 영적 묵상을 하도록 이끌어 주는 좋은 책입니다. 사람들은 당연하게 취제크 신부님에게 혹독한 시베리아 강제 노동 수용소, 보통 사람들은 불과 몇 년을 버티지 못하고 죽어가는 곳에서 신부님은 어떻게 끝내 살아남을 수 있었는지에 물음을 던집니다.

취제크 신부님의 답은 간단합니다. 바로 매일 매일 몰래 드리던 미사를 통한 힘이었다고. 그는 '나를 이끄시는 분'이라는 책에서 이렇게 말합니다.

"미사를 집전하지 못하거나 미사에 참여할 기회를 박탈당해 본 적이 없는 사람은 미사가 얼마나 소중한 보물인가를 실감하지 못할 것이다. 북극의 지루한 여름철이 오면 작업할 낮의 시간은 최고로 길어지고 그 대신 수면시간은 대단히 짧아지는데, 이때가 되면 죄수들은 한숨이라도 더 눈을 붙이려고 안간힘을 썼다. 그러나 사제들과 신자들은 육체에 필요한 수면시간마저 희생한 채, 기상종이 울리기 전에 자리에서 일어나 조용한 막사 안에서 몰래 미사를 드렸다.

미사를 드리다 발각되는 날이면 우리는 심한 벌을 받아야 했고, 게다가 밀고자들은 사방에 깔려 있었다. 그러나 그런 위험과 희생을 기꺼이 감수할 만큼 미사는 우리에게 소중했다. 우리는 미사에 참여하기 위해서 거의 무슨 짓이나 다했다. 우리에게 있어 성체성사는 중대한 실존의 근원이었다.

성체성사가 우리 마음과 정신, 우리 하루의 삶에 주는 영향을 피부로 실감할 수 있었다. 이곳, 이 자리에서 미사를 집전했다는 생각만으로도 내가 소련에 와서 그간 겪었던 고난들이 하나같이 필요했고 또 소중했다고 느껴졌다. 새 날을 맞이할 때마다 나의 일차적인 관심사는 미사를 집전하는 것이었다. 어떤 위험도, 어떤 역경도, 어떤 보복도 나로 하여금 매일 미사를 집전하지 못하도록 방해할 수 없었다."

이어서 반 투엔 추기경님의 성체에 대한 사랑을 나눕니다. 반 투안 추기경은 1928년 베트남 후에 지역에서 태어나 1953년 사제서품을 받았고, 1967년 나트랑의 주교로 임명됐었습니다. 당시 그의 주교 임명은 베트남 공산당에 의해 거부됐고, 1975년 성모승천 대축일에 체포된 그는 이후 13년간 투옥과 수감생활을 하다가 1988년 풀려난 분입니다.

그는 감옥에서는 풀려났지만, 사랑하는 조국에서 추방되어 로마로 망명하였고, 끝내 조국 땅을 밟지 못하고 돌아가셨습니다. 반 투안 주교는 교황청 정의평화위원회 위원장으로 활동했으며, 교황 요한 바오로 2세에 의해 2001년, 추기경으로 서임되고, 불과 1년 후인 2002년 9월 16일 암 투병 중 향년 74세의 나이로 선종하셨습니다.

투안 추기경님은 체포 당시 주교가 되신 지 8년째 되는 젊은 주교로 열심히 사목을 하고 있는데, 갑자기 체포되고 투옥된 겁니다. 그는 당신의 교구, 그리고 하느님을 위해 시작한 많은 일을 할 수 없게 되자 괴로워합니다. 그런데 어느 날 밤, 마음 깊은 곳에서 하느님의 음성이 들려옵니다.

"너는 왜 그토록 괴로워하느냐? 네가 택한 것이냐?, 하느님이냐? 아니면, 나 하느님의 일이냐? 너는 지금 하고자 하는 하느님의 일을 할 수 없다고 괴로워하느냐? 하느님께서 네가 이 모든 것을 포기하길 바라신다면 즉시 그렇게 하여라. 너는 하느님을 선택했지, 하느님의 일을 선택한 것은 아니다."

그에게 들려온 목소리, 내면의 소리, 아니 내면의 빛은 그에게 새로운 평화를 주었습니다. 투안 추기경님은 하느님의 일이 아니라 하느님을 선택하는 것이야말로 그리스도적 삶의 뿌리가 되는 것이며, 이것이 바로 우리와 교회와 이 시대에 하느님의 계획이 이루어지는 길이라고 말합니다.

투안 추기경님은 젊은 시절 1957년 8월 루르드로 성지 순례 갔었고, 거기서 그는 앞날을 예고해 주는 하나의 메시지를 듣게 되었다고 합니다. "나는 너에게 이 세상에서 기쁨과 위안보다는 시련과 고통을 약속한다." 그는 13년 동안의 감옥생활에서 당신에게 고통을 허락하신 주님의 뜻을 알게 되었고, 루르드에서의 그 메시지를 이해하게 되었다고 합니다.

반 투안 추기경은 특히 오랜 세월을 독방에서 지내면서 기도와 묵상을 하면서 감옥 안에서 마치 사도 바오로가 공동체에 편지를 보냈듯이 신자들에게 달력 종이에 적은 희망의 글을 보냈고, 그것이 나중에 세 권의 옥중 묵상집으로 나왔습니다. 저는 2004년 그중의 하나인 '지금 이 순간을 살며'를 읽게 된 후 '나를 이끄시는 분'과 더불어 제가 가장 아끼는 책의 하나가 되었습니다.

감옥에 있던 어느 날 투안 주교는 '공동체에 편지를 쓰라'는 내면의 목소리를 들었답니다. 그 내면의 목소리에 따라 그는 폐지인 달력 뒷면에 편지를 쓰게 했고, 소년들은 그것을 가져다 읽고 베껴 쓰고 사람들에게 전하게 되었다고 합니다. 그는 단 순간도 망각하는 일 없이 '지금 이 순간을 살며' 모든 이에게 사랑과 웃음, 희망을 전해 주고자 했습니다.

그는 빵을 잘게 부수어 성체성사를, 손바닥에 포도주 세 방울과 물 한 방울을 떨어뜨려 미사를 거행하였습니다. 그가 위장병이 있었는데, 포도주를 위장약으로 위장하여 반입시키도록 한 것이지요. 그는 미사, 성체성사야말로 그의 생명을 지탱해 준 양식이었다고 증언합니다.

구엔 반 투안 추기경의 절망 속에서도 희망으로 점철된 삶은 '지금 이 순간 살고 사랑하는' 것이 가장 중요하며 모든 것은 하느님 손에 달려 있음을 깊이 깨닫게 해 줍니다. 그는 매일을 생생하게 시작하고 마칠 수 있는 비결은 지금 하는 모든 일에 최선을 다하는 것이라고 합니다.

구엔 반 투안 추기경이 말합니다. "기다리지 않으리라. 지금 이 순간을 사랑으로 채우며 살리라." 그리고 당신께서 빵을 잘게 부수어 놓고 손바닥에 포도주 세 방울과 물 한 방울을 떨어뜨려 미사에 대해 이렇게 말합니다.

한때 저는 금으로 된 성반과 성작으로 미사를 봉헌하였으나 이제 당신의 성혈은 제 손바닥에 놓여 있습니다. 한때 저는 대회와 회의를 위해 세계 각지를 여행하곤 했으나 이제 저는 창문도 없는 좁은 감방에 갇혀 있습니다. 한때 저는 감실에 모신 당신을 조배하곤 했습니다만, 이제 저는 당신을 제 호주머니 속에 밤낮으로 지니고 다닙니다.

한때 저는 수천 명의 신자 앞에서 미사를 봉헌하곤 했습니다만 이제 밤의 암흑 속에서 모기장 밑으로 성체를 전하고 있습니다. 매트 위에서 흰 버섯이 자라는 이 감방, 여기에서 저는 행복합니다. 왜냐하면, 당신께서 저와 함께 계시고 당신께서는 제가 이곳에서 당신과 함께 생활하기를 원하시기 때문입니다.

저는 일생 동안 많은 말을 했습니다. 이제 저는 더 이상 말을 하지 않습니다.

예수님, 이제는 당신께서 제게 말씀하실 차례입니다.


우리는 오늘 토요 신심 미사를 드리면서 이 두 분, 월터 취제크 신부님과 반 투안 추기경님을 통해 우리도 미사성제에서 성체를 모시는 일이 얼마나 고맙고 감사한 일인지를 되새기며 특별히 성체에 대한 신심을 깊였으면 합니다.

## 깨끗한 빵

### 안티오키아의 성 이냐시오

오늘은 안티오키아의 성 이냐시오 축일입니다. 성 이냐시오 로욜라는 잘 아는데, 안티오키아의 성 이냐시오는 누구인지 잘 모르시는 분들 많이 계시지요? 청출어람이라는 말이 있습니다. 제자가 스승보다 더 탁월할 때, 쓰는 말이지요. 물론 성 이냐시오 로욜라가 안티오키아의 성 이냐시오의 제자는 아니지만, 시대적 간극이 상당히 큽니다.

한 사람은 1세기의 순교자이고, 한 사람은 16세기 사람이니까요. 한참 후대 사람인 이냐시오 로욜라가 더 유명해졌기 때문에, 언뜻 청출어람이라는 이미지가 떠오릅니다. 왜냐하면, 성 이냐시오라고 하면 우리는 먼저 이냐시오 로욜라를 떠올리게 되기 때문입니다.

성 이냐시오 로욜라가 너무 유명해져서 성 안티오키아의 이냐시오는 그늘에 가려진 느낌도 들어, 조금은 안타깝습니다. 오늘 그의 축일을 맞아 안티오키아의 성 이냐시오가 어떤 분이신지를 확실하게 각인시켜 드리고자 합니다. 성 이냐시오 로욜라의 이름은 원래 이니고입니다.

그가 파리대학 시절 신학을 공부하면서 성 안티오키아의 이냐시오에게 반해서 자기도 이냐시오처럼 되고자 하는 마음을 지니게 되었습니다. 그가 워낙 이냐시오에 대한 공경심이 컸습니다. 그것을 아는 동료들이 이니고를 아예 이냐시오라는 이름으로 부르게 된 것이랍니다.

　저희 사부님이신 성 이냐시오 로욜라께서 반하신 안티오키아의 성 이냐시오. 그분이 어떤 분이신지 안다면, 여러분들도 정말 반하게 될 것입니다. 그는 예루살렘의 사도들이 처음에 바르나바를 보내서 세운 시리아의 안티오키아 교회 제2대 주교입니다.

　로마 당국에 의해 그리스도교를 전파한다는 이유로 체포되어, 재판을 받은 다음 로마로 가서 원형극장에서 맹수 형으로 순교를 당한 순교자인데, 무엇보다 유명한 것은 그가 그 순교를 간절히 원했고 자기 원의대로 맹수 형을 받게 되었다는 사실이지요.

　아주 유명한 것이 다음의 그의 말입니다. "나는 밀로서 맹수에 이빨에 갈려 그리스도의 깨끗한 빵이 되고자 합니다." 이 말에 영감을 받은 사람들 가운데 제가 좋아하는 칼릴 지브란이 있습니다. 칼릴 지브란은 제가 '사랑이 그대를 향해'로 옮긴 'On Love'라는 시에서 이렇게 노래하지요.

**"그대는 비로소 하느님이 베푸는 향연에서 쓰게 될 성스러운 빵이 되리라."**

　안티오키아의 성 이냐시오는 단순히 순교하신 교부로서의 성인일 뿐만 아니라, 안티오키아에 그의 신학과 영성을 따르는 학파를 형성하는 초석을 놓으셨다는 의미에서도 중요한 분입니다. 이집트 알렉산드리아 신학파와 쌍벽을 이루는 안티오키아 신학파를 형성하게 됩니다.

안티오키아는 사도들이 처음으로 그리스도인이라고 불리게 된 곳(사도 11. 26)으로 바오로와 바르나바가 이방인들에게 복음을 선포하기 위해 출발하였던 선교의 중심지였던 곳이라는 사실은 잘 알고 계실 겁니다. 특히 예루살렘이 멸망한 후부터 안티오키아 교회와 로마 교회는 초대교회 안에 두 기둥 역할을 하고 있었습니다.

안티오키아의 성 이냐시오는 로마로 끌려가면서도 자기가 묵게 되는 도시마다 몰래 찾아온 그곳 교회의 신자들에게 가르침을 주었고, 이단에 빠지지 말고 사도적 전통에 충실할 것을 권고한 분입니다. 그는 당시 주요 교회였던 6개의 교회와 자기 제자였던 폴리카르푸스 주교에게 보낸 편지를 남겼고, 이 편지들을 통해 그의 탁월한 신학 사상을 엿볼 수 있습니다. 그의 교회 공동체에 보낸 6개의 편지에는 그는 공동체가 그리스도 안에서 서로 일치하고, 교회의 장상들에게 순종하며 그릇된 이단들에 빠지지 않도록 조심할 것을 권고하고 있습니다. 6개의 교회 공동체는 다음과 같습니다. 에페소, 마그네시아, 트랄리아, 로마, 스미르나, 필라델피아 교회입니다.

특별히 로마 교회에 보낸 편지에서는 교회 장상들에 대한 순명의 권고나 이단에 대한 경계보다는, 이냐시오 자신의 신앙 자세와 주님께 대한 사랑 그리고 승화된 인간의 신비적인 면을 감동적으로 고백하고 있습니다. 그는 당시에 순교를 통해 상처를 받은 교회에 희망과 격려를 주었습니다.

제자였던 폴리카르푸스 주교에게 보낸 편지는 사목자로서 지녀야 할 자세와 덕을 가르치고 있습니다. 그의 신학 사상을 간단히 살펴보고자 합니다.

그는 교회 안에 처음으로 '교계 제도'를 확립시킨 인물이기도 합니다. 그는 주교, 사제, 부제의 3 직무의 신적 기원과 탁월한 사도적 권위를 강조하였습니다. 그는 주교는 교회로부터 '육화'된 직무이며 사제는 주교에 종속되어 함께 일하면서 주교에게 용기를 불어넣어 주어야 한다고 했고, 부제는 사제에게 순명하고, 신자는 교계 제도, 특히 주교와 사제에게 신앙과 순명으로 일치되어야 한다고 가르쳤습니다.

그는 이러한 교계 제도를 통한 직무들을 올바른 가르침을 보존하고, 공동체를 분열의 위험에서 보호하며 일치를 유지하기 위한 기틀을 마련하였습니다. 교회 공동체가 처음에는 공동협의제로 이어져 오다가 점점 주교 중심의 '주교 단일 지도 체제'로 발전되는데, 안티오키아의 성 이냐시오가 신학적 사상의 틀을 제공하였다고 볼 수 있습니다.

그는 "주교 없이는 교회라고 할 수 없다."라는 유명한 말을 남겼습니다. 그의 이 말은 주교 중심제가 확고하게 정착하도록 하는 데에 큰 요인으로 작용하였습니다. 그는 최초로 그리스도 교회 공동체를 일컬어 '가톨릭교회'라는 이름을 사용했으며, 가톨릭교회에는 반드시 주교가 있어야 한다고 가르친 것입니다.

다른 교회들에 대해서는 일치와 조화를 권고하면서도 로마 교회에 대해서는 "저는 베드로와 바오로처럼 여러분에게 명령하지 않습니다. 그들은 사도들이고 나는 한 죄수일 뿐"이라고 하면서 로마 교회의 우위성을 분명하게 천명하였습니다. 로마 교회 자체가 사도 베드로와 바오로의 가르침을 받아 세워진 교회이기도 합니다.

하지만 로마 교회는 이 두 사도의 가르침이 그들의 순교로서 증거된 교회라는 점에서 다른 어떤 교회보다 권위를 인정하기 때문입니다. 그의 신학적인 사고의 중심은 항상 '그리스도'였습니다. 그의 신학은 그리스도 중심의 신학 사상이라고 말씀드릴 수 있습니다.

유다교 신봉자들은 구원을 위해서는 모세의 율법을 반드시 지켜야 한다고 가르치고 있는데, 그는 이들을 경계할 것을 강조하였습니다. 당시의 두드러진 이단은 가현론이었습니다. 가현론자들은 그리스도의 인성을 부정하며 그리스도께서 단순히 외관만을 취했을 뿐, 결국 그의 삶은 하나의 환영에 불과하며 성체는 그리스도의 몸이 아니라는 주장을 하였습니다.

그는 이것에 반대하면서, "성체야말로 우리의 죄를 사하기 위해서 수난하신 그리스도의 살입니다. 그분은 태어나셨지만 태어나지 않으셨습니다. 그분께서는 육신이 된 하느님이시고 죽음으로써 참 생명이 되셨습니다. 그분께서는 마리아께로부터 나셨고 하느님께로부터도 나셨습니다."라고 고백하였습니다.

그는 그리스도의 인성뿐만 아니라 성체성사 안에서의 그리스도의 몸을 강조하게 하였고, 신비적 의미를 부여하면서 그리스도인들의 일치를 성체성사 안에서 바라보고 있습니다. 그의 영성은 그의 삶과 죽음, 바로 순교에 잘 나타나 있습니다. 그는 순교를 영원한 생명을 위한 '출산'으로 표현합니다.

즉 순교의 수난을 통해 하느님 안에 새로 태어나는 부활의 기쁨을 얻게 된다는 확고한 믿음 때문에 순교할 날을 애타게 고대한다는 것입니다. 교회는 이러한 그의 가르침에 따라 순교자들의 순교일을 '천상 탄일'이라고 부르고, 순교일을 그들의 축일로 정하게 되었습니다. 그가 남긴 말씀들을 통해, 그의 순교 영성을 엿볼 수 있습니다.

"제가 왜 저 자신을 바치려는 것입니까? 제가 맹수들 가까이 있을 때 예수 그리스도 안에서 하느님과 가까이 있는 것입니다. 그분의 수난에 동참하기 위하여 저는 모든 것을 참아 낼 수 있는데, 완전한 인간이 되신 그분께서 저에게 힘을 주시기 때문입니다. 저는 아직 예수 그리스도 안에 완전한 자가 못됩니다. 참으로 저는 이제야 겨우 그분의 제자가 되기 시작하였습니다.

불도 좋고 십자가도 좋고 맹수의 무리도 좋으며, 뼈를 비틀고 사지를 찢어도 좋고, 팔다리를 자르고 온몸을 난도질해도 좋습니다. 악한 자의 잔인한 형벌도 좋습니다. 다만 제가 예수 그리스도께 갈 수만 있다면 말입니다. 이 세상의 목표도 지상의 모든 왕국도 저에게는 아무 소용이 없습니다. 이 세상 끝까지 다스리는 것보다 그리스도 예수 안에서 죽는 것이 저에게는 더 낫습니다."

그는 자기에게 오는 순교의 기회를 방해하지 말라고 부탁합니다.

"보이는 것이거나 보이지 않는 것이거나 그 어떤 것도 제가 그리스도께 가는 길을 시기해서 방해하지 말 것입니다. 제가 하느님을 만나는 이런 기회를 다시는 얻지 못할 것입니다. 여러분이 만일 침묵을 지켜준다면 그보다 더 좋은 일은 없습니다. 그러나 만일 여러분이 저의 육신만을 살아나게 되도록 바란다면 저는 단지 소리에 지나지 않게 될 것입니다. 하느님께 드리는 제물로 바쳐지는 것밖에는 아무것도 저를 위해 하지 마십시오.

제단이 준비되어 있습니다. 나 때문에 마련된 맹수 떼를 빨리 만나고 싶습니다. 그 맹수들이 나에게 성급히 달려들어 주었으면 좋겠습니다. 저는 더 이상 인간적인 것에 따라 살려 하지 않습니다. 여러분이 원하기만

하면 제가 그렇게 될 수 있습니다. 원하십시오. 하느님을 만날 수 있도록 저를 위해 기도해 주십시오."

그는 순교를 성체성사의 신비에 비유하였습니다.

"저를 맹수의 먹이가 되게 버려두십시오. 그것을 통해서 제가 하느님을 만날 수 있습니다. 저는 하느님의 밀이니, 맹수의 이빨에 갈려서 그리스도의 깨끗한 빵이 될 것입니다. 오히려 맹수들을 유인해서 그들이 저의 무덤이 되게 하십시오. 이런 과정을 거쳐 제가 하느님께 바치는 희생제물이 될 수 있도록 저를 위해 그리스도께 기도해 주십시오."

그는 자기가 '하느님의 밀', '깨끗한 빵'이 된다고 말하는데 이것은 자신의 순교를 성체 신비에 동참하는 것으로 본 것이며 순교가 그리스도의 극진한 사랑에 대한 자신의 응답이라고 보고 있습니다. 오늘날 목숨을 바치는 순교를 해야 하는 일은 없지만, 그의 순교 정신, 기꺼이 '하느님의 밀' '깨끗한 빵'이 되고자 했던 그의 그리스도에 대한 극진한 사랑을 본받아야 할 것입니다.

저도 사부이신 이냐시오 로욜라가 온 마음으로 사랑과 존경을 드렸던 안티오키아의 성 이냐시오에 대한 마음가짐을 새로이 합니다.

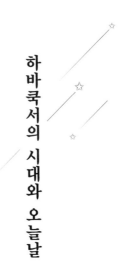

하바쿡서의 시대와 오늘날

오늘 우리는 하바쿡서를 듣습니다.

"주님, 당신께서 듣지 않으시는데, 제가 언제까지 살려 달라고 부르짖어야 합니까?" 제 앞에는 억압과 폭력뿐, 이느니 시비요 생기느니 싸움뿐입니다." 그러나 주님께서 대답하십니다.

"끝을 향해 치닫는 이 환시는 거짓말하지 않는다. 늦어지는 듯하더라도 너는 기다려라. 그것은 오고야 만다."

하바쿡서는 바빌론 제국이 세력을 얻어 유다를 위협하던 시기에 써졌을 것으로 봅니다. 하바쿡은 므나쎄 시대의 사람이라는 설과 요시아왕 시대 말년 앗시리아 제국이 멸망할 때의 사람 등의 가능성을 보고 있지만, 아직 정확한 연대는 모릅니다. 하바쿡이란 이름은 히브리 동사(hck)의 '포옹하다'라는 뜻에서 유래하며 그 명사 하바쿡은 '포옹하는 사람'이란 뜻을 지니고 있습니다. 하바쿡이 실제 역사적 인물인지 의견의 일치를 보고 있지 못하지만, 일반적으로 하바쿡은 2열왕 4, 16 이하에 나오는 수넴 여인의 아들이라 전해 내려옵니다. 예언자 엘리사가 죽은 수넴 여인의 아들을 몸과 얼굴을 포개어 풀어 살린 데서 하바쿡이란 명칭이 나왔습니다. 정의는 무너져 내린 지 오래고 악한이 선인을 짓밟고, 가난한 이를 부자가 착취하는 그런 세상이 된 것입니다.

하바쿡은 "정의로운 하느님, 당신은 다른 때보다 바로 지금 오셔야 합니다. 바로 이 순간에 내려오시어 시비와 흑백을 가려주셔야 합니다."라고 부르짖습니다. 하바쿡은 이어서 "야훼여, 살려달라 울부짖는 소리, 언제 들어주시렵니까? 호소하는 이 억울한 일, 언제 풀어주시렵니까?"라고 절규합니다. 하바쿡서에서 하느님의 응답은 악한 인간들의 징벌을 위해 바빌론의 침공을 당신 도구로 쓰실 것이라는 계시를 주십니다. 예언자는 왜 하필이면 바빌론을 통해 하느님 백성을 심판, 징벌하시며, 그것도 무죄한 백성까지 희생시켜가면서 하셔야 하는지에 대해 하느님께 항변합니다. 하바쿡은 하늘에서 눈을 돌려 주변 인간들에게로 향합니다. 예언자는 이 세상의 착취자, 사기꾼, 폭군, 무례한 자. 우상 숭배자들을 차례로 저주합니다. 중요한 것은 바로 이것입니다. 하바쿡의 기도가 이어집니다. 하바쿡은 이제 그의 백성을 구해 주신 하느님의 능력과 악인을 벌하시는 하느님을 찬양하고 있습니다. 더욱이 극도의 흉년과 가난 중에 환성을 올리고 기뻐합니다. 하바쿡은 환시 중에 세상의 심판자로 오시는 권능과 엄위의 하느님 모습을 보고 체험했던 것입니다. 그래서 그는 부정부패는 결코 살아남지 못하고 하느님의 심판이 그들 머리 위에 떨어질 것을 확신하게 된 것입니다. 그래서 그는 농사도 망치고 가축도 뺏기고 채소 과일로 모두 공출당해 버렸지만, 희망을 버리지 않습니다.

그의 기쁨과 희망의 원천은 바로 하느님 안에 있습니다. 이것은 하느님의 체험과 그분께 참으로 신뢰함으로써 비로소 얻어질 수 있는 것입니다. 오늘 우리의 현실이 바로 이와 같습니다. 하바쿡의 현실과 조금도 다르지 않습니다. 이런 현실에서 참 기쁨과 희망은 가능한가에 대한 응답이 하바쿡서에 나와 있습니다. 그렇습니다. 참된 삶이 세상을 변화시킨다는 것, 우리의 삶이 하느님 안에서 변화된다는 것은 하느님 안에서 이루어집니다. 참 기쁨과 소망 또한 그분 안에서만 가능할 것입니다. 오늘 화답송이 이렇습니다. 후렴은 "오늘 주님 목소리에 귀를 기울여라. 너희 마음을 무디게 하지 마라."입니다. 노래는 "어서 와 주님께 노래 부르세. 구원의 바위 앞에 환성 올리세. 감사하며 그분 앞에 나아가세. 노래하며 그분께 환성 올리세." "사랑하는 그대여, 나는 그대에게 상기시킵니다. 내 안수로 그대가 받은 하느님의 은사를 다시 불태우십시오. 하느님께서는 우리에게 비겁함의 영을 주신 것이 아니라, 힘과 사랑과 절제의 영을 주셨습니다."

그렇습니다. 이것이 꼭 우리에게 필요한 말씀입니다.

"우리 안에 머무르시는 성령의 도움으로, 그대가 맡은 그 훌륭한 것을 지키십시오."

오늘 복음은 사도들이 주님께 "저희에게 믿음을 더하여 주십시오."하자, 주님께서 이르십니다. "너희가 겨자씨 한 알만한 믿음이라도 있으면, 이 돌무화과나무더러 '뽑혀서 바다에 심겨라.' 하더라도, 그것이 너희에게 복종할 것이다. 이와 같이 너희도 분부를 받은 대로 다 하고 나서, '저희는 쓸모없는 종입니다. 해야 할 일을 하였을 뿐입니다.' 하고 말하여라."

그렇습니다. 우리는 사도들처럼 믿음을 더해달라고 청해야 할 것입니다. 그리고 저희는 오늘 해야 할 일을 하였을 뿐입니다. 모든 것에 감사하고 감사할 뿐입니다. 주님을 찬미합시다.

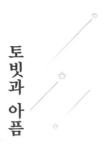

# 토빗과 아픔

인천교구가 교우들과 함께 만드는 고품격 실버타운인 마리 스텔라에는 3가지가 없다고 합니다. '아프다', '외롭다', '두렵다.'라는 세 가지가 없기에 행복한 미래가 열리게 된다는 것입니다. 아프지 않고, 외롭지 않고, 두렵지 않으면, 얼마나 좋겠습니까?

이 세 가지가 없다면 지상 낙원이겠지요. 아니, 이미 천국이겠지요. 그러나 더 이상 인간 세상은 아닙니다. 아프니까 청춘(김난도)이고, 외로우니까 인간(정호승)이고, 신앙인이니까 두려움을 지닙니다. 유명한 종교학자 멕켄지는 참 종교와 사이비 종교를 구분하는 방법을 제시한 바 있습니다.

멕킨지의 학설을 제가 문구 그대로 기억하지 못하지만, 그 의미는 분명히 알고 있고, 그 의미를 조금 알기 쉽게 풀어드리면 이런 겁니다. 참 종교는 우리 삶에 분명 '아픔', '외로움', '두려움'이 있습니다. 이 종교를 믿더라도 그것을 다 없애 줄 수 있는 것이 아닙니다. 결코, 참 종교는 그것을 다 없게 해 주겠다고 말하지 않습니다.

다만 하느님 안에서 그것을 견디어 내고, 그 안에서 의미를 발견하게 해 준다고 말합니다. 반면 사이비 종교는 이 종교를 믿으면 앞으로 너의 삶에는 더 이상 '아픔', '외로움', '두려움'이 없다. 그 모든 것을 다 없게 해 주겠다고 말합니다. 오늘 제1 독서로 토빗기를 듣습니다. 토빗기는 유다 문학서에서 최고봉을 이루는 뛰어난 작품입니다.

역사적인 기록들이 나오지만 사실 역사적 사실을 기록한 작품이라기 보다는 지혜문학서의 하나로, 아주 재미있는 이야기를 통해서 신앙인으로서 어떻게 '아픔', '외로움', '두려움'이 가득 찬 세상을 살아가면서 하느님께 의탁 드리고 그분께 궁극적인 신뢰를 두어야 하는지를 풀어나간 대중적 설화라고 볼 수 있습니다.

토빗은 경건한 사람, 평생 진리와 선행의 길을 걸어온 의인, 무엇보다 신앙인이었습니다. 그는 이스라엘 민족 납탈리 지파에 속한 유다인으로서, 기원전 722년 '아시리아'의 공격으로 북부 이스라엘이 멸망하고 수많은 사람이 유배를 당할 때, 친척들과 함께 아시리아의 수도 '니네베'로 포로로 잡혀갔습니다.

토빗기는 아시리아에 끌려간 친척 관계에 있는 두 유다인 집안의 이야기입니다. 한 집안은 현재의 이라크에 있는 당시 아시리아의 수도 니네베에 끌려가서 사는 토빗 집안이고, 다른 한 집안은 지금의 이란에 있는 엑비타나에 사는 사라의 집안입니다.

토빗 집안과 사라의 집안은 모두 하느님에 대한 신뢰를 지닌 신앙심이 깊은 사람들이었습니다. 특히 토빗은 유배지에서도 철저히 율법을 지켰고 가난한 이들을 돕는데 헌신적이었습니다. 월요일 독서에서 듣는 것처럼 버려진 동족의 시신이 있으면 거두어 장사지내 줄 만큼 용기와 의리를 지닌 사람이었습니다.

그런 착한 사람, 의인 토빗이 '아픔'을 겪고, '외로움'에 시달리며 '두려움'에 떨게 됩니다. 유대교는 참 종교입니다. 토빗기는 하느님을 믿으면 '아픔', '외로움', '두려움'이 없다고 말하지 않습니다. 다만 인간에게 일어나는 그런 일들을 통해 하느님께서 함께 계신다고 들려줍니다.

토빗은 지위에서 쫓겨나고 재산도 몰수당하고 도망가야 하는 처지가 되지만, 그래도 용기를 잃지 않고 계속 선행을 베풀며 하느님께 신뢰를 둡니다. 우리는 토빗에게서 참 신앙인의 모습을 보게 됩니다. 눈이 멀게 되는 아픔을 만나며 모두의 손가락질을 당하는 외로움을 겪고 아들의 장래에 대한 두려움의 상황 안에서도 하느님의 뜻을 알아듣고, 그것을 받아들이려 애쓰며 간절한 기도를 드립니다.

토빗기는 그들의 기도에 하느님께서 응답하신다고 우리에게 들려줍니다. 하느님께서는 결코 의인, 토빗을 잊으신 것도 아니고, 모른 척하시는 분도 아니십니다. 하느님께서는 그에게 '대천사 라파엘'을 보내십니다. 대천사 라파엘을 보내신 것에 깊은 함축적인 의미를 담고 있습니다.

라파엘이라는 이름이 그 의미를 함축하고 있습니다. 라파엘은 "하느님께서 병을 고쳐주셨다."라는 뜻입니다. 우리 인간에게 아픔이 있지만, 하느님께서 그 아픔을 고쳐주시는 분이십니다. 토빗기라는 지혜 문학서가 다루는 핵심 주제는 인간 토빗, 토비야와 사라의 혼인 이야기가 아닙니다.

하느님입니다. 하느님께서 우리 인간이 겪는 '아픔', '외로움', '두려움'을 모른 척하시는가? 아니면 그것에 관심을 가지시고, 위로와 격려를 주시느가?에 대한 문제를 다루는 것입니다. 대천사 라파엘은 '아자르야'라는 젊은이로 토빗 앞에 나타납니다.

천사가 인간의 모습으로 나타나는 것은, 구약성경의 다른 어느 곳에서도 볼 수 없는 특이한 현상이라고 합니다. 토빗기는 하느님의 인간에 대한 배려의 극치를 표현한 문학 작품이라는 것을 알 수 있습니다. 이제 인간이 된 라파엘, 아자르야는 토빗의 아들 '토비야'의 여정에 길동무가 되면서, 하느님의 세심한 배려를 펼치며 하느님의 축복을 전합니다.

우리 모두 인간이 겪는 '아픔', '외로움', '두려움'을 지니고 있습니다. 그러기에 인간입니다. 그것을 인정하고 꿋꿋히 살아갑시다. 아자!

# 4

내 영혼이 내게 들려 주네

# 갈릴래아, 빛의 마을들

오늘 복음은 마르코 복음서 1, 29~39절입니다. 그런데 오늘 복음을 제대로 이해하기 위해서 전체적인 맥락을 짚어보는 것이 필요합니다. 1, 14절이 오늘 복음 내용에 관한 전체적인 상황의 서두입니다.

"요한이 잡힌 뒤에 예수님께서는 갈릴래아로 가시어, 하느님의 복음을 선포하시며 이렇게 말씀하셨다. '때가 차서 하느님의 나라가 가까이 왔다. 회개하고 복음을 믿어라.'"

예수님께서 왜 갈릴래아로 가셨습니까? 복음 사가는 왜 굳이 예수님께서 갈릴래아로 가시어, 복음을 선포하셨다고 분명하게 장소를 지적했을까요? 우선 예수님의 마음을 헤아려 봅니다. 예수님께서는 요한이 잡혔으니, 당신도 틀림없이 곧 죽게 될 것을 아셨을 것입니다.

요한이 갈릴래아에서 회개하라고 외쳤고, 결국 바른말을 해서 잡혀서 죽게 된다면 당신이 걸어가야 하는 그 길도 결국은 죽음에 이르는 길이라는 것을 모르지 않으셨겠지요. 그런데 예수님께서는 오히려 요한이 잡혔다는 말을 들으시고, 나자렛을 떠나 갈릴래아로 가십니다.

요한이 잡혔다는 말을 들으시고, 이제 당신의 때가 되었다는 것을 아신 것이지요. 요한은 자기가 해야 할 일을 다 했고, 예수님에게 바통을 넘겨준 셈입니다. 요한은 누구보다도 자기가 누구인지를 분명히 알았던 사람이었지요. 자기는 다만 그의 길을 닦는 사람이었기에, 이제 바통을 넘겨주면서 홀가분한 마음이 아니었을까 생각합니다.

당시 갈릴래아 사람들은 호숫가를 중심으로 삶의 터전을 이루고 살고 있었지요. 호숫가는 사람들이 사는 삶의 터를 상징적으로 표현하고 있습니다. 당신의 고향, 보금자리였던 나자렛을 떠나 이제 사람들 가운데에 들어오신 것입니다. 떠남은 늘 새로운 시작을 의미하지요.

바로 그들과 하나가 되어 새로운 하느님 나라의 시작을 위해서 사람들 한가운데 오신 것입니다. 마르코 복음은 아주 간략하게 쓴 복음서라서 생략되어 있지만, 같은 내용을 서술한 마태오 복음에서는 이사서의 내용을 인용하면서 예수님께서 나자렛을 떠나 갈릴래아로 가신 사건을 두고 이렇게 노래합니다.

"즈블룬 땅과 납탈리 땅 바다로 가는 길, 요르단 강 건너편, 이민족들의 갈릴래아, 어둠 속에 앉아 있는 백성이 큰 빛을 보았다. 죽음의 그림자가 드리운 고장에 앉아 있는 이들에게 빛이 떠올랐다."

갈릴래아는 과연 어떤 곳이었을까요? 그곳의 사람들은 어떤 사람들이었을까요? 갈릴래아는 문화, 정치, 경제, 종교의 중심지였던 예루살렘과는 멀리 떨어진 곳이지요. 오늘날 우리나라로 치면 서울이나 수도권과는 멀리 떨어진 강원도 정도 되겠네요. 아무래도 문화적, 정치, 경제적 중심지에서 떨어져 있으니 가난할 수밖에 없지요.

대부분이 어부나 농부로서 열심히 일해서 그날그날 하루의 양식에 감사하는 서민들이었지요. 오늘 복음은 예수님의 공생활의 '첫 하루'라고 할 수 있는 대목입니다. 짧은 복음이지만, 그 안에 예수님 공생활 전체의 축소판과 같은 내용을 담고 있어, 예수님의 하루 일상의 삶의 모습을 비추어 볼 수 있는 중요한 대목입니다.

짧게 정리하면, 이렇습니다. 예수님께서는 하느님 나라를 선포하시고 가르치시고 악령을 쫓아내시고 시몬의 장모 병을 고쳐주시고, 문 앞에 모여든 온 고을 사람들의 병을 고쳐주시고, 다음 날 새벽 아직 캄캄할 때, 일어나시어 외딴곳으로 나가시어 그곳에서 기도하셨습니다.

사실 사람들이 모두 찾고 있는 상황에서 그곳을 떠나 다른 곳으로 가는 일이 쉽지 않습니다. 그러나 예수님께서는 분명히 말씀하십니다. "다른 이웃 고을을 찾아가자. 그곳에서도 내가 복음을 선포해야 한다. 사실 나는 그 일을 하려고 떠나온 것이다."

복음서는 예수님께서 온 갈릴래아를 다니셨다고 전합니다. '유대 고대사'를 쓴 유명한 역사학자이며 한때 총독도 했었던 요세푸스에 의하면, 갈릴래아에는 약 240여 개의 크고 작은 마을이 있었다고 해요. 사실 큰 마을은 인구가 만 오천 명이 넘었다고 하니 마을이라기보다는 도시라고 할 수 있겠지요.

예수님께서 눈이 오나 비가 오나 240여 개가 넘는 마을들을 두루 다니시며 계속해서 '다음 동네에도 가야 한다.'라고 하셨던 것입니다. 머리 둘 곳 없는 방랑자가 되셨다는 것을 쉽게 가늠할 수 있겠지요. '이방인의 갈릴래아'라고 옮긴 부분은 좀 설명이 필요해요. 언뜻 들으면 갈릴래아는 이방인들의 땅으로 들리지요.

그게 아닙니다. 갈릴래아는 원래 히브리말 '싸릴'에서 왔다고 해요. 싸릴은 주변을 둘러싸고 있는 원이나 둘레를 의미한답니다. 갈릴래아는 원래는 '이방인들의 갈릴래아', 곧 이방인들의 주변이라는 말인데, 그냥 줄여서 갈릴래아로 불렸던 것이지요.

이방인들의 나라로 둘러싸여 있다는 의미에서, 갈릴래아로 불렸던 것입니다. 그러다 보니 자연스럽게 많은 이방인과 함께 공존하면서 사는 곳이 되었지요. 따라서 예루살렘을 중심으로 한, 유다 지방보다는 비교적 이방인들, 타민족이나 문화에 열려 있는 곳입니다.

예수님께서 유다가 아닌 갈릴래아에서 전도를 시작하신 의미를 헤아려 봅니다. 예수님의 가르침은 정통 유다이즘과는 전혀 다른 새로운 문화라고 할 수 있었지요. 예수님께서는 전도를 시작하시며 "회개하여라. 하느님 나라가 다가왔다."라고 하십니다. 당신의 오심으로, 당신에게서 하느님 나라가 시작된다는 선포입니다.

이스라엘 사람들은 하느님 나라는 천지개벽으로 생각했어요. 그런데 그게 아니고 바로 지금 여러분들 안에서 시작되고 있다고 하셨으니 전혀 새로운 가르침이지요. 갈릴래아 사람들은 그 말씀을 귀담아듣습니다. 복음서에서 보는 것처럼 예루살렘에서 온 사람들은 제대로 듣기도 전에 트집부터 잡기 시작합니다.

마음이 닫혀 있으니 들릴 리가 없지요. 우리는 예루살렘에서 온 사람들이 아닌 갈릴래아 사람들처럼 예수님의 말씀을 귀담아듣고 마음에 새겨야 하겠지요. 예수님께서는 분명히 말씀하셨습니다. 하느님 나라는 멀리 있는 것이 아니라 바로 우리 안에서 시작된다고.

# 기다림

## 문설주에 기대어

대림이라는 말이 무슨 뜻입니까? 임하시기를 기다린다는 말이지요. 대림 시기는 말 그대로 '누군가 오시기를 기다리는 때'라는 뜻이지요. 누구를 기다리는가? 누구를 기다립니까? 어린아이에게 물으면, 분명, "신부님이 그것도 몰라요? 예수님이지요."라고 대답할 것입니다. 늘 아이는 어른의 스승이지요.

그렇습니다. 예수님, 우리의 주님을 기다립니다. 그런데, 소위, '어른병'에 걸린 저는 다시 묻게 됩니다. 어떤 예수님을 기다리는가? 2000년 전 베들레헴 언덕 마구간에서 태어나신 아기 예수님이신가? 아니면, 마지막 날 다시 오실 '사람의 아들' 예수님이신가? 아니면, 부활하셔서 우리 안에 현존하고 계신 스승 예수님이신가?

여러분들, 어떻게 생각합니까? 선지선다형에 익숙한 우리는 빨리 머리를 굴립니다. 모르는 사람은 머리 대신 연필을 굴리지요. 그런데 답은 하나가 아닙니다. 위의 모두입니다. 그분은 이미 오셨고, 와 계시며, 오실

166

분이시기 때문입니다. 그분은 과거, 현재, 미래를 주관하시는 분이십니다.

가깝게는 우리 모두 다가오는 '성탄'을 기다립니다. 성탄은 분명, 2000년 전 일어난 과거의 사건입니다. 그러나 우리가 성탄을 기다리고 있다면, 그것은 단지 과거의 베들레헴이라는 어느 한 지역에서 일어났던 사건이 아니라, 이제 다시 일어나고 있는 사건이기도 하다는 것을 의미합니다.

그렇습니다. 성탄은 어제의 사건일 수만은 없고 오늘의, 그리고 내일의 사건이기도 합니다. 우리가 만일 성탄을 단지 예수님께서 2000년 전에 유다 고을에서 태어나신 탄신 일로 기념하고 축하한다면, 굳이 대림절, 이 기다림의 시기를 가질 필요가 없을 것입니다.

우리는 이 대림 시기에 오셨던 분이 아니라 오시는 분, 오실 분을 기다리고 준비하는 것입니다. 우리는 누군가를 기다릴 때, 무엇인가를 준비합니다. 귀한 손님이 집에 찾아오신다고 한다면, 우리는 청소를 하고 대접할 음식 등을 준비합니다. 우리는 그분을 맞이하기 위해 어떻게 준비해야 합니까?

이 대림 시기에, 우리는 여러 번 매일 미사의 복음 말씀에서 오시는 그분을 맞이하기 위한 준비로서 '회개하라.'라는 세례자 요한의 외침을 듣게 됩니다. "회개하라. 하늘나라가 가까이 왔다." '하느님 나라'는 이 세상 너머 어디엔가 있는 장소가 아니라 바로 주님의 오심을 의미합니다.

하느님 나라는 바로 오시는 그분, 주님의 가르침과 행동과 삶에서 시작되었기 때문입니다. 우리의 준비는 바로 회개입니다. 우리는 '회개'라는 말을 너무 많이 들었기 때문에 그 말에 거부감을 가지고 있지는 않은지요? 내가 무슨 큰 죄인이라고 자꾸 회개하라고 하는가? 회개의 의미를 다시 한번 상기해 봅니다.

회개란 어원적으로 보면, '가던 길을 바꾸어 돌아선다.'라는 뜻입니다. 다시 말해, 하느님이 아닌 곳을 향해 가던 길을 돌아서서 이제 하느님을 향해 나아간다는 뜻입니다. 따라서 회개란 하느님을 향해 돌아서는 구체적인 행동입니다. 그렇기에 회개가 무엇인지 가장 잘 가르쳐 주고 있는 성서의 대목이 바로 우리가 너무나 잘 알고 있는 루가 15장의 '잃었던 아들'의 비유입니다.

그 비유에서 둘째 아들이 아버지의 집을 향해 돌아서는 그 발길이 바로 회개입니다. 비유에서의 아버지는 하느님이시고 하느님은 바로 사랑이십니다. 그러므로 회개는 사랑의 부재나 결핍에서 사랑이 가득함으로 바뀌는 변화입니다. 회개란 우리 자신조차 바로 사랑하지 못하는 우리가 남을 사랑하는 사람으로 바뀌는 것입니다. 밤에서 낮으로 바뀌는 때가 바로 회개의 때입니다.

어느 스승이 제자들에게 물었답니다.

"그대들 중에 누가 밤에서 낮으로 바뀌는 때가 언제인지 아는 사람이 있는가?"

어떤 제자가 답했습니다.

"새벽, 먼동이 트기 시작하여, 저 멀리에 있는 나무가 물푸레나무인지, 자작나무인지를 알아볼 수 있으면, 그때가 밤이 낮으로 바뀌는 때입니다."

스승이 말했습니다.

"아니다."

다른 제자가 답했습니다.

"새벽 어스름 동구 밖에 있는 밭에서 일하는 농부의 모습을 보고 친구인지 알아볼 수 있으면, 밤이 낮으로 바뀐 것입니다."

스승이 말했습니다.

"아니다. 잘 들어라. 그대들이 잠에서 깨어나 창문 밖에 지나가는 사람들을 보면서 그들을 형제요 자매로 알아본다면, 그때가 밤에서 낮으로 바뀌는 때이다."

회개에는 두 단계가 있습니다.

첫 단계는 우리 자신을, 우리의 삶을, 그리고 이 세상, 이 시대를 깊이 바라보는 것입니다. 우리 자신을 되돌아볼 때, 우리는 하느님 앞에 겸손하지 않을 수 없습니다. 우리는 깨닫게 됩니다. 우리도 비유에서의 둘째 아들처럼 하느님을 멀리 떠나 있었음을, 어디인가로 잘못된 길로 가고 있었음을, 그리고 우리 자신과 우리가 지닌 것을 충분히 나누지 않았음을, 우리의 마음을 아프게 했던 사람들을 용서하지 않았음을 깨닫습니다.

이 깨달음이 바로 하느님을 향해 발길을 돌리는 순간입니다. 우리가 하느님을 향해 발길을 돌리는 바로 그 순간에 우리는 그분의 용서를 체험합니다. 우리가 그분을 향해 발길을 돌렸기 때문이 아니고 그분이 바로 사랑이시고, 사랑은 용서를 포함하고 있기에 하느님은 사랑으로 우리를 용서하시는 것입니다.

아버지가 떠나갔던 아들을 꾸짖지 않으시고 기쁨에 넘쳐 끌어안았습니다. 아들은 눈물을 흘렸을 것입니다. 우리도 하느님이 우리를 사랑하시고 무조건 용서하신다는 것을 깨달을 때, 안도의 숨을 쉬며 진정 행복을 느끼게 됩니다. 이 행복이 우리로 하여금 회개의 다음 단계로 나아가게 합니다.

회개의 둘째 단계는 바로 나눔입니다.

루가 19장의 세관장 자캐오의 이야기를 생각해 보십시오. 그는 예수님을 만나, 그분의 초대, 그분의 받아들임을 보고 감격하며 자기가 가진 것을 나누겠다고 합니다. 나눔이 없다면, 진정으로 회개한 것이라고 할 수 없지요. 우리가 하느님의 사랑과 용서를 체험할 때, 우리는 우리 자신과 우리가 지닌 것을 나누지 않을 수 없습니다.

우리 자신도 그분의 선물이고, 우리가 지닌 모든 것이 다 그분의 선물이요, 잠시 그분이 우리에게 맡겨 놓으신 것임을 알기 때문입니다. 회개의 둘째 단계는 실상 회개의 첫째 단계가 이루어지면 자연스럽게 따라옵니다. 그렇기에 저는 회개에 대해 말하면서 회개의 첫째 단계, 즉 우리 자신의 모습을 바르게 바라보는 것에 초점을 맞추고 그것을 강조하고자 합니다.

어떻게 우리 자신을 바르게 되돌아볼 수 있는가? 한마디로 하느님이 사랑이시라는 것을 깨달을 때, 다시 말해, 하느님을 체험할 때입니다. 언제 우리가 하느님을 체험하게 됩니까? 바로 기도할 때이지요. 그렇기에 우리는 기도할 때 우리 자신을 바르게 볼 수 있습니다.

기다림, 대림은 멀리 계시는 분이 오시기를 기다리는 것만이 아닙니다. 실상, 이미 우리 안에 와 계시는 분, '항상 너희와 함께 있겠다.'라는 약속대로 늘 우리 안에 와 계시는 그분을 느끼고 체험하는 것입니다. 그것은 바로 기도를 통해서 일어납니다.

그러기에, 기다림, 대림 시기는 무엇보다 기도하는 시기입니다. 문설주에 기대어 그분이 오심을 기다릴 것이 아니라 우리 마음의 문 안으로 들어가 거기서 주님을 만나시기 바랍니다.

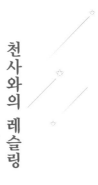

# 천사와의 레슬링

오늘은 저에게 굉장히 의미 있는 날입니다. 우리는 매우 고통스러운 상처를 입었을 때, 진정한 삶과 대면하는 순간을 만나게 됩니다. 우리는 그 순간 삶이 어떤 힘을 지니고 있으며, 앞으로 어떻게 펼쳐지는가를 성찰하게 되지요. 상처를 입은 바로 그 순간, 우리는 삶을 제대로 살 수 있는 지혜를 발견하게 됩니다.

우리는 전혀 기대하지 않은 방법으로 우리가 누구인지 참으로 진짜 삶이 어떤 것인지를 깨닫게 된다는 말이지요. 제가 뇌졸중에 걸렸고, 비록 오른손을 제대로 못 쓰지만, 저는 이것마저도 축복이라고 생각합니다. 병을 만난 후 비로소 새롭게 삶에 눈뜨게 되었으니까요.

제가 번역한 "그대 만난 뒤 삶에 눈떴네"에서 말합니다. 야곱은 천사를 만나지요. 야곱은 잠이 들었다가 깨어났을 때, 자기가 무쇠 같은 팔을 지닌 자에게 붙잡혀서 뒹굴고 있다는 것을 알게 되었습니다. 캄캄한 어둠 속에서 야곱은 그가 누구인지 볼 수는 없었지만, 상대가 엄청난 힘을 지니고 있다는 것을 알았지요.

　그는 온 힘을 다해 상대의 손아귀에서 빠져나오려고 했습니다. 야곱은 상대가 숨을 몰아쉬는 소리를 들었지요. 야곱은 아주 힘이 센 사람이었지만, 아무리 용트림을 써도 그자의 손아귀에서 빠져나올 수도 거꾸러뜨릴 수도 없었지요. 두 사람은 정말 잘 어울리는 맞수로 밤새 뒹굴며 싸움을 해도 판가름이 나지 않았습니다.

　그가 날개를 지녔는지는 잘 모르지만, 진짜 천사임에는 틀림이 없었습니다. 날이 밝아오자 천사가 야곱을 놓아주고 떠나려고 했지요. 그러나 야곱은 재빨리 그를 붙잡았어요. 천사는 날이 밝아오고 있으니, 놓아달라고 말했지요. 야곱은 저를 축복해 주기 전에는 결코 놓아 드릴 수가 없습니다라고 말했습니다.

　이번에는 천사가 그의 손아귀를 벗어나려고 애썼지만, 야곱은 더욱 단단히 붙잡았지요. 결국, 천사는 야곱에게 축복을 빌어주고야 떠났지요. "그대 만난 뒤 삶에 눈떴네"에서 레이첼의 외할아버지가 대답하지요. "그래. 그런데 야곱이 천사와 레슬링을 하는 중에 다리를 다쳐 상처를 입었지. 천사는 떠나기 전에 상처를 입은 곳을 어루만져 주었단다."

　"네쉬메레야, 야곱은 남은 생애 동안 늘 그 상처를 지니고 살았지. 천사를 만난 기억을 상기시켜 주는 잊지 못할 상처지." 레이첼은 그 이야기를 다 이해할 수 없었습니다. 어떻게 천사를 적과 혼동할 수 있었을까요? 그러나 외할아버지는 이러한 사건은 우리에게 항상 일어나는 것이라고 말씀하셨지요. 외할아버지가 말씀하셨지요.

　"이 이야기의 가장 중요한 점은 모든 것 안에 그 나름대로 축복이 있다는 사실이란다."

지금 이 모든 것을 되돌아볼 때, 레이첼은 외할아버지께서 죽음을 임박해서야 이 이야기를 들려주신 것은, 정말 깊이 생각해 보도록 해 준 것이랍니다. 우리 삶 안에는 한편 적이 있는가 하면, 거기 또한 축복이 있다는 이야기입니다. 때로 적을 가게 하거나 내가 적으로부터 도망치고 싶은 유혹을 물리치기가 얼마나 쉽지 않은가요!

우리는 얼마나 적과의 싸움을 끝내버리고 평화로운 삶으로 돌아오고 싶은지요! 삶이 그렇게 간단하다면 좋으련만, 우리는 언제나 그렇지 않다는 것을 깨닫게 됩니다. 수호천사는 바로 오늘 우리에게 알려 줍니다. 우리가 만나는 모든 경험이 바로 축복이라고 들려줍니다. 아마도 우리는 비록 적을 만났을 때도 그곳에 감추어져 있는 축복을 발견할 때까지, 용기 있게 붙잡고 싸움을 계속할 때만이 진정한 삶을 사는 바른 지혜를 얻게 될 것입니다.

저의 뇌졸중은 분명 저에게 큰 축복이었습니다.

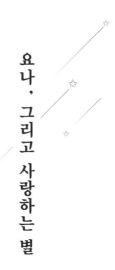

# 요나, 그리고 사랑하는 별

실상 '요나의 기적' 이야말로 최고의 기적을 미리 예표하고 있는 놀라운 사건입니다. 물고기 뱃속에 들어갔다가 사흘 만에 살아난 요나의 사건은 예수님의 죽음과 부활을 상징적으로 예표하는 사건이니까요. 또한, 이방인 나그네에 불과한 요나의 외침에 니느베 사람들이 모두 베옷을 입고 단식을 선포하며 회개했다는 사실은, 참으로 놀라운 기적이 아닐 수 없기 때문입니다. 여러분들, 생각해 보십시오. 이라크에서 온 나그네가 뉴욕에 가서, 아니 LA에 와서 미국은 회개해야 한다고 외쳤더니 뉴욕 시민들이, LA 시민들이 모두 회개의 표시로 베옷을 입고 단식을 했다는 것이, 가히 상상됩니까? 요나서는 해학과 위트가 담겨 있는 아주 재미있는 이야기이기도 합니다. 주님의 말씀이 요나에게 내립니다.

"어서 저 큰 도시 니느베로 가서 내가 일러 준 말을 전하여라."

돌아다니는데 사흘이나 걸리는 큰 도시 니느베는 어떤 곳이겠습니까? 니느베는 원래 고대 중동 지역에서 강대한 제국을 이루었던 아시리아의 수도입니다. 기원전 900년경에 아시리아는 막강한 군사력과 경제력을 가지고 국제도시 니느베를 건설했지요. 오늘날 국제경찰을 자처하는 미국이라는 나라에서 부의 상징인 뉴욕을 생각하면 쉽게 이해가 될 것입니다. 요나서에서의 니느베는 실상 아시리아의 수도 니느베가 아닙니다. 요나 시대에 이미 니느베는 존재하지 않았으니까요. 해 저물지 않을 줄 알았던 니느베도, 300년이 채 못 되어 기원전 600년경 바빌로니아에 의해 잿더미가 되고 말았지요. 니느베는 오늘날 세계 곳곳에 존재하고 있습니다. 니느베는 남과 더불어, 또는 다른 나라와 더불어 살려고 하지 않고 자기의 욕심만, 또는 자국의 이익만을 추구하는 곳은 어디에나 있기 때문입니다. 강자가 약자를 지배하고 자신의 이익을 위해서 남을 멸시하고 우습게 여기고 수탈하는 곳이 바로 니느베입니다.

니느베는 도시만이 아닙니다. 그곳이 정부이든 정당이든 회사이든 단체이든 공동체이든 악의와 미움과 억압과 폭력과 완력으로 다른 사람들과 더불어 살지 못하게 하고 자기들만 군림하려고 하는 곳은 어디이든 니느베입니다. 니느베는 무한한 인간의 욕망을 허무한 물질과 재화로 채우기에 급급하면서, 신의와 정의와 사랑과 바른 인간의 도리 등의, 높은 가치에 대한 감각을 잃어버린 곳이기도 합니다.

그렇다면, 우리는 어떻습니까? 우리도 니느베 사람들이 아닌가? 라는 질문을 솔직하게 자신에게 던져 보아야 합니다. 니느베는 바로 우리 자신 안에도 있습니다. 헤르만 헤세는 "나는 세상의 모든 전쟁과 살의, 경박함, 덧없는 쾌락, 비겁 등이 내 안에 있다는 것을 새삼 깨달았다."라고 말했답니다. 요나 이야기는 이런 니느베, 고대의 구체적인 한 도시가 아닌 바로 우리의 이야기이기도 합니다. 그곳이 어디이든지 과거이든 현재이든, 미국이든 한국이든 이런 니느베에는 미래에 대한 희망이 없기에, 하느님께서는 우리를 위해서 요나를 보내신 것이라고 합니다.

"어서 저 큰 도시 니느베로 가서, 외쳐라."

요나는 예수님을 예표하는 인물이면서도 동시에, 가장 평범한 우리 인간을 대표하는 인물입니다. 요나는 주님을 피하여 다르싯으로 달아나려고 길을 떠납니다. 요나에게는 원수의 도시 니느베로 가서 회개하라고 외칠 마음이 조금도 없습니다. 그들이 행여 뉘우쳐서, 하느님의 용서를 받는 꼴을 보고 싶지 않은 것이지요. 바로 우리의 모습이지요.

요나서가 우리에게 들려주는 메시지는 단순히 니느베 도시의 사람들이나 요나, 그리고 우리의 회개가 아닙니다. 요나를 통해 또 하나의 요나면서 동시에 니느베 사람이기도 한 우리에게 보여주시는 하느님의 사랑입니다. 하느님은 요나의 눈에 가망이 없어 보이는 그런 최악의 도시 니느베 사람들에게도 바른길, 살길을 알려 주십니다.

하느님은 요나를 니느베로 보내심으로써 참된 삶으로 돌아서는 길을 알려 주시고, 하느님이 니느베 사람들에게 몸소 참된 삶, 영원한 행복이 되기를 원하십니다. 우리가 진정 복된 삶을 살기 위해서는 우리 안에 있는 모든 니느베적인 요소들을 버려야 합니다. 다시 말해, 우리 안에 있는 거짓과 미움, 악의와 시기, 쾌락과 폭력을 버리고 삶의 첫 자리에 하느님을 모셔야 합니다. 우리가 삶을 살아가면서 필요한 것이 많이 있지요. 사랑하는 사람들, 친구들, 필요한 것을 살 수 있는 돈, 어느 정도의 여유, 즐거움을 주는 오락과 취미 활동 등등. 모두 우리에게 필요한 것이고 좋은 것이고 인간다운 삶을 위해 소중한 것이기도 하지요. 그러나 이런 것들이 우리 삶에 중심이거나, 첫 자리가 되어서는 안 됩니다.

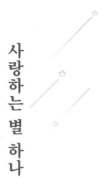

사랑하는 별 하나

나도 별과 같은 사람이 될 수 있을까

외로워 쳐다보면

눈 마주쳐 마음 비춰주는

그런 사람이 될 수 있을까


나도 꽃이 될 수 있을까

세상일이 괴로워 쓸쓸히 밖으로 나서는 날에

가슴에 화안이 안기어

눈물짓듯 웃어 주는

하얀 들꽃이 될 수 있을까


가슴에 사랑하는 별 하나 갖고 싶다

외로울 때 부르면 다가오는

별 하나 갖고 싶다

마음 어두운 밤 깊을수록
우러러 쳐다보면
반짝이는 그 맑은 눈빛으로 나를 씻어
길을 비추어 주는
그런 사람 하나 갖고 싶다

이성선 시인의 '사랑하는 별 하나'라는 시입니다. 저도 시인처럼 별 하나를 갖고 싶습니다. 시인이나 저뿐만 아니라 우리는 너나없이 모두 가슴에 사랑하는 별 하나를 갖고 싶을 것입니다. 외로울 때 부르면, 곁으로 다가와서 가슴을 쓸어주는 별이 있다면 그런 별 하나를 갖고 싶을 것입니다.

우리의 마음이 캄캄하게 느껴질 때, 우러러 쳐다보면 반짝이는 맑은 눈빛으로 초롱거리며 어둠을 밝혀 줄 수 있는 별과 같은 사람이 있다면, 어찌 그런 사람을 갖고 싶지 않겠습니까? 복음에서 듣는 제자들에게 곁으로 다가와서 초롱 이는 눈빛으로 자기를 바라보며 말씀을 건넨 예수님이라는 분은 제자들에게는 어둠을 밝혀주는 별과 같은 사람이었을 것입니다.

복음의 내용은 대개 잔가지는 다 잘라내고 핵심이 되는 사건만을 다루고 있어 밋밋한 줄기만 있는 가지치기를 끝낸 겨울나무 같습니다. 복음의 내용도 예수님이 제자들에게 다가가서 어떤 대화를 나누셨는지는 다 생략하고 그냥 "나를 따라오너라."라고 하시자, 제자들은 일어나 그분을 따랐다고 되어있습니다.

상식적으로 전혀 모르는 분이 다가와서 아무런 다른 이야기도 없이 그냥 무조건 '나를 따라오너라.'라고 했는데 그냥 따라갔다면 도대체 말이 안 되지요. 우리는 복음을 들으면서 행간의 언어를 읽어야 합니다. 그렇게 하기 위해서는 상상력과 마음의 눈이 필요합니다.

제자들의 마음은 캄캄한 어둔 밤이었을 것입니다. 자기의 어둔 가슴을 밝혀 줄 수 있는 별 하나를 지닐 수 있다면! 자기의 마음이 캄캄하게 느껴질 때 우러러 쳐다보면 반짝이는 맑은 눈빛으로 초롱거리며 어둠을 밝혀줄 수 있는 별과 같은 사람을 만날 수 있다면 얼마나 좋을까? 라는 생각을 하며, 혼자 어둔 밤을 지새우곤 했을 것입니다.

제자들에게 예수님은 어둠을 밝히는 별과 같은 사람이었을 것입니다. 어둠뿐인 줄 알았던 자기의 가슴 속으로, 희망이 없는 캄캄한 삶에 반짝이는 별이 하나 다가와 빛을 비춘 것입니다. 우리의 삶을 바라보게 됩니다. 우리에게도 때로 어둠이 안개처럼 밀려오면 다시는 빛을 볼 수 없을 것처럼 느껴지는 그런 때가 있지요?

그럴 때 상상 안에서 제자들에게 말씀을 건네던 예수님의 눈빛과 목소리를 떠올려 보십시오. 그 예수님이 우리에게도 같은 눈빛으로 바라보시며, 같은 목소리로 말씀을 건네십니다. 그분에게 우리 마음 깊은 곳에 있는 어둠처럼 느껴지는 속내를 털어놓고, 다시 그분의 별빛 같은 눈빛을 바라보십시오. 그분이 우리의 이야기에 귀 기울여 들어주시고 우리에게도 가만히 들려주실 것입니다.

"내가 너의 마음속 어둠을 밝혀 줄 별이 되어 주마. 나와 함께 길을 따라 걷지 않으련?"

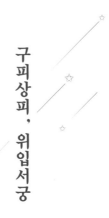

# 구피상피, 위입서궁

새해를 맞으며 저 자신에게 덕담을 건네고 싶었습니다. 제가 저 자신을 위한 새해의 덕담으로 택한 것은 원효대사의 유명한 '발심수행장'에서 뽑은 '구피상피'와 '위입서궁'이라는 말입니다. 원효대사의 '발심수행장'은 한국 불교사에서 출가수행과 발심 수행을 직접적으로 권고하는 글로 현존문헌 가운데 최초의 글이라고 합니다.

불과 706자의 짧은 문장의 글이지만, 시의 형식을 취하고 있으며 가히 명문입니다. 저는 이 글을 읽으면서, 원효대사의 문학적 소양에 대해서도 감탄을 금할 수 없었습니다. 어쩌면 그렇게 비유를 잘하시는지요? 여러분들이 잘 알다시피 원효대사는 불교 신앙을 일반 대중들에게 쉽게 알리고자 하였지요.

다만 '나무아미타불 관세음보살'만 외치며 누구나 불교에 귀의할 수 있다고 가르친 분이지요. 저는 우리나라 불교에 원효대사가 있어, 중국의 혜능이나 마조 등 어느 스승에 비할 수 없는 위대한 스승을 지니고 있다고 생각합니다. 사실 원효대사 이전에는 신라에서 불교는 귀족들의 종교 였거든요.

우선 일반 대중은 글을 읽을 수가 없잖아요. 원효대사는 민중 속에 불교를 보급하려고 애썼지요. 그는 "인간은 누구나 불성을 가지고 있으 며, 이러한 마음의 근원을 회복하면 누구나 부처가 될 수 있다."라고 가 르쳤지요. 사실 그것이 부처님이 가르치신 바이고요.

'나무아미타불'이라는 말이 참 재미있어요. '아미타' 부처는 대승불교 에서 극락세계에 머물면서 법을 설한다는 부처이고, '나무'는 귀의(歸依)한 다는 뜻의 산스크리스트어입니다. 그러니 나무아미타불은 '아미타 부처 님께 돌아가겠습니다.'라는 뜻이 되니, 부처님께 돌아가, 부처가 되겠다는 말입니다. 누구나 부처가 되는 겁니다.

당시 일반 민중은 당연히 글을 몰라 경전공부를 할 수 없었지만, 이 한 마디로 누구나 불교 신자, 나아가 부처가 될 수 있었습니다. 그렇지만 일반 대중과 달리 수행자는 단순히 '나무미타불'만 외치는 것으로는 부 족하지요. 원효대사는 민중이 불교에 뿌리내리기 위해서는 수행자의 수 행이 중요하다고 보고, 올바른 수행을 위한 '발심수행장'을 쓴 것입니다.

'발심수행장'에서 제가 올해의 경귀로 뽑은 것이 다음의 구절입니다.

行者羅網(행자라망)은 狗被象皮(구피상피)요.
道人戀懷(도인연회)는 蝟入鼠宮(위입서궁)이니라.

제가 불교의 전문가는 아니잖아요. 제가 이 글을 쓰면서 여러 글을 참고하였고, 가장 많이 참고하고 도움이 된 글은 일타 스님의 '발심수행장'에 대한 강의였음을 밝힙니다. 그래도 단순히 일타 스님이나 다른 분들의 글을 인용하기보다는 제 나름대로 해석하고 묵상하기도 한 것입니다.

우선 첫 줄에 대한 해석입니다. 행자는 '수행자'을 말하고, 라망은 '비단을 그물처럼 걸쳤다.'라는 뜻이라고 합니다. 구피상피는 말 그대로, '개가죽, 코끼리 가죽'이지요. 그러니 앞줄의 뜻은 "수행하는 사람이 비단옷을 걸치는 것은 개가 코끼리 가죽 덮어쓴 것과 같다."가 되겠지요.

개가 코끼리 가죽을 덮어쓰면 어떻게 되겠습니까? 우리에게는 사자가 동물의 왕이지만, 인도에서는 코끼리가 동물의 왕입니다. 코끼리 가죽이 뜻하는 바를 헤아리기 그리 어렵지 않습니다. 가죽만 입었다고 개에게서 코끼리의 권위가 나옵니까? 이솝우화에 이런 이야기가 있지요.

개가 사자의 가죽을 덮어쓰고 나타나니, 뭇짐승들이 다 겁을 냅니다. 그런데 그만 개가 말을 합니다. "내가 바로 동물의 왕, 사자다. 어흠. 그런데 사자 소리가 안 나고 개 소리가 나는 겁니다. 멍멍." 처음에 소리를 듣지 못하고 사자의 모습만 보고, 겁을 내던 짐승들이 개 소리를 듣고 피식 웃는 겁니다. "자식, 말이나 하지 말지." 하하.

'행자라망은 구피상피'라는 말은 수행하는 사람들, 다시 말해, 불교에서는 스님, 가톨릭에서는 수도자, 사제들은 비단옷이 아닌 신분에 맞는 옷을 입어야 한다는 말이지요. 옷도 단순히 의복이 아니라 상징적인 의미이고, 분수에 맞는 행동거지를 하는 것입니다.

그렇습니다. '라망'은 비단옷이라는 그물에 걸리는 상황, 부자유를 말합니다. 사실 개가 코끼리 가죽을 뒤집어쓰면 얼마나 무겁고 부자유스럽겠습니까? 수행자가 무엇 때문에 수행합니까? 근본적으로 자유롭기 위해서가 아닙니까? 물론 내적인 자유이지요.

일타 스님은 '라망'을 애욕의 망으로 보고, 수행자가 애욕 망에 걸리는 것은 바로 마치 새가 그물망에 걸리는 것으로 해설하시는데, 일부 공감하지만 저는 단순히 '애욕의 그물'보다는 조금 더 넓은 의미의 '부자유'로 보고 싶은 것입니다. 원효대사의 일화를 소개하면서 '라망'의 의미를 되새기고 싶습니다.

여러분들, 잘 아시다시피 요석공주가 원효대사를 사랑하잖아요. 요석공주가 원효대사를 위해 비단옷을 지어 드립니다. 정말 사랑의 마음, 기도하는 마음으로 실을 한 바늘 뜨고 한 번 절하고, 또 한 바늘 뜨고 다시 절하면서, 다시 말해, 온 마음의 정성을 다해 비단옷을 지어 선물로 줍니다.

원효대사가 어떻게 하겠습니까? 아직 높은 수행의 경지에 다다르지 못했다면, 당연 "저는 수행자이고 제가 비단옷을 입는 것은 '구피상피'이니 받을 수 없습니다. 도로 가져가십시오."라고 했겠지요. 그런데 원효대사가 누구입니까? 거의 부처님의 경지에 다다른 도인이잖아요. 그는 선뜻 받습니다. 그리고 말합니다. "공주님, 성불하십시오. 대단히 감사합니다."

수행자에게도 자기 수행보다 더 중요한 것이 상대, 그 사람의 마음, 정성을 헤아리는 일입니다. 원효대사는 요석 공주가 보는 데서 그 비단옷을 직접 입어 보면서, 아주 좋아하십니다. 공주가 기분이 좋아서 "스님, 거룩해 보이십니다." 하니까 스님이 "아, 정말 좋습니다."라고 말합니다. 요석 공주가 기쁨으로 가득 차서 부처님한테 절 한 번 하고 떠납니다.

이어서,

"道人戀懷(도인연회)는 蝟入鼠宮(위입서궁)이니라."를 살펴보겠습니다. 여기서 도인이란 수행자나 마찬가진데, 도인은 신참이 아닌 수행자, 다시 말해, 어느 정도는 수행을 하여, 도를 닦은 사람을 말하는 것이라고 합니다. 문학적으로 같은 말을 반복해서 다시 쓰지 않으니까 수행자의 다른 말로 봐도 무방할 겁니다.

'연회'라는 말은 불교에서 보통 '분별심'을 일컫는 말이라고 합니다. 가톨릭, 특히 이냐시오 영성에서는 '분별심'이 아주 꼭 필요한 좋은 말이고 중요한데, 불교에서는 '분별심'을 경계의 대상으로 보는 것이 재미있습니다. 같은 용어를 쓰지만, 그 의미가 조금 다른 것이지요.

'연'은 단순히 '사모하고 그리워하고, 사랑하는' 뜻보다는 '생각'이라는 뜻으로 보아야 하고, '회'는 '품을 회'자이니까 '연회'는 "다른 마음을 지니는 것을 생각하는" 의미로 읽어야 합니다. 쉽게 말해서, '연회'란 수행자, 나아가 도인이 수행이 아닌, 다른 생각을 품는 것을 말합니다.

"위입서궁이니라."

'위'는 고슴도치를 말하고, '서'는 쥐이고, '궁'은 구멍이니까, 고슴도치가 쥐구멍에 들어가는 것과 같다는 뜻이지요. 고슴도치가 쥐구멍에 들어갈 때는 온몸에 돋아 있는 가시를 눕히고 쉽게 들어가지만, 뒤로 나오려면 다시 세우진 가시에 걸려서 못 나온다는 말입니다.

그러니까 한 번 '도'가 아닌 잘못된 길로 들어서면, 거기서 빠져나오기가 참으로 어렵다는 말입니다. '위입서궁', 정말 기가 막힌 비유 아닙니까? "도인연회는 위입서궁이니라."도 닦는 사람은 도 닦는 일에 정진해야지, 다른 일에 빠지면 그 근본을 잃고 거기서 헤어나지 못하는 것입니다. 그러니까, '연회'도 '라망'처럼 바로 부자유를 말합니다.

부자유, 그것이 바로 '라망'이고 '연회'입니다. 유명한 탄허 스님은 '연회'를 "客懷(객회)"로 해석하는데, 좋은 해석이라는 느낌이 왔습니다. '객회'라는 것은 '다른 생각을 하는 것'이니, 바로 그런 뜻입니다. 수행자가 수행이 아닌, 다른 생각이나 일에 빠지는 것을 말합니다.

수행자, 불교에서는 스님, 가톨릭에서는 수도자가 다른 생각을 하는 것은 고슴도치가 쥐구멍에 들어가는 것처럼 어리석은 일입니다. 아니, 거기서 빠져나오지 못하니, 바로 죽음의 구렁텅이입니다. 저는 저에게 '라망'과 '연회', 다시 말해, 부자유가 무엇일까를 생각했습니다.

제가 만일, "나는 그래도 책을 여러 권 쓰고, 번역도 여러 권 하고, 그런대로 열심히 산 괜찮은 신부야"라고 생각한다면, 그것이 저를 사로잡는 그물이겠지요. 그물에 걸리지 않는 바람이고 싶습니다. 올해는 바람처럼 자유롭고 싶습니다.

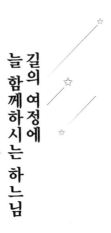

# 길의 여정에 늘 함께하시는 하느님

예수님께서는 "나는 길이요 진리요 생명이다."라고 하십니다. 이 구절 중에서도 특히 '길'이라는 한 단어에 머물며 기도의 길로 들어서기로 합니다. 기도는 그분을 만나는 단순한 길입니다. 기도를 잘하기 위해 복음의 많은 구절이나 내용이 필요한 것은 아니지요. 때때로 어느 한 단어가 마음속에 깊이 와 닿으면, 그 단어만으로도 깊이 기도할 수 있지요.

이제 여러분 각자 '길'이라는 한 단어를 두고 자유롭게 떠오르는 생각이나 이미지 안에 머물러 보십시오. 그리고 그 체험을 주님과 함께 나눠 보십시오. 여러분이 기도하는 데 도움이 되시기를 바라며, 저 역시 제가 그분과 함께 걸었던 길을 나눠 보겠습니다. 사실 이런 기도는 제가 여러분을 기도의 길로 안내할 것이 특별히 없기 때문이기도 하지요.

저는 지난여름 영신 수련에 의한 30일 피정을 하였습니다. 영신 수련은 네 주간으로 되어있습니다. 첫째 주간이 끝나는 날이었습니다. 새벽 일찍 일어나 머물고 있던 '스승 예수 피정의 집'에서 5킬로미터쯤 떨어져 있는 '라파엘의 집'까지 걸어갔습니다.

길을 걸으면서 산 위에 "나는 길이요 진리요 생명이다."라는 상징으로 세 손가락을 펴고 계신 스승 예수상을 바라보았습니다. '나는 길이다.'라는 말씀을 가슴에 담고 길을 따라 걸었습니다. 마음속 가득 예수님이 저와 함께 걷고 계시다는 느낌이 들었습니다.

언덕에 도착해 장엄한 일출을 바라보았습니다. 산의 자욱한 안개 사이로 떠오르는 일출은 장관이었습니다. 마치 태양이 저를 향해 다가오는 듯한 느낌에, 가슴이 벅찼습니다. 저는 천천히 걸어가면서 예수회 입회 이후의 삶을 돌아보았습니다. 많은 사건이 떠올랐지만, 그냥 지나가도록 내버려 두었습니다.

과거의 편린들이 주마등처럼 머리를 스치며 지나갔습니다. 어떤 사건이든 그다지 중요하게 생각되지 않았습니다. 한때 그토록 분노했던 일들조차, 다만 삶의 한 과정이었다고 생각되었습니다. 그 안에서 궁극적으로 주도하시는 분은 하느님이셨음을 새삼 깨달았습니다.

고 김승립 신부님이 떠올랐습니다. 제가 대학 시절 존경했던 분입니다. 그분의 죽음이 제게 준 상실감은 참으로 컸습니다. 하지만 지금 돌이켜보면, 그분은 제게 당신의 몫을 맡기고 떠나셨는지도 모른다는 생각이 들었습니다. 김 신부님은 천국을 그리워해 그토록 빨리 가신 것이 아닐까? 하는 생각도 들었습니다.

새들의 노랫소리가 들려왔습니다. 해오라기가 날아가는 모습도 보았고 흰 집 옆 나무에 딱따구리들이 나무를 쪼는 것도 보았습니다. 제게 그 순간 모든 것이 정겹게 다가왔습니다. 새벽의 정적 속에서 아침이슬을 머금은 숲은 제게 하느님의 은총을 느끼게 해주었습니다.

길을 따라 고개를 넘어 내려갔다가 다시 돌아서 걸었습니다. 문득 이 길이 나의 인생 여정을 상징한다는 생각이 들었습니다. 천천히 오르막을 따라 올라왔다가 고개를 넘고 다시 또 고개를 넘어가는 이 길이 우리 인생의 여정이라면 나는 지금 어디쯤 가고 있을까 생각해 보았습니다.

분명 내려가는 길목에 있지만, 어디쯤 가고 있는지는 그리 중요하지 않다는 생각이 들었습니다. 무엇보다 지금 자신이 어디를 향하고 있는가가 중요하다고 생각되었습니다. 예수님께서 '나는 길이다.'라고 하셨는데 정말 내가 그 길을 따라가고 있는지 자문해 보면서 산길을 내려왔습니다.

성경에서 '길'은 시편 작가나 예언자들이 인생에 비유해 사용한 단어입니다. 이냐시오 성인 역시 즐겨 사용하던 이미지입니다. 이냐시오 성인은 자기 자신을 일러 길을 따라 걷는 나그네 또는 순례자라고 불렀지요. 인생은 누구한테나 순례의 여정을 걷는 나그네의 길입니다. 이 새벽의 산책은 언제나 제게 하느님이 베풀어 주시는 은총이라고 생각합니다.

제가 걷는 길이 그저 발길 닿는 대로 가는 방랑의 길, 목적 없는 방황의 길이 아니라는 것을 깊이 느끼기 때문입니다. 하느님의 이끄심을 통해 이어지는 그분의 길이기 때문입니다. 시냇가를 지날 때 들리는 물소리가 예언자들이 말하는 '메마른 땅에 시냇물이 흐르게 하리라.'고 외쳤던 희망의 메시지처럼 들려옵니다.

시냇물은 멈추지 않고 흘러갑니다. 흐르면서 늘 더러운 것을 함께 가지고 갑니다. 제 길도 시냇물처럼 늘 죄와 고통을 흘려보낼 수 있기를 기도합니다.

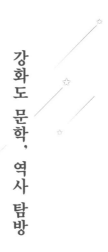

# 강화도 문학, 역사 탐방

어제는 바이칼 모임에서 '강화도 문학, 역사 탐방'을 다녀왔습니다. 고려산의 진달래 군락지에 진달래꽃이 온 산에 물감을 뿌려놓았더군요. 저는 문학, 역사 여행의 시작을 김영무 시인의 '강화도'라는 짧은 시로 하고 싶었습니다.

강화도

　　　　　- 김영무


강화 섬은 연꽃 같은 섬이다

비석 세우지 말라

꽃 가라앉는다

화력발전소라니!

김영무 시인의 시집, '산은 새소리마저 쌓아두지 않는구나'에 나오는 강화도라는 시입니다. 강화에 화력발전소를 세우는 문제로 시끄러울 때, 쓴 시인가 봅니다. 김영무 시인은 왜 강화를 연꽃 같은 섬이라고 했을까요? 강화도. 강화(江華, 물 강, 빛날 화)라는 이름. 철산리 통일 전망대 3층에 강화도를 중심으로 강 건너 이북이 보이는 지도가 그려져 있습니다.

　　한눈에 한강과 임진강이 먼저 만나 하나가 되고 다시 예성강이 만나며 강화도 앞으로 흘러들어 바다가 되는 모습을 볼 수 있습니다. 강화. 강이 휘감아 돌며 빛나는 아름답고 좋은 고을이라는 뜻이겠지요. 그래서 김영무 시인은 강화 섬을 연꽃 같은 섬이라고 했을까요? 연꽃은 아름답지만, 왠지 모르게 슬픈 꽃입니다.

　　고려에서 조선에 이어지는 치욕의 역사를 생각하면, 강화는 아름다우면서도 슬픈 섬입니다. 고려 시대 몽고군은 모두 7차례 걸친 침략 동안 매번 수만에서 많을 땐 15만 명의 병력으로 고려를 침략하여 3천리 강산 전국을 누비고 다니며 짓밟았고, 도륙했고, 여자들을 강간했고, 포로로 잡아갔습니다.

　　호수만복(胡水滿腹)이라는 말이 생겼습니다. 몽고의 침략 때 몽고군에게 강간당한 고려 여인들이 너무 많아 이들이 새 삶을 살 수 있게끔 이곳에서 몸을 씻으면, 몽고군으로부터 강간당한 몸이 깨끗해진다며 만든 호수를 일컫는 말이라고 합니다. 참으로 슬프고 아픈 역사입니다. 그 치욕과 슬픔의 중심에 강화가 있습니다.

　　'고려사'에 보면 이런 기록이 있답니다.

　　"몽고군은 성을 함락시킨 후 10살 이상 된 남자들은 다 죽이고 여자들은 전부 군인들에게 나누어 주었다(강간하였다). 몽고군이 한성(오늘날의 서울)을 함락시킨 후 고려 여자의 젖가슴을 잘라 삶아 먹었다."

고려는 당시 최 씨 무신 정권. 그들은 3만의 군사 병력을 따로 가지고 있었으면서도 이 병력을 몽고군으로부터 백성들을 지키려 하지 않고 백성들은 아무 대책도 없이 육지에 내버려 둔 채, 자신들만이 강화도로 도망가 오로지 자신들 정권만 지키는데 급급했던 집권층 최 씨 무신 정권. 사적으로 필요한 사람들만 데리고 강화로 임시 천도를 한 것이지요.

전국의 3천 화려 강산은 몽고군의 말발굽 아래 철저히 유린되고 있던 이 시기에도 최 씨 무신 정권은 강화 섬 내의 백성들을 대상으로 가혹한 수취와 수탈을 취하여 피난 생활에도 불구하고 새로 궁궐과 성곽, 자신들의 저택이나 사원을 짓고 화려한 사치 생활을 하였습니다.

현재도 강화도 읍내에 가 보면, 그때의 성과 궁궐터가 일부 남아 있습니다. 왜 예나 지금이나 집권층은 자신들의 안위만 생각하지 백성들은 안중에도 없을까요? 이규보의 '동국이상국집' 군신맹고문의 기록이 당시의 상황을 이렇게 전해 줍니다. 무릇 화와 복은 들어오는 문이 따로 없고 사람이 불러오는 것입니다.

"지금 신들이 불초한 탓으로 하늘이 국가에 모든 것이 문드러지는 난리를 내렸습니다. 저 달단(몽골을 일컫는 말)의 완악한 종자들이 까닭 없이 우리 지경을 침범하여 우리의 변방을 깡그리 쓸어내고 우리 인민을 모조리 도륙했습니다. 서울 근처에까지 들어와 주변을 유린하여 호랑이가 고기를 낚아채듯 하였습니다."

백성이 겁탈을 당하고 죽은 자가 길가에 널브러졌습니다. 군신이 방어할 계책을 생각해 보았으나 창황 망조하여 어찌할 바를 모르고 무릎을 끌어안고 머리를 감싸 쥐고 길게 탄식할 뿐이었습니다. 무릇 화와 복은 들어오는 문이 따로 없고 사람이 불러오는 것이라는 이규보의 말은 작금의 상황에 대한 채찍의 소리로 들립니다.

조선 시대에서도 강화도는 치욕의 역사 한 가운데에 있습니다. 이번에는 후금의 군사가 강산을 도륙하는 정묘호란과 병자호란을 겪어야 했습니다. 현대에 와서 광해군에 대한 재조명이 이루어지고 있지요. 광해군은 실제는 폭군이 아니었습니다. 집권 실세에 의해 기록된 역사는 진실을 전하지 못합니다.

그는 정치적 희생양이었습니다. 시대의 흐름을 아는 진보주의자인 그를 보수 양반 집권층이 제거한 것입니다. 그들은 우유부단하여 자기들이 좌지우지할 수 있는 인조를 왕으로 세운 것입니다. 광해군은 후금이 대세가 되리라는 시대의 징표를 읽었고, 후금과는 적절한 외교정책을 폅니다.

명나라를 치기 위해 중국 본토로 진입하려던 후금은 먼저 배후를 위협하는 조선을 정복할 필요가 있었습니다. 먼저 정묘호란을 간단히 살펴볼까요? 1627년 1월 아민이 이끄는 3만의 후금군은 앞서 항복한 강홍립 등 조선인의 길 안내를 받으며 압록강을 건너 의주를 공략하고 이어 용천과 선천을 거쳐 청천강이라고도 불리는 압록강을 넘었습니다.

잠시 쉬어가면서 숨을 고르는 의미로 옛날이야기 하나 해 드립니다. 정묘호란으로 인조가 강화도로 피신할 때의 슬픈 전설이 있습니다. 뱃사공 손돌의 억울한 죽음에 관한 이야기입니다. 실제 있었던 일에 이적 현상을 가미하여 전설을 만든 것이지요.

인조가 강화도로 피신하게 되어 배를 타게 되었습니다. 경험이 많은 뱃사공, 손돌이라는 사람이 왕의 배를 젓게 되었는데, 왕이 앞을 내다보니, 손돌은 위험하게 보이는 여울 쪽으로 노를 젓는 것이었습니다. 두려운 생각이 든 왕이 "여울물 쪽으로 가지 말라."고 하였지만, 손돌은 계속하여 위험한 여울 쪽으로 노를 저어갔습니다.

의심 많고 어리석은 왕 인조는 손돌이 자기를 죽음의 여울로 집어넣는 것이라고 하여, 손돌을 죽이라고 명령합니다. 손돌은 아룁니다. "여울은 위험해 보이지만 바로 그 길이 바른 뱃길이며 강화도로 가는 가장 안전한 길입니다." 그러나 어리석은 왕은 믿지 않았습니다. 손돌은 죽음을 당하면서 왕의 안전을 위해 자기가 할 수 있는 일을 합니다. 그는 바가지 한 개를 올리면서 다시 아룁니다.

"만약, 배를 저어가다 뱃길을 잃게 되면, 이 바가지를 배 앞에 던져 이 바가지를 쫓아가십시오." 그는 이 말을 한 뒤 처형되었습니다. 손돌이 처형되자, 초겨울의 북서풍이 세차게 불고, 배를 가눌 수 없게 되어 침몰 직전에 이르게 되었습니다. 이때 손돌이 남긴 바가지를 배 앞에 던지니 바가지는 배 앞에서 떠가는 것이었습니다.

왕이 탄 배는 바가지가 떠가는 대로 뱃길을 잡아 강화도에 도착하였습니다. 그제서야 왕은 손돌의 충심을 알았고, 그의 사당과 비석을 세웠다고 합니다. 손돌이 죽은 음력 10월 20일경에는 북서풍이 거세게 붑니다. 이를 손돌풍이라 하며, 매년 음력 10월 20일에 손돌의 묘에서 제사를 지낸다고 합니다. 손돌이 죽은 곳을 손돌목이라고 합니다.

손돌목돈대 동쪽 아래에 있는 용두돈대로 가면, 용두돈대 앞의 염하가 손돌목입니다. 손돌의 묘는 용두돈대 건너편의 덕포진에 있습니다. 손돌의 이야기, 전설적인 요소가 가미되었지만, 아름답고 슬픈 이야기는 많은 생각을 하게 합니다. 이어지는 병자호란는 정말 처참한 역사입니다.

조선은 청나라의 요구를 계속 묵살하였습니다. 조선의 이런 도전적 태도에 분개한 청나라 태종은 10만 대군을 스스로 거느리고 압록강을 건너 쳐들어 왔습니다. 인조는 강화로 피난하려 하였으나 이미 청나라군에 의해 길이 막혀 남한산성으로 피하였습니다.

인조는 훈련대장 신경진에게 성을 굳게 지킬 것을 명하고, 8도에 근왕병을 모집하도록 격문을 발하였으며, 명나라에 지원을 청하였습니다. 그러나 청나라 선봉군이 남한산성을 포위하였고, 1637년 1월 1일 태종이 도착하여 남한산성 아래 탄천에 20만 청나라군을 집결시켜, 성은 완전히 고립되었습니다.

성내에는 군사 1만 3000명이 절약해야 겨우 50일 정도 지탱할 수 있는 식량이 있었고, 의병과 명나라 원병은 기대할 수 없었으므로 청나라군과의 결전은 불가능하였습니다. 성 밖에는 청나라군이 무고한 백성들을 죽이고 부녀자들을 겁탈하였습니다. 고려 때 몽골에게 당했던 같은 일을 당한 것입니다. 무능한 왕과 집권층의 사욕에 죽어나는 것은 힘없는 백성입니다.

특히 병자년은 혹독한 추위가 오래 계속되어 추위와 굶주림에 기진하여 병들고 얼어 죽는 백성이 부지기수였다고 합니다. 이러한 상황에서 성내에서는 주화파와 주전파 사이에 논쟁이 거듭되다가 어쩔 수 없어 마침내 성문을 열고 항복하기로 하였습니다.

제가 '남한산성'이라는 글에서 말한 삼배구고두례(三拜九敲頭禮)라는 치욕스런 항복이었지요. 당시 제가 그 치욕이 백성을 위해서는 유일한 생명의 길이었다는 묵상에 저는 깊이 머물게 되었다고 썼습니다마는 사실 인조가 정말 백성을 위해서였다고 생각하지는 않습니다.

다만 정말 그러기를 바라는 마음, 그렇지 않다면 너무나 슬픈 역사이기에 그 슬픔을 달래며 저 자신을 위로하기 위해 그렇게 썼었던 것이지요. 그래도 강화의 시인 한 사람이 제 마음을 위무해줍니다. 조선의 명필가이며 시인인 이건창이라는 사람이고, 그의 전가추석이라는 시입니다.

긴 시라 다 옮기지 못하고 일부 옮기고, 뒷부분은 현대에 풀어 해설한 글로 대신합니다.

시골 농가에선 명절이래야, 일 년 열두 달에 추석날 하루가 있을 따름이었습니다. 한 해 동안 굶주렸던 배를 마음 놓고 채울 수 있는 날이 이날 하루이기 때문일 것입니다. 앞마을에선 막걸리를 거른다, 뒷마을에선 송아지를 잡는다, 밥이야 국이야 법석들인데, 서쪽 마을 저만큼 오두막집 한 채에선 젊은 여인의 울음소리가 연기 새듯 들려 나옵니다.

유복자 어린 것을 무릎 위로 끌어안으며 지난여름을 넘기지 못하고 죽어간 남편을 생각 한 것입니다. 모진 흉년의 지난 한 해를 밀기울과 송기로 보내고 초봄에 씨앗 한다고 어디서 구했던지 벼 한 줌을 움켜쥐고 사립문을 들어서며 바들바들 떨던 그 손!

이 씨앗 한 알인들 굶주린 창자를 달랠세라 한 되지기 아닌 한 줌 지기 논배미에 심어놓고 죽어간 내 남편. 한해 한겨울 굶주리기는 부부가 일반이었건만, 이 몸은 나무토막이던가 남편 따라 죽지도 않고 살아남아서 오늘이 추석이라네. 아기야 누렇게 익은 저 황금 물결의 주인은 지금 어디에.

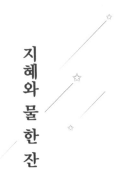

지혜와 물 한 잔

　월요일부터 제1 독서로서 집회서의 지혜에 관한 말씀을 듣습니다. 집회서는 우리에게 들려줍니다. 모든 지혜는 주님에게서 오고, 영원히 주님과 함께 있다고 속삭여 줍니다. 저는 뉴질랜드에서 돌아와서 바로 수녀님들 피정 지도하러 갔다가 새 거주지인 양평에는 엊그제 화요일에나 오게 되었습니다.

　녹음이 푸르게 짙고, 풀 내음, 나무 향기가 그윽하고 산새들 울음소리가 청명하게 울리는 것을 들으니 새삼 고국에 돌아온 감회가 큰 감사함으로 다가왔습니다. 어제, 오늘 미사를 드리면서 참 지혜이신 그분께 우리에게 필요한 지혜를 청하며, 미사를 시작하자고 말했습니다.

　주님께서는 지혜를 만드시고 모든 피조물에게 쏟아부으셨고, 특별히 당신을 사랑하는 이들에게 선물로 주셨답니다. 우리가 주님을 알아보는 지혜도 그분이 우리에게 주신 선물입니다. 어제 독서에서는 지혜를 사랑하는 사람은 생명을 사랑하며 기쁨에 넘치리라고 들려줍니다.

제가 머무는 양평의 성모원 바로 옆에 절이 있어 스님이 가장 가까운 이웃인 셈입니다. 부처님 오신 날을 맞아 그 절에 현수막을 걸어 놓았는데, 두 개입니다. 하나는 "우는가? 웃는가?"이고 다른 하나는 "참새와 뱀이 기뻐하는구나."입니다. 그 말이 불교 경전에 있는 말인지는 제가 잘 모릅니다.

그런데 '뱀'이라면 질색을 하는 자매님 한 분이 그것에 대해 참 이상하다는 이야기를 나누어 주셨지요. 저는 뱀도 생명체이니까 생명에 대한 찬미로 여겨 별로 이상하게 못 느꼈지만, 자매님 이야기를 듣고 보니 다른 표현이 더 좋지 않았을까 하는 생각을 했습니다.

제가 강론에서 나눈 것은 이웃 스님이 조금 더 지혜를 지니셨으면, 이웃이 천주교 공동체이고 천주교, 아니 성경에서는 뱀이 에와를 유혹한 유혹자의 상징이라는 정도는 알 것이니, 배려로서 뱀 대신 다른 생명체를 인용할 수도 있지 않았겠느냐? 하는 정도의 이야기와 더불어 어쩌면 경전을 그대로 인용한 것일 수도 있으니, 나쁘게 생각하지 말라는 정도의 이야기를 나누면서 그 자매님을 이해를 시키려고 했습니다.

어제 복음을 보면, 예수님께서는 참으로 지혜로운 분이시고 열려 있는 분이셨습니다. 예수님의 일행을 따르는 사람이 아니라고 하더라도 예수님의 이름으로 마귀를 쫓아내는 것을 막지 말라고, 우리를 반대하지 않으면 지지하는 사람이라고 말씀하십니다. 넓은 포용력은 바로 참 지혜이신 그분, 당신의 아버지와 그분의 영에 늘 열려 있고, 의탁 드렸기 때문이라고 생각합니다.

오늘 독서의 내용은 글자에 매이면 죄악에 대한 진노로 볼 수 있습니다. 그러나 깊이 읽으면 핵심은 그 지혜는 그분에게서 오며 우리의 것이 아니라는 말씀입니다. 하느님께서는 분노에 더디시고 인자함이 크시니 내 죄악이 속죄를 받으리라고, 우리 마음대로 생각하여 제멋대로 살지 말라는 말씀입니다. 정녕 자비도 분노도 그분께 있다는 말씀이 포인트입니다.

그분은 축복을 주시는 분이십니다. 하지만 주님께 돌아가지 않으면 벌을 받을 수 있으니, 늘 조심하고 경계하라는 말씀입니다. 오늘의 화답송은 시편 1편인데, 제가 아주 좋아하는 시편입니다. 시편 1편이 "행복하여라"로 시작됩니다. 우리말로 '행복'으로 옮겼지만, 원문을 조금 더 잘 살리면 '축복'으로 옮길 수 있습니다.

시편 1편이 '축복'으로 시작되니 시편 전체가 '축복'으로 시작되는 셈이고, 시편은 하느님의 축복에 대한 감사와 찬미의 노래라고 할 수 있습니다. 시편 1편에서 어떤 사람이 행복한가? 축복을 받는가? 가 분명히 드러나 있습니다. 바로 제1 독서인 집회서가 말하는 지혜를 지닌 사람입니다.

그 지혜를 지닌 사람은 바로 주님의 가르침을 좋아하고, 그 가르침을 밤낮으로 되새기는 사람입니다. 그러니 한 마디로 기도하는 사람이지요. 기도하는 사람이 행복한 사람, 축복을 받는 사람입니다. 오늘 복음에서 예수님의 말씀도 글자에 매이면 곤란합니다.

오늘 복음에서 가장 중요한 말씀은 첫마디에 있습니다. "너희가 그리스도의 사람이기 때문에 너희에게 마실 물 한 잔이라도 주는 이는 행복하며, 축복을 받을 것"이라는 말씀입니다. 이어지는 "네 손이 죄를 짓게 하거든 그것을 잘라 버려라. 네 발이 죄를 짓게 하거든, 그것을 잘라 버려라. 네 눈이 죄를 짓게 하거든 그것을 빼 던져 버려라."라는 말씀은 강조 어법을 쓰신 것이지, 실제로 자르고 빼어 던져 버리라는 말씀이 아닙니다.

그렇다면 예수님께서 너무나 잔인하신 분이 됩니다. 여러분, 예수님을 잔인한 분으로 만들지 마십시오. 우리는 복음서를 묵상할 때 예수님의 마음을 읽어야 합니다. 그렇게까지 말씀하시는 그분의 마음을 읽고 우리는 늘 필요한 사람에게 물 한 잔 건넬 수 있는 따뜻한 마음, 사랑을 지닌 사람이 되어야 할 것입니다.

저는 오늘 복음 묵상에서 "너희는 마음에 소금을 간직하고 서로 평화롭게 지내라."라는 말씀이 깊이 마음에 와서 닿았습니다. 마음에 소금을 간직한다는 의미는 무엇일까요? 소금을 맛을 내게 하는 역할을 합니다. 마음에 맛을 내게 하는, 인생에 향기를 풍겨주는, 물 한 잔 건네주는 마음이고, 그것이 참 지혜임을 되새기며 박철 시인의 '물 한 잔'을 가만히 읊습니다.

### 그대에게 물 한 잔

– 박철

우리가 기쁜 일이 한두 가지이겠냐마는
그중의 제일은
맑은 물 한 잔 마시는 일
맑은 물 한 잔 따라주는 일

그리고
당신의 얼굴을 바라보는 일입니다.

## 참 인생을 사는 법

66년 전, 일본 어느 작은 시골 마을에서 있었던 실화입니다. 아버지와 아들이 일 년에 몇 차례 농작물을 멀리 도시에 내다 팔곤 했지요. 어느 이른 아침, 그들은 소달구지에 농작물을 가득 싣고 도시로 향했답니다. 아들은 그들이 밤낮없이 걷는다면 이튿날 아침 일찍 도시의 시장에 도착할 것이라고 계산을 하고 그는 소를 채찍질하면서 더 빨리 걷도록 다그쳤지요.

아버지가 말했습니다. "천천히 가자, 아들아. 소도 오래 걸어야 하잖니?"

아들이 말했습니다. "하지만 남들보다 일찍 시장에 도착해야 더 좋은 가격을 받을 수 있어요."

아버지는 아무 대답도 하지 않고 다만 모자를 눌러 쓰고 소달구지 위에 잠이 들었습니다. 한참을 자고 난 아버지는 고삐를 넘겨받고 소를 몰았습니다. 두 갈래 길이 나왔을 때 아버지는 오른쪽으로 소를 몰았지요.

아들이 소리쳤습니다.

"아버지, 왼쪽으로 가면 지름길이에요!"

아버지가 말했습니다.

"나도 안다. 하지만 이 길이 경치가 더 아름다워."

아들이 참지 못해 말했습니다. "아버지는 시간 개념도 없으세요?"

"아니지. 나야말로 시간 개념이 철저한 사람이란다. 그래서 매 순간 충분하게 아름다움을 즐기려는 거야."

들길은 흐르는 시냇물을 따라 계속 이어졌습니다. 들꽃과 풀들이 바람에 흔들리고 산새들의 울음소리가 들려왔습니다. 그러나 아들은 속이 끓어 풍경을 감상할 여유가 없었습니다. 그날의 저녁노을이 얼마나 아름다운지도 깨닫지 못했습니다. 땅거미가 질 무렵 아버지는 들꽃의 향기를 맡으며 소를 멈추었습니다.

"아들아, 오늘 밤은 여기서 쉬고 내일 아침에 떠나기로 하자. 소도 쉬어야 하니까."

아들이 퉁명스럽게 말했습니다. "저는 이제 아버지와 함께 시장에 가지 않을 거예요. 아버지는 돈을 버는 일보다 저녁노을이나 감상하고 풀꽃 냄새 맡는 데만 더 관심이 있어요." 아버지는 다만 빙그레 웃고 스르르 눈을 감았습니다. 밤은 천천히 흐르고 아들은 잠을 이룰 수 없었습니다.

해가 뜨기도 전에 조바심이 난 아들은 아버지를 깨웠습니다. 그들은 다시 길을 떠났습니다. 얼마 가지 않아 그들은 초면의 농부를 만났습니다. 농부는 웅덩이에 수레가 빠져 애를 먹고 있었습니다. 아버지가 아들에게 말했습니다.

"저 농부를 좀 거들어 주어야겠다."

은근히 마음이 불편해 하는 아들에게 아버지가 다시 말했습니다. "아들아, 우리도 나중에 웅덩이에 빠질 수가 있다. 곤란에 처한 사람을 보면 도와주는 것은 당연한 일이다. 그걸 잊으면 안 돼." 결국, 셋이 힘을 합쳐 농부의 수레를 웅덩이에서 꺼냈을 때에는 이미 아침 8시를 향해 가고 있었습니다.

도시는 아직도 멀리 있었습니다. 그런데 갑자기 거대한 섬광이 하늘에 번쩍이더니 천둥 같은 소리가 뒤따랐습니다. 산 너머 하늘이 잿빛으로 변해가고 있었습니다.

"도시에 큰비가 내리는 모양이구나."

아들이 볼멘 소리를 합니다.

"만일 우리가 서둘렀더라면 지금쯤 농작물을 다 팔고 돌아오고 있을 거예요."

아버지가 부드럽게 아들을 타일렀습니다.

"마음을 편안히 가져라. 한두 해 농사짓고 말일이 아니잖니? 네 인생의 매 순간을 잘 즐길 줄 아는 것이 중요하다."

오후 늦게야 도시를 내려다볼 수 있는 언덕에 이르렀습니다. 그들은 멈춰 서서 오랫동안 도시를 내려다보았습니다. 두 사람은 아무 말이 없었습니다. 침묵을 깨고 아들이 아버지에게 말했습니다.

"아버지, 이제 아버지가 하신 말의 뜻을 알겠어요."

그들은 소달구지를 돌려, 한때 히로시마라고 불리던 도시를 등지고 천천히 언덕을 내려왔답니다. 그날은 바로 1945년 8월, 히로시마에 원자폭탄이 터진 날이었던 것입니다. 만약 그들이 조금만 더 서둘렀더라면,

어떻게 되었을까요? 그들이 농부의 수레를 웅덩이에서 꺼내주기 위해 시간을 지체하지 않고 그냥 갔더라면!

그것이 우리 인생입니다. 우리는 우리가 많은 일을 이루며 산다고 생각하지요. 그래서 더 많은 일을 이루기 위해 '더 빨리, 더 많이'라는 구호를 외치며 삽니다. 그것이 참으로 잘 사는 것일까요? 아닙니다. 우리는 이 이야기의 아버지가 했던 말을 새겨들어야 합니다.

"나는 매 순간 아름다움을 즐기려는 거야."

하느님이 지으신 아름다운 세상을 '빨리, 빨리' 지나갈 수는 없습니다. 우리도 천상병 시인처럼 하느님 앞에 가서 '이 세상 아름다웠노라고' 말씀드려야 하지 않겠습니까?

# 식별

## 마음의 과정

오늘 복음에서 "하느님께서 보내신 분께서는 하느님의 말씀을 하신다. 하느님께서는 한량없이 성령을 주시기 때문이다."라는 구절을 묵상하면서 문득 영적 식별에 대해 나누겠다는 영감이 떠올랐습니다. 여러분들, 식별이라는 말 들어보셨지요? 식별이란 어떤 것을 선택하거나 결정하고자 할 때, 무엇이 바른 길인지, 무엇이 하느님의 뜻인지를 알아보는 과정을 말합니다.

사실 상당히 쉽지 않은 주제이지만, 우리 신앙인으로서의 영신 삶에 아주 실제적으로 도움이 되고 중요한 주제이기 때문에 간략하게 다루고 싶은 마음이 들었습니다. 저는 예수회원이니까 사부이신 성 이냐시오식 영신 식별의 기본 원칙에 따라 세 단계로 나누어 살펴보겠습니다.

첫째 단계는 하느님으로부터 빛을 구하는 단계입니다. 무슨 말인가? 어떤 것에 대해 식별하고자 할 때, 우선 성령의 인도하심을 구합니다. 오늘 복음에서도 미루어 짐작할 수 있는 표현이 있지만, 예수님께서는 늘 아버지의 뜻을 따라 사신 분이십니다.

예수님께서도 부활하시기 전, 이 세상에 사시는 동안은 온전히 인간이셨습니다. 인간이시지만 한량없이 성령을 받은 분으로서, 늘 성령으로 충만하셔서 성령의 인도를 따라 아버지의 뜻을 찾으시는 식별의 과정을 거치셨습니다. 우리도 예수 그리스도께서 보여주신 삶의 빛에 비추어, 어떤 문제나 주제에 대해 바르게 식별하여야 하겠습니다.

이 첫째 단계는 내가 식별하고자 하는 주제를 살펴보고, 주님께서 이끌어 주시는 방향을 알아보는 단계입니다. 이 단계는 쉽게 말하면, 비추심을 구하는 기도입니다. 식별이 진정한 영적 자유로움 안에서 이루어지기 위해서 이 기도의 단계가 가장 중요합니다. 예수님께서도 사도들을 뽑으시는 등의 중요한 일을 앞두고 밤을 새우시기도 하시면서 기도하셨습니다.

여러분들의 이해를 돕기 위해 구체적인 예를 들어보겠습니다. 저는 뉴질랜드 오클랜드 성당에서 한 달 정도 사목을 도와달라는 부탁을 받고 그 청을 받아들여야 하는지, 거절해야 하는지에 대해 식별하여야 하였습니다. 이 식별에는 여러 요인들이 포함되어 있습니다.

제가 그 청을 받아들여야 하는지를 결정하는 바른 식별을 위해서 우선순위가 무엇인지도 살펴보아야 합니다. 뉴질랜드에 가면 덤으로 아름다운 풍경도 구경하고 좋은 공기도 마실 수 있는 등의 사목적인 중요한 이유 이외의 요소도 포함되어 있으니까, 저의 개인적인 이기심이 개재될 수 있습니다.

또 다른 한편 제가 혹여 잘못 행동하면 이곳 본당 신부님께 누가 될 수도 있는 요소도 포함되어 있습니다. 여러 가지 외적인 요인에서 자유로워지고, 진정 영적으로 바르게 판단할 수 있는 영적 눈이 열리기 위해서는 진정으로 하느님의 뜻이 어디에 있는지 알 수 있도록 기도해야 합니다.

성령의 이끄심에 따르고 진정으로 예수님의 사도로서 사도직에 헌신하기 위한 관대하고 아낌없는 마음을 지니기 위해서도 기도는 반드시 우선되어야 합니다. 여기서 기도란 하느님께서 당신의 은혜로서 이제 식별하고 결정하려는 문제에 빛을 비추어 주시기를 부탁드리는 것입니다.

물론 하느님께서 우리가 기도하는 중에 하나의 계시처럼 "그래. 너, 해욱아, 너 뉴질랜드에 가라. 이것이 내 뜻이다." 이렇게 당신께서 원하시는 뜻이 무엇인지를 명확하게 보여 주시리라고 바랄 수는 없지요. 절대 그런 일은 일어나지 않습니다. 다른 몇 가지 맡은 일은 포기하면서도, 제가 이곳에 올 것인지를 결정해야 하는 구체적인 현실에서 하느님 말씀의 빛에 비추어 보아야 합니다.

그렇게 수집한 여러 정보나 내용, 상황들을 기도하는 마음으로 숙고하고 살펴볼 때, 주님께서는 이러한 작업을 통해 올바른 식별을 하도록 이끌어 주시기를 바라는 것입니다. 다시 말해 그리스도의 빛에 의해서 제가 처한 구체적인 현실이 새롭게 비추어지도록 성령께서 비추어 주시는 빛을 구하는 것입니다.

성령께서 예수 그리스도께서 어떻게 아버지 하느님의 뜻을 찾으셨고 그 뜻을 행하셨는지를 보여주시면서, 지금 여기에서 당신의 뜻을 찾고 있는 우리가 올바른 식별을 통해 결정을 내리도록 이끌어 주신다는 신뢰를 지니는 것입니다. 그러므로 우리가 구하는 빛은 우리 자신의 깊숙한 내부에 비치는 빛입니다. 그런 중에서도 바른 지향을 두는 것이지요.

둘째 단계는 식별하려는 주제에 대한 여러 가지 상황이나 그 청을 꼭 수락해야 하는지에 대한 정보들을 살펴보는 단계입니다. 예를 들어, 제가 뉴질랜드에 가는 것이 과연 그곳 공동체에 꼭 필요한지, 정말 도움이 되는지, 감기 걸린 제 건강 상태가 과연 괜찮은지 등등의 상황을 파악하고, 그것들을 구체적이고 현실적인 눈으로 주의 깊게 고려해 보는 것입니다.

필요하다면 다른 사람의 도움을 구할 수도 있습니다. 예를 들어, 사촌 동생이나 제가 아는 다른 사람들을 통해 이곳 사정을 알아보는 것이지요. 여러 사람과 대화를 나누면서 문제를 살펴보는 단계입니다. 식별의 마지막 단계에서 바른 결정을 내리기 위해서는 하느님의 말씀을 기도 중에 성찰하면서, 동시에 필요한 정보들과 지식, 그리고 상황의 징표들을 올바로 읽어야 합니다.

셋째는 결정한 것에 대해 하느님께서 확인해 주시고 인정해 주시도록 구하는 단계입니다. 제가 일단 뉴질랜드에 가기로 결정을 했으면, 이 결정에 대해 하느님께서 보여주시는 여러 확인을 찾아보며 확신을 지니고 신뢰를 깊여 가는 것입니다. 예를 들어, 제가 뉴질랜드에 가기로 결정을 하고 깊은 평화를 느끼고 영적 위안을 체험하였다면, 그것은 성령께서 내려주시는 내적 평화로 볼 수 있고 주님께서 제게 바른 결정을 내렸다고 주시는 확인들로 받아들일 수 있습니다.

식별의 마지막 단계에서는, 결정과 함께 구체적인 행동이 따라야 합니다. 물론 어떠한 결정이 내려졌다고 해도 상황에 따라, 다시 식별해야 할 가능성을 언제나 지니고 있습니다. 인간은 불완전하니까요. 그렇다고 하더라도 일단 평화 안에서 결정을 내렸으면, 가지 않은 다른 길에 대한 미련을 버려야 합니다.

제가 함께하지 않는다고 하더라도 제가 이끌어 주는 한국의 기도 모임은 회장들이 잘 이끌 것이고, 성모원 공동체 미사는 모 신부님이 대신해 주실 것이고, 제가 한국에 없어도 한국은 나름 잘 돌아가리라는 신뢰를 지니고, 이미 결정을 내린 오클랜드 사목에 충실해야 하는 것이지요.

　간단히 식별에 대해 말씀드렸는데, 이 내용이 여러분들의 영적 삶에도 도움이 되기를 바랍니다.

# 5

예수님과 함께 춤을

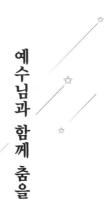

## 예수님과 함께 춤을

 

고 정일우 신부님께서 이냐시오의 '영신 수련'에 의한 30일 피정 안내하신 내용을 제가 정리하여 책으로 나왔습니다. 제가 알기로 아직까지 '일상 삶 안에서 영신 수련'에 관한 책은 제가 번역한 것을 비롯하여 몇 권 나왔습니다마는 실제 30일 피정 지도한 내용이 그대로 소개된 책은 이 책이 처음일 것입니다.

기쁜 마음으로 여러분들께 소개합니다. 저는 제목을 '정일우와 함께 하는 영신 수련'으로 하고 싶었습니다마는 출판사에서 '예수님과 함께 춤을'로 하자고 하여 동의하였습니다. 제가 서문처럼 쓴 글을 올리니 읽어 보시면, 이 책이 왜 '예수님과 함께 춤을'이 되었는지 이해하시리라 생각합니다.

춤


화살처럼 날아와

내 가슴이 박힌

지워지지 않는 얼굴

당신의 웃음

등 뒤에 꽂혔어라


당신은 흐르는 물

도시의 오염을 씻어 내리고

당신은 한줄기 바람

농부의 땀을 씻어 내리고


인간의 아름다움을 포착하여

불길을 당기는

당신의 삶은

소리 없는 노래가 되어

몸짓 없는 춤이 되어


태양이 내리쬐는

광야의 한가운데 강물이 흐르고

어둠이 깔린 도시에 눈이 쌓이네

당신 앞에 신발을 벗고

사물놀이 펼치는 바람 자락

웃음이 천지에 진동하네


떠나도

여전히 마음을 뒤흔드는

당신의 얼굴은 햇살이어라

당신은 우리들의 영원한 친구이어라


오래전 이 책의 저자인 고 정일우 신부님 회갑 때 쓴 저의 졸시입니다. 시의 제목을 '춤'으로 정한 까닭은 '춤'의 이미지가 신부님의 삶을 단적으로 표현하는데 가장 적절한 이미지라고 생각되었기 때문입니다. 하지만 신부님이 살아오신 삶을 조금이라도 알고 있는 분들에게는 신부님의 삶이 '춤'의 이미지로 표현되는 것이 생뚱맞게 들릴 수도 있을 것입니다.

고 정일우 신부님은 1935년 아일랜드계 미국인으로 태어났습니다. 1960년 9월, 신학생의 신분으로 배를 타고 부산항에 도착한 것이 한국과의 첫 인연이었습니다. 삼 년 뒤 신학 공부를 하러 미국으로 돌아간 신부님은 미국에서 사제 서품을 받고 1967년에 다시 한국 땅을 밟으셨습니다. 미국으로 돌아가 있는 동안 한국 사람이 그리워서 속이 까맣게 타들어 갈 정도였다고 합니다.

그때부터 담배를 피우기 시작하셨다니 한국 땅, 한국 사람에 대한 신부님의 사랑이 어떠했는지 짐작이 가고도 남습니다. 신부님은 박정희 독재 정권 시절에는 '유신 반대, 독재 타도'라고 쓴 머리띠를 두르고 명동 거리를 뛰어다녔고, 교수로서, 신부로서 신분을 보장받으며 부러울 것 없이 살 수 있는데도, 교수 자리를 박차고 서슴없이 청계천으로 뛰어들어 초기 철거민 운동을 주도했습니다.

청계천에서 시작하여 양평동, 시흥의 복음자리 마을, 상계동으로 이어진 철거민들과 함께한 30여 년 동안 철거민들의 아버지로 가난한 사람들의 정의구현을 위해 투쟁한 분이십니다. 그 공로를 인정받아 막사이사이상을 수상한 분이시니 '춤'이라는 이미지가 신부님의 삶과는 너무 거리가 먼 낭만적인 이미지로 느껴질 수도 있습니다.

겉으로 드러난 삶의 행적보다 그분의 인간적인 순수와 열정을 아는 사람들은 신부님이 얼마나 탁월한 삶의 춤꾼이자 춤을 가르치는 스승인지 잘 알고 있습니다. 신부님은 만나는 사람들이 어디에서 무슨 일을 하든 상관없이 춤을 추게 하고, 삶의 리듬에 맞춰 예수님과 춤추는 방법을 가르쳐 준 스승이었습니다.

신부님은 사람들이 어떻게 예수님을 만나 친구가 되고 함께 춤출 수 있을지를 일생의 화두로 삼으셨습니다. 신부님은 그 화두를 이냐시오 성인의 '영신 수련'을 통해 풀어내셨고, 많은 사람에게 '영신 수련'을 알게 해서 예수님과 함께 춤추는 방법을 알려 주고 싶어하셨습니다.

당신 삶의 체험과 기도 생활을 통해서 '영신 수련'을 예수님과의 춤판으로 만드는 비결을 터득하신 것입니다. 그리고 많은 사람에게 '영신 수련'을 통해 예수님과 함께 춤추는 방법을 알리고 싶어하셨습니다. 이 책은 정일우 신부님이 저를 포함한 제3 수련을 받는 7명의 예수회 회원들에게 영신 수련을 주신 내용을 정리한 것입니다.

고 정일우 신부님은 저희에게 30일 피정의 첫날, 첫 기도로 묵시록 3

장 20절을 세 번 묵상하게 하셨습니다. 이 내용을 놓고 천천히 긴장 없이 기다리면서, 그때그때 예수님과 이야기를 나누면서 기도하라고 하셨습니다. 예수님이 오늘 밤 우리의 문을 두드리는 것은 이제 30일 동안, 우리와 함께 잔치를 하기 위한 초대이며, 함께 춤추고 즐기자는 권유라고 하셨습니다.

저와 동료 신부들은 정일우 신부님이 이끄는 대로 예수님과 춤추는 방법을 배웠습니다. 신부님은 예수회 형제들의 제3 수련이라는 특수한 상황에서 피정으로 나눈 내용을 책으로 엮어 일반인에게 공개한다는 것에 대해 부정적이었습니다. 하지만 저는 '예수님과 함께 춤을', 이 책의 내용이 저희 회원 7명만 간직하기에는 너무 소중한 보물이라는 확신이 들었기에, 그냥 묻어 둘 수가 없었습니다.

긴 설득 끝에 신부님에게서 출판 허락을 받던 날, 저는 많은 분이 정일우 신부님의 인간적인 면을 통해 예수님과 함께 춤추는 모습을 상상하며 뛸 듯이 기뻤습니다. '성 이냐시오의 영신 수련'에 대한 책이 그렇듯, 이 책도 그냥 눈으로만 읽는 책이 아닙니다.

저는 여러분들이 실제로 복음을 묵상하면서 예수님과 함께 춤추는 방법을 배울 수 있기를 진심으로 바랍니다. 그때 이 책을 안내서로 활용하면 됩니다. 이 책을 통해 정의의 투사로만 알고 있던 신부님이 얼마나 탁월한 춤꾼인지, 그가 이끄는 영신 수련이 얼마나 소중한 보물인지를 알게 될 것입니다.

아브라함이라는 이름

소크라테스의 유명한 말, "너 자신을 알라."를 러시아어로 하면, 어떻게 되는지 아세요? "니꼴라이 알라까이."입니다. 제 이름, 류해욱을 러시아식 표기로 하면, 어떻게 되는지 아세요? '유리 해우기스키'입니다. '해우기스키', 듣기 좋지요? 저에게 불만 있는 분들, 욕이 아니고, 그냥 러시아어식 표기이니까, 거리낌 없이 '해우기스키'라고 불러보세요.

스트레스가 조금 풀릴 겁니다. 사실 불만 있는 분들에게는, 제가 담배도 사드리지요. 돈은 여러분들이 내시고요. 제 이름, '해욱', 바다 '해'자에 빛날 '욱'자입니다. 제 이름을 주신 부모님께 늘 감사한 마음이지요. 대학 시절, 어느 피정에서 제 이름을 소개하면서 바다 '해' 자에 빛날 '욱' 자라고 하니까, 한 친구가 그러면 '등대'이네라고 하였습니다.

한때 등대가 제 별명이기도 하였지요. 사실 등대 역할을 하고 싶어 신부가 되었는데, 이름값을 제대로 못하고 삽니다. 아브라함이라는 이름의 의미가 무엇일까요? 히브리 이름은 대개 다 의미를 지니고 있어요. 여러분들에게 너무 어려울 수 있으니까, 제가 4지 선다형으로 묻겠습니다.

1. 여러 나라의 아버지 2. 믿음의 조상 3. 순명 4. 하느님은 구원이시다.

우리 믿는 자들의 조상 아브라함의 본래의 이름은 '아브람'이었습니다. '아브'란 히브리어로 아버지라는 의미이고, 람은 '고귀한', 혹은 '높은'이라는 의미라고 합니다. 즉 '고귀한 자', 또는 (지위가) '높은' 사람이 되라는 뜻입니다. 아브람은 원래부터 고귀하고 지위가 높은 사람으로 부르심을 받은 사람입니다.

그가 왜 고귀하고, 높은 사람이었을까요? 온전히 하느님의 말씀에 따르는 순명의 삶을 산 사람이었기 때문이 아닐까요? 그는 하느님의 부르심에 의탁 드리며 고향을 떠나 낯선 땅, 미지의 땅을 향해 발걸음을 내디딘 사람입니다. 참으로 고귀한 정신을 지닌 사람입니다. 가히 높이 우러러 볼, 큰 아량을 지닌 사람입니다. 하여 하느님께서 그 아브람에게 새로운 이름, '아브라함'이라는 이름을 주십니다.

그런데 여기에서 재미있는 것은 '아브'와 결합된 '라함'은 히브리어에 없는 단어라고 합니다. 귀에 들리는 것은 비슷하지만, 실은 전혀 새로운 이름을 주신 것입니다. 미래의 새로움을 내포하는 의미를 지니고 있습니다. 창세기 17장 5절인 '많은 민족의 아버지'로 옮긴 부분은 히브리어로는 '아브 하몬 고임'이라고 합니다. 이때 아브라함의 나이가 몇 살이나 되었을까요? 정확하게 99살. 거의 100살의 나이입니다. 아브라함이 말하잖아요. "백 살이 다 된 나에게"라고. 하느님께는 숫자가 중요한 것이 아닙니다. 나이는 다만 숫자일 따름입니다. 빌리 람브란트라는 유명한 목사가 있는데, 재미있는 말을 했어요. "하느님에게 수는 암살을 당했다."

아브라함이 진정 새로운 이름이라는 의미는, 저에게 아브라함은 이미 그리스도를 예표하고 있는 것으로 느껴지기 때문입니다. 예수님의 말씀에서 그것을 느낄 수 있습니다. "너희 조상 아브라함은 나의 날을 보리라고 즐거워하였다." 아브라함이 하느님 축복의 말씀을 듣고 즐거워하였다는 의미이지요.

예수님께서는 그 축복의 진정한 의미가 바로 당신에게서 이루어지기 때문에 '나의 날'이라고 말씀하시는 것이 아니겠습니까? 그렇습니다. 하느님께서 아브라함에게 약속하신 "너는 많은 민족의 아버지가 될 것이다."라는 말씀은 예수 그리스도 이후, 우리 그리스도인들의 믿음의 아버지가 됨으로써 이루어지는 것입니다.

예수님께서 깊은 의미를 담고, "너희 조상 아브라함은 나의 날을 보리라고 즐거워하였다."라고 말씀하시는데, 알아들을 귀가 없는 유다인들이 예수님께 말합니다. "당신은 아직 쉰 살도 되지 않았는데 아브라함을 보았다는 말이오?" 예수님께서 참 답답하셨을 거예요.

설명을 해도 알아들을 귀가 없다는 것을 아시는 예수님께서는 마치 선문답처럼 당신이 하실 말씀을 꿋꿋이 하십니다. "내가 진실로 진실로 너희에게 말한다. 나는 아브라함이 태어나기 전부터 있었다." 사람들은 그 의미가 무엇인지 알아들으려고 하지 않고, 돌부터 듭니다.

화가 나는 것은 조금 이해가 가는데, 그래도 돌부터 드는 것은 아니지요. 우리는 전혀 이해가 되지 않을 때, 그 의미가 못 알아듣는 것을 겸손하게 인정하면서 다시 묻기 전에 돌부터 든 적은 없는지 솔직하게 자문하게 되는 대목입니다. 예수님께서 새 아브라함, 모든 민족의 아버지가 되시는데, 그 아버지가 되는 방법이 '십자가와 죽음'이라는 사실 앞에 숙연한 마음을 지니게 됩니다.

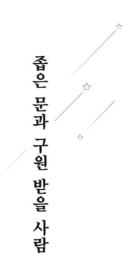

# 좁은 문과 구원 받을 사람

복음에서 예수님께서는 "너희는 좁은 문으로 들어가도록 힘써라."라고 말씀하십니다. 우리는 이 말씀의 의미를 깊이 묵상해야 바르게 알아들을 수 있습니다. 언뜻 천국으로 들어가는 문이 좁으니, 구원받을 사람이 적다고 말씀하시는 것으로 이해합니다.

저는 달리 알아듣습니다. 혼자 들어가기에는 좁지 않은 문도 둘이 손잡고 함께 들어가면 좁은 문이 됩니다. 우리한테 당신의 손을 잡고 당신과 함께 문으로 들어가라고 말씀하시는 것으로 다가옵니다. "애야, 늘 그분의 손을 놓지 말고 잡고 있어야 한다."

마더 데레사의 어머니가 수도원에 가기 위해 집을 떠날 때, 그녀한테 하신 말씀입니다. 마더 데레사의 어머니는 좁은 문의 의미를 정확히 알고 계셨습니다. 이 세상을 살면서 그리스도의 손을 놓으면, 우리 마음대로 살 수 있는 훨씬 넓은 문이 열리는 것처럼 보입니다. 그분이 손잡고 이끄시는 길은, 때로 험하고 가파르고 좁습니다.

우리는 복음에서 그분이 진정 우리를 이해하시고 위로를 주시는 분, 바로 구원자이며 그분이 우리 손을 잡고 살 때, 좁은 문으로 보이지만 안전하다는 깨달음을 얻습니다. 복음에서 예수님께서 좁은 문으로 들어가라고 하셨습니다. 왜 그렇게 말씀하셨을까요?

좁은 문을 들어가야 보입니다. 진실이 보이기 시작합니다. 여러분들, 생명의 강이 우리 안에 흐르도록 해야 합니다. 그렇게 해야 다른 사람들에게 생명을 나누어 줄 수 있습니다. 우리가 치유자입니다. 우리는 예수님께서 하시는 말씀만 들어야 합니다. 그런데 우리는 어떻습니까? 남의 말을 듣고 싶어 하지요. 남의 말들은 다 쓰레기입니다. 쓰레기로 채우면 냄새가 나기 마련입니다.

빛으로만 채워야 합니다. 예수님에게서 모든 것에 대한 해답을 찾을 수 있습니다. 우리가 필요한 것은 오직 소박함, 단순함, 그리고 겸손입니다. 이런 것들이 우리 삶에 필요한 것입니다. 우리의 말이나 행동이나 삶에서 필요한 것은 바로 소박한 믿음입니다. 그런데 우리가 더 소박한 믿음을 지닐 때, 오히려 장애물이 더 생길 수 있습니다.

우리에게 상처를 준 그것을 잊으라고 하는 것이 아니라, 성령께서 우리가 느끼는 아픔의 강렬함을 가져가시는 것입니다. 이제 우리는 우리의 아픔 때문에 하느님을 더 찬미할 수 있습니다. 우리에게 안 좋은 그 경험이 없었다면, 예수님을 삶에서 잊어버릴 수도 있었을 것입니다. 저는 아픔 이후에 오히려 더 주님을 찬미합니다.

그리스도인의 삶은 모든 것이 하느님의 계획 아래에서 이루어집니다. 이 모든 것을 우리는 믿음의 눈으로 보고 알아들어야 합니다. 행복의 기준이 무엇입니까? 깨끗한 마음입니다. 그것이 기쁨과 행복의 요건입니다.

많은 사람이 일반적으로 '정신'이라고 표현하지만, 성경은 우리에게 '마음'이라고 들려줍니다.

여러분들, 마음을 지니고 있습니까? 우리에게는 마음이 있습니다. 그러나 어떨 때는 그 마음을 고쳐야 할 필요가 있습니다.

시편 51, 12: "하느님, 깨끗한 마음을 제게 만들어 주시고 굳건한 영을 제 안에 새롭게 하소서."

올바른 영이 우리를 올바른 길로 이끌어 주십니다. 그래서 우리는 올바른 영이 필요합니다. 누가 올바른 영입니까? 바로 성령이십니다. 우리에게는 성령이 필요합니다.

"하느님, 깨끗한 마음을 제게 만들어 주시고 굳건한 영을 제 안에 새롭게 하소서."

굳건한 영은 약효를 지니고 있습니다. 마음의 병에 좋은 약이 됩니다. 어떤 사람은 부정적인 생각이나 말을 하고 환영을 보기도 합니다. 그것은 올바른 영이 아닙니다.

"하느님, 깨끗한 마음을 제게 만들어 주시고 굳건한 영을 제 안에 새롭게 하소서."

이 시편 말씀을 반복해서 읊으십시오. 성령께서 우리 안에 고통을 가져가실 것입니다. 이 말씀이 우리를 빛으로 채울 것입니다. 자주 이 구절을 외우십시오. 우리 삶도 같습니다. 마음을 잘 돌보아야 합니다. 마음을 돌볼 때, 올바른 영을 따라야 합니다.

# 사마리아 여인의 ‘만남’

예수님께서 사마리아 여인과 나누시는 대화는 깊은 영성적 의미를 담고 있는 요한복음의 말씀이기 때문에 상당히 어려운 내용입니다. 그럼에도 불구하고, 거기에 따뜻함을 느끼게 하는 정겨움이 있습니다. 우선 배경이 우물가라는 데서 더욱 그렇습니다. 여러분들, 어렸을 적의 시골 동네 우물가를 상상해 보십시오.

동네 아낙네들이 물을 길으러 왔다가 서로 삶의 푸념들을 늘어놓기도 하며, 잠시 쉴 수 있는 쉼터가 되어 주던 곳이 바로 우물가이지요. 한쪽에 돌담이 있고 한쪽에 나무 그늘 밑에 잠시 앉을 수 있는 돌덩이들이 놓여 있는 풍경은 따뜻함과 그리움, 말하자면 어떤 향수를 담고 있지 않습니까?

예수님께서 사마리아 여인과 대화를 나누시던 야곱의 우물가도 옛날 우리 한국의 시골 동네 우물가와 그리 다르지 않았을 것입니다. 여행길에 지치신 예수님께서 거기서 잠시 쉬고 계셨는데, 그때 한 사마리아 여인이 물을 길으러 왔던 것입니다. 예수님께서는 이 사마리아 여인에게 먼저 말씀을 건네십니다.

예수님께서 먼저 여인에게 말씀을 건네셨다는 것에서 예수님이 어떤 분이신지를 헤아릴 수 있습니다. 이것은 당시의 유대인들에게는 엄청난 사건입니다. 당시 랍비들은 친척이나 친구의 아내라고 하더라도 공공장소에서 여인에게 말을 말할 것도 없거니와, 인사조차도 하거나 받을 수 없다고 가르쳤습니다.

또한, 당시 바리사이파 사람들의 별명이 피멍이 든 사람들인데, 왜 그런 줄 아십니까? 거리에서 여자를 보면 눈을 감아야 하거든요. 그래서 눈을 감고 걷다가 벽이나 문에 부딪쳐서 얼굴에 멍이 들고 콧잔등이 깨지는 일이 비일비재했기 때문에 '피멍이 든 바리사이'라고 불렀어요. 웃기는 족속들이지요.

예수님께서는 지극히 따뜻한 마음에서 나오는 다정한 음성으로 여인에게 말씀을 건네신 것입니다. 다만 목이 마르셨기 때문에 물을 청하신 것이 아니고 여인을 위해서 말씀을 건네신 것입니다. 여인의 얼굴을 바라다보시고 그 얼굴을 통해 나타나 있는 마음속 깊이 자리하고 있는 상처와 그 고통을 아셨고, 연민이 우러나와 치유의 손길을 내미시기 위해서 말씀을 건네신 것입니다.

예수님께서 그렇게 하셨는지 어떻게 알 수 있습니까? 여인의 반응을 보면 알 수 있습니다. 놀랍게도 여인은 예수님께서 말씀을 건네시는 것에 응하고, 함께 이야기를 나눕니다. 더구나 여인이 소위 외간 남자에게 응대한다는 것은 당시 유대 사회의 풍토로 있을 수 없는 것이지요. 이 여인의 마음을 헤아릴 수 있습니다.

이 여인은 아마도 처음으로 자기를 하나의 인격으로 대하는 한 남자를 만났을 것입니다. 남편이 다섯이나 있었지만, 예수님의 말씀대로 실제로 남편이라고 할 수도 없는 사람들이었고, 그들은 모두 자기를 하나의 인격체로보다는 다만 생활의 도구로 대했던 것이지요.

이 대목에서 잠시 우리를 생각하게 합니다. 먼저 말을 건넨다는 의미에 대해서. 만약 두 사람 사이에 서로 간에 벽이 있다면, 그 벽을 허물기 위해서는 누군가가 먼저 말을 건네야 합니다. 대개는 그 알량한 자존심 때문에 서로 절대 내가 먼저는 말을 하지 않겠다고, 결심하지요. 그러나 우리는 그리스도인으로서 언제나 내가 먼저 해야 합니다.

우리가 참으로 그리스도를 따르는 그리스도인들이라면, 그것을 복음 말씀에서 배워야 합니다. 복음에서 우리가 들은 대로 당시 유대인들과 사마리아 사람들은 서로 상종을 하지 않는 깊은 골, 높은 벽이 있는 사이였습니다. 원래는 한 겨레였는데 어쩌다가 그 지경에 이른 것입니다.

인간은 누구나 영원에 대한 갈증을 지니고 있습니다. 그 갈증을 풀어줄 수 있는 진리, 삶의 진리에 대해 말씀하시는데 여인이 알아듣지 못하고 다시는 목마르지 않을 그런 물이 있다면, 그 물을 달라고 합니다. 다시는 물을 길으러 오지 않아도 될 것이라고 하면서. 예수님께서는 바로 당신 자신을 두고 말씀하시는 것이었습니다.

당신이 바로 그 영원, 하느님에 대한 갈증을 채워줄 수 있는 분, 아니 바로 하느님 자신이셨던 것이고 당신 자신을 나누시겠다고 하시는데, 여인이 알아들을 영적인 귀가 없습니다. 여인이 못 알아듣는 것은 어쩌면 당연한 것이지요. 진리란 말로 설명을 해서 알아들을 수 있는 것이 아니라, 스스로 깨달아야 하는 어떤 것입니다.

여기서도 예수님의 독특한 교육방법을 볼 수 있습니다. 당신의 말씀을 못 알아듣자, 그것을 설명해 주시기보다는 스스로 물음을 던지면서 그 의미를 깊이 생각해 보도록 이끄십니다. 진리를 받아들이기까지는 스스로 눈을 떠야 하기에, 그것을 기다리십니다.

우리의 삶 안에서도 어떤 이해할 수 없는 것에 대해, 그 의미를 스스로 물으면서 기다려야 하는 때가 있습니다. 때로는 누군가가 우리에게 던지는 질문이 삶의 문제를 해결하는, 또는 진리를 발견하는 실마리가 되기도 합니다. 그러기 위해서 우리의 마음을 열어놓아야 합니다.

여인이 예수님과 나누는 대화를 보면, 그 여인은 마음을 열고 그 진리를 알고자 하는 갈증을 지니고 있었다는 것을 알 수 있습니다. 바로 그 갈증이 예수님을 진리를 지닌 분으로 알아보았고, 다 이해할 수 없었지만, 다시 묻고, 듣고, 그리고 받아들였던 것입니다. 그리고는 고백합니다.

과연 당신은 예언자이십니다. 그리고 나아가서 동네에 가서 알립니다. 영원히 목마르지 않는 물, 진리를 찾았고, 그것을 혼자만 간직한 것이 아니라 동네에 가서 사람들과 나눈 것입니다. 우리는 이 여인에게서 배웁니다. 우리가 알게 된 진리, 예수 그리스도에 대한 진리는 이웃에게 나누어야 할 진리라는 것을.

여인은 가서 진리이신 예수님에 대해 증언했고, 그 증언을 들은 사람들은 예수님을 찾아와 자기들과 함께 묵기를 간청합니다. 예수님께서는 기꺼이 그 청을 들어주셔서, 거기서 이틀을 머무시며 그들을 가르치셨습니다. 그래서 함께 머물던 사람들이 예수님을 믿게 되었습니다. 그 마을 사람들이 한 말도 우리도 깊이 새겨들어야 할 아주 중요한 말입니다.

"우리는 당신의 말만 듣고 믿었지만, 이제는 직접 그분의 말씀을 듣고 그분이야말로 참으로 구세주라는 것을 알게 되었소."

어느 누구도 다른 사람의 말만 듣고는 어느 정도 믿을 수는 있겠지만, 확실히 알 수는 없는 것입니다. 신앙에 대한 가르침, 교리나 강론 등을 듣고 믿을 수는 있지만, 확실히 그분이 구세주, 주님이시라는 것을 알 수는 없습니다. 직접 만나는 체험을 통해서만 확실히 알 수 있습니다. 그러면, 우리는 어떻게 주님을 체험할 수 있는가?

유일한 방법은 묵상과 관상을 통한 기도입니다. 예수님의 말씀과 행적, 그분의 삶과 죽으심, 그리고 부활이 담겨 있는 복음서를 읽고 묵상해야 그분을 만날 수 있고, 그 만남을 통해서만 우리는 그분이 나의 주님이시라는 것을 확실히 알 수 있습니다. 우리가 보내고 있는 사순 시기는 다만 극기하고 보속하는 시기가 아닙니다.

주님께 더 가까이 나아가고 그분을 만나는 은총의 시기입니다.

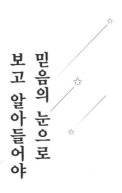
복음에서 우리에게 말씀하십니다.

"영은 생명을 준다. 그러나 육은 아무 쓸모가 없다. 내가 너희에게 한 말은 영이 생명이다."

그렇습니다. 주님은 바로 영이며 생명입니다. 우리는 생명의 강이 우리 안에 흐르도록 해야 합니다. 그렇게 해야 다른 사람들에게 생명을 나누어 줄 수 있습니다. 바로 우리가 치유자입니다. 그런데 사람들은 때로 우리에게 부정적인 말을 합니다. 우리는 참 신비하게도 남이 말하는 것을 듣고 싶어 합니다.

그리고 거기에 따라 우리의 기분이 좌우됩니다. 이제 그것을 그만두어야 할 때입니다. 이제 오직 예수님께서 하시는 말씀만 들어야 합니다. 남의 말들은 다 쓰레기입니다. 한낱 쓰레기로 채우면 냄새가 나기 마련입니다. 우리도 시몬 베드로처럼 답해야 합니다. 시몬 베드로가 예수님께 대답합니다.

"주님, 저희가 누구에게 가겠습니까? 주님께는 영원한 생명의 말씀이 있습니다."

그분이 바로 빛입니다. 우리는 빛으로만 채워야 합니다. 예수님에게서 모든 것에 대한 해답을 찾을 수 있습니다. 우리가 필요한 것은 오직 소박함, 단순함, 그리고 겸손입니다. 이런 것들이 우리 삶에 필요한 것입니다. 우리의 말이나 행동이나 삶에서 필요한 것은 바로 소박한 믿음입니다.

우리 모두에게 아픔이나 상처가 있습니다. 어떤 사람이 내게 한 행동을 잊어버릴 수가 없습니다. 그래서 마음이 아픕니다. 아버지가 내게 한 행동을 잊을 수가 없습니다. 잊어버리려고 하지 말고 다만 기도해야 합니다. 기도하면 불평이나 고통이 서서히 사라집니다.

우리가 기도할 때, 성령께서 그 아픔을 가져가십니다. 이런 말이 있습니다. "의사들은 많은 것을 할 수 있지만, 하느님 아버지께서는 모든 것을 하실 수 있습니다." 그런데 세상은 예수님을 통해 일하시는 하느님의 능력에 대해 무지합니다. 우리에게는 내적 치유가 필요합니다.

예수님께서 성체를 통해 우리의 아픔을 치유해 주십니다. 우리에게 상처를 준 그것을 잊으라고 하는 것이 아니라, 성령께서 우리가 느끼는 아픔의 강렬함을 가져가시는 것입니다. 이제 우리는 우리의 아픔 때문에 하느님을 더 찬미할 수 있습니다. 우리에게 안 좋은 그 경험이 없었다면, 예수님을 삶에서 잊어버릴 수도 있었을 것입니다.

그리스도인의 삶은 모든 것이 하느님의 계획 아래에서 이루어집니다. 이 모든 것을 우리는 믿음의 눈으로 보고 알아들어야 합니다. 우리 행복의 기준이 무엇입니까? 바로 깨끗한 마음입니다. 그것이 기쁨과 행복의 요건입니다. 많은 사람이 일반적으로 '정신'이라고 표현하지만, 성경은 우리에게 '마음'이라고 들려줍니다.

올바르고 굳건한 영은 약효를 지니고 있습니다. 마음의 병에 좋은 약이 됩니다. 어떤 사람은 부정적인 생각이나 말을 갖고 있고 환영을 보기도 합니다. 그것은 올바른 영이 아닙니다. "하느님, 깨끗한 마음을 제게 만들어 주시고 굳건한 영을 제 안에 새롭게 하소서."

이 시편 말씀을 반복해서 읊으십시오. 성령께서 우리 안에 강렬한 고통을 가져가실 것입니다. 이 말씀이 우리를 빛으로 채울 것입니다. 자주 이 구절을 외우십시오. 우리 삶도 그렇습니다. 우리 마음이 자동차의 엔진과 같습니다. 우리는 우리 마음을 체크해야 합니다.

차에서 엔진이 중요하지, 겉이 중요하지 않습니다. 그런데 우리가 마음을 자극하면 때로는, 그 결과로 고통을 받을 수 있습니다. 마음을 잘 돌보아야 합니다. 마음을 돌볼 때, 올바른 영을 따라야 합니다. 악한 영을 따라가면 그 결과로, 큰 고통을 받을 수 있습니다. 허락하지 않는 치유방법을 따를 때, 좋지 않은 결과를 낳게 됩니다.

예를 들어, 뉴에이지의 책은 잘못된 길로 이끕니다. 그러면 결과적으로 마음의 고통을 당하게 됩니다. 마음에 혼란이 오고, 두려움이나 안달이 생길 수도 있습니다. 나아가 우울증에 걸리게 되고 자살 충동을 느낄 수도 있습니다. 이것은 너무 끔찍한 일입니다. 우리 마음을 혼란하게 만들지 말아야 합니다. 그래서 시편 51편을 자주 기도드려야 합니다.

"하느님, 깨끗한 마음을 제게 만들어 주시고 굳건한 영을 제 안에 새롭게 하소서."

우리가 기도하면, 예수님께서 도와주십니다. 우리 죄를 용서하시고 은총을 주십니다. 그것이 제가 눈으로 목격하고 삶에서 체험한 것입니다. 사람들은 마음의 혼란을 느끼고 고통을 받습니다. 죄를 지으면서 정당화하지만, 마음의 고통을 받습니다. 악의 특징이 무엇입니까?

"걱정하지 마라. 아무에게도 말하지 않을 테니 걱정하지 마라." 그리고 어떻게 합니까? "그것에 대해 사람들에게 말할까?" 거기서 벗어나지 못하도록 만듭니다. 예수님께서 우리를 자유롭게 해 주십니다. 우리 과거의 아픈 삶의 노예가 되도록 버려두지 않으십니다.

다만 우리의 죄를 인정하고 고백하는 것이 필요합니다. "아버지, 저는 과거 죄의 노예였음을 고백합니다." 성경은 우리에게 분명하게 들려줍니다. "아들이 너희를 자유롭게 해 줄 것이다." 예수님께서 우리에게 말씀하십니다. "나와 함께라면 너희는 모든 것을 할 수 있다."

우리는 이것을 확실히 믿고 앞으로 나아갑시다.

# 악마와의 계약

　스페인의 명심보감이라고 불리는 '선과 악을 다루는 35가지 이야기'에 나오는 내용이지요. 이 이야기는 악마가 우리에게 어떻게 접근해 와서 서서히 우리 영혼을 병들게 하고 결국 우리 영혼을 죽음으로 이끄는지에 대해 기가 막히게 묘사하고 있습니다.

　'선과 악을 다루는 35가지 이야기'는 루까노르라는 백작이 현자인 빠뜨로니오에게 어떤 일에 대해 자문을 하는 형식으로 이야기가 전개됩니다. 어느 날 루까노르 백작이 빠뜨로니오에게 물었습니다.

　"빠뜨로니오, 점술과 예언으로 모든 것을 다 할 수 있는 사람이 있다는데, 그를 잘 이용하면 미래도 알 수 있고 재산도 늘릴 수 있지 않겠소? 하지만 원숭이도 나무에서 떨어질 때가 있다고 하니, 그 사람이라고 실수하지 말라는 법은 없지 않겠소. 당신은 현명하니 내가 어떻게 했으면 좋을지, 조언을 좀 해 주시오."

　"백작님, 어떤 가난뱅이에게 있었던 일화를 들려드리지요."

옛날에 한 가난뱅이가 살고 있었는데, 너무 가난해서 입에 풀칠도 할 수 없을 정도였답니다. 하지만 그도 예전에는 떵떵거리는 부자로 살았었지요. 백작님도 아시다시피, 이 세상에서 부자로 살다가 가난뱅이가 되는 것보다 더 비참한 일이 어디 있겠습니까? 과거에 부자였다는 사실이 그를 더욱 힘들게 했지요.

어느 날 그는 정신이 반쯤 나간 상태로 신세타령을 하면서 산길을 걷고 있었답니다. 그런데 어디서 왔는지 알 수는 없지만, 악마 하나가 앞에 나타나지 않았겠습니까? 악마는 그 가난뱅이가 괴로워하는 이유를 다 알고 있었습니다. 그러나 악마는 모르는 척 가난뱅이에게 왜 괴로워하냐고 물어보았지요.

그러자 가난뱅이는 아무런 도움도 줄 수 없으면서 왜 묻느냐고 대뜸 화를 내었습니다. 이 말을 듣고 난 악마는 자기가 시키는 대로만 한다면, 고통에서 벗어나게 해 주겠다고 했지요. 그리고는 자신의 능력을 믿게끔 하기 위해 가난뱅이가 지금 겪고 있는 고통이 무엇인지를 알아맞혔답니다.

가난하다는 것이 바로 그의 고통이었습니다. 물론 사람이 아닌 악마였기 때문에 그 일을 별 어려움 없이 할 수 있었지요. 가난뱅이는 상대가 악마라는 사실이 조금은 마음에 걸렸지만, 자기 처지를 생각해 보고는 부자로만 만들어 준다면, 시키는 대로 다 하겠다고 말했답니다.

원래 악마라는 놈은 속이기에 가장 적합한 때를 기다렸다가 자신의 희생물에게 접근하는 법이지요. 기가 막히는 말이지요. 그렇습니다. 속임수의 명수 악마는 늘 양의 탈을 쓰고 우리에게 접근하지만, 결국 이리의 발톱을 드러내기 마련입니다. 다시 말해 악마는 희생물로 삼은 사람이 가장 궁핍하거나 공포에 떨고 있을 때 다가가 그를 이용하지요.

마찬가지로 이 가난뱅이에게 악마가 찾아간 것도 그가 가장 힘들었을 때였습니다. 이렇게 해서 그들 사이에는 계약이 이루어졌고, 그 후 가난뱅이는 악마의 종으로 전락했습니다. 악마는 계약이 맺어지기가 무섭게 가난뱅이에게 도둑질을 시켰지요. 그러면서 말하기를 아무리 굳게 닫혀 있는 문이라도 열리지 않는 문은 하나도 없을 것이라고 했습니다.

그리고는 만에 하나라도 일이 잘못되거든 자기를 부르라고 했습니다. '도와주세요, 마르띤.' 하고 말입니다. 그러면 즉시 나타나 위험에서 구해주겠다고 했지요. 모든 것이 악마가 원하는 대로 진행되었습니다. 그러던 어느 날 밤, 가난뱅이는 칠흑 같은 어둠을 틈타 어떤 부유한 상인의 집을 털기로 했답니다.

원래 나쁜 짓을 하는 사람들은 빛을 싫어하는 법이지요. 상인의 집에 도착하자 출입문과 보물이 담긴 궤짝의 문이 악마에 의해 열렸습니다. 그래서 짧은 시간에 많은 돈을 훔칠 수 있었지요. 악마가 약속을 지킨다는 것을 알게 된 그는 더욱 의기양양해져서 이제는 미친 듯이 도둑질을 해댔습니다.

하지만 또 경찰에게 붙잡히고 말았답니다. 그는 또 악마에게 구원을 요청했지요. 하지만 악마는 예전처럼 그렇게 빨리 나타나지는 않았습니다. 악마는 경찰이 조사를 얼마간 진행하고 있을 때야 나타났던 것입니다. 악마가 나타나자 그는 다음과 같이 말했습니다.

"오, 마르띤. 내가 얼마나 공포에 떨었는지 아십니까? 이번에는 왜 그리 오래 걸렸지요?"

이 말을 들은 악마는 그간 너무 바빴다는 말만 하고는 위험에서 그를 구해 주었습니다. 악마가 보호해 주고 있다는 사실에 신이 난 그는 그 후로도 도둑질을 멈추지 않았고 그러다 다시 경찰에 붙잡혔습니다. 그렇지만 이번에는 그의 요청에도 불구하고 악마는 그가 감옥에 갇히고 나서야 비로소 모습을 드러냈습니다.

그는 다시 악마의 도움으로 왕에게 상소를 올려 풀려날 수 있었지요. 하지만 그 후로도 그의 도둑질은 끊이지 않았고, 결국에는 붙잡혀 교수형을 선고받았답니다. 악마는 그가 교수대에 올려졌을 때에야 그의 모습을 드러내었지요. 악마가 나타나자 그는 다음과 같이 말했습니다.

"마르띤, 왜 이리 늦었어요. 난 정말 무서워 죽는 줄 알았다고요."

그 말을 듣자 악마는 도둑에게 보따리 하나를 주면서 그 속에는 오백 마라베니의 돈이 들어있으니, 재판관에게 몰래 건네주면 곧바로 풀려날 수 있을 것이라고 했지요. 그는 악마가 시키는 대로 하기로 했습니다. 드디어 재판관이 형을 집행하라고 지시했지요.

하지만 이게 웬일입니까? 갑자기 목을 옭아맬 줄이 보이지 않는 것이었습니다. 사람들은 줄은 찾기 시작하였고, 도둑은 그 틈을 이용해 재판관에게 보따리를 건네주었습니다. 그러자 재판관은 보따리를 슬쩍 건네받고서는 주위를 둘러보며 다음과 같이 말했습니다.

"여러분, 당신들 중에서 교수형을 집행하는 데 줄이 없어지는 것을 지금껏 한 번이라도 본 사람이 있습니까? 이것은 틀림없이 신의 뜻일 겁니다. 신이 저 사람의 죽음을 원치 않아 우리가 줄을 찾지 못하게 하는 것입니다. 이 사람은 틀림없이 무죄일 것이니 집행을 내일로 연기하고 그동안 사건을 좀 더 엄밀히 조사해 봅시다. 그리고 나서 형을 집행해도 늦지는 않을 겁니다."

재판관은 그를 감옥에서 빼내기 위해 그렇게 말했던 것입니다. 왜냐하면, 보따리 속에 오백 마라베니의 돈이 들어있다고 생각했기 때문이죠. 하지만 보따리를 여는 순간 그는 깜짝 놀라고 말았습니다. 그 속에는 돈이 아닌 교수용 줄이 놓여 있지 않겠습니까? 화가 난 재판관은 즉시 사형을 집행하라고 명령했답니다.

교수대에 올라 목에 줄을 걸고 있을 때, 악마가 다시 나타났습니다. 가난뱅이는 또 악마에게 도움을 요청했지요. 하지만 악마는 이전에는 같이 일할 친구들이 없었지만, 지금은 아주 많다는 말만 하고는 어디론가 사라져버렸습니다. 그렇게 해서 그 가난뱅이는 악마 때문에 몸과 영혼을 모두 잃어버리게 되었던 것입니다.

"백작님. 악마가 하는 일은 모두 나쁜 결말을 초래한다는 사실을 명심하셔야 할 겁니다. 그리고 예언자니 점쟁이니 요술쟁이니 하는 자들을 경계하지 않으면 나쁜 결말을 맞이하게 된다는 사실도 잊어서는 안 됩니다. 그리고 백작님, 재산을 늘리고 싶으시거든 점술이나 예언 같은 것에 의지해서는 안 됩니다. 그것은 오로지 자기 자신의 땀과 노력을 통해서만 가능한 일이기 때문입니다."

여러분들, 악마의 특징이 무엇인지 아세요? 약자에게 강하고, 강자에게 약하다는 것입니다. 악마를 어떻게 알아볼 수 있는가? 누군가가 우리의 약점을 이용하여 다가오면 그를 조심하여야 합니다. 상대의 약점을 잡고 늘어지는 자는 모두 악마의 하수인입니다.

우리가 약자입니까? 강자입니까? 우리 스스로는 약자일 수밖에 없지만, 우리가 성령께 의탁을 드릴 때, 우리는 강자가 됩니다. 왜냐하면, 그분이 우리에게 힘을 주시니까요. 우리가 약한 모습을 보이면 비겁자, 악마는 그 약한 모습을 보고 우리에게 슬그머니 다가와서 자기가 그 약함을 없애주고 대신 강함을 보장해 주겠다고 속삭입니다.

늘 조건이 있습니다. 자기가 하라는 대로 해야 한다고 합니다. 한 마디로 자기의 하수인이 되라는 것입니다. 그 달콤한 유혹이 바로 악마와의 계약인지도 모르고 덥썩 미끼를 물게 됩니다. 지금은 은총의 시기입니다. 은총의 시기가 악마에게는 안달이 나는 시기이기도 합니다. 은총이 풍성한 만큼 유혹도 많습니다. 모두 조심하시기 바랍니다.

아
르
스
의
성
자

### 사제의 해를 마치며

지난해 제가 제주교구 신부님들에게 3년째 피정 지도를 하게 되었다고 했었는데, 정말 4번째나 하게 되리라고는 생각도 하지 못하다가 다시 올해 맡게 되어, 지난 월요일부터 피정을 지도하고 있습니다. 장소는 대전가톨릭 대학교 안에 있는 정하상 교육회관인데, 아주 좋은 곳이네요.

지난해 교황 베네딕토 16세께서 요한 마리아 비안네 성인 선종 150주년을 맞아 2009년 6월 19일 예수성심대축일부터 2010년 예수성심대축일까지를 특별히 '사제의 해'로 선포하셨고, 제주교구 신부님들께서 피정 중에 예수성심대축일을 맞게 되니까, 피정 중에 사제의 해가 시작된다는 것을 나누며 기도 부탁드렸던 것을 기억하시지요?

지난해 피정 주제를 '모세의 사도직'으로 했고, 그 이유는 모세야말로 성서 안에서 '하느님의 종'으로서 충실하게 사도직을 수행한 첫 번째 인물이기 때문에, 모세의 삶의 여정을 보면서 사제들의 삶, 사제로서의 사도직을 수행하는 모범을 볼 수 있다고 생각되기 때문이라고 했습니다.

올해는 성 이냐시오의 '영신 수련'에 의한 피정으로 준비했습니다. '영신 수련'의 흐름을 따라 피정을 동반하기에는 짧은 시간이지만, 되도록 성 이냐시오의 정신에 충실하여 피정에 동반하려고 했습니다. '영신 수련'의 흐름은 한 마디로 사랑이 흐르는 강물입니다. 면면히 흐르는 하느님의 사랑을 느끼며 그 사랑에 응답해 나가는 과정입니다.

내일 '사제의 해'를 마치는 모든 사제, 특히 제주교구 신부님들을 위해 기도해 주시기를 다시 청합니다. 보잘것없는 저를 위해서도 기도해 주십시오. 다시 요한 비안네 신부님에 대해 간략하게 나눕니다. 요한 마리아 비안네 신부님은 본당 사제들의 주보 성인이시지요.

그는 1786년 5월 8일 프랑스 리용 인근의 '다르딜리'라는 작은 시골 마을에서 태어났습니다. 부모님들은 농부이었고요. 요한 비안네는 어릴 적부터 특별히 성모님께 대한 신심이 강했지요. 아직 어린아이, 불과 일곱 살 때 직접 성모상을 만들었다고 전해지니, 놀랍지요.

그는 정규 교육을 제대로 받지 못하였습니다. 17세에 되어 사제가 되고자 마음먹었지만, 당시 사제가 되는데 필수 언어였던 라틴어도 전혀 몰랐고, 백지에서 공부를 따라가기에 부족함이 많았습니다. 바리에르의 소신 학교에 입학하여 철학을 공부하고 리용의 신학교에서 신학을 공부하였으나 결국 라틴어 때문에 퇴학당하고 말았습니다.

그러나 발레 신부님의 지속적인 개인교수와 특별시험 주선으로 1815년 8월 15일 사제서품을 받게 됩니다. 발레 신부라는 성인 같은 신부님과 훌륭한 주교님을 만난 덕분이기도 하지요. 당시 서품을 주신 주교님께서는 비안네에 대하여 공부는 못하지만, 신심은 깊다는 발레 신부의 증언을 듣고 나서 다음과 같은 말로 사제직을 수락했다고 합니다.

"나는 그를 사제로 부르겠습니다. 하느님의 은총이 그의 부족함을 채워주실 것입니다."

3년 동안 발레의 보좌신부로 있은 뒤, 1818년에 주민 230명의 아르스의 본당 신부로 부임한 요한 비안네 신부. 당시 아르스는 가난한 농촌 마을이었습니다. 요한 비안네 신부를 아르스로 보내면서 주교님이 이렇게 말했다고 합니다.

"그 본당에는 하느님께 대한 사랑이 거의 없습니다. 바로 신부님께서 그곳에 하느님의 사랑을 심어주십시오."

그는 오직 그리스도에 대한 사랑만을 지니고 그곳에 갔고, 거기서 그리스도의 사랑을 베풀었고, 그곳을 사랑이 넘치는 성자의 마을로 만들었습니다. 작년에 제가 아르스의 성 요한 마리아 비안네의 사랑의 기도를 올렸는데, 다시 이 기도문을 나눕니다. 조금 후에 있을 오늘 저녁 강의에 시작 기도로 사용하려고 합니다.

저의 하느님, 하느님을 사랑하나이다.
이 목숨이 다하는 날까지
오로지 하느님만 사랑하기를 바라나이다.
한없이 좋으신 하느님, 하느님을 사랑하나이다.
한순간이라도 하느님을 사랑하지 않고 사느니보다
하느님을 사랑하다 죽기를 더 바라나이다.
저의 하느님, 하느님을 사랑하나이다.
하느님을 온전히 사랑하는 기쁨을 누리고자
오직 천국만을 그리나이다.

저의 하느님, 하느님을 사랑하나이다.

하느님을 사랑하는 따스한 위로가 없기에

저는 지옥이 두렵나이다.

저의 하느님, 순간순간마다

제 혀가 하느님을 사랑한다고 말할 수 없어도

심장이 고동칠 때마다

제 마음이 주님을 사랑한다 말하기를 바라나이다.


하느님을 사랑하며 고통받고

고통받으시는 하느님을 사랑하며

어느 날 하느님을 사랑하다 죽는 은총을

하느님을 사랑한다고 느끼며 죽는 은총을 허락해 주소서.

제 인생 막바지에 다가갈수록

하느님을 향한 제 사랑을 더하고 채워 주소서.

야훼와의 동행

오늘 저와 면담하신 어느 분이 나누신 말씀이 제 마음에 깊이 닿았습니다. "나뭇잎 하나에도 우주가 들어있는 것이 아닐까요?" 그분은 떨어지는 나뭇잎을 바라보며 문득 그런 생각이 들었다고 하셨지요. 저는 이것이야말로 기가 막힌 깨달음이라고 생각했지요.

오늘 욥기에는, 특히 욥기 38-42에는 하느님, 인간, 세상의 모든 것이 다 들어있는 우주의 축소판이라는 생각이 듭니다.

욥기 38, 1: "야훼께서 욥에게 폭풍 속에서 대답하셨다."

처음부터 끝까지 욥은 자신의 무고함과 성실함을 주장하였습니다, 그는 울고 절규하고 분노하였습니다. 절망하고 영혼의 고뇌에 빠졌습니다. 몸과 마음과 영혼이 모두 지칠 대로 지쳤습니다. 왜 하느님은 아무 말씀도 하지 않으시는가? 이런 상황에서 침묵을 지키시다니 이것은 부당한 것이 아닌가? 라고 묻습니다.

이제 하느님이 '폭풍 속에서' 대답하십니다. 38장은 하느님이 욥에게 응답하신다고 말하고 있습니다. 그것이 핵심입니다. 가장 중요한 사실은

바로 이것입니다: '하느님이 말씀하신다.' 하느님은 스스로를 나타내 보이십니다. 계시이지요. 계시라는 말은 revere: '휘장을 벗기다'라는 말에서 옵니다. 감추어진 것을 드러나 벗겨 환히 보여주신다는 뜻이지요.

폭풍은 하느님이 당신을 드러내는 적절한 배경입니다. 그분은 마음을 끌면서도 두려운 신비로 당신 자신을 드러내십니다. 야훼 하느님은 언약의 하느님, 말씀하시는 분이십니다. 이제 아브라함과 언약을 맺으신 자비로우신 약속의 하느님은 이제 욥에게 말씀하십니다. 그 돌보심과 변함없는 사랑, 그리고 약속의 하느님이 욥에게 말씀하시는 것입니다.

욥이 가장 두려워한 것은 하느님이 자기를 버리셨는가?라는 물음이었지요. 욥기 23, 8: "앞으로 가 보아도 계시지 않고 뒤를 돌아보아도 보이지 않는구나." 그는 침묵과 고독 속에서 하느님이 자기를 실망하게 하고, 내버렸다고 생각하였습니다. 욥은 하느님이 욥의 믿음을 입증하고자 사탄과 내기를 하신 것을, 다시 말해 시험에 두신 것을 몰랐습니다. 욥은 바로 우리 자신입니다. 우리는 믿음의 여정을 걸어가지요. 그런데 믿음의 순례 여정이란 환히 보이는 길을 가는 여정이 아닙니다. 욥이 시련 속에, 어둠 속에 있어야 한다는 사실은 중요합니다. 그는 어둠 속에서도 신뢰를 잃지 않으려고 애쓰는 우리 모두를 상징하고 있으니까요.

어둠과 하느님이 계시지 않는 것처럼 느껴지는 그런 때, 우리의 신앙을 시험받는 우리 모두에게 욥기 38장이 주는 확신은 하느님이 말씀하신다는 사실입니다. 사실상, 하느님은 항상 욥과 함께하셨습니다. 임마누엘, 처음부터 끝까지 함께 하시는 하느님이십니다. 이것이 가장 중요한 메시지입니다. 여기서 가장 중요한 사실을 우리가 간과해서는 안 됩니다.

하느님이 당신 자신을 알리신다는 사실입니다. 인격적으로 만나 주시고 말씀을 건네십니다. 여러분들, 하느님이 욥에게 건네시는 말씀을 들으며 어떤 느낌이 드십니까? "새벽 별들이 떨쳐 나와 노래를 부르고, 네가 말에게 날랜 힘을 주었느냐? 매가 너의 충고를 받아 날개를 펴고 날아가느냐? 등등. 하느님이 왜 하늘과 별과 짐승들에 대해 말씀하시는가? 라는 물음이 떠오릅니까? 대화가 이루어지는 것은 상대가 나를 인격적으로 대하고 있다고 느낄 때이지요. 하느님이 직접 인격적으로 욥에게 말씀을 건네십니다. "대장부처럼 허리를 묶고 나서라. 나 이제 물을 터이니 알거든 대답하여라." 이 말씀들은 욥의 무례함과 어리석음을 보여주심으로서 욥을 부끄럽게 하려고 하시는 말씀이 아닙니다.

그 어조에는 부드러운 역설이 담겨 있고, 마치 초등학교 선생님이 아이에게 이해를 돕기 위해 묻는 물음과 같습니다. 성 이냐시오도 하느님이 마치 선생님이 하나씩 가르쳐 주시듯이 가르쳐 주셨다고 했지요. 폭풍우가 잠잠해지면서 하느님은 욥에게 당신과 동행하도록 초대하십니다.

"너는…. 을 보았느냐? 너는 …. 을 깨닫느냐?" 마치 예수님께서 제자들에게 "들에 핀 꽃을 보아라."고 하셨듯이 하느님은 욥에게 당신이 창조하신 세계의 아름다움과 질서와 경이로움을 보라고 초대하십니다. 한 마디로 하느님은 "놀라워 하라."라고 말씀하십니다.

새벽 별이 함께 노래하고 천사들이 나와서 합창을 부른다. 바다를 보라. 빗장을 놓은 것은 나였다. 빛의 전당, 비, 우박, 이것들을 보느냐? 나와 함께 돌아다니며 내가 지은 이 아름다운 세상을 즐기고, 그 모든 경이에 놀라라. 짐승들을 생각해 보아라! 어리석은 새, 타조를 보아라.

여기 하느님의 놀라운 해학이 드러납니다. 하느님은 유머가 풍부하신 분이십니다! 타조는 강함과 어리석음이 뒤섞인 역설을 보여주는 욥의 모

습이기도 합니다. 매와 독수리, 갈기를 휘날리며 달리는 말을 보아라. 욥
아, 나를 따라다니면서 이것들을 보아라. 보고 경탄하여라. 그것들을 즐
기어라. 모든 피조물이 있는 그대로의 자기 자리에서 나, 야훼 하느님을
찬양하는 소리를 들어라. 하느님께서는 새삼스럽게 세상의 모든 놀라운
질서와 오묘한 신비를 보여주시면서 욥에게 주의를 돌려 자신이 겪는 불
행에 머물지 말고, 모든 것을 지으시고 생명을 주시는 하느님과의 관계
안에서 자신을 보도록 이끌어 주십니다. 궁극적으로 물음을 던지십니다.
너, 욥이 도대체 누구냐?

창세기에서 하느님이 모든 것을 창조하시고, 보시니 좋았다고 했는데
이제 다시 그것을 상기시켜 주십니다. 하느님과 인간이 다루시는 방법이
얼마나 다른지요! 세 친구는 다 설교를 하려고 했습니다. 그들의 말이 욥
에게 위로가 되었습니까? 고뇌에 지친 사람에게 좋은 설교를 하거나, 잘
못된 행동을 꾸짖음으로써 도와줄 수 있는 것이 아니지요. 하느님은 함
께 걸으면서 세상을 바라보도록 이끌어 주십니다. 우리가 절망에 빠진
사람들에게 어떻게 해야 하는지 생각하게 합니다. 욥이 하느님께 대답합
니다. "아, 제 입이 너무 가벼웠습니다. 손으로 입을 막을 도리밖에…" 욥
은 하느님께 항거하던 일이 잘못이었음을 깨닫고 인정합니다.

프랑스의 유명한 철학자, 파스칼은 예수 그리스도의 인격 안에 '감추
어지신' 하느님을 체험하였습니다. 그것은 그의 미래의 모든 삶을 새롭게
이끌어 간 빛의 순간이었다고 회고합니다. 그의 체험을 담은 양피지 한
조각이 사후에 그가 입었던 옷에서 발견되었습니다. 이렇게 시작됩니다.

**"철학자들과 학자들의 하느님이 아니라 '아브라함의 하느님, 이사악의 하느**

님, 야곱의 하느님' 확신. 확신. 마음 깊은 곳으로부터 우러나오는 기쁨과 평화. 예수 그리스도의 하느님, 예수 그리스도의 하느님, 나의 하느님이자 당신의 하느님."

이렇게 파스칼은 철학적인 논증의 결론으로 얻은 하느님이 아니라 욥처럼 인격적인 만남을 통해서 자신을 알리시는 살아 계신 하느님을 체험하였습니다. 이성이 필요 없다는 말이 아닙니다. 욥기는 단지, 이성만으로는 하느님의 방식을 이해할 수 없다는 사실을 일깨워줍니다.

때로 자신의 부재를 통해 당신 자신을 알리시는 감추어진 하느님이시기도 합니다. 욥은 바로 우리 자신입니다. 욥기는 우리가 살아 계신 하느님, 우리의 모든 논리적인 결함, 온갖 의문과 불합리한 삶, 그리고 갈등하는 신앙을 가지고 그분이 이끄시는 빛 가운데 살도록 우리를 초대합니다. 욥기 42:1-6: "알았습니다. 당신께서는 못 하실 일이 없습니다." 욥이 겸손한 마음으로 공손하게 대답하고 있습니다. 하느님의 부드러운 음성이 그에게 진정한 가르침을 주었습니다. 욥은 이제 앞에서 자기가 한 말을 부끄러워하고 있습니다. 그 안에서 진정한 회심이 이루어지고 있습니다. 죄를 지었기 때문이 아닙니다.

친구 소바르가 회개해야 한다고 충고했는데, 그런 회개가 아닙니다. 없는 죄를 만들어서 회개하는 것이 아닙니다. 욥은 친구의 충고가 아니라 하느님을 만남으로써 겸손해졌습니다. 자비로우신 하느님과의 만남, 인격적인 만남을 통해 겸손히 머리를 숙이고 있습니다.

엘리바즈와 다른 두 친구, 빌닷과 소바르는 야훼 하느님의 책망을 받았습니다. 그들은 제대로 도와주지 못했어요. 왜 그렇습니까? 엘리바즈는 철학자, 빌닷은 신학자. 소바르는 회개를 촉구하는 종교인을 대표하지요. 하느님은 엘리바즈처럼 철학자의 하느님도, 빌닷처럼 학자들의 하느님도, 소바르처럼 종교인의 하느님도 아니라 살아 계신 인격적인 만남의 하느님, 자비의 하느님, 위로의 하느님이시기 때문입니다.

이제 간단히 욥기를 마무리하겠습니다.

첫째, 나뭇잎 하나에도 우주가 담겨 있습니다. 우리는 세상을 다 알지 못합니다. 욥은 아무것도 모르는 채, 하느님의 계획안에 들어갔습니다. 우리 삶 안에는 하느님의 신비 가운데 맡겨야 하는 수수께끼와 불확실하고 애매한 일이 있습니다. 우리는 신비를 그저 신비로 받아들여야 하며, 그냥 놀라면 됩니다. 욥은 바로 우리 자신입니다. 욥은 우리와 같은 한 사람의 신앙인입니다. 우리도 욥처럼 어둠 속에 있을 때에도 하느님이 우리의 믿음을 깊여 주시도록 기도할 뿐입니다.

둘째, 우리는 하느님의 사람, 욥이 고통을 당한다는 사실을 보았습니다. 우리도 그렇습니다. 착하고 열심히 사는 사람들이 고통을 당합니다. 그 고통을 보고 우리는 그 사람의 행과 불행을 판단하지 말아야 합니다. 욥의 세 친구의 잘못이 무엇입니까? 바로 그것입니다. 그들은 자기들의 이론에 욥의 불행을 짜 맞추어 놓고 설교하려고 했습니다. 사목자로서 우리는 그런 잘못을 저지르지 말아야 합니다. 그들은 그냥 욥의 이야기를 들어주고 함께 있어야 했습니다. 우리가 사목자로서 늘 조심해야 합니다. 쉽게 가르치려고 하지 않아야 합니다.

셋째, 죄에 대해 바른 이해가 있어야 한다는 것입니다. 함부로 죄인으로 판단하지 말아야 합니다. 죄는 신비입니다. 우리는 잘못된 교육으로 인해 인과응보의 법칙에 매여 있을 수 있습니다. 그 틀 안에서 모든 것을 보고 판단하는 오류를 범할 수 있습니다. 우리는 하느님이 욥에게 인격적인 만남을 통해 어떻게 자비를 보이시는지를 잘 보아야 합니다.

마지막으로 가장 중요한 것은 그분과 친교를 나누며 그분과 동행하는 것입니다. 우리도 그분이 같이 걸으시며 보여주시는 세상의 아름다움에 경도될 수 있어야 한다는 사실입니다. 하느님이 지으신 아름다운 세상에서 소풍을 즐길 수 있을 때만이 우리가 고통이 있을지라도 진정한 행복을 누릴 수 있습니다.

임마누엘, 그것이 바로 욥기가 주는 메시지의 핵심입니다. 제가 오늘 어느 분과의 면담에서 황동규 시인의 수련이라는 시의 한 행을 인용해 드렸습니다. 옛날의 놀라워하던 감각을 잃어간다고 하셔서 들려드리고 싶었지요. "이적 앞의 놀람, 살아있음의 속뜻이 아니겠는가?"

오늘 인디언들이 읊은 시를 들려 드립니다.


우리는 영원히 행복하리.

아무도 우리의 행복을 빼앗지 못할 것이니

우리는 우리 앞에 놓여 있는 아름다움과 함께 이 땅을 걸으리라.

우리는 우리 뒤에 있는 아름다움과 함께 걸으리라.

우리는 우리 주위에 펼쳐있는 아름다움과 함께 걸으리라.

우리는 우리 위에 있는 아름다움과 함께 걸으리라.

우리는 우리 아래에 보이는 아름다움과 함께 걸으리라.


그렇습니다. 우리는 하느님과 동행하면서 이 아름다운 세상을 온 마음으로, 온몸으로 누리어야 하겠습니다.

믿음을 청하는 기도

예수님께서 사도들에게 준 특별한 은총이 세 가지입니다. 첫째, 복음을 전하는 일, 둘째, 병자를 치유하는 일, 셋째, 마귀를 쫓아내는 일입니다. 이것이 사도들의 뒤를 잇는 사제들에게 주신 힘입니다. 우리가 사제들을 위해 특별히 기도해야 합니다.

예수님께서 사제들에게 많은 것을 맡기셨습니다. 더 많은 것을 받은 사람은 더 많이 돌려주어야 합니다. 여러분들, 사제들을 위해 기도하십니까? 사제들을 위한 기도문이 있지요. 그 기도문으로 기도하는 데, 시간이 걸립니까? 짧은 시간의 기도라도 사제들을 도울 수 있습니다.

짧은 시간의 기도라도 수도자들을 도울 수 있습니다. 서로 믿음을 위해 기도해 주어야 합니다. 믿음은 선택이 아닙니다. 그리스도인으로서 사는데 필수불가결한 요소입니다. 믿음은 기도를 통해 성장합니다. 사람들이 제게 와서 가족을 위해 기도해 달라고 청합니다.

예를 들어, 남편을 위해 기도해 달라고 청합니다. 남편이 술을 끊을 수 있게, 담배를 끊을 수 있게, 화를 내지 않게, 게으름을 고칠 수 있게, 싸움을 하지 않게, 무책임하니까 책임을 질 수 있는 사람으로 변모하게 해 달라고 청합니다.

많은 사람이 우울증을 앓고 있다고, 기도해 달라고 청합니다. 이 기도 지향들을 열거하면, 성인 호칭기도처럼 많습니다. 우리는 이것 하나하나를 위해 기도 지향을 지니고 기도해야 합니다. 우리가 예수님을 더 사랑할수록, 예수님을 더 잘 이해하게 됩니다. 제가 피정 지도하는 첫해에는 청하는 기도를 다 해 주었습니다.

이제는 저도 이제 질문을 던집니다. "남편이 믿음이 있습니까?" 그러면 대개 "아니오."라고 답합니다. 그러면 저는 남편의 믿음을 청하는 기도를 드리라고 합니다. 믿음이 있으면 다른 모든 것이 한꺼번에 옵니다. 여러분들, 그 차이를 잘 보십시오. 우선 우리가 청해야 할 것이 믿음입니다.

성 아우구스티누스가 말했습니다. "님 위해 우리를 내시었기에 님 안에 쉬기까지는 우리 마음은 참참하지(평온하게 가라앉지) 않삽나이다." 그렇습니다. 우리는 주님 안에서 쉬기까지는 쉴 수가 없습니다. 사마리아 여인도 마찬가지입니다. 그녀는 자기의 문제가 무엇인지를 몰랐습니다.

예수님을 만난 후에야 알게 되었습니다. 우리에게는 기도가 필요합니다.

# 양심

### 당신의 법

우리는 신명기에서 모세가 세상을 떠나기 전에 이스라엘 백성들을 모아 놓고, 그들에게 들려주는 말씀을 듣습니다. 우리는 모세에게서 하느님의 법을 지키는 것이 어려운 일이 아니라는 가르침을 듣습니다. 성서는 모세를 통해 하느님의 법은 하늘에 있는 것도, 바다 건너에 있는 것도 아니라 바로 아주 가까이 우리의 입과 우리의 마음에 있다고 가르쳐 줍니다.

따라서 하느님의 법을 지키는 일은 하려고만 하면 언제든지 할 수 있는데 우리 자신을 속이면서 하지 않을 때 우리는 스스로 죽음의 길을 걷는 것입니다. 성서는 내가 여기 생명과 죽음의 길을 내어놓는다고 하면서 야훼 하느님을 사랑하는 것이 생명의 길이요 야훼께서 새겨 놓으신 마음의 법을 저버리는 것이 죽음의 길이라고 말하며 생명을 택하도록 충언합니다.

그렇습니다. 하느님께서는 우리 마음 안에 당신의 법을 새겨 놓으셨습

니다. 그것이 무엇입니까? 그렇지요. 바로 양심입니다. 제2차 바티칸 공의
회 문헌은 이렇게 쓰고 있습니다.

> 인간은 마음 깊은 곳, 바로 양심 안에서 인간 스스로 제정하지 않았지만 지켜
> 야만 하는 법이 있음을 발견한다. 그 목소리는 끊임없이 그에게 사랑하도록
> 부르며 선을 행하고 악을 피하도록 요청하며 바로 그 순간에 이것은 행하고
> 저것은 하지 말라고 내면으로부터 말해 준다.
> 이것이 바로 인간의 마음 안에 하느님께서 새겨주신 법이다. 인간의 존엄성은
> 바로 이 법을 지키는 데 달려있으며 바로 그것에 의해 심판받을 것이다. 양심
> 은 바로 인간의 가장 내밀한 지성소이다. 내면 깊은 곳 하느님의 목소리가 반
> 향되는 거기에서 인간은 하느님과 오로지 홀로 대면하게 된다.

양심은 바로 하느님이 우리 내면 깊은 곳에서 우리에게 들려주시는
목소리입니다. 그런데 가끔 우리는 우리 자신이 정말 양심이 없는 것처럼
행동하기도 하고 또 그런 사람들을 만나며 화가 나기도 합니다. 양심의
칼날이 너무나 무디어져서, 감각이 없게 된 것이지요. 우리는 늘 양심의
칼날을 성서와 교회의 가르침이라는 숫돌에 갈아야 합니다.

하느님이 우리 앞에 내어놓으신 생명과 죽음, 축복과 저주 중에서 우
리는 어떤 것을 택해야 하겠습니까? 두말할 필요도 없이 생명이요, 축복
입니다. 그런데 그것은 우리가 스스로 택하는 것입니다. 아무도 우리를
대신해서 생명과 축복을 택해 줄 수가 없습니다.

우리의 마음 안에 심어있는 하느님의 법을 따를 때 그것은 생명을 택
하는 것이고 축복을 택하는 것입니다. 그러나 우리 스스로 자신의 양심

을 속이고 눈앞에 보이는 꿀단지를 빨아 먹으려다가는, 결국 점점 더 깊이 꿀단지 속으로 빠져 허우적거리다 죽음을 면치 못하는 파리의 신세처럼 스스로 죽음과 저주를 택하는 것입니다.

양심은 오로지 하느님과의 내밀한 만남인 까닭에 아무도 대신할 수 없는 것입니다. 그렇기에 누구에게 핑계를 댈 수가 없습니다. 여러분들 어떻게 하겠습니까? 생명을 택하시겠습니까? 죽음을 택하시겠습니까? 축복을 택하시겠습니까? 저주를 택하시겠습니까?

생명을 택하는 것은 바로 하느님을 사랑하고 이웃을 내 몸처럼 사랑하는 것입니다. 누가 우리의 이웃이냐는 율법 교사의 질문에 예수께서는 너무나도 유명한 착한 사마리아인의 비유를 들려주십니다. 이 비유를 통해 예수님께서 우리에게 들려주시는 가르침은 분명합니다.

아무도 우리가 사랑해야 할 이웃에서 제외된 사람은 없다는 것, 특별히 우리의 도움이 필요한 사람이 바로 우리의 이웃이라는 것입니다. 그 사람이 때로는 정말 내가 다가가고 싶지 않은 사람일 수도 있습니다. 그 이웃에게 우리는 사랑의 손길을 내밀어야 합니다.

우리는 이런저런 핑계를 대면서 우리의 이웃을 애써 외면하려 하지는 않는지요? 마치 사제와 레위 사람처럼 못 본 척 그냥 지나치지는 않는지요? 참으로 하느님이 손수 우리의 마음에 새겨주신 법인 양심을 따르기보다 외적인 체면이나 어떤 관습을 더 중요시하지는 않는지요?

강도를 당해 반죽음을 당한 사람을 보고 그냥 지나갔던 사제의 경우는 틀림없이 내면 안에서는 그의 양심이 가서 도와주어야 한다고 속삭이고 있었을 것입니다. 그러나 다른 한편, 혹시 이미 죽었는지도 모르는데 만약 죽은 사람이면 죽은 시체가 가장 불결한 것이기 때문에 시체에 접근하면 정결례를 합니다.

사랑은 늘 용기이기도 합니다. 솔직하게 자기의 양심에 비추어서 바른 것을 행하는 용기입니다. 우리 모두 약한 인간입니다. 때로는 자기의 양심이 슬쩍 눈감아 주었으면 하고 바라는 유혹 앞에 흔들리는 갈대입니다. 그러나 용기를 지닙시다. 용기를 주십사고 늘 주님께 기도합시다.

모든 일에서 하느님을 먼저 생각할 때 그 유혹을 이겨 나갈 수가 있습니다. 그리고 정말 중요한 것은 한번 유혹에 넘어갔다고 해서 스스로 절망에 빠지지 않는 것입니다. 다시 일어서면 됩니다. 일어나서 걸어갑시다. "너도 가서 그렇게 행하여라."라는 주님의 말씀을 들으며 우리의 마음을 새롭게 합시다.

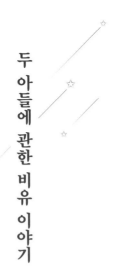

두 아들에 관한 비유 이야기

오늘 우리는 복음에서 두 아들에 관한 비유 이야기를 듣습니다. 두 아들의 비유에 대해 어떻게 생각하십니까? 아버지가 맏아들에게 포도원에 가서 일을 하라고 하자 맏아들은 처음에는 싫다고 하였지만, 나중에 뉘우치고 일하러 갔습니다. 둘째 아들에게 같은 말을 하였는데 둘째 아들은 가겠다고 대답은 하였지만, 가지 않았습니다.

예수님께서는 물으십니다. 이 둘 중에 아버지의 뜻을 받든 아들은 누구이겠느냐?라고. 그들이 물론 맏아들이라고 대답하자, 예수님께서는 말씀하십니다. "내가 진실로 너희에게 말한다. 세리와 창녀들이 너희보다 먼저 하느님의 나라에 들어간다."

이 비유의 뜻을 우리는 어떻게 알아들어야 합니까? 이 비유를 말씀하신 배경을 보면, 의미를 이해할 수 있습니다. 예수님께서 누구에게 말씀하신 비유입니까? 수석 사제들과 백성의 원로들입니다. 예수님께서 성전에 들어가시어, 그곳에서 사고팔고 하는 자들을 모두 쫓아내시고, 환

전상들의 탁자와 비둘기 장수들의 의자를 둘러 엎으셨습니다.

한 마디로, 성전 정화를 하신 것이지요. 그러자 수석 사제들과 원로들이 와서 말합니다. "당신은 무슨 권한으로 이런 일을 하는 것이오? 그리고 누가 당신에게 이런 권한을 주었소?" 예수님께서는 되물으십니다. 요한의 세례가 어디에서 온 것이냐고. 그들은 저희끼리 의논한 후에 모르겠다고 답합니다.

'하늘에서 왔다.'라고 하면 '어찌하여 그를 믿지 않았느냐?'고 할 것이고, 그렇다고 '사람에게서 왔다.'라고 하자니 요한을 예언자로 여기고 있는 군중이 두려워서 모른다고 한 것이지요. 예수님께서는 "나도 무슨 권한으로 이런 일을 하는지 너희에게 말하지 않겠다."라고 하시고 나서 바로 이 비유를 말씀하신 것입니다.

예수님께는 당신에게 도전을 한 수석 사제들과 백성의 원로들이 이 비유에서 둘째 아들이고, 세리와 창녀들이 맏아들이라는 것입니다. 그런데 세리와 창녀들이 수석 사제들과 원로들보다 먼저 하느님의 나라에 들어간다고 말씀하시는 것입니다. 사람들이 죄인이라고 단죄했던 세리와 창녀들이 하느님의 법, 율법을 지키기에 의인이라고 자처하는 수석 사제들, 원로들, 바리사이들보다 먼저 하느님의 나라에 들어간다고 하신 말씀을, 우리는 어떻게 알아들어야 합니까?

예수님의 말씀은 하느님 나라에 들어가는 기준이 그들이 생각하고 있던 기준과는 전혀 다르다는 선언입니다. 예수님의 말씀은 하느님 나라에 들어가는 기차표를 구하는 조건이 수석 사제들, 원로들, 바리사이인들이 생각했던 것처럼, 율법을 지키는데 달린 것이 아니라, 얼마나 자기가 죄인이라는 것을 인정하면서 하느님의 용서를 청하고 하느님의 사랑에 의탁

하는가? 에 달려 있다는 것입니다.

수석 사제들과 원로들, 바라사이들의 근본적인 문제가 무엇입니까? 그들에게는 사랑이 없었던 것입니다. 예수님의 길을 닦는 선구자로서 세례자 요한이 와서 회개하고 세례를 받으라고 했을 때, 그 말은 진정으로 사랑이신 하느님을 받아들여야 한다는 말이었고 그것을 세리와 창녀들은 믿었던 것입니다.

스스로 옳다고 생각하면서 남을 단죄하는 사람들보다 스스로 죄인임을 인정하면서 회개하라는 요한의 외침을 가슴으로 받아들였던, 세리와 창녀들이 하느님 나라에 받아들여진다는 예수님의 말씀을 우리도 마음 깊은 곳에서부터 새겨야 할 것입니다.

예수님의 마음을 우리들의 마음으로 지녀야 할 것입니다. 오늘 제2독서 필립비서 말씀은 그야말로 명심보감, 깊이 마음에 새겨야 할 말씀입니다. "그리스도 예수님께서 지니셨던 바로 마음을 여러분 안에 간직하십시오." 우리는 모두 이 말씀에 깊이 귀를 기울이고 마음에 새겨야 할 것입니다.

예수님께서 지니셨던 마음은 어떤 것입니까? 예수님은 참으로 연민의 마음을 지니셨던 분입니다. 참으로 위로의 마음을 지니셨던 분입니다. 마음 아픈 사람들과 함께 깊은 위로를 나누셨습니다. 때로는 슬픔을 지니셨습니다. 당신의 사랑의 행위를 이해받지 못하고 배척받으실 때, 슬픔을 지니셨습니다. 그러나 그분은 원망하지 않으시고 묵묵히 다만 슬퍼하셨습니다.

당신을 십자가에 못을 박는 사람들까지 용서해 달라고 아버지께 기도하셨습니다. 한마디로 크신 사랑의 마음을 지니셨던 분입니다. 우리도 그리스도 예수께서 지니셨던 마음을 지닐 수 있도록 끊임없이 주님께 청해야 할 것입니다. 우리의 힘으로 될 수 있는 것은 아닙니다. 다만 그분이 우리에게 당신의 마음을 나누어주실 때 우리도 그분이 지니셨던 그 마음을 지닐 수 있을 것입니다.

저도 사도 바오로와 똑같은 마음으로 저 자신과 여러분에게 말씀드립니다. 형제자매 여러분, 여러분은 그리스도를 믿음으로써 힘을 얻습니까? 그리스도의 사랑에서 위안을 받습니까? 성령의 감화로 서로 사귀는 일이 있습니까? 서로 애정을 나누며 동정하고 있습니까? 그렇다면 같은 생각을 가지고 같은 사랑을 나누며 마음으로 하나가 되십시오.

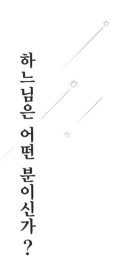

하느님께서는 이집트의 종살이에서 해방하신 당신 야훼 하느님을 저버리고 금송아지를 만들어 우상으로 섬기는 이스라엘 백성들에게 크게 화가 나셨습니다. 진노하셨습니다. 그들의 영도자 모세가 하느님을 만나기 위해 산으로 간 사이 그들은 금송아지를 만들어 우상으로 섬기는 죄를 범했습니다.

하여 하느님께서 모세에게 말씀하십니다. "이제 너는 나를 말리지 마라. 그들에게 내 진노를 터뜨려 그들을 삼켜버리게 하겠다." 그러자 모세가 애원합니다. "주님, 어찌하여 당신의 백성에게 진노를 터뜨리십니까? 너희 후손을 하늘의 별처럼 많게 하고 약속의 땅을 주시겠다고 하신 당신의 종 아브라함과 이사악과 이스라엘을 기억해 주십시오."

모세는 하느님께 백성들의 죄를 용서해 달라고 애원합니다. 이스라엘 백성들에게 노기를 띠셨던 하느님께서 모세의 간청에 노기를 푸시고 재앙을 거두십니다. 우리가 잘 알다시피, 바오로는 그리스도인들을 박해하던 사람이었습니다. 그는 자신을 "나는 전에 그분을 모독하고 박해하고 학대하던 자였습니다."라고 말합니다.

바오로가 자비로우신 하느님께서 어떻게 자기를 자비롭게 대하시고 용서하셨을 뿐만 아니라 믿음과 사랑을 풍성히 베풀어 주셨는지를 들려줍니다. 바오로는 그때는 자기가 믿음이 없어 모르고 한 일이었기 때문에 하느님께서 용서하시고 자비를 베푸셨다고 합니다. 하느님의 사랑을 체험한 바오로는 이제 자신을 있는 그대로 볼 수 있는 눈을 지니게 됩니다.

자기를 첫째가는 죄인이라고 말합니다. 하느님의 사랑을 체험할 때, 인간은 자기를 죄인이라고 고백하게 됩니다. 왜 그럴까요? 하느님이 사랑이라는 것을 깨달을 때, 그 크신 사랑 앞에 인간은 작아지는 겁니다. 왜 나는 당신 앞에만 서면 작아지는가? 라는 노래가 있지요.

김수환 추기경님이 그 노래를 좋아하셨어요. 하느님이 사랑이라는 것을 깨달으면, 그 사랑에 제대로 응답하지 못하는 자신을 죄인이라고 밖에 달리 표현할 수 없는 겁니다. 대 데레사도 자기를 죄인 중에 가장 큰 죄인이라고 표현했습니다. 바오로는 죄인 중에서 가장 큰 죄인인 자기를 하느님께서는 이와 같은 큰 자비를 베풀어 주셨다고 고백합니다.

영원한 왕이시며 오직 한 분뿐이시고 영원하신 하느님께 영예와 찬미를 드리는 것입니다. 복음서 내용 모두가 그렇지만, 특히 이 비유 이야기는 단순히 그냥 읽어내려갈 것이 아니라 천천히 읽고 음미해야 합니다. 마치 고요한 숲속 길을 산책하면서 숲속에서 들려오는 새소리들에 귀를 기울이고 들꽃의 향기에 취하면서 천천히 걷듯이 그렇게 읽어야 합니다.

천천히 한 낱말씩 읽어나가면서 어떤 낱말이나 구절에 마음이 이끌리면 멈추어 서서 숲의 향기를 음미하듯이 멈추고 음미해야 합니다. '사랑이신 아버지'의 비유를 통해 참으로 하느님이 어떤 분이신 지를 우리에게 들려주십니다. 진정한 의미에서의 피정, 즉, 하느님 안에 깊이 머물면서 침묵을 지키면서 기도하는 피정의 체험이 있으신 분들은 아마 모두 이 비유를 묵상하신 경험이 있었을 것입니다.

피정에서 뺄 수 없는 단골 주제입니다. 독일 예수회원으로 한국에 와서 강연회를 했던 빌리 람베르트라는 신부님이 쓰신 '오라 그리고 가라'라는 책이 있습니다. 그 신부님이 그 책에서 이렇게 쓰고 있습니다. 신부님이 이렇게 질문을 한답니다. 이 비유 이야기에서 '집으로 돌아오는 아들을 멀리서 본 아버지는'이라는 문장이 어떻게 이어지고 있는지 아십니까?

독일 성경 번역과 우리말 성경 번역이 다르니까, 조금 다른 뉘앙스를 주지만, 의미는 같겠지요. 여러분들 조금 전에 들었는데 기억하시고 계십니까? 말씀해 보십시오. 우리말로는 "그가 일어나 아버지에게로 갔다. 그가 아직도 멀리 있을 때 아버지는 그를 보고"에 이어지는 말이 무엇입니까? 정확한 답은 "가엾은 마음이 들었다."입니다.

공동번역은 "측은한 생각이 들어"로 옮긴 것으로 기억합니다. 영어로는 "and was deeply moved."보다 정확하게 직역을 한 번역은 "and had compassion."입니다. '측은히 여겼다', '깊은 연민을 느꼈다', '측은지심'은 곧 자비심, 사랑의 마음입니다. 여기서 아버지는 하느님이시고 하느님은 인간을 측은히 여기시는 분, 인간을 사랑하시는 분이라는 것입니다.

여기서 둘째 아들은 바로 우리들의 모습입니다. 사랑이신 아버지 하느님을 등지고 떠났던 삶, 죄의 삶, 타락과 죄의 결과는 소외와 고통이었지요. 소외와 고통을 체험했을 때야, 비로소 인간은 사랑이신 아버지 하느님께로 향하게 됩니다. 그때 아버지께서는 아무런 질책을 하지 않으시고 받아주십니다.

아니, 오히려 멀리서부터 기다리고 계시다가 버선발로 뛰어나가 목을 끌어안고 입을 맞추시는 분이십니다. 다른 한편의 우리 모습은 바로 큰아들입니다. 그는 돌아온 동생은 반기기는 고사하고 아버지가 잔치를 벌였다는 소식을 듣고, 화가 나서 집에 들어오려고 하지 않지요.

아버지가 나가서 달래자, 큰아들인 자기에게는 친구들과 함께 즐기라고 염소 새끼 한 마리도 잡아주지 않았는데, 창녀들과 어울려 아버지의 가산을 들어먹은 저 아들이 돌아오니까 살진 송아지를 잡아준다고 불평하면서 투덜거립니다. 겉으로 볼 때 그는 착실한 아들이지요.

일 년 내내 아버지를 도와 뼈 빠지게 일하고 아버지에게 순종하면서 살았지요. 그러나 그는 그것을 기쁘게 했던 것이 아닙니다. 그냥 의무로서 했던 것이고 내면에는 부정적인 감정이 가득 들어있었던 것입니다. 그는 '나의 동생'이라고 하지 않고 '저 아들'이라고 합니다. 원문을 보면 '여기 있는 당신의 아들'이라고 합니다.

우리말 번역에는 이것이 명확히 드러나 있지 않지만, 원문을 정확히 옮기면 그렇다는 것입니다. 영어로는 'not my brother, but this son of yours'입니다. 동생을 동생으로 받아들이고 싶은 마음이 전혀 없는 것이 여실히 드러납니다. 그는 동생이 아버지의 돈을 창녀들에게 빠져 다 탕진해버렸다고 말합니다. 그것을 어떻게 알았을까요?

소문으로이거나 추측이겠지요. 아직 만나서 사실을 들어보지도 않고 그냥 소문이나 추측으로 단정해서 말합니다. 우리도 어떤 것에 대해 즐겨 그렇게 하지 않는지 반성하게 됩니다. 사실 더욱 서글픈 것은 그가 내내 아버지께서 자기에게 아무것도 베풀지 않았다고 느끼면서 살았다는 것입니다.

'너의 아우'라고 정정해 주시며 너의 아우는 죽었다가 다시 살아온 셈이니 잃었던 사람을 되찾은 것이다. 그러니 어찌 기쁘지 않느냐? 라고 하시며 함께 기쁨을 나누고 즐기자고 말씀하십니다. 하느님은 그런 분이십니다. 참으로 기뻐하시는 분, 그리고 우리도 당신의 그 기쁨을 함께 나누시기를 원하시는 분이십니다.

오늘 복음의 주제를 회심이라고 하신 분들을 위해, 이 복음을 회심이라는 측면에서, 회심이 어떻게 이루어지는지에 대해 특강에서 나눈 이야기를 다시 조금 나눕니다. 이 둘째 아들은 탕진을 하고, 돼지를 치며 돼지와 함께 뒹굴어야 했습니다. 그래서 우리는 그를 탕자라고 부르지요.

그런데 성경은 그가 "제정신을 차렸다."라고 표현합니다. 이것이 바로 회개했다는 의미입니다. 자기 자신을 보게 된 것입니다. 아, 나는 이 모양이 되었구나! 나는 이제 돌아가리라. 아버지 집으로 돌아가리라. 그는 유턴을 합니다. 그가 어떻게 돌아옵니까?

제정신을 차린 그는 말합니다. "저는 아버지의 아들이라고 불릴 자격이 없습니다. 저를 아버지의 품팔이꾼 가운데 하나로 삼아 주십시오." 그는 자기의 처지를 알고 겸손해져서 돌아옵니다. 그는 회심하고, 집으로 돌아온 것입니다. 그가 돌아오기까지는 그에게 평화가 없었습니다.

이제 돌아오기로 마음먹으면서 다시 그에게 평화가 찾아옵니다. 아버지의 집에 돌아올 때 다시 그에게 새 생명이 주어지게 되었습니다. 성 아우구스티누스는 말했습니다. "님 위해 우리를 내시었기 님 안에 쉬기까지는 우리 마음은 찹찹하여 마지 않삽나이다."

저는 여기에 한 문장을 더 보태고 싶습니다. "내 마음 안에서 쉴 곳을 발견할 때까지는 하느님, 당신도 쉴 수가 없었나이다." 아버지도 아들을 다시 만나기까지는 쉴 수가 없습니다. 이것이 성경에서 명확하게 드러납니다. 아들이 힘들게 아버지의 집으로 돌아옵니다.

아버지가 어디에 계십니까? 문밖에 서서 아들을 기다리고 계십니다. 아버지도 아들이 돌아오기까지 쉴 수가 없었습니다. 우리가 하느님을 만나는 순간 새 생명을 얻게 됩니다. 하느님을 만날 때까지 우리는 생명을 지닌 것이 아닙니다. 바로 그 순간, 아버지와 아들이 만나는 순간이 새 생명이 태어나는 순간입니다.

우리가 하느님을 향해 나가고 그분을 만나려고 할 때, 그분, 하느님 아버지께서는 이미 한 발을 우리를 향해 내딛고 계십니다. 아버지가 아들을 향해 달려갔습니다. 그리고 껴안았습니다. 다시 사랑받는 아들이 된 것입니다. 이것이 회심할 때 얻게 되는 아름다운 은총입니다.

우리가 회심하면, 우리는 하느님의 아들, 딸이 됩니다. 그런데 우리는 회심을 하고 열매를 맺어야 합니다. 어떤 사람은 몇 년 전에 자기가 회심을 했다고 합니다. 그리고 더 이상 그것에 대해 생각을 하지 않습니다. 그러면 어떻게 열매를 맺을 수 있습니까?

예를 들어, 알코올 중독자가 피정 때, 회개를 했습니다. 다시는 술을 마시지 않기로 결심을 했습니다. 회개한 것입니다. 그러면 집으로 돌아왔을 때, 집에 있는 술을 다 버려야 합니다. 다시 술을 사지 않아야 합니다. 피정 때 결심은 다만 출발일 뿐입니다. 회개는 결심으로 남는 것이 아니라 삶에서 드러나야 합니다.

회개의 진정한 의미는 매일의 삶에서 실천한다는 것입니다. 그런데 많은 사람이 어떻게 합니까? "예수님, 제가 알콜 중독이 되었지만, 이제 술을 끊고 이 삶에서 벗어나겠습니다. 제가 다시는 술을 마시지 않겠습니다." 그리고 집으로 돌아옵니다.

집의 장식장에 커다란 술병이 있습니다. 그 술병을 쳐다보며 말합니다. "술아 미안하다. 너를 마실 수가 없구나. 내가 너를 마시지 않기로 결심했거든." 그런데 그렇게 말을 할 때도, 그의 마음은 술병에게 가 있습니다. 예수님께서 분명히 말씀하셨습니다. "너의 마음이 있는 곳에 너의 보물이 있다."

그는 술병이 있는 장식장 앞에 와서 말합니다. "술병아, 너 외롭지? 술아, 미안하다. 내가 류해욱 신부 특강에 간 것이 문제야." 저, 분명히 말씀드리지만, 사실 술 마시지 말라는 하지 않았습니다. 알콜 중독자의 경우에 거기서 벗어나야 하기에, 술을 예를 든 겁니다. 저도 술 마십니다. 그러나 과음은 안 합니다.

그는 한참 술병을 바라보다가 말합니다. "너, 정말 외로워 보이는구나. 그래도 나에게 마셔달라고 하지 마라. 그냥 네 냄새가 좋으니까 그냥 냄새만 맡겠다." 그가 냄새를 맡는 것으로 만족합니까? "그래. 너도 나에게 오기를 원하지? 그러면 딱 한 잔만 마셔 주겠다." 그가 한 잔으로 만족하겠습니까?

그는 병째로 마십니다. 상황은 오히려 전보다 더 나빠졌습니다. 제가 술 마시는 것이 나쁘다고 하는 것이 아니라, 하나의 예를 드는 겁니다. 어떤 나쁜 습관이 있으면 그것을 단호히 끊어야 합니다. 우리는 모두 약한 인간입니다. 어느 반 모임에 갔더니, 어느 자매님이 남자는 진흙으로 만들어서 약하지만, 여자는 뼈로 만들어져서 강하답니다.

여자가 더 강하다는 데는 동의하지만, 진흙에서 나온 뼈가 강해 봐야 얼마나 강하겠어요? 우리는 유혹에 빠질 수 있는 환경을 만들지 않아야 합니다. 우리가 어떤 것을 결심하는 것은 어렵지 않습니다. 그런데 회개의 결심이 열매를 맺는 것은 어렵습니다. 그러나 불가능하지는 않습니다.

어떻게 그것이 가능합니까? 그분께 의탁을 드려야 합니다. 그분의 사랑을 삶에서 체험해야 합니다. 그리고 구체적인 삶에서의 변화가 뒤따라야 합니다. 사도 바오로처럼 자신을 죄인이라고 깨달을 뿐만 아니라 주님을 전하는 삶을 살아야 합니다. 예수님 말씀처럼 우리는 회심한 것을 증거로 보여야 합니다.

한 마디로 우리도 사랑의 삶을 살아야 합니다. 그렇게 할 수 있기 위해 우리는 먼저 사랑이신 아버지께서 우리를 기다리신다는 것을 아는 것입니다. 그분이 우리를 기다리십니다. 그것을 잊지 마십시오.


오래전에 쓴 제 졸시로 강론을 마무리하겠습니다.


**아들에게**


"제 몫의 재산을 나누어 주십시오"
네 몫을 요구했던 내 아들아,
이제 곧 내 곁을 떠나겠구나! 생각하며
집 떠난 후 겪게 될 너의 고생이
내 눈에는 이미 훤히 보였지만
난 너를 붙잡을 수가 없었구나.
스스로 깨닫지 않고서야 막을 수 없으니

말없이 너를 보낼 수밖에.


하지만 아들아,

난 믿고 있었다.

네가 다시 돌아오리라는 것을.

그 믿음 하나로

날마다 대문 밖에서 너를 기다리며

기쁘게 너를 맞이할 준비를 하였다.


아들아,

오늘 마침내 다시 돌아왔구나.

거친 얼굴 지친 발걸음 남루한 옷차림

난 달려나가 너를 연민으로 품었고

기쁨의 눈물로 입을 맞추었지.


"아버지, 제가 하늘과 아버지께 죄를 지었습니다."

진심으로 뉘우치는 너의 목소리

너는 참 아들이 되어 돌아왔구나.

내 믿음이 헛되지 않았구나.


아들아,

너의 고생이 헛되지 않도록 잊지 말아라

자유는 떠남이 아니라 돌아오는 것임을

고생을 통한 깨달음을 기억하여라

진정한 자유는 네 마음속에 있음을.

분노의 마술

# 분노의 마술

미국에 심리학자이며 저술가로 유명한 엘리노어 필드라는 사람이 있습니다. 그가 심리학 박사가 된 동기를 듣게 되면, 가끔 우리에게 찾아오는 분노가 단순히 부정적인 감정이 아니라 놀라운 힘을 지닌 마술이 될 수도 있다는 사실에 경이를 느끼게 됩니다. 그녀의 일화는 브라이언 카바노프 신부가 쓴 '씨 뿌리는 사람의 씨앗'이라는 책에서, 제가 가장 좋아하는 이야기입니다.

엘리노어 필드는 원래 어느 고등학교 선생님이었지요. 그런데 어느 날 수업을 하는 도중에 갑자기 교실 문이 활짝 열렸답니다. 거기에는 '독재자'라는 별명으로 더 잘 알려진 교감 선생이 서 있었답니다. 그 여성 독재자는 뚜벅뚜벅 걸어 들어오더니 교실 뒤에 서서 팔짱을 끼고 눈썹을 치켜든 채로 수업을 지켜보기 시작했답니다.

그녀의 얼굴은 언제나 찬바람이 이는 겨울이었고, 언제라도 트집을 잡아 시비를 걸 태세였지요. 엘리노어는 마침 학생들과 함께 토마스 하디의 유명한 저서 '난 괜찮아. 너도 괜찮고'에 대해 토론을 하면서 인간의 마음가짐이 삶에 어떤 영향을 미치는가를 놓고 수업을 진행하고 있었습니다.

수업을 지켜보고 있던 그 독재자는 엘리노어를 표독스러운 눈으로 노려보더니 교실 출입문 쪽으로 걸어갔답니다. 그녀와 학생들이 '이제 독재자가 나가는 보다.'라고 안도의 숨을 쉬려는 순간, 독재자는 다시 엘리노어를 손가락으로 가리키며 째려보더니 소리를 쳤습니다.

"필드 선생, 당신은 자신이 누구라고 생각하시오? 당신은 지금 학생들에게 어떤 내용의 수업을 하고 있는지 보시오. 당신은 자신이 심리학자라도 되는 것처럼 행동하는데, 당신은 한낱 평범한 교사에 지나지 않는다는 걸 명심하시오."

엘리노어는 참을 수 없이 화가 치밀어 올랐답니다. 누구라도 그랬겠지요. 온몸의 세포 구석구석에서 혈압이 상승하는 것을 느낄 수 있었답니다. 눈물이 쏟아지고 심장은 뛰었지만, 학생들 앞이라서 그저 부글부글 끓고 있는 주전자 뚜껑을 꼭 누를 수밖에 없었답니다.

그 독재자가 모욕적인 발언을 하고 나가자, 학생들이 일제히 자기를 옹호하기 시작했습니다. 한 학생이 소리쳤답니다.

"저 여잔 단단히 혼이 나야 해요."

또 다른 학생이 말했답니다.

"정말 정신을 차리게 해야 한다고요. 오늘 화장실에서 내 지갑을 빼앗더니 담배가 들어 있지 않느냐?고 마구 뒤지는 거였어요."

평소에 수줍음을 많이 타던 남학생의 떨리는 목소리가 특히 엘리노어의 감정을 자극했습니다. "저 여자는 우리가 우리들의 문제를 자기와 의논하지 않고 선생님과 함께 의논하니까 질투가 나서 저래요." 그날 저녁 집까지 차를 운전하고 가면서 여전히 화산이 폭발할 것 같은 감정이었고, 위로받지 못한 눈물이 용암처럼 철철 흘러내렸답니다.

그날 밤 도저히 잠을 이룰 수가 없었답니다. 자꾸만 그 독재자가 내뱉은 말이 귓가에서 메아리쳤답니다. "당신은 자신이 심리학자라도 되는 것처럼 행동하는데 그렇지 않다는 걸 명심하시오. 당신은 자신이 누구라고 생각하시오? 당신은 심리학자가 아니오. 당신은 한낱 평범한 교사란 말이오."

끝나지 않을 것 같았던 긴 밤이 가고, 드디어 여명이 밝아왔답니다. 아침 햇살이 창문을 비껴올 때쯤, 한 줄기 빛이 그녀의 머릿속으로 들어왔답니다. 그녀는 자신도 모르게 소리쳤답니다. "그래. 내가 심리학자가 되지 못할 이유가 뭐지?" 그녀의 가슴 안에는 분노 대신 열정이 자리 잡았답니다. 그녀는 곧바로 차를 타고 모 대학교에 가서 심리학 박사과정에 등록을 마칠 수 있었답니다. 그녀는 말합니다.

"인생의 스승은 많은 형태로 다가옵니다. 전혀 긍정적인 효과를 줄 것 같지 않은 그런 순간조차 스승은 우리에게 충격을 주고 변화를 시도하게 만듭니다."

그 독재자 교감 선생이야말로 자기를 성공으로 이끈 스승이었답니다. 그녀 안에 일어난 분노의 불길이 그녀가 새로운 선택의 길을 찾도록 연료가 되어 주었고, 그 결과 그녀의 정신은 높이 비상할 수 있었다고 합니다. 그리고 그녀의 삶에 그런 큰 변화가 있은 이래로 많은 세월이 지난 어느 날이었답니다.

그녀의 심리 상담 연구실의 문이 열렸고, 상담 치료를 하기로 예약된 새로운 환자가 걸어 들어왔답니다. 그녀는 찻주전자처럼 부글부글 끓고 있었답니다. 그녀는 눈물을 흘리며 말했지요.

"필드 박사님, 전 학교 교사인데요. 오늘 정말 끔찍한 하루였어요. 완전히 독재자인 교장이 있거든요. 그 여자가 학생들이 다 지켜보는 가운데 절 모욕했어요. 저는 더 이상 참을 수가 없어요."

엘리노어 가슴 안에 자비심이 물결쳤지요. 그녀는 말했답니다. "알아요. 당신이 어떤 감정을 지니고 있는지 알아요. 분명히 말하지만 저는 당신을 도울 수 있어요." 우리가 살아가면서 이 이야기에 등장하는 그런 독재자 교감 선생 같은 사람을 만나지 않은 사람이 얼마나 있을까요?

아마 직장 생활을 해 본 사람이면 누구나 비슷한 경험을 했을 겁니다. 그 분노를 더 높이 비상할 수 있는 열정으로 바꾸는가, 아니면 그 분노에 사로잡혀 자신을 파멸로 이끄는가는 각 사람이 지닌 역량에 달렸겠지요. 저도 많은 사람과 상담을 하면서, 그런 분노 때문에 나중에는 거의 폐인이 된 사람도 더러 만났지요. 참으로 안타깝지요.

엘리노어는 특별한 자질을 지닌 사람일 겁니다. 대부분의 평범한 우리는 분노 대신 열정으로 바꾸기는 참 어렵지요. 저도 전혀 그러지 못하면서 분노를 준 사람을 스승으로 삼을 수 있었던 또 다른 엘리노어가 되라고 말씀드릴 수는 없지만, 적어도 그 분노에 함몰되지는 말라고 격려를 드리고 싶어요.

저도 얼마 전에 어느 후배 신부 때문에 뚜껑이 열리고, 꼭지가 부글부글 끓는 경험을 했지요. 내용은 밝힐 수 없지만, 그냥 마치 꾸정물을 뒤집어쓴 모욕을 당한 것이었지요. 제 안에 여러 가지 항변이 소리치고 있었어요. "아무리 시대가 바뀌었다고 하더라도 후배가 선배에게 어떻게 이럴 수가 있는가? 세상에 이렇게 마음이 좁은 소인배가 있을 수 있단 말인가? 신부 이전에 인간이 되어야지." 등등.

제 안에서 온갖 욕이 나오고 쉽게 분노가 가라앉지 않았지요. 저도 그날 잠을 못 잤고, 제가 너무 한심스러웠지요. 자신에게 말했지요. "너는 신부로서 늘 사람들에게 하느님의 사랑 때문에 우리는 어떤 경우에도 용서하도록 해야 한다고 강론했지 않았느냐? 그냥 용서하고 잊어버려라." 부끄럽게도 강론 대에서 말하기는 쉬운데 막상 제가 당하니까 그게 그렇게 쉽지 않더라고요.

하루가 지나니까 분노가 가라앉으면서, 그 후배 신부가 참 불쌍하게 느껴졌지요. 결국, 그 후배의 행동이 열등감에서 온다는 것을 생각하니 분노보다는 연민의 마음이 들더라고요. 그래서 그 후배에게 들려주고 싶은 고사성어를 떠올리고, 그냥 웃기로 했지요. 여러분들도 이런 일이 있으면, 제가 들려주는 고사성어를 떠올리고 웃고 넘기시기 바랍니다. 물론, 엘리노어처럼 분노를 열정으로 바꿀 수 있는 분은 그 비법을 저에게 가르쳐 주시고요.


옛날 한나라 때의 일이랍니다. 어느 연못에 예쁜 잉어가 한 마리 살고 있었답니다. 그러던 어느 날, 어디서 들어 왔는지 그 연못에 커다란 메기 한 마리가 침입하였고, 그 메기는 잉어를 보자마자 잡아먹으려고 했지요. 잉어는 연못의 이곳저곳으로 메기를 피해 헤엄을 쳤으나 역부족이었고, 도망갈 곳이 없어진 잉어는 초어적인 힘을 발휘하게 됩니다.

잉어는 자기도 모르는 사이에 뭍에 튀어 오르게 되고, 지느러미를 다리로 냅다 뛰기 시작했답니다. 메기가 못 쫓아오는 걸 알게 될 때까지 잉어가 뛰어간 거리는 약 구리 정도였을까, 암튼 십리가 좀 안 되는 거리였답니다. 그때 잉어가 뛰는 걸 보기 시작한 한 농부가 잉어의 뒤를 따랐고 잉어가 멈추었을 때, 그 농부는 이렇게 외쳤답니다.

"어주구리(漁走九里, 고기가 9리를 달리다)." 그리고는 힘들어 지친 그 잉어를 잡아 집으로 돌아가 식구들과 함께 맛있게 먹었다는 이야기입니다.

어주구리(漁走九里)는 능력도 안 되는 이가 센 척하거나 능력 밖의 일을 하려고 할 때, 사람들이 흔히 쓰는 말이지요. 이 고사성어를 말할 때는 약간 비꼬는 듯한 말투로 약간 톤을 높여 말하면 아주 효과적이지요. 아~쭈구리라고 발음하는 사람도 많으나 잘못된 발음입니다.

화나게 만든 사람에게 속으로 살짝 말해 보세요. "그래. 어주구리, 까불어 봐야 너는 그냥 물고기야. 결국, 그러다가 믿었던 농부에게 잡아 먹히잖아. 메기가 너를 잡아먹으려고 따라온 것이 아니야. 이 바보야." 다음의 고사성어는 발음에 더 조심하셔야 합니다. 스트레스를 푸시려고 했다가 오히려 봉변을 당해 스트레스가 더 쌓일 수도 있으니까요.

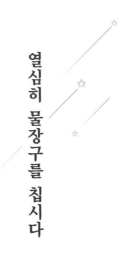

열심히 물장구를 칩시다

저는 매일 아침 어느 발달장애 아이를 가진 어머니들의 모임에서 만든 한 카페의 출근부에 도장을 찍는답니다. 거기 어머니들이 나눈 글들이 진솔하고 꾸밈없어, 저에게 작지 않은 기쁨을 주기 때문이지요. 어떤 어머니가 이런 글을 올렸어요. 국가가 멸망할 때 나타나는 일곱 가지 사회악이 있답니다.

"원칙 없는 정치, 노동 없는 부(富), 양심 없는 쾌락, 인격 없는 교육, 도덕 없는 상업, 인간성 없는 과학, 희생 없는 종교"랍니다. 이것은 인도의 성자 간디 무덤 앞 석비에 새겨진 문구이기도 하답니다. 이 어머니는 일곱 가지 모두가 매일 매스컴에서 단골 메뉴로 등장하는 것들인데, 그럼에도 불구하고, 우리나라가 아직 멸망하지 않고 있는 이유는 무엇인지를 묻습니다.

"제 생각엔 우리나라의 수호신이 짱짱하거나, 아니면 거의 다 망해가거나, 그도 저도 아니면 수면 아래로 가라앉지 않도록 수많은 발이 겁나게 열심히 물장구를 치고 있기 때문일 것입니다."라고 썼어요. 재미있으면서도 정직하고 열심히 살아가려는 민초들의 삶을 함축적으로 담고 있는 표현이라는 생각을 했지요.

위에 언급한 일곱 가지 사회악, 하나하나가 우리나라 현실을 있는 그대로 나타내고 있다면, 제가 현실에 대해 너무 비관적일까요? 저는 종교인으로서 마지막 사회악인 '희생 없는 종교'가 가시로 찌르듯 눈을 아프게 하네요. 이스라엘이 멸망을 앞두고 있을 때, 목숨을 걸고 바른 말을 외쳤던 예언자들의 희생을 떠올리며 과연 오늘날 우리 시대의 종교인들은 무슨 희생을 하고 있는가? 묻게 됩니다.

진정 이 시대에 예언자는 없는가? 라는 생각을 하면서 종교인으로서 부끄러운 마음 가득합니다. 일곱 가지 사회악을 한마디로 표현하면, '영혼과 순수, 그리고 사랑을 잃어버린 사회'일 것입니다. 우리는 모두 매일 매스컴에서 단골 메뉴로 등장하는 이런 현실들에서 벗어나 영혼과 순수, 그리고 사랑이 있는 환상의 도시를 찾아 떠나고 싶어 합니다.

그런 우리에게 현대의 예언자 칼릴 지브란은 '환상의 도시'로 가는 비행기 표가 들어있는 초대장을 내밉니다. '환상의 도시'로 가는 비행기 안에서 인간이 본래 누구인가를 가장 아름답게 표현한 칼릴 지브란의 시에 귀를 기울여 보십시오.


눈물과 미소

– 칼릴 지브란


내 가슴속 깊은 슬픔을 다른 사람들의 기쁨과 바꾸지 않으리라.

온몸에 흐르는 슬픔이 금세 웃음으로 바뀌는 눈물이라면
나는 그런 눈물은 흘리지 않으리라.
눈물과 미소가 내 삶이기를.

눈물은 내 마음을 씻어주고 생의 비밀과 감추어진 것들을 알려 주네.
미소는 나를 후손들에게 이끌어 주어 신들에게 바치는 찬미의 상징이 되네.
눈물은 마음이 아픈 사람들과 하나가 되게 하고
미소는 존재의 기쁨을 느끼게 하는 표징이 되어 주네.

지루하고 절망적인 삶을 살기보다 열망과 동경 속에서 죽기를 바라네.
내 영혼 깊은 곳에 사랑과 아름다움에 대한 갈망이 존재하기를.
만족하는 사람들이야말로 가장 비참한 사람들이라네.
열망과 동경을 가진 이들의 탄식소리를 들었네.
부드러운 선율보다도 더 달콤하네.

저녁이 되면 꽃들은 그리움을 품은 꽃잎을 접고 잠드네.
아침이 밝아오면 꽃들은 입술을 열고 태양과 입맞춤 하네.
한 송이 꽃에도 아픈 그리움과 성취가 들어있다네.
눈물과 미소가.

바다의 물은 수증기가 되어 하늘에 올라 함께 모여 구름이 되네.
구름이 언덕과 계곡을 떠다니다 부드러운 바람을 만나면
비가 되어 들판을 적시고 시냇물로 흘러 강물과 만나서

고향인 바다로 돌아가네.

구름의 생이란 헤어짐과 만남.

그리고 눈물과 미소.


이렇듯 영혼은 더 위대한 영혼으로부터 분리되어 물질의 세계로 들어가서

구름처럼 슬픔의 산과 기쁨의 평원을 떠돌다가

죽음의 미풍과 만나서 자기가 태어난 곳으로 돌아간다네.

사랑과 아름다움의 바다 ― 하느님에게로.


칼릴 지브란의 시는 기도이기도 하지요. 고요 안에서 기도에 침잠하듯 그의 시에 깊이 머물면 다시 우리에게 영혼, 순수 그리고 사랑을 찾아주는 힘을 느낄 수 있어요. 제가 지브란의 '예언자' 가운데서 좋아하는 구절이 있어 나름대로 옮겨 보았지요. "그대가 사랑을 할 때, '하느님이 그대 안에 계신다.'라고 하지 마십시오. 오히려, '하느님 안에 그대가 있다.'라는 것을 깨달으십시오."

저는 '눈물과 미소'를 번역하면서 정현종 교수님의 칼릴 지브란에 대한 비평에 공감했지요. "시인 자신의 삶과 영혼이 상처 입지 않고는 나올 수 없는, 그리고 인간의 고통스러운 실존적 조건들에 민감하지 않고는 나올 수 없는 그의 노래들은, 따라서 인간의 삶의 상처와 조건들에 민감한 영혼들을 파고드는 힘을 갖지 않을 수 없다."

"내 가슴속 깊은 슬픔을 다른 사람들의 기쁨과 바꾸지 않으리라."라는 시인의 말은 언뜻 오만으로 들릴 수도 있지요. 그러나 온몸에 흐르는 슬픔이 웃음으로 바뀌기를 원치 않고, 눈물과 미소가 함께 자기의

삶이 되기를 바라는 시인의 마음을 읽을 수 있다면, 그가 얼마나 고통을 겪는 인간에 대한 깊은 연민을 지녔는지를 느낄 수 있을 것입니다.

그는 사랑과 아름다움에 대한 더 큰 갈망이 없이 현실에 만족하는 사람들이야말로 비참한 사람들이라고 합니다. 오히려 열망과 동경을 지닌 사람들이 쏟아내는 고뇌의 한숨이 아름다운 음악의 선율보다도 더 감미롭다고 하니, 그는 분명 우리 인간 삶의 고뇌 속에 담겨 있는 진실을 체험한 사람 임에 틀림이 없습니다.

탁월한 화가이기도 했던 지브란은 "나는 시를 쓰고 그림을 그리는 것 이외에는 아무것도 꿈꾸지 않았다."라고 말하기도 했지요. 그는 시와 그림 안에 영혼, 순수, 그리고 사랑을 담고 영원을 향한 열정을 살았기에 '영혼의 시인'이라고 불리나 봅니다. 저는 지브란이 전시회를 했을 때, '아메리칸'에 실렸다는 비평을 읽고, 그의 그림이 궁금해졌습니다. 사진으로가 아닌 진품을 보고 싶은 것이지요.

"그의 작품은 삶과 죽음은 결국 하나라는 신비 앞에서 인간의 영혼이 자의식의 고독에 눈뜨는 과정을 상징하고 있다."

우리의 현실이 아무리 원칙 없는 정치, 노동 없는 부(富), 양심 없는 쾌락, 인격 없는 교육, 도덕 없는 상업, 인간성 없는 과학, 희생 없는 종교가 판을 치는 세상이라고 하더라도 열심히 발로 물장구를 치고 있는 민초들의 삶이 결국 이 세상을 떠받치고 있다는 것을 잊지 말고, 우리도 열심히 물장구를 치기로 해요. 물장구는 바로 영혼, 순수, 사랑을 향한 열정이니까요.

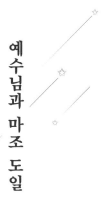

예
수
님
과
마
조
도
일

오늘은 예수님께서 안식일에 고향 마을 회당에서 가르치시는 대목입니다. 예수님의 말씀을 듣고, 많은 고향 사람들이 처음에는 무척 놀랍니다. 가만히 묵상 안에서 그분의 지혜에 탄복하고, 그분이 행하신 기적에 대해 경탄하는 사람들의 모습을 그냥 바라보시기 바랍니다.

우리 삶에서 놀라고 경탄할 수 있음은 매우 중요합니다. 바로 깨어있다는 의미이기 때문이지요. 황동규 시인은 '수련'이라는 시에서 "이적 앞의 놀람 또한 살아있는 것의 속뜻이 아니겠는가."라고 썼습니다. 그런데 예수님의 고향 사람들의 그 놀람이 진정 살아있음, 깨어있음의 증표가 아니었다는 것이 안타깝습니다.

그들은 처음에는 놀랐지만, 곧이어 자기들의 놀람을 부정합니다. 진정 깨어있었던 것이 아니라, 고정관념에 매여 있었기 때문입니다. 예수님의 말씀, 행적보다 원래의 직업, 누구의 아들, 누구누구의 형제 등의 틀 안에 집어넣고, 그가 누구인지를 다 안다고 단정합니다. 그러니 새로운 진리를 알아보고, 그것을 받을 수 있는 힘은 전혀 없습니다.

참으로 깨어있음, 살아있음은 바로 우리가 아직 모른다는 것, 사람과 세상에 대해, 예수님에 대해 모른다는 것을 받아들이는 열려 있는 마음입니다. 우리가 예수님에 대해 알고 있다는 생각, 바로 고정관념이 진리를 볼 수 있는 눈을 가리게 함을 묵상합니다. 열려 있는 마음이 없는 고향 사람들을 보시며 예수님께서는 그들한테 믿음이 없음에 놀라셨습니다. 이 대목을 묵상하며 우리에게 그런 열려 있는 마음, 진정한 믿음이 있는지 새삼 돌아봅니다.

중국의 선사 중에 아주 유명한 마조 도일이라는 사람이 있습니다. 그는 어린 나이에 출가하여 머리를 깎았고 구족계(具足戒)를 받아 스님이 되었지요. 어느 날 당대 유명한 스님인 회양(懷讓) 스님을 만났는데, 회양 스님은 도일 스님이 인물이라는 것을 한눈에 알아보고는 물으셨지요.

회양을 스승으로 하여 10년간 수행을 한 후 스승을 떠나 강서로 가서 방장이 됩니다. 그 후 중국에서 가장 유명한 선사로 수많은 제자를 두게 됩니다. 그는 이미 유명인사가 된 후 고향을 방문하게 됩니다. 고향 사람들은 자기 고향에서 오늘날 성철스님과 같은 유명한 스님이 나온 것이 자랑스러웠고 대대적인 환영을 합니다. 그런데 그의 이웃이었던 할머니 한 분이 이렇게 말했다고 합니다.

"나는 대단한 인물이 온다고 이렇게 난리가 난 줄 알았더니 다름 아닌 쓰레기 청소부 마씨 아들 녀석이 왔구먼."

이 말을 들은 마조 도일은 장난 반, 감상 반으로 즉흥시를 지었다고 합니다.

권커니 그대여,

고향일랑 가지 마소.

고향에선 누구도 성자일 수 없나니

개울가 옛 할머니

아직도 옛 이름만 부르누나!


깨달음을 얻은 선사이지만, 마조 도일의 인간미가 엿보이는 게송입니다. 예수님께서도 "예언자는 어디에서나 존경받지만, 고향과 친척과 집안에서만은 존경받지 못한다."라고 말씀하시지요. 예언자나 성자가 고향에서 존경받지 못하는 것은 동서고금을 막론하고 마찬가지인가 봅니다.

왜 그럴까요? 그만큼 인간이 자기가 지닌 선입관을 버리기가 쉽지 않기 때문이 아닐까요? 새 술은 새 부대에 담아야 하는데, 참 그게 쉽지 않아요. 우리가 무엇인가에 대해 이미 알고 있다는 생각이 진리를 보는 눈을 가리게 합니다. 저 사람은 쓰레기 청소부의 아들이고, 저 사람은 목수의 아들이라는 선입관이 마조 도일이 지닌 보리심(불교에서 진리를 보는 사랑의 마음)이나 예수님이 지닌 사랑의 마음을 보지 못하게 합니다.

마음의 눈으로 보아야 할 터이니, 우리가 마음의 눈을 감지 않도록 늘 깨어있어야 하겠지요.

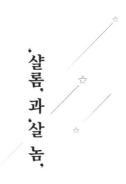

# '샬롬,과 '살 놈,

　제가 2월에서 4월까지 석 달가량, 중국 천진에 가서 교포 사목 땜빵을 하고 돌아왔습니다. 제 전공이 땜질입니다. 어느 일요일 천진 성당에서 미사를 드리는 중에, 혼자 실없이 웃었던 적이 있습니다. 영성체를 해주면서 속에서 나오는 웃음을 참지 못하고, 그만 몇몇 신자에게 웃음을 들킨 것입니다. 왜 그랬는지 아세요?

　평화의 인사 시간에 성가대에서 '샬롬'이라는 노래를 부르는데, 글쎄, 제 귀에 '살 놈'으로 들리는 거예요. 어, '살 놈'이라고 하네. 나는 내가 '죽일 놈'인지 알았는데, 나보고 '살 놈'이라고 하네. 그럼, 죽일 놈은 누구지? 그래. 예수님께서 '죽일 놈'이 되신 덕분에 내가 '살 놈'이 되었구나.라고 생각하니, 그렇게 웃음이 터져 나온 거예요.

　영성체를 하던 몇몇 신자가 저 신부, 살짝 돌았구나. 생각했겠지만, 저는 아주 큰 기쁨의 웃음을 참을 수가 없었던 것입니다. '샬롬'은 우리말로 옮기면, 단순히 '평화'가 아니고, '살 놈'입니다. '샬롬'은 우리를 진정으로 충만하게 살게 해 주는 기쁨이기도 합니다. '샬롬'의 의미를 조금 더 구체적으로 살펴볼까요?

히브리어 샬롬은 우리말의 평화보다는 더 많은 함축적이며 깊은 의미를 담고 있는 단어입니다. 우리말의 '평화'는 전쟁이 없는 화평한 상황을 떠올리게 되지요. 히브리어, 샬롬도 우선, 우리가 떠올리는 평화, 즉 단순히 전쟁이 없는 평안한 상태를 뜻하기도 합니다.

오히려 성경에서 보면, 이스라엘에서 가장 흔히 쓰이던 '샬롬'의 용법은 인사말이었습니다. '샬롬'은 만날 때나 헤어질 때 축복을 비는 인사말로 쓰였습니다. 쉽게 이해하면, 우리말의 "안녕하세요?"가 되겠지요. 그러나 '샬롬'은 인사말로 쓰일 때도 단순히 "안녕하세요?"보다는 더 깊은 의미를 담고 있습니다.

샬롬은 인간의 삶에서 일어나는 모든 일에 대해 하느님의 축복을 비는 인사말입니다. 태어나는 아기에게 '샬롬'이라고 하면, "너는 '살 놈'이다. 너는 건강하게 자라서, 잘 살아야 한다."라는 의미이겠지요.

마음이 아픈 사람에게 '샬롬'이라고 하면, "당신도 살 놈이야. 마음이 아프다고, 쉽게 포기하거나, 어떤 연예인들처럼 죽으면, 안 돼. 힘내. 다시 마음을 다 잡고, 잘 살아야 해."라고 위로를 준다는 의미가 되겠지요. 시험 보러 가는 수험생에게 '샬롬'이라고 하면, "너도 살 놈이야. 너는 꼭 살아남아야 해. 시험 잘 봐서 꼭 합격하고, 살아남아야 해."가 되겠지요.

제가 혼인 주례를 하면서 '샬롬'이라고 하면, "당신들도 잘 살 분들입니다. 절대 이혼하지 말고, 행복하게 잘 살아야 합니다."가 되겠지요. 이렇게 '샬롬'은 우리 인간 삶의 모든 영역을 망라하는 축복입니다. 모든 사람에게, '당신은 죽을 놈이 아니고, 살 놈'이라고 힘을 주는 축복의 인사말입니다.

복음에서 듣는 것처럼 예수님께서 부활하신 후에 처음 나타나셔서 하신 말씀도 "평화가 너희와 함께!" 바로, '샬롬'이었지요. 부활하신 예수님께서는 우선 가까웠던 사람들에게 축복의 인사말을 하신 것입니다. 우선 인사를 하시면서 당신을 잃고 슬퍼했던 사람들에게 위로를 주시는 인사말이었지요.

"나, 이제 '살 놈'이 되었어. 사람들이 나를 '죽을 놈'으로 만들었지만, 아버지께서 나를 '살 놈'으로 만들어 주셨어. 너희도 이제 모두 살 놈들이 되었어. 축하해."라고 축복의 인사말을 하신 것입니다. 이어서 한 번 더 '샬롬'이라고 하십니다. 그때는 단순히 인사말을 넘어서는, 진정 그분이 주시고자 하는 평화의 의미가 담긴 말이었습니다.

우리가 들은 요한복음의 내가 주는 평화는 세상이 주는 평화와는 다르다고 말씀하시며, 당신이 주시겠다고 약속하신 그 평화입니다. 예수님이 주시고자 하는 평화, 샬롬은 온전히 하느님이 우리에게 주시는 은총입니다. '샬롬'이라는 말의 어원적인 의미는 '완전하게 하다', '온전하게 하다', '끝마치다' 등의 여러 의미를 지닌 샬렘으로부터 파생된 말이라고 합니다.

따라서 샬롬의 가장 기본적 의미는 '완전성', '총체성', '온전함', '안전함' 등을 의미한다고 합니다. 샬롬은 거기서부터 파생되어 다양을 의미를 지닌 말로 발전됩니다. 이스라엘 민족은 '샬롬'이라는 사상을 밑바탕에 두고 있는 사람들이라고 할 수 있습니다.

그들에게 '샬롬'은 '온전함'이나 '안전함'을 넘어 건강, 질서, 정의, 조화, 안정, 복지를 망라하며, 나아가 '구원'에까지 이릅니다. 샬롬의 어원적인 의미에서 우리가 알 수 있듯이, '샬롬'은 우선, 가족, 이어서 씨족, 민족, 나아가 우리 인간 공동체가 온전하고 완전하며 안전하게 유지하며, 안정을 이룬다는 것입니다.

이스라엘 사람들은 이 평화를 야훼 하느님께서 주신다는 아주 뚜렷한 사상을 지니고 있었습니다. 샬롬의 또 하나의 어원적인 중요한 의미가 관계, 특별히 계약의 관계를 나타내고 있다고 합니다. '샬롬'은 우리와 하느님과의 관계, 나아가 우리 이웃과의 관계에서 반드시 지켜야 할 암묵적인, 또는 실제 계약으로 맺어진 약속이 있다는 것입니다.

시편 저자는 정의와 평화가 서로 입을 맞춘다는 시적 표현을 쓰고 있지요. 정의와 평화가 서로 밀접하게 연관되어 있음을 말하는 것이지요. 올바른 관계를 이루는 것이 '샬롬' 참 평화의 근본입니다. 하느님과 우리 인간, 서로의 관계뿐만 아니라, 자연과의 관계에서도 마찬가지입니다.

저는 인간이 자연을 마구 훼손한 결과가 지구 온난화에 이어 쓰나미와 같은 재앙을 낳게 되지 않았나 생각합니다. 저는 정치적인 이야기를 할 생각은 전혀 없습니다마는 4대강 사업이 나중에 어떤 재앙을 가져오게 될지는 아무도 모릅니다. 마지막으로 '샬롬'의 중요한 의미는 미래 지향적 기다림의 의미를 담고 있습니다.

구약성서는 메시아적인 기다림을 평화에 대한 종말론적 희망으로 그리고 있습니다. 미카 예언서는 우리에게 들려줍니다. 예언자 미카는 주님의 산, 야곱 하느님의 집으로 가자고 하면서, 그분께서 당신의 길을 우리에게 가르쳐 주시어 우리가 그분의 길을 걷게 될 것이라고 합니다. 그것이 진정 평화의 의미입니다.

"그분께서 수많은 백성 사이의 시비를 가리시고 멀리 떨어진 강한 민족들의 잘잘못을 밝혀주시리라. 그러면 그들은 칼을 쳐서 보습을 만들고 창을 쳐서 낫을 만들리라."(미카 4, 3)

그 기다림의 메시아가 바로 평화를 주시는 평화의 왕, 예수님이십니다. 메시아, 구세주이신 예수님께서 진정 평화의 왕으로서 정의를 구현함으로써 평화를 가져다주십니다. 우리가 기쁜 소식, 복음이라고 할 때, 복음은 바로 평화의 복음입니다. 예수님이 바로 당신 자신이 평화이시며, 평화의 왕으로서 세상에 왔고, 이제 진정을 평화를 주신다고 말씀하십니다.

오늘날 우리에게는 예수님이 주시는 평화가 절실합니다. '온전함', '완전함', '안전함'을 잃은 세상에서 모든 것이 제자리를 찾는 온전함, 완전함을 이루고, 따라서 진정 '안전함'도 갖게 되는 평화, 정당하게 제 몫을 돌려받을 수 있는 관계의 조화, 정의로서의 평화가 절실합니다.

예수님께서 그 진정한 평화, '샬롬', 아니, '살 놈'을 어떻게 주십니까? 성령이 우리 안에 머물 때, 우리는 참으로 진정한 평화를 누릴 수 있습니다. 성령은 바로, 불이며, 바람이며, 힘이십니다. 우리에게 진정한 평화를 주시는 불, 바람, 힘이십니다.

그 불이, 바람이, 힘이 우리 안에 힘차게 타오르고, 강하게 불기를 바라며, 오래전, 제가 쓴 졸시 하나 들려 드립니다.

**님의 사랑**

님의 사랑은
한 줄기 바람

색깔도 내음도 향기도

소리마저 없는 바람이어라.


바람은

어디에서 와서

어디에로 가는지 아무도 모른다

손에 잡을 수 없다고 하여

그대 바람이 없다고 하는가?


바람의 본성은

자유

언제나 숨 쉴 수 있는 공기와 같은 것.


그대는 알게 되지

그대가 자유를 숨 쉬는 순간

님의 사랑이 그대의 영혼을 흔드는 것을.


바람은 물과 같은 것

머물지 않고 끝없이 흐르나니

바람이 그대에게 자유를 주게 되면

그대 바람을 사랑하지 않을 수 없으리.


풀잎을 매만지며 나뭇가지를 흔들며

님의 사랑은

그렇게 와서 마음의 파문을 일으키고

사랑이라고 부르는 빗줄기 속으로

그대와 나를 던져놓는다.


그대

두 손을 모아 빗물을 받아보아라

빗물에 담긴

파도 소리를 듣는가? 바람 소리를 듣는가?

## 길가메시

### 영원을 향해

오늘 우리가 신앙인으로서 삶의 길에서 겪게 되는 도전, 부르심에 대한 응답, 결단, 현실에 대한 안주가 아닌 끊임없이 열려 있는 마음, 열고자 하는 자세, 한마디로 순명이 그것일 것입니다. 창세기의 아브라함의 부르심에 대한 응답으로 길을 떠난 후 의문을 던지는 아브라함에게 하늘의 별 수처럼 많은 후손을 주시겠다고 약속하시는 이야기를 듣습니다.

독서에서 신앙의 여정에서 겪게 되는 고난에서 주님 안에 굳건히 서 있으라는 바오로의 필리피인들에게 보내는 서간을 들었으며, 복음에서 주님의 거룩한 변모 사건에서 '너희는 그의 말을 들어라.'라는 하늘로부터 들려오는 거역할 수 없이 순명해야 하는 말씀을 듣습니다.

창세기의 아브라함 이야기는 삶 안에서 끊임없이 하느님의 부르심을 들으며 그 부르심에 응답해 나가는 우리 인간의 길, 신앙 여정에 관한 이야기입니다. 아브라함은 바로 우리 신앙인들이 걷게 되는 믿음의 여정에서 출발점을 보여줍니다. 어느 날 갑자기 아브라함은 그의 삶 깊숙한 곳으로 하느님이 찾아오셨습니다.

그 하느님과의 만남으로, 그의 삶은 전혀 다른 삶이 됩니다. 우리 각자가 하느님을 만나고 체험하는 시기와 방법은 다르겠지만, 돌아보면 우리 신앙인의 삶도 아브라함의 삶과 크게 다르지 않습니다. 신앙인의 길은 온전히 하느님께 의탁하는 모험의 여정이고, 그 여정은 오직 하느님께 대한 신뢰로 때로는 모든 것은 버리고 떠나야 하는 길이기도 합니다.

그 궁극적인 목적지는 바로 우리를 부르시는 하느님, 그분이십니다. 어쩌면, 하느님께서는 인간을 지으실 때 인간 깊은 곳에 당신을 향한 그리움, 당신을 추구하지 않고는 배길 수 없는 갈증을 심어놓으셨는지도 모릅니다. 그 갈증이 없는 사람은 다만, 그 갈증이 잠을 자는 것이지요. 영원한 세계를 갈망하는 인간의 갈망은 동서고금을 막론하고 보편적이라고 말할 수 있겠습니다.

인간 역사에서 가장 오래된 서사시로, 길가메시라는 문헌이 있습니다. 기원전 3000년경, 문명의 발생지 메소포타미아의 도시 국가 우룩을 다스리던 왕 길가메시의 서사시 일부를 들려드리겠습니다.

"제가 이 먼 여행을 한 것은 '머나먼 곳'이라고 불리는 당신을 만나려고 세상을 헤매었고 여러 번 위험한 고비를 넘겼으며 바다를 건넜고 마침내 여기에 이르렀습니다. 오, 아버지, 당신께 삶과 죽음에 관해 묻고 싶습니다. 어떻게 하면, 제가 영원한 삶을 찾을 수 있겠습니까?"

이 서사시는 영원한 것을 갈망하는 인간의 모습을 잘 드러내 주고 있습니다. 또한, 너무나도 유명한 성 아우구스티누스의 "님 위해 우리를 내시었기에, 님 안에 쉬기까지는 우리 마음이 찹찹하여 마지 않삽나이다."라는 고백도 바로 우리가 궁극적으로 길을 떠나는 존재이며 그 종착역은 하느님, 그분이라는 것을 보여주고 있습니다.

"네 고향과 친척과 아비의 집을 떠나 내가 장차 보여줄 땅으로 가거라."

아브라함을 부르시는 하느님의 이 말씀은 당시의 상황을 미루어 볼 때, 거의 죽음을 의미하는 결단을 요구하는 말씀입니다. 함께 모여서 공동으로 자기들의 생명과 재산을 보호하면서 살아가던 고대 씨족사회에서 그 씨족을 떠난다는 것은, 곧 죽음을 의미하던 시대였던 것입니다.

예수님의 거룩한 변모 사건은 이 철저한 '예'에 대한 하느님의 보증이었습니다. "이는 내 사랑하는 아들, 내 마음에 드는 아들이니 너희는 그의 말을 들어라." 아브라함에서 시작하여 예수님에 이르기까지 아니, 바로 우리 자신들에 이르기까지 이 '예', 바로 순명은 하느님께 온전히 신뢰하며 하느님으로부터 모든 것을 희망하는 태도입니다.

순명은 바로 신뢰와 희망인 것입니다. 그것이 바로 오늘 우리의 신앙의 선조 아브라함에게서 우리가 배워야 할 삶의 태도입니다. 이 태도에서 구원이 시작되기 때문입니다. 언제나 하느님의 뜻을 찾는 삶의 자세인 순명은 근본적으로 교회 공동체의 삶의 자세이기도 합니다.

공동체는 하느님께 봉사하기 위하여, 순명으로부터 오는 자유의 삶을 살아야 합니다. 역설적으로 들리시겠지만, 순명은 인간이 어디까지 자신을 버릴 수 있는가, 또는 자기의 뜻을 희생할 수 있는가? 하는 것을 증거하는 것이 아니라 오히려 자유를 증거하는 것입니다.

왜 그렇습니까? 우리는 우리 자신의 의지에서 자유롭게 되고 보다 높은 하느님의 뜻을 추구하는 것에 자신을 맡길 때, 더 큰 자유를 맛보게 되기 때문입니다. 이 자유는 교회 안에서 일하고 계신 성령에 대한 완전히 열린 마음의 표현이기도 합니다. 구체적으로 말하면, 성령 안에서의 분별, 영에게 열린 마음의 태도로 살아가면서 그분의 이끄심을 따르는 것입니다.

어떻게 성령의 이끄심을 알 수 있습니까? 한마디로 기도해야 합니다. 공동체가 함께 기도해야 합니다. 공동체가 궁극적으로 향하는 곳은 바로 하느님, 당신의 나라입니다. 우리는 모두 아브라함처럼 길을 떠나 목적지를 향해 가는 여정에 있습니다. '예수님의 거룩한 변모 사건'은 그 여정, 때로는 고난의 여정이 너무 아득하게 느껴지는 제자들에게 미리 목적지, 하느님 나라의 영광을 잠시 보여주신 것입니다.

하느님의 인도 아래 그분이 목적하신 곳을 향해 가는 여정으로 삶을 이해했던 이스라엘 백성들은 성서를 통해 그 여정을 신앙의 언어로 노래했고, 고뇌하고 희망했던 것입니다. 오늘날 우리 교회 공동체도 마찬가지입니다. 함께 성서를 읽으며 그것을 묵상하고 그 안에서 성령의 이끄심을 발견해야 합니다.

그 과정에 기쁨만이 있는 것이 아니고, 고난이 따르는 것입니다. 그 고난을 겪어야 하는 제자들에게 예수님께서는 미리 당신의 영광을 보여주십니다. 우리도 때로 그 여정이 힘들게 느껴질 때, 예수님께서 제자들에게 보여주신 거룩한 변모 사건을 상기하며 위로를 받읍시다.

우리가 삶에서 체험하는 은총이 바로 이 거룩한 변모 사건인 것입니다. 비록 우리가 예수님께서 해와 같이 빛나는 그 모습을 뵙지 못한다고 하더라도 어떤 은총을 체험합니다. 예컨대, 아픈 나의 손을 잡아준 친구의 얼굴에서 위로를 느꼈다면, 그 평화의 시간이 주님께서 우리의 삶의 순간을 스치는 거룩한 변모 사건입니다.

## 돼지와 암소

코헬렛은 우리에게 들려줍니다.

"허무로다! 허무! 모든 것이 허무로다!"

여기에는 전제가 붙습니다. 하느님께서 우리를 돌보아 주시지 않는다면! 우리가 지닌 것을 남들과 나누는 나눔의 기쁨이 없다면! 저는 우리 삶이 허무가 되지 않을 이야기 하나 해 드립니다. 거의 모든 분이 어린 시절 읽거나 들은 이야기로 알고 있으니, 어린 시절을 추억하면서 들으시기 바랍니다.

제가 초등학교 시절 교과서에 실려 있었던 이야기이지요. 두 형제가 있었지요. 함께 농사를 짓고 추수 단을 반으로 나누어 형은 동쪽에 있는 자기 집 옆의 창고에 동생은 서쪽에 있는 집 옆 창고에 쌓아 놓았지요. 형은 결혼하여 아내와 자식들이 있었고, 동생은 혼자 살았지요.

형이 생각했어요. 나는 자식들이 있으니 훗날을 걱정할 필요가 없지 않은가! 허나 동생은 혼자이니 훗날을 생각하여 동생에게 더 많은 몫이 돌아가는 것이 마땅하리라! 하여 형은 밤중에 몰래 곡식 단을 지고, 동생의 창고에 가서 부었지요. 한편, 동생이 생각했지요.

나는 혼자이지만, 형님은 형수님과 조카들이 있지 않은가? 형님에게 더 많은 몫이 돌아가야 공평하리라! 하여 동생도 몰래 자기의 곡식 단을 덜어 형님의 창고에 갖다 부었지요. 어떻게 되었겠습니까? 분명히 곡식을 서로 덜어 주었는데, 여전히 창고에는 같은 양이 있거든요. 참 이상했지요. 어느 날 달빛이 은은히 비치는 밤, 등에 곡식 단을 진 형제는 밭 한가운데서 만납니다. 형제는 그제야 곡식이 줄지 않았던 이유를 알게 되었지요. 형제는 서로 부둥켜안고 울었지요. 여기까지가 교과서에 있던 이야기의 줄거리입니다. 그러나 이 이야기는 조금 더 이어집니다.

하늘에서 야훼 하느님께서 이것을 내려다 보시고 계셨지요. 하느님이 외치셨습니다. "바로 이곳이다. 여기 나의 성전을 지으리라. 인간 가운데 사랑이 있는 곳, 거기가 내가 머물 나의 성전이 되어야 하리라." 우리는 어린 시절, 이 이야기를 읽으며, 또 들으며 얼마나 커다란 감동을 받았습니까?

우리 형제들도 크면 그렇게 하리라고 다짐하지 않았습니까? 지금 어른이 된 지금, 우리의 가슴에 손을 얹고 우리 자신들을 돌아봅시다. 우리 형제들은 어떤가를. 어떤 사람이 예수님께 "제 형더러 저에게 아버지의 유산을 나누어주라고 일러 달라"고 청합니다.

예수님께서 거절하시면서 "어떤 탐욕에도 빠져들지 말라."고 하십니다. 사람이 아무리 부유하더라도 재산이 생명을 보장해 주지 않는다는 것을 어리석은 부자의 비유를 들어 말씀해 주십니다. 이 비유에서 부자의 문제가 무엇입니까?

첫째는 나누지 않은 것입니다. 자기만을 생각하고 이웃에게 나누지 않은 것입니다. 많은 사람이 생각하지요. 우선 내가 성공하면 그다음에 나누리라고. 글쎄요. 어느 부자가 한 친구에게 말했습니다. "이상하단 말이야. 내가 죽으면 내 재산을 모두 자선단체에 기부하겠다고 하는데도 왜 사람들은 나를 구두쇠라고 비난하는지 모르겠어."

친구가 말했습니다.

"글쎄. 내가 암소와 돼지 얘기를 하나 해 주겠네. 어느 날 돼지가 암소에게 자신은 왜 사람들에게 인기가 없는지 모르겠다고 불평을 털어놓았다네."

돼지가 말했어요. "사람들은 항상 암소의 부드럽고 온순함을 칭찬하지. 물론 너는 사람들에게 우유를 제공하는 것을 알아. 하지만 사실 내가 사람들에게 더 많은 것을 제공한다고. 베이컨과 햄, 털까지 제공하고 심지어는 발까지 주는데도 사람들이 날 좋아하지 않아. 도대체 왜 그러는지 모르겠어?"

암소는 잠시 생각하더니 말했지요. "글쎄. 그건 아마 나는 살아있을 때, 유익한 것을 제공하기 때문일 거야." 빈손으로 왔다가 빈손으로 가는 인생이거늘, 살아있을 때, 왜 지닌 것을 나누어 다른 사람의 가슴뿐만 아니라 자기의 가슴을 따뜻하게 덥히지 않는지요? 장자가 너무나 가난하여 그날 먹을 쌀이 없어 위나라 문후를 찾아가 사정 이야기를 하고 쌀을 꾸어 달라고 하자, 문후가 말했습니다.

"좋소. 금년 가을 세금이 걷히면 그때 황금 삼백 근을 꾸어 주리다."

장자가 화를 내며 말했습니다.

"제가 여기로 오는 도중에 어디선가 저를 부르는 소리가 나서 돌아보았습니다. 그랬더니 수레바퀴 때문에 움푹 파린 진흙창에서 한 마리 붕어가, 저를 부르고 있었습니다.

"붕어야, 왜 나를 불렀느냐?"

붕어가 말했습니다.

"당신은 몇 되의 물로 나를 살려주시지 않겠습니까?"

제가 말했지요. "내가 오나라 국왕을 만나 양자강 물을 범람시켜 너를 구해 주마."

그러자 붕어가 버럭 성을 내며 말했습니다.

"나는 지금 몇 되의 물이 없어 목숨을 부지할 수 없는 형편이오. 몇 되의 물만 있으면 생명을 유지할 수 있는데, 당신은 그런 말씀을 하시는구려. 그렇다면 차라리 나를 건어물점에서 찾는 것이 좋을 것이오."

나눔은 아주 작은 것에서 시작되어야 합니다. 그리고 지금 당장 하는 것입니다. 지금 내가 할 수 있는 작은 것을 나누지 못하는 사람이 훗날, 커다란 것을 나누겠다고 생각하는 것은 자기 자신을 속이는 것입니다. 로마의 속담에 이런 말이 있습니다. "재화는 마치 바닷물과 같다. 마시면 마실수록 더 목이 탄다."

지니면 지닐수록 더 지니고 싶은 것이 인간이 마음입니다. 그 마음을 다스릴 수 있어야 하겠습니다. 예수님께서 들려주시는 비유에서 어리석은 부자가 지닌 둘째 문제는 그가 이 세상 너머의, 죽음 이후의 다가올 나라에 대한 혜안을 지니고 있지 않은 것입니다.

이 사람이 말하지요. "영혼아, 많은 재산을 쌓아 놓았으니 몇 년은 걱정할 것 없다. 실컷 먹고 마시고 즐기자." 그러나 하느님께서는 말씀하십니다. "이 어리석은 자야. 오늘 밤, 네 영혼이 너에게서 떠나가리라."

우리의 생명은 온전히 그분 하느님의 것, 온전히 하느님의 손에 달려 있습니다. 부자는 그것을 알지 못한 것이지요. 썩어 없어질 재화를 창고에 쌓아 놓고 안심할 것이 아니라 썩지 않을 재화를 하늘에 쌓아야 할 것입니다. 우리도 이 어리석은 부자처럼 되지 않기 위해 오늘 무엇을 해야 할지를 생각하여야겠습니다.

우리의 시선을 들어 우리의 주변을 바라보아야 합니다. 그리고 참으로 우리의 도움의 손길이 필요한 우리의 형제, 그리고 이웃에게 우리가 지닌 것을 나누어야 합니다.

# 바보, 그리고 욕심 많은 거인과 소년

예수님은 조건 없는 사랑을 가르쳐 주십니다. 원수까지도 사랑하라는 말씀을 듣습니다. 그것이 가능할까요? 물론 가능합니다.

옛날 옛적에 아주 몸집이 큰 사람, 거인이 살았어요. 그런데 그 거인은 욕심쟁이였어요. 그 거인은 아주 넓고 아름다운 정원이 있는 성과 같은 큰 집을 가지고 있었지만, 그 큰 집에 자기 혼자 살았어요. 거인은 도깨비 친구에게 놀러 가서 그 집과 정원은 오랫동안 비어 있었어요.

아이들은 오후가 되면 학교에서 돌아오는 길에 그 비어 있는 거인의 집 정원에 가서 놀았어요. 아이들은 모두 거기서 노는 것을 아주 즐거워했지요. 거인의 정원은 크고 아름답고, 또 푸르고 부드러운 잔디가 양탄자처럼 깔려 있었기 때문에 놀다가 넘어져도 다치지 않아서 정말 아이들이 놀기에는 그만이었지요.

정원에는 복숭아나무가 스무 그루 있었는데 봄이 되면 분홍빛과 흰빛 꽃이 활짝 피고 여름이면 복숭아가 주렁주렁 열렸지요. 물론 아이들은 마음대로 따 먹을 수 있었으니, 얼마나 신났겠어요? 새들은 나무 위에서 어찌나 즐겁게 지저귀는지 아이들은 놀다 말고 새소리에 귀를 기울이곤 하였어요. 아이들은 서로 소리를 지르며 기뻐했어요.

"이 정원에만 오면 정말 즐거워!"

그런데 어느 날 거인이 돌아왔어요. 자기 성에 도착해 보니 아이들이 놀고 있었어요. 거인이 좋아했을까요? 아니지요. 그는 욕심쟁이라고 했잖아요. 그는 소리를 질렀어요.

"이 녀석들, 너희들 여기서 무엇을 하는 거니?"

거인이 무섭게 소리 지르니까 아이들은 놀라서 그만 모두 도망가고 말았어요.

"이 정원은 내 정원이야. 그것쯤은 누구라도 알 텐데. 이제 내가 돌아왔으니, 아무도 여기에 들어와서 놀지 못해."

거인은 자기 정원 둘레에다 높은 담을 쌓고 다음과 같이 써 붙였어요.

"경고하는데, 내 정원에 들어오는 사람은 아주 큰 벌을 받을 것임."

정말 욕심쟁이 거인이지요? 아주 좋은 놀이터를 잃은 불쌍한 아이들은 길에서 놀아 보았지만, 길은 먼지투성이에다 돌이 잔뜩 박혀서 잘 놀수가 없었어요. 학교가 파하면, 아이들은 높은 담 주위를 빙빙 돌다가 담 안에 있는 아름다운 정원에 관해 이야기했어요.

"우리는 저 안에서 참 즐겁게 놀았었는데, 그렇지? 복숭아는 얼마나 맛있었는지 몰라."

꼭 한 번 예쁜 꽃이 잔디 위로 얼굴을 내밀었지만, 담에 써 붙인 푯말을 보자 고개를 움츠리고 땅속으로 들어가 깊은 잠에 빠졌어요. 그러나 이곳을 좋아하는 것이 있었습니다. 누굴까요? 바로 눈과 서리였습니다.

"아, 봄이 이 정원을 잊어버렸는가 봐. 그러면 우리는 일 년 내내 여기서 살 수 있겠네. 좋구나."

눈은 자기의 하얀 망토를 펴서 잔디 위를 덮었고, 서리는 모든 나무를 은빛으로 칠했습니다. 눈과 서리는 북풍을 초대해서 함께 지내자고 했습니다. 그러자 북풍은 털옷을 몸에 감고 와서 하루 종일 정원 주위를 씽씽거리며 돌아다니더니 결국, 굴뚝을 쓰러뜨렸습니다. 욕심쟁이 거인은 정원을 내다보며 말했습니다.

"어째서 봄이 이렇게 늦게 오는지 알 수가 없네. 어서 날씨가 따뜻해졌으면 좋겠는데."

어느 날 아침 거인은 잠이 깬 채 침대에 누워있었는데 어디선가 아름다운 음악 소리가 들려왔어요. 거인의 귀에 그 음악 소리가 어찌나 즐겁게 들리던지 거인은 틀림없이 임금의 악대가 지나가는 것이라고, 생각했어요. 그러나 그것은 거인의 창 밖에서 작은 방울새가 지저귀고 있는 소리였습니다.

거인은 자기의 정원에서 새의 노랫소리를 들어 본 지가 너무 오래되어서 그 새소리가 이 세상에서 제일 아름다운 음악 소리 같았던 것입니다. 그러자 머리 위에서 춤추던 우박이 그치고, 북풍도 우르릉거리던 소리를 멈추고, 열린 창문으로도 향긋한 향내가 풍겨 왔습니다.

"마침내 봄이 왔군." 하고 말하면서 거인은 침대에서 내려와 창밖을 내다보았습니다. 거인이 본 것은 무엇일까요? 거인은 정말 아름다운 광경을 보았습니다. 벽이 뚫어진 작은 구멍으로 아이들이 들어와 나뭇가지마다 앉아 있었습니다. 눈에 띄는 가지마다 작은 애들이 있었던 것입니다.

새들은 기뻐서 날아다니며 지저귀고 꽃들은 잔디 위로 얼굴을 내밀고 웃고 있었습니다. 정말로 아름다운 광경이었습니다. 그러나 정원 한쪽 구석은 아직도 겨울이었어요. 그 구석에는 작은 사내아이가 서 있었어요. 그 사내아이는 너무 키가 작아서 나뭇가지 위로 올라가지 못하고 나무 주위를 빙빙 돌면서 엉엉 울고 있었어요.

그 가엾은 나무는 아직도 서리와 눈으로 덮여 있고 북풍은 그 나무 위에서 우르릉거리며 불고 있었습니다. "올라와, 꼬마야."라고 말하며 나무는 힘껏 자기 가지를 낮춰 주었지만, 사내아이는 너무나 작아서 그 나무에 올라갈 수가 없었어요. 그런데 거인이 이 모습을 보게 되었어요.

이 모습을 보고 있는 동안에 거인의 딱딱하게 굳어 있던 마음은 마치 봄눈 녹듯이 녹고 부드러워 솜처럼 되었어요.

"아, 나는 지금까지 너무나 욕심쟁이였어. 이제야 왜 이곳에는 봄이 안 왔는지 알았어. 내가 저 가엾은 어린 꼬마를 나무 위에 올려놓아 주어야지. 그리고 담을 헐어버리고 내 정원을 언제까지나 아이들의 놀이터로 만들어줘야지."

거인은 이제까지 자기가 한 짓이 잘못이었다는 것을 깨달았고, 정말로 아이들에게 미안한 마음이 들었어요. 그래서 거인은 아래층으로 내려와 앞문을 아주 살짝 열고 정원으로 나왔어요. 그러나 아이들은 거인을 보자 놀라서 모두 도망을 했습니다. 그러자 정원은 다시 겨울이 되었지요. 그런데 눈에 눈물이 괴어 거인이 오는 것을 미처 보지 못한 작은 소년만이 아직 그곳에 남아 있었어요.

거인은 소년의 뒤로 가만히 가서 아이를 부드럽게 안아 나무 위로 올려주었어요. 그러자 나무는 금세 꽃을 피우고, 새들이 나무 위에 와서 지저귀었습니다. 작은 소년은 두 팔을 뻗어 거인의 목에 매달려 입을 맞추었습니다. 다른 아이들도 거인이 이제는 무섭지 않다는 것을 알게 되자 다시 정원으로 들어왔지요. 아이들과 함께 봄도 다시 왔고요. 거인이 말했습니다.

"아이들아, 이제 이 정원은 너희 것이야."

거인은 큰 도끼를 가져다가 담을 헐어 버렸습니다. 정오가 되자 시장을 가던 사람들은 예전에 한 번도 본 적이 없는 아주 아름다운 정원에서 거인이 아이들과 노는 것을 보았습니다. 아이들은 하루 종일 놀다가 저녁이 되자 인사를 하려고 거인에게 갔어요. 거인이 아이들에게 물었어요.

"그런데 애들아, 작은 꼬마는 어디 있지? 내가 나무 위에 올려 준 아이 말이야."

거인은 자기에게 입을 맞춘 작은 소년이 제일 좋았습니다. 아이들이 대답했어요.

"우리는 몰라요. 그 아이는 가버렸나 봐요."

거인은 말했어요.

"너희들 그 아이를 보거든 내일은 꼭 오라고 일러 다오."

그러나 아이들은 그 작은 소년이 어디에 사는지도 모르고 또 예전에는 한 번도 본 일이 없다고 했습니다. 거인은 몹시 서운했습니다. 매일 오후 학교가 끝나면 아이들은 이 정원에 와서 거인과 함께 놀았습니다. 그러나 거인이 사랑하는 작은 소년은 다시는 나타나지 않았습니다.

어느 겨울날 아침 거인은 옷을 입으면서 창밖을 내다보았습니다. 거인은 이제 겨울도 싫어하지 않았습니다. 거인은 겨울에는 봄이 잠을 자고 꽃들이 쉬고 있다는 것을 알기 때문입니다. 그러던 어느 날 갑자기 거인은 이상해서 눈을 비비고 밖을 보고 또 보고 있습니다. 정말 이상한 광경이었습니다. 정원 저쪽 구석의 나무에 예쁘고 하얀 꽃이 만발했습니다. 그리고 황금색 나뭇가지에는 은빛 과일이 주렁주렁 달려 있는데 그 밑에는 그가 보고 싶어 하던 작은 소년이 서 있었습니다. 거인은 너무 기뻐서 서둘러 아래층으로 내려와 정원으로 뛰어나갔습니다. 거인은 급히 잔디를 지나서 아이에게로 가까이 다가갔습니다. 그러나 아주 가까이 다가갔을 때 거인은 화가 나서 얼굴이 빨개졌습니다.

"누가 감히 너에게 이런 상처를 입혔니?"

거인이 놀라고 화가 난 것은 소년의 양쪽 손바닥에는 못 자국이 두 개 나 있었고, 그의 발에도 못 자국이 두 개 나 있었기 때문이었습니다. 거인이 소리쳤어요.

"도대체 너를 이렇게 만든 사람이 누구니? 내게 말해 봐라. 내가 그 녀석을 혼내 주겠다."

작은 소년은 대답했어요.

"안 돼요! 그럴 필요가 없어요. 이것은 사랑의 상처예요."

"너는 누구니?"

거인은 퍼뜩 이상한 놀라움에 사로잡혀 작은 소년 앞에 무릎을 꿇었습니다. 그러자 소년은 거인을 향해 웃으면서 말했어요.

"당신은 전에 나를 당신의 정원에서 놀게 해 주었지요. 이제 오늘 당신은 나와 함께 내 정원으로 가게 될 거예요. 내 정원은 천국이랍니다."

다음날 오후에 아이들이 정원으로 와보니 늙은 거인은 하얀 꽃이 가득히 핀 나무 밑에 누워 죽어 있는 것을 발견했습니다. 그런데 얼굴은 아주 행복하고 평화로운 모습이었습니다.

여러분들, 손과 발에 상천가 나 있던 소년이 누구였을까요? 그래요.

맞아요. 예수님이지요. 예수님이 오늘 복음에서 어떤 말씀을 하셨어요? 여러분들 친구가 여러분들의 오른 뺨을 때리면, 여러분들은 왼쪽 뺨을 때리라고 하셨지요? 아니라고요? 그러면 어떻게 하라고 하셨어요?

다른 뺨도 친구가 때리도록 다른 뺨마저 돌려주라고 하셨지요. 여러분들, 그렇게 할 수 있어요? 참 어렵지요. 그렇게 하는 것은 정말 바보라는 생각이 들지요? 그러니까, 예수님께서는 우리보고 모두 바보가 되라는 거예요. 바보가 뭔지 아는 사람? 바라볼수록 보고 싶은 사람!

예수님께서 원수는 물리치고, 싸워서 이겨야 한다고 하셨지요? 아니라고요? 그러면 뭐라고 하셨어요? 예, 원수를 사랑하라고 하셨어요. 이것도 정말 어렵지요. 그리고 정말 그렇게 한다면 너무 바보 같은 느낌이 들지요. 여러분들, 고 김수환 추기경 할아버지를 아시지요?

김 추기경 할아버지께서 당신의 자화상을 마치 소년처럼 그리고, 제목을 뭐라고 다셨는지 알아요?

'바보.'

김수환 추기경 할아버지는 예수님의 말씀을 따라 스스로 '바보'가 되신 분입니다. 그런데 김수환 추기경 할아버지가 정말 바보였을까요? 맞아요. 정말 바보였어요. 어리석다는 의미의 바보가 아니라 '바라볼수록 보고 싶은 사람'이라는 의미에서 정말 바보였어요.

저는 김수환 추기경 할아버지의 사진을 가지고 있고, 가끔 바라보는데, 정말 바라볼수록 보고 싶어요. 이미 돌아가셨으니까, 실제로는 볼 수 없지만, 마음속으로 보곤 해요. 그리고 다짐해요. 나도 김수환 추기경님처럼 바보가 되리라고. 여러분들도 모두 서로 서로에게 바보, '바라볼수록 보고 싶은 사람'이 되기를 바래요.

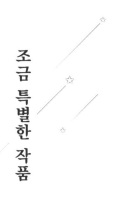

# 조금 특별한 작품

　얼마 전에 다녀왔던 조금 특별한 그림 작품들이 떠올랐습니다. 얼마 전에 일산에 있는 대화동 천주교회의 만남의 방에서 열린, 어느 그림 전시회에 다녀왔습니다. 상록수 자활센터라는 작은 공동체에 속한 발달장애 아이들의 작품 전시회였지요. 제가 이 아이들과 인연을 맺은 것은 우연한 계기로 시작되었습니다.

　한 달에 한 번 아이들과 가족들을 위해 미사를 함께 하면서 아이들의 맑은 영혼을 만나는 것이, 이제는 사제로서의 제 삶에 특별한 기쁨이 되고 있습니다. 이 아이들이 그동안 방과 후 작업을 통해 이룬 미술 작품 전시회를 마련하게 되었다는 소식을 듣고 조금은 설레는 마음으로 전시회장을 찾았습니다.

　저는 아이들의 그림을 보면서 작품 하나하나가 많은 이야기를 담고 있음을 느끼며, 그들이 지닌 표현 능력에 대해 감탄을 금할 수 없었습니다. 언뜻 보면 무슨 그림인지를 알 수 없는 추상화 같은 그림이 있는가

하면, 아주 단순한 사실성을 지닌 그림들도 있었지요.

사실적으로 소박하게 그린 그림도 단순히 어떤 사물을 표현하는데 그치지 않고, 그 그림을 통해 자신이 지닌 내면의 이야기를 들려주고 있었습니다. 그 이야기를 듣기 위해서는 무엇보다 아이들의 눈으로 그림을 바라보는 것이 필요하다고 생각하며, 그림을 감상했지요.

어떤 그림 앞에서 어느 어머니가 이 그림이 무엇을 그린 것인지 알겠냐? 고 물었습니다. 둥근 원 안에 별, 몇 가지 과일 비슷한 모습의 물체, 세모 조각들이 있었습니다. 없는 상상력을 발휘하고 아이들의 눈높이를 생각하면서 알아내려고 했지만, 제겐 아무런 아이디어가 떠오르지 않았습니다.

저는 솔직히 모른다고 할 수밖에 없었답니다. 그 어머니는 웃으면서 이 그림은 아이가 좋아하는 팥빙수를 그린 것이라고 하시더라고요. 어른은 팥빙수를 보면, 팥과 얼음만을 보는데 아이들은 거기 담겨 있는 여러 가지 것들을 나름대로의 형상으로 다시 보는 눈을 지녔나 봅니다.

저는 이 아이들의 그림을 감상하면서, 그림이 무엇인가에 대해서도 다시 생각하게 되었습니다. 이 아이들이 작고 소박하지만, 의미 있는 전시회를 열게 된 것은 방과 후 프로그램으로 아이들에게 심리 미술을 지도하시는 봉사자 선생님의 헌신적인 노고와 아이들에 대한 사랑의 결실이기도 합니다.

선생님은 아이들이 처음에는 자신감도 없고, 그저 형태와 색깔의 모방에 머물렀기 때문에 실망을 느끼기도 했다고 고백했답니다. 그런데 아이들이 점점 자신들만의 개성 있는 작품들을 만들고, 그 작품을 통해 내면의 이야기를 표현하는 것을 보면서 이제 큰 기쁨과 보람을 느끼게 되었다고 합니다.

상록수 자활센터의 책임을 맡은 한 어머니도 발달장애 아이들은 지적인 능력이나 표현력이 부족하지만, 사물을 바라보는 눈과 마음은 너무나 순수하고 아름답다고 하면서 미술 작업을 통하여 아이들의 영혼이 자유로워질 수 있고 작은 전시회를 통하여 모두가 행복할 수만 있다면, 좋으신 하느님께서 바라시는 사랑이리라 믿는다고 하는 말을 듣고 깊이 공감했습니다.

저는 아이들의 그림을 보면서 결코 이 아이들이 비장애 아이들보다 그림을 통한 표현력에서는 뒤지지 않는다고 생각했습니다. 발달장애 아이들은 어느 한 부분에서 발달 정도에서 장애를 보일 뿐이지, 다른 부분에서는 오히려 탁월함을 보이는 경우를 흔히 보게 됩니다.

우리가 지체 장애이든, 정신장애이든, 발달장애이든 모든 장애인에 대한 편견을 허물고 서로 겉으로 드러난 다름과 차이를 인정하되 똑같은 인간으로서 지닌 깊은 내면의 세계에 대한 이해와 존경심을 지닐 수 있는 계기를 되기를 진심으로 바랍니다. 제가 전시회에서 만난 그림들은 발달장애 아이들이 자신들의 내면을 표현하는 능력에 있어 남과 달랐습니다.

장애가 있기는커녕 누구보다 뛰어나고 아름답다는 것을 보여주었습니다. 그것은 정말 놀라운 선물이기도 했습니다. 요즘처럼 물질문명이 팽배한 이 시대, 자신의 내면을 표현하고 전할 수 있는 능력은 우리 모두에게 필요한 선물임을 생각할 때, 이 아이들은 분명 어른의 스승이기도 합니다.

# 코끼리와 생쥐

어느 무더운 여름날, 코끼리가 더위를 식히려고 정글에 있는 못에 들어가서 수영을 즐기고 있었답니다. 그런데 조그만 생쥐 한 마리가 못 주변에 나타나더니 다짜고짜 코끼리에게 말했습니다.

"어이, 코끼리. 내가 너에게 할 말이 있으니까 좀 나와 봐."

코끼리가 말했지요.

"무슨 말인지 모르지만, 보다시피 나는 지금 수영을 즐기고 있거든. 그냥 거기서 이야기하면 내가 들을 테니 말해."

생쥐가 말했습니다.

"안 돼. 네가 나와야 이야기할 수 있어."

"무슨 말인데?"

"네가 나와야 이야기할 수 있다니까."

"생쥐야, 나는 지금 모처럼 못에서 수영을 하는 거니까, 귀찮게 하지 마라. 나중에 이야기하자."

"당장 나오라니까 그러네."

"그냥 이야기하라니까."

둘이 실랑이를 했지만, 결국 덩치 큰 코끼리가 양보를 하고, 밖으로 나와서 뚜벅뚜벅 걸어 생쥐 앞에 섰습니다.

"그래. 나왔다. 네가 하고 싶은 말이 뭐냐?"

생쥐가 말했습니다.

"어, 아니었구나. 미안하다. 나는 네가 내 수영복 입었는지 잘못 알고. 확인하려고 했어."


안토니 드 멜로 신부님이 들려주는 우화입니다. 저는 이 우화가 기가 막히게 함축적인 의미를 담고 있다고 생각합니다. 생쥐 앞에 선 코끼리의 모습, 코끼리 앞에 선 생쥐의 모습을 상상해 보십시오. 하느님과 우리의 모습이 이런 모습 아닐까요? 우리 인간의 작은 사고 안에 하느님을 꿰맞추어 넣으려는 생각은 생쥐의 수영복 안에 하느님을 넣으려는 시도에 다름이 없지 않을까요?

하느님은 우리의 생각보다 훨씬 크신 분, 헤아릴 수 없는 분. 쩨쩨한 분이 아니십니다.

# 7

들꽃 핀 언덕에 서서

# 설악산과 노산 이은상 선생님

눈이 내리기 시작하였습니다. 바람에 날리며 내리고 있습니다. 바람에 흩날리는 눈을 보며, 이 글을 쓰고자 하는 생각이 들었습니다. 사실 선자령 산행을 하고 돌아와, 다시 속병이 나서 고생을 하였지요. 역시 주제 파악을 하지 못하고, 무리를 한 벌을 톡톡히 받은 셈이지요.

이제야 설사가 멎었고 조금 정신을 차리고 사진 정리도 하고, 마음의 여유를 찾아 이 글을 씁니다. 선자령에 올랐던 다음 날, 저희는 예정에 없던 외설악, 권금성에 오르게 되었습니다. 사실 올랐다고 표현할 수도 없지요. 케이블카를 탔으니까요. 산 사나이, 유재일 님은 케이블카를 처음 탄다고 하더군요.

케이블카에서 내려 동해와 울산바위가 잘 보이는 곳까지 올라가 다시 아주 센 바람을 맞으며 스스로를 고소해 했습니다. 설악산은 이름만 들어도 가슴이 설레는 산이지요. 하여 가까이 와서 들리지 않고 그냥 갈 수는 없다고 하고 산행을 할 시간은 없고, 하여 꾀를 낸 것이 케이블카를 타고 권금성을 오르는 얄팍한 수작이었습니다.

부끄럽기 짝이 없지만, 그래도 어쩝니까? 님이 저기 계신데, 아니 보고 갈 수야 없지 않습니까? 님이신 설악산에게 미안하다는 말을 수없이 뇌이며, 권금성에서 외설악이 한눈에 보이는 곳까지 올랐습니다. 설악산은 신성하고 숭고한 산이라는 뜻에서, 예로부터 설산(雪山) 등 여러 이름으로 불렸고 금강산을 서리뫼라고 한 것과 관련해 우리말로 설뫼라고도 불리었다고 합니다.

북한에는 높은 산이 많지만, 남한에서는 한라산, 지리산에 이어 세 번째로 높은 산이기도 합니다. 설악이라는 이름이 붙여진 것은 문헌에 따라 조금씩 다릅니다. 가장 잘 알려진 문헌은 '동국여지승람'이지요. 그 문헌에 의하면 한가위에 덮이기 시작한 눈이 하지에 되어서 녹는다고 하여, 설악이라 불린다고 되어있습니다.

또 다른 문헌은 '증보문헌비고'입니다. 그 문헌에 의하면, 산마루에 오래도록 눈이 덮이고 암석이 눈같이 희다고 하여 설악이라 이름 짓게 되었다고 되어있습니다. 저희처럼 시간은 없고 설악산이라는 님의 모습을 보고 싶기는 한, 조금 치졸한 사람들을 위해서 케이블카가 설치된 것이겠지요.

지금은 산성의 모습이 제대로 남아 않아, 산성이라는 이름이 조금 어색하게 느껴집니다. 산성을 만든 연대는 확실한 기록이 없어 알기 어렵답니다. 다만 신라 시대에 권씨와 김씨 두 장사가 난을 피해 쌓았다 하여, 권금성이라고 하는 것이 정설입니다.

전설 따라 삼천리에 의하면, 권 씨와 김 씨는 한마을에 살던 사람들입니다. 그들이 난을 당하여 가족들을 데리고 피난길에 오릅니다. 급한 나머지 산꼭대기로 올라갔으나, 성이 없어서 적병과 싸우기에는 너무 어려웠답니다. 권 씨는 냇가의 돌로 성을 쌓자고 제안했고, 산 밑으로 내려가 돌을 위로 던졌다고 합니다.

오늘날 올림픽에 나가면 포환던지기 금메달은 맡아놓은 당상이었겠습니다. 권 씨가 던지는 돌을 김 씨가 받아 성을 만들기 시작하자 하룻밤 사이에 성의 모습이 윤곽을 갖췄답니다. 이상, 믿거나 말거나 전설 따라 삼천리였습니다. 권금성에서 울산바위를 바라다보며 거기 얽힌 전설도 떠올렸습니다.

여러분들도 다 아시는 것이지요. 아주 먼 옛날 금강산에서 바위 경연 대회가 있었답니다. 울산바위가 울산에서부터 걸어 올라오다가 설악산에서 잠시 쉬어가게 되었지요. 그런데 풍광이 너무 아름다워 바로 떠날 수가 없었답니다. 하여 그만 바위 경연 대회가 열리는 날까지도 설악산에서 금강산으로 가지 못하였지요.

이왕 대회도 못 나가게 되었으니, 그냥 그곳에 머물기로 한 울산바위는 이곳 설악산에 눌러앉게 되었다고 합니다. 설악산에 대해 감히 짧은 글을 쓰겠다고 컴퓨터 앞에 앉으니, 여러 생각이 떠오릅니다. 눈이 내리는 것을 보고 이 글을 쓰기 시작했는데, 어느새 눈은 그쳤습니다. 잠시 바람에 흩날리는 제 마음이었나 봅니다.

설악산에 대해 가장 해박한 지식으로 멋진 글을 쓰신 분으로, 먼저 떠오르는 분이 노산 이은상 선생님입니다. 우리에게 시조 시인, 문인, 국어학자로 알려있지만, 그분도 산 사나이. 진정한 산악인이기도 하신 분이지요. 대한 산악회 회장도 역임하셨습니다.

우리나라에서 거의 처음으로 여러 산을 답사하고 직접 산에 대한 기행문을 썼던 분이시기도 하지요. 물론 이조시대에 문인들이 산에 대한 기행문을 쓴 것이 없는 것은 아니지만, 아주 상세한 기행문을 쓰고 그것을 책으로 엮은 분은, 제가 알기로는 노산 이은상 선생님이 처음입니다.

노산 이은상 선생님이 이런 글을 남겼지요.

> "나와 강산 순례는 둘이 아니요, 하나다. 지나간 내 생애의 반 이상의 시간을 강산 순례에 바쳤고, 또 내 문학 작품의 반 이상이 강산 순례에서 얻어진 것들이기 때문이다. 강산 순례는 내게 한갓 위안이나 교훈만이 아니다. 거의 생리화한 종교이기도 하다. 내 지식과 사상과 인간성이 온통 거기에서 이루어진 것이다."

강산 순례와 당신이 둘이 아니고, 하나라니, 얼마나 멋있는 분입니까? 저는 이은상 선생님의 시를 좋아합니다. 담백합니다. 아무런 꾸밈이 없습니다. 하여, 그분이 그냥 속에 있는 생각을 드러내시면 그것이 시가 됩니다. 잘 알려진 그의 산 예찬에 대한 시를 다시 소리 내어 읽습니다.

> 산은 나의 종교 나는 산의 전도자이다
> 신과, 자연과, 인간이 어울려 하나된 곳에
> 올라가 찬송을 바치세 즐거이, 또 즐거이
>
> 산은 나의 시승 자애론 나의 어머니
> 남모르는 이야기를 속삭이는 나의 사랑
> 어느 땐 귀여운 아들, 딸 어루만지며 입 맞추네.

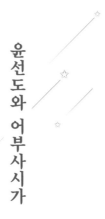

# 윤선도와 어부사시가

어느 분이 홀연 어부사시가가 궁금해진다고 하였지요. 마침 함께 보길도에 갔던 형제 중에 윤선도에 대해 나름대로 연구를 한 신부가 있어, 그에게 들은 것과 제 나름 자료를 찾고 정리한 것을 바탕으로, 윤선도와 그의 어부사시가에 대해 짧게 소개하고자 합니다.

윤선도가 명리를 버리고 보길도에 들어가 신선처럼 유유자적한 삶을 살기 시작한 것은 그의 춘추, 65세라고 합니다. 윤선도에 대해 연구를 한 신부가 윤선도가 명리를 버렸다는 표현을 썼는데, 저는 조금 달리 봅니다. 그가 정적에게 밀렸다고 보는 것이 맞지 않나 싶습니다. 그의 정적은 우암 송시열이었지요.

송시열을 거두로 하는 노론들의 질시를 견디지 못한 윤선도는 고향인 해남으로 낙향했고, 거기서 가까운 보길도로 오게 된 것으로 봅니다. 재미있는 것은 후에 우암 송시열이 이곳 보길도에 오게 되는데, 오히려 그는 제주로 유배 가면서 이곳에 잠시 들리게 됩니다.

한때, 윤선도를 낙향시키게 만든 장본인이 이번에는 자기가 유배 가면서, 윤선도가 머물던 보길도를 들린 것입니다. 이곳 보길도에 송시열이 쓴 시가 암각된 바위가 있습니다. 저는 이곳에서 우암과 고산이 만나 서로 술잔을 기울였는지는 잘 모릅니다. 인생은 돌고 도는 회전 마차라는 생각에 잠시 고소를 머금게 됩니다.

잠깐, 재미로 사설을 붙이면 당시 정치인들의 유배는 우리가 생각하는 것보다는 괜찮은 삶이었다고 합니다. 지금은 실세하여 유배를 가지만 정권이 바뀌면 그가 언제 다시 득세할지 모르니, 지방의 관리들은 당연, 그에게 잘 보이려고 애쓰며 물심양면 편의를 돌보아 준 경우들이 많았다고 합니다.

윤선도에게는 어부들의 삶이, 아니 그들과 어우러져서 자연을 즐기는 삶이 이제 추잡한 싸움이 있는 속세와 명리의 삶보다는 훨씬 아름답게 느껴졌나 봅니다. 하여 어부사시사의 주제는 이 속세에서 벗어나 아름다운 자연과 더불어 하나가 되어 진정한 자유를 만끽하는 것이라고 볼 수 있습니다.

어부사시가에는 4계절을 각 10수씩 40수로 하고 여음이 붙어 있습니다. 여음은 배를 띄우는 것에서부터 돌아오기까지의 과정을 따라 말을 붙였습니다. 일반적으로 고려 후기의 '어부가'를 이어받아 다시 창작한 것으로 알려져 있습니다. 특이한 것은 대개 한시로 쓰고 다만 거기 여음을 붙이는 것이 보통인데, 윤선도는 순수한 우리말로 쓴 것이지요.

잘 아시다시피 당시에는 우리말은 주로 서민들이나 쓰고 선비들은 당연히 한시로 써야 품격이 높아진다고 생각했지만, 윤선도는 우리말의 아름다움을 잘 살리며 시조를 썼으니, 높이 평가를 받아야 마땅하고 옳은 일이라고 생각합니다. 하여 그를 정철, 박인로와 더불어 조선 3대 시인으로 뽑습니다. 자연과 풍류를 좋아하는 시인이 정치에 뛰어들면, 험난한 여로를 걷기 마련이지요.

명리를 버리고 낙향했다는 그도 다시 왕세자들의 사부가 되어 달라는 인조의 명을 받들지요. 상경하여서도 다만 선생만 했으면 좋았을 텐데, 효종의 장례에 대한 예를 어떻게 할 것인가에 대한 논란에 쌓여 다시 유배 갔다가, 그의 나이 81세에 이르러 겨우 유배에서 풀려나 보길도로 돌아옵니다.

그는 여생을 보길도에서 은둔 자적하다가 자기가 만든 책방 낙서재에서 눈을 감게 되지요. 일반적으로 좋게 말하여 그가 워낙 성품이 강직하고 옳고 그름이 분명하여 불의에 타협할 줄 몰라 자주 유배를 당했다고 하지만, 결국 정치에 몸담은 것이니, 제가 그를 온전히 명리를 버린 사람으로 보지 않는 까닭입니다.

그가 남긴 시들은 국문학사상 시조의 최고봉이라 일컬어지며, 학창시절 순전히 시험을 보기 위해 그의 시조 몇 줄을 외우지 않은 사람은 거의 없을 것입니다. 그러면 우리말을 쉽고 간소하며 자연스럽게 구사하여 우리말의 예술적 가치를 발현시켰다는 평가를 받는 어부사시가 일부를 들어볼까요.

여름이니까 여름 노래에서 몇 구절 뽑았습니다. 고어의 우리말이 아니라 현대어로 풀어 쓴 것입니다. 고어는 너무 어려워서요.


1
궂은비가 멈추어 가고 흐르는 시냇물도 맑아 온다.

'배를 띄워라, 배를 띄워라.'

낚싯대를 둘러메니 (벌써부터 솟구치는) 마음속에서 우러나는 흥겨움을 참을
길이 없겠구나.

'찌거덩 찌거덩 어야차!'

안개가 자욱한 강과 겹겹이 둘러선 묏부리는 누가 그림으로 그려냈는가?


2

연잎에 밥을 싸 두고 반찬은 장만하지 마라.

'닻을 들어라, 닻을 들어라.'

대삿갓을 쓰고 있다. 도롱이를 가져 왔느냐?

'찌거덩 찌거덩 어야차!'

무심한 갈매기는 내가 저를 따르는가? 제가 나를 따르는가?

# 지구별이 몸살을 앓는 까닭

지구별, 우주에서 보면, 아주 작은 행성이지만 생명체가 사는 유일한 행성으로 알려져 있지요. 이 지구별이 지금 심한 몸살을 앓고 있습니다. 그 몸살의 하나가 바로 지구 온난화이지요. 요즈음 매서운 강추위를 겪으며 지구 온난화라는 말이 맞아?라는 생각이 들지요. 그런데 그것도 지구 온난화, 맞답니다.

지구 온난화로 인해 북극의 냉대를 지켜주던 한계선의 파괴로 냉기가 휘몰아쳐 우리는 극심한 한파에 시달리고 있는 것이지요. 저는 서울대 환경대학원의 김정욱 교수가 쓴 글을 읽다가 제가 가서 3개월 머물 중국이라는 나라에 관련된 내용을 보면서 그곳, 중국 천진의 첫 이미지가 다시 떠올랐습니다.

회색의 도시, 춥고 음산할 뿐만 아니라 공장에서 뿜어 나오는 매연이 아주 심한 곳입니다. 저는 그저 바라보는 모습만으로도 숨을 쉬기 힘들게 느껴지는 삭막한 곳이었습니다. 비록 3개월의 짧은 기간이지만 그곳에 가는 마음이 쉽지만은 않지요. 김정욱 교수님의 글에서 제가 지니게 되는 이미지, 그 이유를 헤아릴 수 있었습니다.

중국이 공업화되면서 우리의 환경 상황은 극도로 나빠지고 있답니다. 우선 황사를 들 수 있지요. 황사는 중국 북부 일대가 사막화되고 있기 때문이라고 합니다. 공업화뿐만 아니라 과도한 목축으로 초지가 사막이 된다고 하네요. 양 떼들이 풀뿌리까지 뜯어 먹어서 양 떼가 지나간 곳이 초토화된답니다.

우리나라가 황사로 봄철이면 외출이 힘든 상황인데, 중국 북부지역이 어떻겠습니까? 황사보다 더 심각한 것은 대기 오염물질입니다. 일본의 경우 대기 오염 물질의 50%가 중국에서 오고, 심지어는 미국 L.A의 먼지의 4분의 1이 중국에서 온다니, 가까운 우리나라는 어느 정도인지 짐작할 수 있겠지요.

이웃을 잘 만나야 하는데, 오염물질 가운데 가장 문제가 심각한 것이 석탄을 태우면서 나오는 그을음이라고 합니다. 중국은 우리나라에서는 사용할 수 없는 석탄, 즉, 불소, 수은, 비소, 카드뮴, 납 등의 다량 함유된 석탄을 사용한다고 합니다.

여러분들, 중국재 한약 드시면 안 된다는 이야기 들어보셨지요? 중금속이 많이 들어있기 때문인데, 바로 이런 석탄을 태워 말리기 때문이라고 합니다. 지금 중국의 가장 큰 질병은 불소 중독증이랍니다. 무려 4천만 명 이상이 이 병에 걸린 것으로 추정된다고 하니, 놀랍지요?

재미있는 이야기 하나 할까요? 중국에서 내리는 비는 맞으면 안 된다고 합니다. 왜 그런지 아세요? 암모니아가 다량 들어있답니다. 13억 인구가 쏟아놓는 대소변을 비료로 밭에 뿌려놓고, 그것이 대기 순환이 되는 까닭이랍니다. 중국 화장실 더러운 이야기는 다 들어보셨지요?

김정욱 교수님의 글을 읽다가 그가 '도시에서 생태적으로 사는 법'을 썼던 박경화 님이 얼마 전에 쓴 '고릴라는 핸드폰을 미워해'라는 책의 추천사를 쓴 것을 알게 되었지요. '고릴라는 핸드폰을 미워해'는 '아름다운 지구환경을 지키기 위한 스무 가지 생각'을 담아 쓴 책이라고 하네요. 책 제목이 재미있지요.

'고릴라는 핸드폰을 미워해'라는 제목을 보면 좀 생뚱맞다는 생각을 하게 되는데, 이야기를 들어보면, 아 그렇구나, 느끼게 됩니다. 저는 어제도 스마트폰으로 핸드폰을 무상으로 교체해 준다는 음성 메시지를 받았지요. 지금 제가 쓰고 있는 핸드폰도 물론 공짜 핸드폰입니다.

우리는 번호이동을 하거나 혹은 약간의 보조금을 지급받을 경우, 거의 공짜로 비록 스마트폰이 아니라고 하더라도 최신형 휴대전화로 바꿀 수 있습니다. 이제 알고 보니, 핸드폰 바꾸지 않고 오래 써야 하겠어요. 고릴라가 핸드폰을 미워하는 이유는 마치 '나비효과'와 같답니다. 핸드폰 생산이 늘어날 때마다 아프리카 콩고에 사는 고릴라가 죽어간다는 놀라운 사실입니다.

휴대전화의 중요한 원재료가 되는 물질이 아프리카 콩고에서 나오는 '콜탄'이기 때문이라고 합니다. 휴대전화 생산이 늘어나면서 콜탄이 아주 귀한 광물로 대접받게 되었고, 아프리카 콩고의 카후지 비에가 국립공원에 콜탄 채굴 광산이 생기면서 고릴라 서식지가 완전히 파괴되고 있다는 것이지요. 그러니까 우리가 핸드폰을 너무 쉽지 바꾸지 않고 오래 쓰는 일, 핸드폰에 매여 살지 않은 일은 중요해요.

단지 통신비를 아끼고 물자를 절약하는 차원에서 그치는 일이 아니라, 지구 반대편의 소중한 생명을 보호하는 거룩한 일이라고 합니다. 저자 박경화님은 '휴대전화가 없을 때 우리는 어떻게 살았을까?'라는 의문을 제기하며 휴대전화 때문에 바뀐 우리의 삶의 단면도를 보여줍니다.

제가 요즈음 지하철을 많이 타는 편인데, 놀라는 것은 지하철에 앉아 있는 사람들 가운데 반 이상이 핸드폰으로 통화를 하거나, 문자를 보내거나, 아니면, T.V.를 보거나 한다는 사실입니다. 한 번도 놀랍게도 앞줄 8명이 모두 핸드폰으로 무엇인가를 하는 장면을 보았지요.

'고릴라는 핸드폰을 미워해'는 생태 환경문제를 '카오스 이론'의 바탕이 된 '나비효과'로 설명해 주는 책이랍니다. 저자는 지구를 살릴 '생명의 날갯짓'이 필요하다고 역설합니다. 쉽게 말하면, 북경에서 나비 한 마리가 작은 날갯짓을 시작하면, 뉴욕에서 폭풍이 몰아친다는 나비효과입니다.

이처럼, 한국에서 핸드폰 소비량이 늘어나면, 지구 반대편 아프리카 콩고에서는 고릴라가 죽어가고 무의미한 내전으로 많은 사람이 죽어가게 되니, 적게 사용하는 풍토를 마련해야 한다는 것이지요. 지구별의 나그네인 우리가 지구 온난화에 대한 생태환경학자나 운동가들이 계속적인 관심과 주의, 나아가서 경고를 무시하며 어떻게 될까요?

우리나라 국민 한 사람이 평균 8벌의 옷을 사기 위해서, 북아메리카에서만 해마다 면화 농사를 위해서 농민들이 26억 달러어치의 살충제를 뿌립니다. 천을 염색하기 위하여 엄청난 화학 염료가 물을 오염시키고 있으며, 중국과 동남아의 노동자들이 저임금과 부당한 처우를 하고 있다는 것입니다. 옷뿐만 아니라 물자 소비에 대해 정말 조금 더 생각하며 살아야겠어요.

아까 말씀드린, 황사와 연관하여 보면, 일회용 나무젓가락을 사용할 때마다 황사가 더욱 심해진다는 것입니다. 왜 그러느냐고요? 국내에서 소비되는 대부분의 나무 젓가락은 중국산 백양목이나 자작나무로 만들어지는데 중국 대륙에서 숲이 하나 사라지면, 이듬해 봄에는 황사가 더 심하게 한반도를 덮친다는 것입니다. 이 모두가 생태환경에서 나타나는 '나비효과'들이라고 볼 수 있습니다.

20년 전에 일 년에 몇 번 오던 황사가 이제는 봄철뿐만 아니라, 가을, 겨울까지도 오고, 농도도 무려 20배가 넘게 되었답니다. 여러분들이 이미 많이 들으셨겠지만 '나비효과'라는 말은 1963년 미국의 기상학자인 에드워드 로렌츠가 컴퓨터로 기상 모의실험을 하던 중, 미세한 초기조건 값 차이가 엄청나게 증폭되어 판이한 결과가 나타난 것을 발견하면서 알려졌습니다.

나비효과는 나쁜 영향을 설명할 때도 사용하지만, 좋은 일에 적용할 수도 있겠지요. 우리가 2년에 한 번 바꾸던 핸드폰을 4년에 한 번 바꾸면 아프리카의 고릴라 한 마리를 살릴 수 있으리라 생각하니, 저도 핸드폰 오래 써야겠어요. 서울대학교 환경대학원, 김정욱 교수님은 '고릴라는 핸드폰을 미워해'의 추천사를 쓰면서 이렇게 썼어요.

"저자 박경화님은 지구 생태계에 그런 짐을 지우는 옳지 않다고 생각해서 스스로 불편한 삶을 택했다. 세탁기 없이 맨손으로 빨래를 하고 휴지 대신 손수건과 걸레를 사용하고 일회용 나무젓가락과 비닐봉지를 사용하지 않는 불편함을 즐겁게 감수하면서 살고 있다."

오늘 저는 조금 불편하게 사는 것이 지혜로움이라는 사실을 다시 생각합니다.

# 시인

## 생명의 리듬

우리에게 '설악의 시인'으로 알려진 이성선 시인을 어떻게 볼 것인가? 이성선 시인은 "모든 생명의 리듬은 하나로 꿰어져 있으며 우리가 모르는 사이에도 다른 사물과 우리 사이에는 열려서 서로를 듣고 느끼고 대화하고 도우며 살아가는 것"이라고 합니다.

다만 인간이 이 사실을 잘 모른다는 것이지요. 그것이 바로 닫힌 인간의 무지요 슬픔인 것이라고 합니다. 따라서 "우주 전체 생명은 통해서 바라보면, 모두 하나로 열린 한 생명으로 보게 될 것입니다." 그때 비로소 너와 나를 제대로 보게 되는 것이지요.

그는 다만 '설악의 시인'이 아닙니다. 어느 지역에 국한될 수 없는 까닭이지요. 이성선 시인에 의하면, 우리가 자신을 바라보며 다만 자신은 작은 몸, 작은 영혼, 작은 리듬이라고 한다면 자연, 말하자면 우주 전체는 큰 몸, 큰 영혼, 큰 리듬입니다. 그렇기에 우리가 단지 우리만을 알 때 진정 우리를 아는 것이 아닙니다.

우리가 우주 전체를 알 때, 진정 우리를 있는 그대로 보게 됩니다. 마찬가지로 우리가 우리 자신만을 노래한다면, 우리를 노래한다고 볼 수 없습니다. 진정한 우리의 노래란 바로 전체 삼라만상의 마음을, 영혼을 노래할 때 우리의 마음, 우리의 영혼을 노래하게 됩니다. 그러면, 시는 무엇인가? 시는 우리에게 있어서 우주 그 원초적 생명에 다가가는 길입니다.

그와 하나가 되는 일, 즉 나와 우주의 합일을 꿈꾸는 삶 속에서 피어난 꽃이라고 합니다. 그렇기에 시 쓰기란 단순한 일반적인 묘사를 넘어서서 우리 삶을 우주 차원 그 높이까지 올려놓고자 하는 전부를 포함하는 것입니다. 여기서 우주란 우리에게 보이는 자연과 보이지 않는 별 저 너머의 살아 숨 쉬는 세계 모두를 합하여 통칭하는 의미를 지니고 있습니다.

가만히 다가가는 것, 그래서 우리를 떼어놓을 수 없는 하나임을 받아들이는 것입니다. 시인은 크게 자연을 우주라고 부릅니다. 자연은 열려 있다고 합니다. 자연은 신성하고 고결합니다. 자연이 열려 있고, 살아 숨 쉬며, 느끼고, 말하고, 말소리를 들으며, 사랑을 받으면 가슴 벅차하는 존재입니다.

자연은 말하자면, 마치 우리 어머니와 같은 존재입니다. 우리가 모두 어머니에게서 왔습니다. 자연은 바로 우리 근원적 고향 같은 것입니다. 시인은 바로 시란 우리가 그것을 노래하는 것입니다. 다시 말해 하나 된 상태에서 바라보는 것, 전체로서 바라보고 노래하는 것입니다.

그가 이야기하는 우주와의 합일이 여기서 나옵니다. 우리 영혼이 저 위대한 우주 영혼과 하나 되는 길이라고 합니다. 그러기 위하여 먼저 나의 리듬, 우리의 리듬이 그 우주 생명과 일치하도록 명상적, 선적 세계로 들어가는 것입니다. 다만 생각이나 상상만으로는 여기서 불가능해집니다.

우리 생각이나 상상만이 아닌 몸이 중요합니다. 우리 몸으로 해야 하는 것, 다시 말하면 삶 전체로 해야 한다는 것입니다. 온몸과 온 혼으로 다가가되 표현방법은 어디까지나 서정적 언어라야 가능하다고 믿습니다. 우주는 리듬이고 이 리듬을 문자로 옮길 때 서정적 언어밖에는 달리 할 방법이 없다고 믿기 때문이라고 합니다.

그는 "하나이면서 둘이 세계, 이 화엄의 세계를 호흡할 때만이 열린 시, 위대한 시가 떠오르리라" 믿습니다. 그가 생각하고 느끼며 또 체현해 나가려는 시의 길이 바로 이것입니다.

# 가넷

　오늘은 새가 되어 멀리 날아가고 싶었습니다. 우리 고전의 시나 심지어는 현대 유행가 가사에도 멀리 계시는 님을 그리는 마음을 나타낼 때, 새가 되어 님께 날아가고 싶다는 식의 표현이 적지 않지요. 저도 새가 되어, 님께 날아가고 싶다는 생각을 했습니다.

　제가 이런 말을 하면, 저에게 님이 누구냐고 물어볼 사람이 많겠지요? 물으시면 당연히 아프지요. 여러분 모두가 저에게 님입니다. 이제 여러분 모두에게 저는 날아가고 싶습니다. 새해를 맞은 지도 벌써 일주일이 지나, 2주째. 제가 여러분에게 돌아갈 날도 어느새, 다가왔습니다. 유머의 고전에 해당하는 말이 "이 세상에서 가장 빠른 새는?"이고, 그 답은 '눈 깜빡할 새'이었지요. 그런데 요즘 더 빠른 새가 나왔다고 하지요. 그 새가 바로 '어느새'랍니다. 어느새, 저는 이제 할아버지라고 부를 나이가 되었습니다. 실제 할아버지가 된 친구들이 많이 있고요.

　제가 사진을 처음 찍기 시작할 때부터, 새는 제 사진 대상의 단골손님이었습니다. 특별히 새처럼 날고 싶다는 꿈을 따로 꾸지는 않았지만, 제 무의식 안에 새처럼 자유롭게 비상하고 싶은 열망이 숨어져 있는지도 모릅니다. 하지만 새처럼 날아서 멀리 가고 싶은 바람은 저 혼자만의 동경은 아니겠지요. 인간 모두의 바람이겠지요?

오래전, 리차드 버크의 '갈매기의 꿈'을 읽고 매료되어서 그런지 제 사진에 특히 갈매기를 담은 사진이 많고, 제 시집, '그대 안에 사랑이 머물고'의 앞뒤 표지를 갈매기 사진으로 도안하기도 했습니다. 이곳 뉴질랜드에서 아주 빠르다는 새를 만났습니다.

'가넷'이라는 새입니다. 일반적으로 가장 빠른 새는 '군함조'라고 부른 새로, 순간적으로 낼 수 있는 속도가 400km가 넘는다고 합니다. 그다음에 '칼새'라는 새가 시속 200Km를 낸다고 합니다. 그 다음으로 빠른 새가 바로 제가 만난 '가넷'이라는 새입니다.

가넷은 그리 크지 않은 새이지만, 날개를 펼치면 2m 가까이 되는 긴 날개를 지닌 새입니다. 가넷이 날고 있는 모습도 제가 사진에 담았습니다마는 비행하는 모습은 그리 빠를 것 같지 않은 우아한 모습입니다. 그런데 가넷이 물고기를 잡기 위해 물 속으로 하강할 때는 최고 시속 150km를 낸다고 합니다. 그런 빠른 속도로 거의 10m의 수심을 다이빙하여, 바닷속으로 들어가 물고기를 잡는다고 합니다.

가넷의 서식지가 있다고 하여, 찾아간 곳이 무리와이 비치입니다. 피하 비치에서 멀지 않은 옆 동네이지만, 찾아가기 위해서는 멀리 돌아가야 했습니다. 가넷이라는 새 서식지 무리와이 비치는 피하 비치와는 또 다른 매력으로 제 마음을 사로잡았습니다. 사실 이곳에서 계속 날씨가 좋지 않았습니다.

제 사촌 동생이 15년 넘게 살면서 이렇게 비가 많이 오고 추운 여름은 처음이라고 합니다. 하지만 제가 아주 타이밍을 잘 맞추어 오클랜드를 찾았습니다. 그 까닭은 제가 가장 보고 싶은 장면을 마주치게 되었으니까요. 제가 수백 쌍의, 아니 바로 거의 천 쌍의 가넷를 만난 것입니다. 바로 이 시기, 이곳 여름이 가넷이 둥지를 트는 때라고 합니다.

아, 가넷이 나는 모습은 환상이었습니다. 저는 리차드 버크가 가넷을 만났더라면, '갈매기의 꿈'이 아니라 '가넷의 꿈'이라는 제목의 소설을 썼을 것이라고 상상했습니다. 가넷은 서로 진하게 사랑을 나누는 새이기도 합니다. 서로 사랑하여 짝이 되면, 알을 낳게 되지요.

어린 가넷이 드디어 비상하는 법을 터득하게 되면, 그 어린 새는 서식지를 떠나 멀리 바다 건너 호주로 향해 날아가서 거기서 몇 년을 살고, 다시 고향인 이곳 뉴질랜드로 돌아와 짝을 만나고 다시 다음 세대를 위한 보금자리를 꾸밉니다. 서식지로부터 바라보는 전경이 정말 장관이었고, 제게 참으로 특별한 느낌을 느끼게 하여 주었습니다.

가넷 새들을 오래 바라보면서 깊은 명상에 잠기게 되었습니다. 그들은 사람들이 자기들을 바라보는 것에 전혀 개의하지 않고 자기들의 삶을 즐기고 있었습니다. 무엇보다 그들이 다른 사람이나 새들의 눈을 전혀 의식하지 않고 사랑을 나누는 모습이 깊은 인상으로 저에게 남아 있습니다.

아, 무리와이 비치, 검은 모래사장이 끝없이 펼쳐지는 곳. 가넷의 비상하던 곳. 아니, 가넷이 서로 사랑을 나누던 곳. 나, 그대를 영원히 잊을 수 없으리. 나 그대를 영원히 사랑하리. 가넷, 나의 사랑이여! 나에게 자유의 의미를 되새겨 준 영원한 나의 친구여!

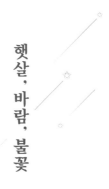

햇살, 바람, 불꽃

오소서, 성령님. 주님의 빛, 그 빛살을 하늘에서 내리소서.

가장 좋은 위로자, 영혼의 기쁜 손님, 저희 생기 돋우소서.

일할 때에 휴식을, 무더위에 시원함을, 슬플 때에 위로를.

굳은 마음 풀어주고, 차디찬 마음 데우시고, 빗나간 길 바루소서.

우리가 복음 환호송 전에 부른 부속가인 성령 송가의 일부입니다. 이 송가는 성령이 누구신지, 어떤 역할을 하시는 분이신 지를 잘 드러내 주는 아름다운 노래입니다. 성령은 바로 우리의 위로자이시며 영혼의 생기를 돋아주는 기쁜 손님이시며 한 줄기 빛으로서 우리의 맘 깊은 곳을 채우시는 분이십니다. 또한, 복음 환호송에서 노래하듯 주님의 숨으로써 온 누리를 새롭게 하신 분, 사랑의 불을 타오르시게 하시는 분이십니다.

일본에 북해정이란 우동 집이 있었답니다. 섣달 그믐날 밤 10시가 조금 넘은 시간 마지막 손님이 나가고 가게를 정리하려는데 한 여인이 여섯 살, 열 살 가량의 두 아이를 데리고 들어와서 머뭇머뭇 말했습니다.

"저, 우동 1인분만 시켜도 괜찮을까요."

주문을 받은 주인은 1인분에 반을 더 넣어 삶았습니다. 세 사람은 한 그릇의 우동을 서로 이마를 맞댄 채 맛있게 먹었지요. 150엔의 값을 지불하고 "맛있게 먹었습니다." 하고 나가는 세 모자에게 주인 내외는 "고맙습니다. 새해에 복 많이 받으세요."라고 목청을 돋워 인사했습니다.

한 해가 지난 다시 섣달 그믐날 밤 10시가 막 지난 시간 두 아이를 데리고 한 여인이 북해정을 들어왔습니다. 주인은 그 여자가 입고 있는 낡은 코트를 보고 1년 전의 그 마지막 손님임을 알아보았지요. 그들은 지난 해처럼 우동 한 그릇을 시키고 셋이서 맛있게 먹고 갔습니다.

그 다음해 섣달 그믐날 밤, 주인은 10시가 넘자 벽에 걸려 있는 메뉴를 뒤집어서 그해 여름에 200엔으로 올렸던 우동 값을 150엔으로 다시 바꾸어 놓았습니다. 10시 15분경 세 사람이 들어왔습니다.

"저, 우동 2인분인데도 괜찮겠지요?"

두 그릇의 우동을 함께 먹으며 세 모자는 밝게 이야기하고 있었습니다.

"형아야, 그리고 준이야. 고맙다. 돌아가신 아빠가 일으켰던 사고로, 여덟 명이 부상을 당했었지. 보험으로 모자랐던 만큼을 매월 5만 엔씩 지불하여 오늘 전부 끝낼 수 있었단다. 형아는 신문 배달을 열심히 했고, 준이는 장보기와 매일 저녁 준비를 해 준 덕분에 엄마는 안심하고 일할 수 있었단다."

그러자 형아가 말했습니다.

"엄마한테 말씀드리지 못한 게 있어요. 지난 11월 준이가 쓴 작문이 북해도 대표로 뽑혀 전국 대회에 뽑히게 되어 선생님이 와서 수업을 참관하라는 편지가 왔는데, 엄마 대신 제가 갔었어요. '우동 한 그릇'이라는 글이었는데 셋이서 한 그릇밖에 시키지 않았는데도 우동집 아저씨 아줌마가 '고맙습니다.'라고 큰소리로 외쳐주신 일.

그 목소리는 '힘내라! 지금 어려워도 용기를 잃지 말아라!'라고 말하는 것 같았고 그 말이 늘 마음을 울려오면서 커다란 위로가 되었노라고, 그래서 준은 어른이 되면 그렇게 힘내라는 속마음을 '고맙습니다.'라고 말해 줄 수 있는 일본 제일의 우동집 주인이 되는 것이라고 큰 소리로 읽었어요."

그들은 서로 손을 잡고 밝게 웃으며 맛있게 우동을 먹고 인사하고 나갔습니다. 다시 그믐날 밤이 되자 북해정의 주인은 세 모자를 기다렸으나 그들은 오지 않았습니다. 그 다음 해에도 또 다음 해에도 그들은 끝내 나타나지 않았습니다. 그러고 10여 년이 지난 어느 해 섣달 그믐밤, 조용히 북해정의 문이 열리더니, 정장 차림의 두 청년과 화복 차림의 부인이 깊이 머리를 숙이고 들어왔습니다.

"저, 우동 3인분 괜찮겠지요?"

당황해 하고 있는 주인에게 청년 중의 하나가 말했습니다.

"우리는 15년 전 섣달 그믐날 밤 셋이서 우동 한 그릇을 주문했던 사람들입니다. 그때 그 한 그릇의 우동, 그리고 '고맙습니다.'라고 말해 주셨던 두 분의 모습에 용기를 얻어 열심히 살아갈 수 있었습니다. 저는 지금 대학 병원에서 의사로 일하고 있고 동생과 함께 어머니를 모시고 지금까지 우리의 인생에서 최고의 사치스러운 일을 계획했습니다. 오늘 북해정을 찾아 3인분의 우동을 시키는 것입니다."

일본 작가 구리 료헤이가 쓴 '우동 한 그릇'이라는 글을 요약한 것입니다. 삶의 아름다움, 삶의 잔잔한 감동이 어디에서 오는가를 보여주는 글입니다. 셋에서 우동 한 그릇을 시킬 수밖에 없는, 사고로 숨진 남편이 남긴 빚을 갚아야 하는 경제적인 어려움에도 굴하지 않고 열심히 일하는 여인이 있습니다.

비록 돈은 없지만, 아이들에게 외식을 시켜주고 싶은 엄마의 마음, 그리고 신문 배달, 장보기, 저녁 준비 등으로 어린 나이에도 고통을 함께 나누는 두 형제의 모습과 우동집 내외가 이들을 대하는 모습은 우동 국물만큼이나 따뜻합니다. 저는 이 사람들이 영세를 한 그리스도인들인지는 잘 모릅니다.

그러나 분명히 아는 것은 이들 안에는 성령이 머물러 계시다는 것입니다. 우동집 내외가 소리를 높여 "고맙습니다."라고 외쳐주어 세 모자에게 힘내라고 용기를 잃지 말라고 격려했던 그것이 바로 성령께서 사람들 안에 머무시면서 하시는 일입니다. 한 줄기 햇살처럼 우리에게 오셔서 위로를 주시는 분이 바로 성령이십니다.

# 두메꽃

저는 지금 잠시 쉼의 시간을 지니고 있습니다. 월요일 새벽, 제주에 와서 어느 모임에 오전 10시에서 오후 5시까지 하루 피정 지도를 해 주었지요. 피정 장소가 납읍리 다래산장이었는데, 아주 나무들이 많은 곳이었습니다. 그곳에서 하루 자고 어제 화요일에는 이곳 제주 강정 마을에 있는 예수회 공동체에서 고생하는 형제들 만나고 강정 마을 미사를 같이 하고, 많은 느낌을 받았지요.

비가 쏟아지는 거리에서의 길거리 미사였습니다. 미사 중에도 100명이 넘게 둘러싼 경찰들에 의해 들려 나가는 공사장 앞에서 연좌하여 미사 드리던 세 신부와 활동가들을 바라보며 그 앞에 앉아 있지 않고, 그 모습을 사진 찍는 저 자신을 돌아보게 되었습니다. 혹자는 왜 길거리 미사를 하는가?라는 물음을 던졌지요.

오늘부터 저는 교래라는 마을에서 나무들이 아주 많은 어느 집을 빌려 쉼, 휴식의 시간을 가지려고 합니다. 잠시 일을 놓고 저 자신을 돌아보기 위해서이지요. 제주의 어느 지인이 저에게 제대로 된 쉼을 가지라고 그 집을 빌려주었지요. 거의 아무 시설도 없는 작은 집인데, 저는 아주 마음에 듭니다.

한자어, 휴식(休息)이라는 말의 의미를 새겨봅니다. 누군가의 뜻풀이를 보면서 아, 그런 깊은 뜻이 있었구나. 휴식(休息)이 바로 피정과 같은 의미로구나. 하는 감탄을 한 적이 있습니다. 피정은 영어로 retreat라고 하지요. retreat의 원래의 의미는 후퇴이지요. 그러니 피정은 일상 삶에서 조금 후퇴하여 자신을 돌아보는 것입니다.

휴식이라는 한자어에는 영어 retreat, 피정의 의미가 고스란히 담겨 있네요. 휴식(休息). 쉴 휴자에, 숨 쉴 식자입니다. 그런데 글자를 가만히 바라보면 거기 깊은 의미가 그대로 드러납니다. 휴(休)는 사람(人)이 나무(木)에 기대어 있는 모양새입니다. 그리고 식(息)은 숨쉴 식자인데, 바로 마음(心) 위에 자신(自)을 가만히 오려 놓은 모습입니다.

그러니 휴식(休息)이란 말의 뜻은 우리가 바라보는 그 모양새를 그대로 읽으면 되네요. 휴식은 나무에 기대어, 혹은 나무 옆에 앉거나 서서 자신의 마음을 들여다보는 것입니다. 저는 휴식의 식자가 숨쉴 식라는 것에 어떤 느낌이 왔고, 거기 마음이 와 닿아 잠시 머물게 되었습니다.

식(息)에서 스스로 자(自)는 원래 코를 나타내는 상형문자에서 나왔다고 합니다. 코로 숨을 쉬니까 코에 생명이 있다고 본 것이지요. 가만히 숨을 쉬면, 거기 휴식이 있습니다. 왜냐하면, 가만히 숨을 쉬면 숨을 쉬면서 자신의 모습을 바라보게 되니까요.

동서양의 사고방식이 어쩌면 이렇게 같을 수도 있는지요? 구약성경, 창세기를 보면 히브리 사람들도 하느님께서 진흙으로 사람을 빚으시고

코에 숨을 불어 넣으시자 생명이 태동하고 사람이 되었다고 본 것이지
요. 우리가 숨을 쉴 때, 스스로 존재하는 자신이 되는 것입니다.

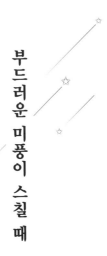

부드러운 미풍이 스칠 때

오늘은 성 필립보와 성 야고보 사도 축일입니다. 예수님의 열두 제자 가운데는 야고보가 두 분이 있습니다. 그래서 조금 헷갈리지요. 한 사람은 우리에게 더 잘 알려진 제베대오의 아들이자 사도 요한의 형제인 야고보이지요. 이분은 일반적으로 '큰 야고보'라고도 부릅니다. 다른 하나는 알패오의 아들로 불리는 분으로 흔히 '작은 야고보'라고도 합니다. 바로 오늘 축일을 지내는 야고보 사도는 작은 야고보입니다.

필립보와 야고보 두 사도가 왜 함께 축일을 지내는지는 저도 확실히 모릅니다. 두 분 모두 예수님께서 밤을 새워 기도하시고 난 후에 뽑으신 12 사도에 속하지만, 예수님 당시에는 뚜렷한 두각을 나타내거나 특별히 거론되는 인물들은 아니라는 공통점이 있기는 합니다. 그러나 설마 그런 이유로 두 분이 함께 축일을 지내지는 않겠지요.

전승에 의하면 필립보 야고보 두 사도 모두 나중에 예수님의 부활을 증거하다가 예수님을 위해 순교하였다고 전해지고 있는 사람들입니다. 필립보는 오늘날 터키 땅이 된 프리기아 지역에서 선교하다가 대략 62년을 전후로 순교한 것으로 전해십니다. 야고버는 팔레스티나 지역과 이집트에서 선교하다가 순교한 것으로 알려져 있습니다.

필립보 사도는 베싸이다 출신으로 안드레아나 베드로와 마찬가지로 예수님의 직접적인 부름을 받고 제자가 되었습니다. 요한 복음서에 의하면 그는 나타나엘 혹은 바르톨로메오라는 이름의 친구를 예수님께 이끈 사람이기도 합니다. 또 성경의 어느 대목에 등장하지요?

예수님께서 오천 명을 먹이신 기적에서 필립보가 말하지요. 겨우 보리 빵 5개와 물고기 두 마리밖에 없다고. 야고보 사도는 12 사도의 하나이지만 복음서 안에서는 거의 별 언급이 없는 분입니다. 그러나 예수님의 승천하신 이후에 아주 두각을 드러내며 초대교회를 이끈 분입니다. 야고버 서간을 집필하였고, 예루살렘의 초대교회 주교로 활동하신 분이지요.

오늘 복음을 보면 필립보 사도는 하느님 나라에 대한 깊은 열망을 지니고 있었던 것 같습니다. 그래서 예수님께 친히 하느님 아버지를 만나 뵙게 해 달라는 간청하지요. 예수님께서는 자기를 보았으면 하느님 아버지를 만나 뵌 것이라는 말씀을 하십니다.

예수님께서는 바로 하늘에 계신 하느님 아버지와 지상에서 활동하고 계신 당신이 하나라는 사실을 분명하게 말씀하십니다. 그러면서 그동안 필립보 사도가 자신과 함께 생활해 왔던 그 모든 것이 바로 하느님 아버지와 같이 생활한 것이라고 밝히십니다.

당신 안에 아버지가 계시고, 아버지 안에 당신이 계시다고, 달리 말해, 두 분은 서로 하나라고 말씀하십니다. 이 말씀을 어떻게 알아들어야 합니까? 김치만두가 김치에게 사랑을 고백했습니다. 뭐라고 했겠어요? 답은

"네 안에 내가 있다."입니다. 이 유머의 원조가 바로 예수님입니다. 예수님의 이 사람 고백을 통해 우리에게도 사랑 고백을 하시는 것입니다.

"내 안에 너희가 있고 너희 안에 내가 있다." 우리도 필립보처럼 하느님 아버지를 만나 뵙고 싶은 열망을 지니고 있습니다. 그런데 이미 하느님께서는 우리가 모시는 예수님을 통해 우리 안에 와 계십니다. 우리가 성체를 모시는 이 미사에서 우리는 하느님 안에 함께 있는 것입니다. 그러면 미사 때만 그분이 우리와 함께 계시는가?

아닙니다. 바로 우리 삶의 자리에 하느님께서 같이 계십니다. 다만 우리가 그것을 느끼고 깨닫지 못할 뿐이지요. 얼굴을 맞대고 그분을 만나 뵙지 못하고 있을 뿐이지요. 예수님 말씀대로 언젠가 마치 거울을 통해 보듯 얼굴을 맞대고 그분을 뵙게 될 날이 있을 것입니다. 진정으로 우리들의 삶을 깊이 돌아보게 된다면 하느님께서 우리와 같이 계셨음을 깨달을 수 있습니다.

우리 삶의 자리에서 아주 부드러운 미풍이 스칠 때, 그분이 우리의 얼굴을 쓰다듬으시는 것인지도 모릅니다.

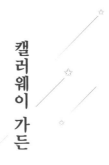

# 캘러웨이 가든

메모리얼 채플

제가 조지아주에 있을 때, 쉽지 않은 교포 사목으로 바쁘게 지냈기 때문에 실제 몇 번 가지 못했지만, 처음 한 번 가 보고 완전히 반해 버린 아주 좋아하던 곳이 있었습니다. 캘러웨이 가든이라는 곳입니다. 아틀란타에서 남쪽으로 두 시간 정도 가는 곳입니다.

캘러웨이 가든은 총면적이 1만 3000에이커(약 24Km 제곱미터)에 달하는 아주 넓은 공원입니다. 우리에게 가든은 무슨 음식점 이름처럼 들리지요. 그 넓은 공원을 가든이라는 이름으로 고집하는 것은 그곳을 만든 캘러웨이라는 사람이 원래 우리말로 하면, 진달래, 철쭉, 영산홍을 망라하는 단어인 아즈리아를 아주 좋아했고, 여러 색의 아즈리아로 예쁜 정원을 만든 것에서 시작되었기 때문입니다.

실제는 꽤 넓은 호수와 작은 호수들도 여러 개가 있는 큰 공원이지요. 지금은 원래의 아즈리아 정원을 중심으로 그 주변에는 아주 큰 식물원, 좋은 골프코스도 있고, 미국 최초의 나비 박물관도 있고, 여러 다양한 시설 등이 갖추어져 있는 유명한 자연 정원 리조트입니다. 주변의 아름다운 자연경관 때문에, 1년 내내 많은 사람이 찾아오는 곳입니다.

봄에 꽃의 축제는 놓칠 수 없는 장관을 이루고 있습니다. 사람들은 아무래도 휴가철인 여름에 가장 많이 찾는다고 합니다. 여름에는 워터 스키를 즐길 수 있는 다양한 패키지들이 있기 때문이지요. 재미있는 것은 그곳이 분명 민물 호수인데, 마치 바닷가처럼 아주 고운 모래의 해변과 해수욕장이 있습니다. 그래서 여름 휴가를 그곳에서 보내는 사람들이 많습니다.

가을 축제도 독특한 맛을 느낄 수 있다고 하는데, 저는 가을에 간 기억은 없습니다. 겨울에는 크리스마스 분위기를 무르익게 하는 환상적인 빛의 축제 판타지인 라이츠가 준비돼 있다고 하지만, 역시 저는 겨울에도 가 본 기억도 없습니다. 판타지 인 라이츠는 매년 20만 명 이상의 관광객을 빛의 세계로 초대한다고 하네요.

캘러웨이 가든 전체를 800만 개 이상의 전구들이 감싸고 빛을 발한다고 하니, 상상 안에서 그려보아도 아름다울 것 같습니다. 제가 캘러웨이 가든을 아주 좋아하게 된 것은 이런 여러 가지 이벤트나 볼거리 때문이 아닙니다. 숲을 걷는 트레일들도 많이 있어, 산책을 하기에도 아주 좋습니다.

10마일 정도 되는 코스로 울창하게 우거진 나무숲 사이로 걷거나 자전거를 타고 하이킹을 할 수도 있습니다. 저도 걷기를 좋아하지만, 캘러웨이 가든을 좋아하는 이유는 트레일이 있기 때문도 아닙니다. 제가 그곳에 반해 버린 것은 다만 그 숲 속에 아주 아름다운 경당이 있기 때문입니다.

그곳을 만든 캘러웨이 씨가 자기 어머니를 추모하기 위해 지었다는 메모리얼 채플이 있기 때문입니다. 저는 그 메모리얼 경당 옆의 숲에 앉아 온전히 자연에 빠지면, 마치 헨리 데이빗 소로우처럼 자연주의자가 된 듯 착각에 빠지게 되곤 했지요. 캘러웨이 가든이 워낙 넓은 곳이라 그 경당이 북적대지 않는 것은 당연하겠지만, 제가 그곳을 갈 때마다 저는 그 경당에 사람이 있는 것을 본 기억이 없습니다.

아마 틀림없이 보았겠지만, 기억을 못하는 것이겠지요. 저에게는 가장 아름답게 느껴지는 곳인데, 사람들은 별 관심이 없는 곳이라는 사실이 저에게 신기하게 느껴질 정도였지요. 사실 아무도 없어서 제가 오래 숲속 작은 의자에 앉아 있을 수 있었기 때문에, 제 기억에 더 오래 남아 있나 봅니다.

모든 것은 지나가는 것

별똥 떨어진 자리

　오랜만에 학창시절 무척 좋아하던 시인, 윤동주의 산문으로 알려진 글을 하나 읽었습니다. '별똥 떨어진 데'라는 제목의 글인데, 저에게는 시로 느껴지는 글입니다. 이 글을 시라고 불러두기로 하지요. 그 시, 앞 몇 줄 읽어 드리지요.

밤이다.
하늘은 푸르다 못해 농회색으로 캄캄하나 별들만은 또렷또렷 빛난다.
침침한 어둠뿐만 아니라 오삭오삭 춥다.
이 육중한 기류 가운데 자조하는 한 젊은이가 있다. 그를 나라고 불러두자.
나는 이 어둠에서 배태되고 이 어둠에서 생장하여서 아직도 이 어둠 속에
그대로 생존하나 보다. 이제 내가 갈 곳이 어딘지 몰라 허우적거리는 것이다.

　마치 제 마음을 그대로 그리고 있는 것처럼 느껴져 섬뜩한 느낌마저

듭니다. 다만 저는 이제 젊은이가 아니고, 중늙은이인데, 아직 어둠 속에서 허우적거리니, 그저 한심할 따름입니다. 여러분이 잘 알다시피 윤동주가 말하는 어둠은 조국의 어둠입니다. 일제 치하의 조국의 암담한 현실 안에서 그는 고뇌합니다. 그의 시 몇 줄 더 읽지요.

이제 닭이 홰를 치면서 맵짠 울음을 뽑아 밤을 쫓고 어둠을 짓내몰아 동켠으로 휘언히 새벽이란 새로운 손님을 불러온다 하자. 하나 경망스럽게 그리 반가워할 것은 없다.

보아라, 가령 새벽이 왔다 하더라도 이 마을은 그대로 암담하고 나도 그대로 암담하고 하여서 너나 나나 이 가랑지질에서 주저주저 아니치 못할 존재들이 아니냐.

새벽의 시간입니다. 아니, 이미 닭이 홰를 치면서 맵짠 울음을 뽑아 밤을 쫓아 몰아낸 아침의 시간입니다. 저는 이제 이 아침에 이곳을 잠시 떠나 석 달 가까운 시간, 어둠이 짙게 느껴지는 천진이라는 곳으로 갑니다. 제가 천진이 삭막하고 칙칙하게 느껴지는 곳, 공기도 나쁜 곳이라고 하여 걱정하시는 분들이 많은데, 괜한 이야기를 했다고 후회했습니다.

사람 사는 곳이 거기가 거기이지요. 중요한 것은 사람들이고, 거기 마음 따뜻한 사람들이 있다는 것, 제가 저 자신과 신앙을 나눌 사람들이 있다는 것이 저에게 큰 위안이 되고, 제가 그곳에 가는 이유이기도 하지요. 어디에 가서 머물든 중요한 것은 단순히 장소가 아니라 살아가는 마음가짐이리라 생각합니다.

늘 희망을 잃지 않는 것, 어떤 어둠의 상황에서도 빛을 바라보는 것이 중요하지요. 윤동주는 어둠으로 느껴지는 조국의 암담한 상황에서 아무것도 할 수 없는 자신의 처지를 자조하면서도 결코 희망을 버리지 않았습니다. 윤동주는 이 시에서 '나무'에 대한 관상을 그립니다. 나무는 희망의 상징이지요. 그는 나무가 있다고 하며, 나무를 의인화하여, '그'라고 부릅니다. 그는 자기의 오랜 이웃이요 벗이라고 합니다. 자기는 처음 그를 퍽 불행한 존재로 가소롭게 여겼답니다. 그의 앞에 설 때 슬퍼지고 측은한 마음이 앞을 가리곤 하였답니다. 그런데 돌이켜 생각하니까 나무처럼 행복한 존재는 다시 없다는 깨달음에 이르게 되었다고 들려줍니다.

심심하면 새가 와서 노래를 부르다 가고, 출출하면 한줄기 비가 오고, 밤이면 수많은 별과 오손도손 이야기할 수 있고, 영롱한 햇빛을 받아들여 손쉽게 생활을 영위하고 오로지 하늘만 바라고 뻗어질 수 있는 것이 무엇보다 행복스럽지 않으냐고 합니다.

그는 나무라는 희망을 찾으며, 나무의 마음을 헤아리고 거기서 미래를 바라보는 것입니다. 이 밤도 과제를 풀지 못하여 안타까운 자기 자신의 마음에 나무의 마음이 점점 옮아오는 듯하고 읊습니다. 그는 희망의 상징인 나무에게 자기의 방향을 물어야 할 것임을 깨닫습니다.

저도 윤동주에게 배웁니다. 제가 가야 할 방향을 나무에게 물어야겠습니다. 그의 시, '별똥 떨어진 데'의 마지막 행입니다.

어디로 가야 하느냐 동이 어디냐 서가 어디냐 남이 어디냐 아차!
저 별이 번쩍 흐른다. 별똥 떨어진 데가 내가 갈 곳인가 보다.
하면 별똥아! 꼭 떨어져야 할 곳에 떨어져야 한다.

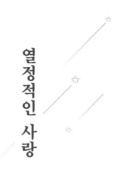

## 열정적인 사랑

열애는 열렬한 사랑이라 부릅니다. 그렇습니다. 한순간 모든 것을 태워 버릴 것 같은 뜨거움입니다. 윤시내의 열애는 부산 MBC에서 DJ를 했던 배경모와 그의 아내 이지현의 이야기를 노래로 만든 것이라 합니다. 짧은 삶을 살다간 배경모의 이야기를 1978년 최종혁이 작곡을 하고, 윤시내가 불러 우리 마음을 울렸지요.

이 열애는 이태석 신부님의 삶의 모습을 떠올리게 합니다. 이태석 신부님이 수단 후원자들을 위해, 이 노래를 부르셨기 때문입니다. 노래 가사 "이 생명 다하도록 뜨거운 마음속 불꽃을 피우리라."처럼 그렇게 불꽃처럼 사시다 가신 분과 잘 맞는 곡입니다.

아랫글은 제가 쓴 글인데, 수원교구 신부님들이 '사랑으로'라는 이름으로 곡을 붙여 부른다고 하더군요.

출가

그대 집 떠남을 두려워 마오
구름, 불기둥만 곧장 따라가오


가다가 사막 갈증 허기로
가난한 그대 가슴에 상처나거든
높이 달린 구리뱀을 쳐다보오


갈릴리 호수라고 늘 잔잔하지는 않은 것
넘어지고 깨어지면서도 님의 옷자락 놓지마오
그대 나섬은 출가요, 새로남
끊는 아픔, 십자가의 길이라오


그래서 선택인 것, 기쁨인 것, 자유의 길인 것
그대 가는 곳 하늘 마을
다시 생각해도 참 잘 나섰소

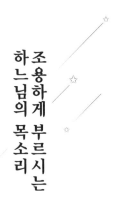

조용하게 부르시는
하느님의 목소리

엘리야는 산전수전 다 겪은 사람입니다. 그런데 엘리야는 하느님의 산 호렙에서 주님의 목소리를 듣습니다. 강한 바람이 지나갔습니다. 지진이 일었고, 불길이 지난 다음에야 그는 하느님을 대면할 수 있습니다. 그는 잔잔하고 조용하게 부르시는 하느님의 목소리를 들었습니다. 하느님의 사랑에 불타는 엘리야는 부드러운 미풍과 하느님의 사랑을 체험했습니다.복음에서 예수님께서는 곧 제자들을 재촉하시어 배를 타고 건너편으로 먼저 가게 하시고, 그동안에 당신께서는 군중을 돌려보내셨습니다. 군중을 돌려보내신 뒤, 예수님께서는 따로 기도하시려고 산에 오르셨지요. 이렇게 시작은 아주 조용합니다. 이렇게 구약의 사건을 우리 삶을 비추어 주고 알아듣게 합니다.

복음에서 예수님께서 물 위를 걸으신 기적 사화를 묵상해 보기로 해요. 거친 풍랑이 이는 갈릴래아 호수 안에 제자들이 있고, 예수님께서 제자들을 향해 걸어오시는 모습을 바라보십시오. 이 대목은 유명한 오병이어의 기적 이후에 일어난 사건입니다. 빵 다섯 개와 물고기 두 마리로 사람들을 배불리 먹이신 예수님은 제자들을 배에 태워 건너가게 하신 후 군중을 돌려보내십니다. 같은 사건을 다룬 요한복음서는 예수님의 이적을 본 사람들이 예수님을 억지로 모셔다가 임금으로 삼으려 한다는 것을 아시고, 혼자 산으로 물러가셨다고 기록하고 있습니다.

사실 제자들은 아직도 예수님이 어떤 분인지 잘 알지 못합니다. 제자들은 예수님이 십자가에 죽으심으로써 인류를 구원할 '하느님의 어린 양'이라는 것을 모르고 있습니다. 그들은 예수님을 현세적인 삶의 구세주로 믿고 따르고 있었던 것이지요. 예수님은 제자들이 군중의 움직임에 동요되어 휩쓸릴 것을 염려해 얼른 배에 태워 보낸 것입니다. 그리고 혼자 사람들을 돌려보낸 것입니다. 이제 혼자 남은 예수님은 기도하기 위해 산으로 올라갑니다. 예수님은 하느님 아버지와 시간을 가지기 위해, 홀로 산을 오른 것입니다. 이렇게 예수님은 하루 일과가 끝나는 시간이나 일과를 시작하기 전, 이른 새벽에 하느님 아버지와 함께 있는 시간을 가지곤 했습니다. 그 시간 안에서 새로운 힘을 얻으셨기 때문입니다.

우리 역시 홀로 산을 오르는 용기가 필요합니다. 피정은 바로 이런 것이지요. 오직 주님과 함께 머무는 시간을 가지는 것이 중요합니다. 그 시간 안으로 들어가는 것이, 곧 기도이기 때문입니다. 갈릴래아 호수는 평소에는 잔잔하고 아름다운 호수입니다. 하지만 때로는 거친 풍랑을 일으키기도 합니다. 조용하던 배가 갑자기 역풍을 만나 요동치고 있습니다. 눈을 감고 불안과 두려움에 사로잡힌 제자들의 모습을 그려보십시오. 한편 산에서 기도하시던 예수님은 제자들의 불안을 아시고, 제자들에게 오십니다. 예수님이 물 위를 걸으시는 모습을 고요함 속에서 바라보십시오.

마음속에 어떤 느낌이 떠오릅니까? 기쁨입니까? 아니면 놀라움입니까? 예수님이 물 위를 걸어오는 모습을 본 제자들은 겁에 질려 소리칩니다. "유령이다!" 때는 새벽 네 시쯤 되었습니다. 제자들은 캄캄한 호수 위 배 안에서 거센 풍랑에 시달리고 있습니다. 이때 누군가가 물 위를 걸어오는 모습을 본다면, 놀라는 것은 당연합니다. 예수님은 제자들에게 말씀을 건네십니다.

"용기를 내어라. 나다. 두려워하지 마라."

예수님의 음성을 들은 제자들의 마음은 얼마나 기뻤을까요? 구세주를 만난 것 같았을 것입니다. 사실 제자들은 진짜 구세주를 만난 것이지요. 기도 안에서 제자들의 기쁜 마음에, 나의 마음을 포개어 함께 머무르십시오. 베드로는 기쁨을 감추지 못하며 "주님, 주님이시거든 저에게 물 위를 걸어오라고 명령하십시오."라고 소리칩니다.

베드로의 우직한 성품이 잘 드러나는 대목이지요. 예수님이 베드로에게 "오너라." 하시자, 베드로는 배에서 내려 물 위를 걸어갑니다. 베드로는 예수님께 대한 신뢰심과 기쁜 마음에 어린아이처럼 물로 뛰어들었습니다. 그리고 예수님처럼 물 위를 걷습니다. 베드로의 용기는 참으로 훌륭합니다. 그만큼 베드로는 예수님을 사랑했고 믿었던 것입니다.

물 위를 걸어 예수님께 다가가던 베드로는 거센 바람을 만나자, 두려움을 품게 됩니다. 두려움 때문에 물속으로 빠져버린 베드로는 "주님, 저를 구해 주십시오." 하고 비명을 지릅니다. 베드로의 모습을 보면서 여러분, 어떤 심정이 드십니까? 베드로의 나약함에 연민을 느끼십니까?

어떤 제자보다 더 예수님께 대한 사랑과 신뢰를 보여주고 싶었지만, 순간적인 두려움에 물속으로 빠져버린 베드로의 모습에 연민을 느끼지요. 그 느낌 안에 머물면서 우리의 마음을 느껴봅니다. 나의 마음은 가만히 고요 속에 머물고 있습니까? 아니면 풍랑에 요동치는 배처럼 흔들리고 있습니까? 기도가 늘 고요한 가운데 이루어질 수는 없습니다. 분심과 유혹을 느끼면 그저 베드로처럼 "주님, 도와주십시오."라고 외치면 됩니다. 기도에서 가장 중요한 것은 예수님의 마음을 느끼는 것입니다. 이제 예수님의 마음에 머무르십시오. 베드로를 향한 예수님의 마음은 어떠했을까요? 우리가 베드로에게 연민을 느낀다면 예수님께서는 더할 나위가 없으시겠지요. 예수님은 가득한 사랑으로 베드로의 손을 잡아주십니다. 예수님께서 물 위를 걸으신 기적 장면은 우리에게 어떤 깨달음을 줍니다. 이 사건에 대한 상징적 의미를 묵상해 보겠습니다.

인생을 배라고 가정하고, 우리는 그 배를 타고 목적지를 항해하고 있습니다. 그리고 배 안에 예수님이 함께 계실 때와 계시지 않을 때를 상상해 봅니다. 우리가 역풍을 만나 시련에 빠지게 되는 것은 배 안에 예수님이 계시지 않을 때입니다. 우리가 탄 배가 역풍에 시달리며 어려움을 당했을 때, 주님은 우리에게 구원의 손길을 내밀어 주신다는 것입니다.

우리 역시 베드로처럼 주님께 다가가려는 깊은 열망을 지니고 있습니다. 그러나 우리는 역경에 처하는 순간 주님이 나를 바라보고 계신다는 것을 잊고 좌절하게 됩니다. 베드로는 물속에 빠지자 지체하지 않고, 주님께 구해 달라고 외쳤습니다. 우리 역시 나약한 믿음 때문에 어려움에 있을 때, 주님에게 도와 달라고 외치는 용기가 필요합니다.

우리는 기도 안에서 베드로의 모습이 바로 우리 자신의 모습이라는 것을 알았습니다. 베드로는 인간적인 나약함 때문에 매번 넘어졌습니다. 그러나 베드로는 포기하지 않고 다시 일어설 수 있는 믿음과 용기로, 교회의 반석이 되었습니다. 그는 우직했습니다. 그러나 진실했습니다. 그래서 교회의 반석이 되었습니다.

우리도 넘어지는 것을 두려워하기보다 다시 일어설 수 있는 믿음과 용기를 지녀야겠습니다. 베드로처럼 약하지만, 주님께 매어 달릴 수 있는 진솔한 마음을 지닙시다.

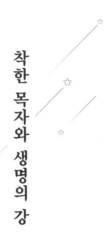

# 착한 목자와 생명의 강

오늘 복음은 아주 아름다운 대목입니다. 이 복음 내용 안에 두 가지 요점이 있습니다.

첫째는 예수님께서 착한 목자라는 것이고, 둘째는 그가 오신 이유입니다. 우리가 생명을 얻어 누리고 또 누리게 하려고 오신 것입니다. 우선 당신이 착한 목자라는 의미를 살펴보겠습니다. 왜 예수님께서 당신을 착한 목자라고 하십니까? 거기에는 배경이 있습니다.

이스라엘에서 목자와 양 떼의 관계에 대한 배경입니다. 구약시대에 백성의 지도자를 목자로, 백성을 양 떼로 보았습니다. 야훼 하느님께서 양을 목자에게 맡겼습니다. 그런데 몇 년의 시간이 지나자 무슨 일이 일어났습니까? 우리는 에제키엘 34장에서 목자의 양 떼의 이야기를 듣습니다.

목자가 거짓 목자로 돌변한 것입니다. 오히려 목자가 양 떼를 잡아먹기 시작합니다. "불행하여라! 자기들만 먹는 이스라엘의 목자들! 양 떼를 먹이는 것이 목자가 아니냐? 그런데 너희는 젖을 짜 먹고 양털로 옷을 해 입으며 살진 놈을 잡아먹으면서, 양 떼를 돌보지 않는다."(에제. 34. 2-3)

목자는 양 떼를 돌보고 지켜야 하는데도 불구하고, 오히려 잡아먹는 어처구니없는 일이 벌어집니다. 이스라엘에서 왕과 사제들이 하느님께 순명하지 않았습니다. 사람들이 더 이상 사제들을 신뢰하지 않습니다. 이스라엘에서는 사람들이 그들의 목자들을 더 이상 존경하지 않게 되었습니다.

이런 상황에서 예수님께서 당신이 착한 목자라고 말씀하시는 것입니다. 예수님께서 말씀하십니다. "나는 양 떼를 돌보기 위해서 왔다. 나는 거짓 목자와 다르다." "나는 문이다. 양들은 이제 문을 통해 들어오게 될 것이며 문을 통해 들어오면 생명을 얻고 생명을 보호받을 수 있다." "나는 양 떼를 안다. 착한 목자인 내가 양의 이름을 부르면 양은 그의 목소리를 알아듣는다."

착한 목자의 특징은 '이름을 부른다.'라는 것입니다. 이것은 개인적인 사랑을 나타냅니다. 이 새 목자는 구약의 목자와는 다릅니다. 목자는 양 떼를 지킵니다. 양 떼가 안심하고 그 목자에게 가까이 다가갈 수 있습니다. 거짓 목자에게는 양 떼가 가까이 다가갈 수 없습니다.

착한 목자는 양의 이름을 알고, 이름으로 부릅니다. 양의 그의 목소리를 듣고 알아듣게 됩니다. 이것이 어떻게 실현되는가? 요한 복음서에서 양이 목자를 만나는 극적인 장면의 대목이 있습니다. 요한 20장입니다. 마리아는 무덤으로 달려갔지만, 무덤에 예수님의 시신이 없었습니다.

천사들이 마리아에게 "여인아, 왜 우느냐?"라고 묻자, 마리아가 그들에게 대답하였지요. "누가 저의 주님을 꺼내 갔습니다. 어디에 모셨는지 모르겠습니다." 그런 뒤에 돌아선 마리아는 예수님께서 서 계신 것을 보았지만, 그분이 예수님인지를 알아채지 못합니다.

예수님께서 마리아에게 "여인아, 왜 우느냐? 누구를 찾느냐?"라고 물으셨지만, 마리아는 그분을 정원지기로 생각합니다. 예수님이 그만 정원지기가 되셨습니다. 그분은 정원지기가 아니라 착한 목자입니다. 착한 목자이신 예수님께서 '마리아야!'라고 이름을 부르시자, 이제 양인 마리아가 목자의 목소리를 알아듣습니다.

마리아는 돌아서서 대답합니다. 히브리말로 '라뿌니!' 하고 부릅니다. '스승님!'이라는 뜻입니다. 목자가 양의 이름을 부르고 양은 목자의 목소리를 알아듣습니다. 목소리를 통해 그분이 목자이신 것을 알아채자 슬픔이 사라집니다. 생명이 다시 찾아옵니다. 그분은 우리의 이름을 알고 계신 분입니다.

그분이 우리를 어둠 속에서 부르시고 우리는 응답하게 됩니다. 이름을 알고 있고, 이름으로 부른다는 것은 개인적인 친밀한 사랑을 나타냅니다. 시편 23을 보십시오. 거기서는 구약이지만 본래의 착한 목자의 모습을 그리고 있습니다.

주님께서는 나의 목자, 나는 아쉬울 것 없어라.
푸른 풀밭에 나를 쉬게 하시고
잔잔한 물가로 나를 이끄시어
내 영혼에 생기를 돋우어 주시고
바른길로 나를 끌어 주시니
당신의 이름 때문이어라.

제가 비록 어둠의 골짜기를 간다 해도

재앙을 두려워하지 않으리니

당신께서 저와 함께 계시기 때문이옵니다.

당신의 막대와 당신의 지팡이가

저에게 위안을 주나이다.

당신께서 저의 원수들 앞에서

저에게 상을 차려 주시고

제 머리에 향유를 발라 주시니

저의 술잔도 가득하나이다.


저의 한평생 모든 날에

호의와 자애만이 저를 따르리니

저는 일생토록

주님의 집에 사오리다.


주님이 우리의 목자이시기 때문에 우리에게 아쉬울 것이 없습니다. 그분이 우리를 푸른 풀밭에 데려가서서 쉬게 하시고, 물가로 끌어 주시어 목을 축여 주실 것입니다. 우리가 죽음의 골짜기를 간다고 하더라도 우리는 안심할 수 있습니다. 그분께서 우리와 함께 계시기 때문입니다.

우리가 삶에서 고통을 당한다고 하더라도 그분이 거기 계시면서 우리를 지켜주실 것이기 때문에, 위로를 받고 다시 힘을 얻게 될 것입니다. 이것이 착한 목자의 참모습입니다. 예수님께서는 착한 목자로서 양들을 위해 목숨을 바친다고 말씀하십니다.

예수님께서 나에게 말씀하십니다. "바로 너를 위해 죽을 준비가 되어 있다." "너에게 생명을 되찾게 해 주기 위해, 너의 죄 사함을 위해, 너에게 하느님 아버지를 알게 해 주기 위해 나는 내 목숨을 바친다." 예수님께서 말씀하셨습니다. "나는 양들이 생명을 얻고 또 얻어 넘치게 하려고 왔다."

여기서 '생명'이 뜻하는 바가 무엇입니까? 우리말로 '생명'이라고 옮겼지만, '생명'은 곧 삶을 의미합니다. 우리가 좋은 삶을 살고 있다고 할 때, 무슨 의미입니까? 좋은 직장을 가지고 있고, 좋은 집에 살고, 좋은 차를 가지고 있다는 의미입니까?

그것은 우리의 생각입니다. 예수님께서 좋은 삶이라고 말씀하실 때는 다른 의미입니다. 외적인 것이 아닙니다. '생명'이나 '삶'은 더 깊은 의미를 지니고 있습니다. 절망에 빠지고 삶에 회의를 느낀 나폴레옹의 부하인 어느 장교가 상관인 나폴레옹을 찾아왔습니다.

"제가 자살을 할 수 있도록 허락해 주십시오." 나폴레옹이 그에게 말했답니다. "귀관은 한 번도 살아있던 적이 있었던가?" 우리는 살아있습니까? 생명, 삶이 무엇입니까? 예수님 없이 사는 것은 생명이 있는 삶이 아닙니다. 다만 연명일 뿐입니다. 예수님과 함께 사는 것이 진정 생명이며 삶입니다.

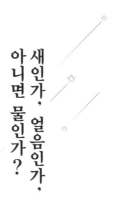

## 새인가, 얼음인가, 아니면 물인가?

어제 불교 방송에서 어느 노스님이 하신 말씀이 제게 울림을 주었기 때문에 그 말씀을 두고, 제 나름대로 묵상해 보았습니다. 그 스님 말씀이 얼음으로 만든 새를 놓고 사람들은 그 새가 아름답다든가, 멋있다든가, 날개가 잘못되었다든가, 다른 작품보다 못하다든가, 비교하니까 거기서 시비가 생기고 다툼이 생긴다고 하면서 물음을 던지셨습니다.

"그것이 새인가, 얼음인가, 아니면 물인가?"

그것을 무엇으로 보느냐? 에 따라 우리 마음이, 우리 삶이 달라질 수 있다고 합니다. 우리가 보이는 형상에 집착하지만, 실은 아무것도 없다는 것이지요. 우리가 생각하는 행복, 사랑, 그것이 어디에 있는가? 그것을 구하려고 할 때, 없는 것을 구하니 불만이 생기고 그 불만이 주변에 있는 사람들을 불편하게 만든다고 합니다.

그 스님은 우리가 무엇을 구하는 것이 문제라고 하셨는데, 성서에서 예수님은 "구하라, 그러면 받으리라."라고 하셨지요. 하하. 예수님께서 말씀하신 구하라는 의미도 집착이 아니라, 하느님께 의탁하라는 뜻이지요. 하느님께 맡겨드리면 그분이 알아서 해 주시리라는 말씀이지요. 사실 깊이 보면, 같은 말씀인데 표현방식이 참 다르지요.

저도 그리스도인이라서 관점과 표현방식이 다르기에 그 스님 말씀에 다 동의하지는 않았지만, 저는 스님 말씀의 요지를 제 나름대로 이해하여 우리 존재의 근원을 생각하라는 말씀으로 알아들었습니다. 우리가 누구입니까? 얼음으로 만든 새를 보고 우리가 "아, 새가 아름답다."라고 말합니다.

실은 새가 아니고 다만 얼음이고, 그 얼음도 실은 물인데 다만 온도 때문에 형상이 달라진 것이듯이 우리도 여러 모습을 지니고 있지만, 그 근원을 바라보면 다 하느님의 모상을 따라 지음받은 존재, 바로 사랑이지요. 하느님의 모상이라는 말의 의미가 눈, 코, 입 등의 겉으로 드러난 모습이 아니라 하느님의 본질적인 존재, 자체 바로 사랑이라는 뜻이니까 우리도 모두 사랑입니다.

사랑이 여러 모습을 지니게 될 때, 마치 새가 물이 아닌 것처럼 보이듯이 우리도 전혀 사랑이 아닌 것처럼 보입니다. 사실 모두가 그 본래의 하느님의 모상, 사랑의 모습만 지니고 있으면, 얼마나 재미없는 세상이겠습니까? 하하. 성냄도 미움도, 다툼도 다 벗어놓을 수 있으면 좋겠지만, 그것이 안 되는 것이 우리 인간 세상사 아니겠습니까?

그 스님 말씀대로 본래 없는 것이니까 아무것도 구하지 말고 물처럼 살면 좋겠지만, 그것은 아무래도 득도하신 스님 말씀이고, 우리는 지지고 볶고 시비하면서 살게 마련이지요. 그렇게 사는 것이 인생이지만 그래도 그 스님 말씀 중에서 제 마음에 새겨두고 싶은 것은, 우리 마음 안의 불만을 버리라는 가르침이었습니다.

우리 삶에서 불만이 없을 수 없는데 그것을 오래 마음 안에 두지 말고 버리도록 노력하는 것이 중요할 것 같아요. 불만이 결국 마음의 병이 되고 실제 몸의 병도 되니까요. 어떤 부인이 몸이 아파서 의사를 찾아갔답니다. 그 의사는 명의였고, 검진을 해 본 결과 그 사람이 다만 마음의 병을 앓고 있는 것을 알았지요.

말하자면, 그 사람의 병은 삶에 대한 부정적인 태도, 마음속의 미움, 분노, 좌절감, 슬픔, 불만 등에서 온 것이었지요. 그 의사는 그 사람이 지닌 마음의 치료가 중요하다는 것을 알았지요. 그래서 의사는 그 사람을 자기의 진료실에 딸린 약방에 데려가서, 빈 병으로 가득 찬 선반을 보여주며 말했답니다.

"부인, 여기 속이 비어 있는 빈 병들이 보입니까? 조금씩 다르게 생겼지만, 다 유리로 만든 병이지요. 중요한 것은 다 비어 있다는 것입니다. 그런데 이제 제가 이 병에 사람 하나쯤은 죽일 수 있는 독약을 넣을 수 있습니다. 다른 병에는 두통을 사라지게 하는 양약을 넣을 수도 있습니다. 이 병에 무엇을 채우는가?는 저에게 달려 있습니다."

그 의사가 말을 이었답니다.

"우리에게 주어지는 매일 매일은 여기 있는 빈 병들과 같습니다. 우리는 우리 마음을 불만, 질투, 미움, 좌절, 불만이라는 독약으로 채울 수도 있고, 친절, 온유, 기쁨, 사랑이라는 양약으로 채울 수도 있습니다. 부인의 병에서 미움, 원망, 슬픔을 버리고 희망과 사랑으로 채우신다면, 지금 앓고 있는 병은 깨끗이 나을 것입니다."

사람마다 처한 상황은 다르겠지요. 지금 내가 어떤 상황인지 몰라서 의사가, 아니 이 글을 쓰는 제가 그런 말을 한다고 생각하실 분이 분명 있을 것입니다. 각자마다 겪고 있는 고통이나 슬픔이나 불행, 불만이 왜 없겠습니까? 인생이 그렇게 쉽게 약병처럼 병에 있는 것을 버리고 다른 것으로 채울 수 있으면 얼마나 좋겠습니까?

우리네 삶이 그렇게 간단하지는 않지만, 그래도 우리 인생이 참 길지 않다는 것을 생각하지 않을 수 없게 됩니다. 우리 인생이라는 병에 미움, 질투, 좌절, 슬픔, 불만으로 채우고 고통스러워하기에는 너무 시간이 아까워요. 하루하루가 화살처럼 지나가고 있어요. 분명 엊그제 앞산이 눈이 쌓여 있다고 생각했는데, 어느새 꽃이 피었어요.

아, 이제 일어나 산들이 뿜어내는 봄의 향기를 맡으러 나가야겠어요.

# 창자

### 연민의 마음

옛날 중국 노나라에 재경이라는 목수가 있었습니다. 그는 나무 다루는 솜씨가 뛰어나 온 나라에 소문이 자자하였습니다. 특히 악기를 만들면 모양새뿐만 아니라 그 소리가 살아있었습니다. 한번은 거문고를 만들었는데 사람들이 깜짝 놀랐습니다. 이 거문고에 대한 소문이 노나라 임금의 귀에까지 들어가게 되었습니다. 임금은 거문고를 가져오도록 했습니다. 재경이 만든 거문고는 과연 기가 막힌 명품이었습니다. 임금은 재경을 궁 안으로 불러들였습니다. 그리고 물었습니다.

"그대가 만든 거문고는 참으로 훌륭하도다. 그대는 어떤 기술을 지녔기에 이토록 놀라운 악기를 만드는가?"

그러자 재경은 머리를 조아리며 대답했습니다.

"임금님, 저는 그저 평범한 목수에 지나지 않습니다. 솔직히 말씀드리면 저는 이렇다 할 아무런 기술도 지니고 있지 않습니다. 다만, 저는 악기를 만들기 전에 제 마음과 몸을 깨끗이 합니다. 그리고 악기에 대해 깊이 생각합니다. 그렇게 사흘을 보내고 나면 상을 받는다거나 벼슬을 받는다는 따위의 생각은 들지 않게 됩니다.

다시 닷새를 그렇게 보내고 나면 세상 사람들이 어떤 비난을 하거나 칭찬을 하는 따위에 마음을 쓰지 않게 됩니다. 이레째가 되면 세상 아무것도 저의 마음을 어지럽히는 것이 없게 됩니다. 그때가 되면 오로지 악기 만드는 일에 관한 생각만이 날 뿐입니다. 그제야 저는 나무를 구하기 위해 산으로 올라갑니다. 저에게 이런 마음과 몸을 깨끗이 하는 이외에 달리 악기를 잘 만드는 기술이란 정말 없습니다."

고전이 우리에게 들려주는 이야기는 삶에서 가장 중요한 것이 무엇인지를 꿰뚫는, 정곡을 찌르는 예리함이 있습니다. 이 재경이라는 목수의 이야기는 참으로 깊은 계곡을 흐르는 물처럼 우리의 마음을 시원하게 열어줍니다. 저는 이 이야기를 들으면서 "바로 그거야."라고 외쳤습니다.

이런 마음의 자세로 삶을 대한다면, 어떤 어려움도 헤쳐나갈 수 있을 것입니다. 가장 중요한 것은 마음입니다. 마음을 비우는 것, 정치인들이 흔히 상투적으로 쓰는 의미가 아니라 진정으로 마음을 비우는 것, 오로지 나에게 주어진 일에만 마음을 모으는 것, 그것이 우리의 삶의 자세가 되어야 할 것입니다.

여러분, 이 이야기에 과장이 있다고 생각하십니까? 재경이라는 목수가 자기에게 그런 마음을 비우는 이외에 악기를 잘 만드는 기술 따위란 따로 없다고 한 말이 지나친 겸손이어서 좀 어색하다고 생각하십니까? 저도 몇 년 전 처음으로 이 이야기를 들었을 때는 그렇게 느꼈습니다. 그러나 지금은 아닙니다.

재경에게는 조금의 과장도 없다는 것이 느껴집니다. 다만, 제가 그 경지에 이르지 못하기 때문에 부러울 뿐입니다. 그래도 삶의 경험에서 깨우치게 되는 것은 우리도 어느 정도는 재경의 흉내는 낼 수 있다는 것이고, 그 흉내만으로도 인생살이에서 커다란 성과를 거둘 수 있다는 것입니다.

이 이야기를 삶에 적용하여 보십시오. 마음과 몸을 깨끗이 한다는 것은 바른 자세를 지니는 것이며 욕심을 지니지 않는다는 것이겠지요. 어떤 것에 대해 깊이 생각한다는 것은 그것으로 다시 마음을 모으는 것이겠습니다. 정말 사심을 품지 않고, 자기에게 주어진 일에 대해 깊이 생각하면서 마음을 모으면 뜻밖에 놀라운 성과를 거두게 된다는 것을 알게 됩니다.

저는 가끔 강론 준비를 하면서, 이 흉내를 냅니다. 저는 처음에 강론 준비에 일주일이 걸린다는, 어느 신부님의 말씀을 이해하지 못했습니다. 무슨 십오 분 강론 준비에 일주일이나 걸리는가? 저는 그렇게 생각했습니다. 저는 보통 하루 정도 걸렸었지요. 컴퓨터에 앉아서 써 내려가는 것은 사실 두어 시간 이내이지요. 저도 이제는 일주일이 걸린다는 의미를 이해하게 되었습니다. 저도 어떤 의미에서 일주일 걸리거든요. 일주일 전에 독서와 복음을 읽고 그것에 대해 생각하기 시작합니다. 많은 경우 잠을 자면서도 그 생각에 머뭅니다. 처음에는 저도 모르게 멋진 강론을 해서 신자들에게 깊은 인상을 주겠다는 생각이 들지요. 그러나 택했던 복음의 내용에 마음을 모으고 며칠을 지내다 보면, 깊은 인상을 주겠다든가 좋은 소리를 듣겠다든가 하는 따위의 생각은 들지 않게 됩니다.

한 닷새가 지나면 다만 예수님의 마음이 느껴질 뿐, 어떤 좋은 강론을 할 것인가 하는 따위의 생각도 없어집니다. 그다음에 강론을 써 내려가지요. 늘 그런 것은 아닙니다. 가끔 제 강론이 마음에 닿으면, 그때는 제가 마음을 주님께 모았었던 때라고 생각하시면 틀림이 없을 것입니다.

우리의 마음은 비록 목석같다 하더라도 어느 정도는 예수님의 마음을 읽을 수 있습니다. 예수님께서는 제자들을 보내면서 비록 악령들을 제어하는 능력을 주셨지만, 여전히 마음이 놓이시지 않습니다. 마치 어린 자식을 처음 집 떠나보내는 부모처럼 애처롭고 사랑이 가득 담긴 예수님의 마음을 읽게 됩니다.

한편 뱀은 에와를 유혹한 동물이기에 사악한 존재, 사탄의 상징처럼 느껴지는데 왜 예수님께서 뱀처럼 '슬기롭게 되라.'라고 하셨을까? 그 이유를 헤아려 봅니다. 얼마 전에 모 주교님과 이야기를 나누는 중에 그 주교님이 "교포 사목은 뱀처럼 슬기로워야 합니다."라고 하신 말씀이 인상적으로 제게 남아 있습니다.

뱀도 하느님의 창조물이고 존재 자체가 악이 아닌데 저는 어릴 때, 주일 학교에서 잘못 교육을 받았어요. 뱀을 한 마리 죽이고 성호를 그으면 죄가 하나 사해진다고요. 그래서 어려서 살생을 많이 하였답니다. 이 유월, 예수 성심성월에 우리도 예수님께서 지니셨던 그 마음, 연민의 마음, 사랑의 마음을 지니도록 우리의 마음을 예수님께 모으기로 해요.

목수 재경처럼 몸과 마음을 깨끗이 하고 오직 예수님의 마음만을 생각하면 차츰 다른 생각들, 남이 나를 좋은 사람이라고 생각할까, 나를 괜찮은 신자라고 생각할까 하는 등, 세상 사람들이 어떤 비난을 하거나 칭찬을 하는 따위의 마음은 사라집니다. 사랑으로 가득한 그분의 마음으로 채워져서 그리스도인으로서 기도하고 봉사하는 데 탁월한 어느 경지에 이를 것입니다.

비록 목수 재경이 장인으로서 이루었던 그 경지까지는 아니라도 얼추 비슷하게 흉내 낼 수 있다면 충분하리라 생각합니다.

## 제비꽃 화전

이곳 봉쇄수녀원에 와서 피정 지도하면서 가장 기다려지는 시간의 하나가 바로 식사시간입니다. 제가 보기보다 속물적이지요? 보기도 그렇다고요? 그래도 모른 척 해 주세요. 저는 매번 너무나 정갈하고 정성으로 차려진 음식을 바라보며 정말 혼자 먹기가 너무 아까운 생각을 합니다.

며칠 전 점심에는 제비꽃으로 수놓은 예쁜 화전이 올라왔어요. 그 화전을 보면서 한참 망설였어요. 이것을 먹어나 하나 그냥 바라보아야 하나? 너무 예뻐서 정말 먹기가 아까웠지만 만들어 주신 분의 정성을 생각하며 맛있게 먹었어요. 오늘 어느 수녀님이 만드신 것인지 알았지요.

면담은 비밀이지만, 여러분에게 그분이 누구인지 밝히지 않고 그냥 살짝 엿보는 재미를 드리면서 면담에서 들은 이 이야기를 나눕니다. 그날 그 수녀님이 저에게 식사 준비하는 마지막 날이고, 나름대로 감사의 마음을 담아주고 싶어서 제비꽃으로 화전을 만들어야겠다고 생각하고 제비꽃을 찾으러 뒤뜰로 나갔답니다.

수녀원 근처에서는 바로 제비꽃을 찾을 수 없어서 계속 찾다가 숲으로 들어가게 되었답니다. 수녀원 뒤쪽 안 숲에는 오두막이 하나 있는데 거기에 풍경이 달려 있답니다. 오두막 가까이 갔을 때, 풍경이 아름답게 노래하는 소리를 듣고 걸음을 멈추고 거기 빠졌답니다.

저는 수녀님이 이야기하시면서 참 시적인 분이라는 생각을 했는데, 정말 표현이 아름다웠어요. 여러분들, 풍경이 아름답게 노래한다는 말을 들으며 어떤 이미지가 떠오릅니까? 그 노래에 걸음을 멈추고 거기 귀를 기울이고 있는 수녀님의 모습, 그것이 바로 기도 삼매의 이미지입니다. 어떤 느낌이 오면, 그 느낌에 그냥 자신을 맡겨드리면서 머무는 것이 바로 기도이지요.

수녀님은 그날 제비꽃을 뜯으러 숲속으로 들어가셨지만, 자연 안에 머물며 하느님 안에 머물며 가장 깊이 기도한 것입니다. 수녀님은 모든 악기가 소리를 낼 수 있는 것은 비어 있기 때문이라는 사실을 떠올리셨답니다. 풍경은 그날 그냥 빈 채로 달려 있었다고 합니다.

제가 강의 중에 관상 기도는 수동적이 되어 그냥 맡겨드리는 것이라고 했었는데, 그 말을 떠올렸답니다. 그날 풍경은 평소에 잘 못 듣던 아름다운 노래를 부르고 있었는데, 바라보니 풍경은 정말 아무런 힘을 쓰지 않고 그냥 바람에 맡겨 놓고 흔들리고 있었답니다.

수녀님은 자신이 하느님 앞에 저렇게 그냥 맡겨드렸는가? 생각하며 부끄러운 마음이 드셨다고 합니다. 수녀님께서 마침내 제비꽃을 찾아내셨고, 제비꽃잎으로 아름다운 화전을 만드신 것입니다. 한편 저는 그 사랑과 정성의 마음이 담긴 제비꽃 화전을 먹으며, 참 세속적인 생각을 하고 있었어요. 이 정도의 식사를 고급호텔에서 하면 값이 얼마나 할까?

7~8만 원은 하지 않을까? 아마 10만 원이 넘을지도 몰라? 정말 부끄러운 사람은 저이지요. 도저히 돈으로 환산할 수 없는 마음, 제비꽃보다 더 아름다운 마음을 보지 못하고, 이것이 얼마짜리 음식일까 생각했으니, 참 속물근성은 시도 때도 없이 아무 때나 튀어나오나 봅니다.

이런 음식은 아무리 갑부라고 하더라도, 호텔에서 아무리 비싼 값을 주어도 먹지 못하리라는 생각을 하면서 혼자 행복했답니다. 이 생각도 속물적이지요? 그래도 어떠합니까? 사람 생긴 것이 그 모양이니 어쩝니까? 이제 다시 속물적인 생각, 오늘은 얼마짜리 음식이 나올까?라는 생각을 하며 식사를 하러 갈 시간입니다.

오늘은 안개꽃 화전이 나오지 않을까? 기대하면서 저는 식당으로 내려갑니다. 여러분들, 제가 오늘 안개꽃 화전을 먹는다고 하더라도 너무 부러워하지 마십시오.

그대 나이 들어

그
대
나
이
들
어

W. B. 예이츠 / 류해욱 신부 번역

그대 나이 들어 머리 희끗해지고 잠이 쏟아져

난로 옆에 앉아 꾸벅거리며 졸게 되거든

이 책을 꺼내 무릎에 놓고 천천히 읽으며

한때 그대 눈동자가 지니고 있던 부드러운 시선,

그리고 그 눈동자가 만든 깊은 음영을 꿈꾸게나.


얼마나 많은 이들이 그대의 기쁨에 찬

은총의 순간들을 사랑했으며

진실한 사랑이었든 설령 거짓이었든

그대의 아름다움을 사랑했었던가!

그러나 한 사람만이 진정

그대 안에 있는 순례자의 영혼을 사랑했으며

바뀌어지던 그대 얼굴의 슬픔을 사랑했나니

붉게 타오르는 장작 옆에 몸을 구부리고

조금은 슬픈 어조로 중얼거리게나.

어떻게 사랑이 그대에게서 달아나서

저 멀리 보이는 산 위를 거닐더니

무수한 별들 사이로 얼굴을 감추었는지를.

## 물, 그리고 물방울과 물결

오늘은 부처님 오신 날, 석가탄신일입니다. 모든 불자에게 축하를 드리며 함께 기뻐합니다. 부처님 오신 날을 맞아, 제가 오래전에 번역했던 '동행'이라는 책의 한 장을 다시 읽으면서 이 내용을 조금 풀어서 여러분들과 나누겠다는 생각을 했습니다.

'동행'은 브라이언 피어스라는 도미니코회 신부가 쓴 책으로 중세기의 신비 신학자, 에크하르트와 현대의 불교의 스승, 틱낫한(그의 존칭이며 애칭이 타이입니다. 그를 타이라고 부르지요.)의 사상을 비교, 연결하면서 종교 간이 대화를 시도하며 양자의 공통점에 주안을 둔 책이라고 할 수 있지만, 아무래도 신부가 썼으니까 그리스도교 사상이 더욱 잘 드러나 있고, 아주 잘 녹아 있는 책입니다.

제가 번역했지만 정말 좋은 책인데, 사람들은 조금만 어려운 용어가 나와도 읽지 않나 봅니다. 아마 제가 번역하여 출간한 책 중에서 가장 적게 팔린 책일 거예요. 우리 종교가 소중하면 다른 이들의 종교도 소중한 줄 알아야 하는데, 때로 그렇지 못한 사람들이 있어요.

특히 개신교의 어떤 분들 가운데 몰상식하기까지 한 분들이 있어 안타깝습니다. 어느 스님에게서 그분이 길을 가는데, 길에서 전교하던 개신교 신자가 다짜고짜 그 스님에게 붙어서 "예수 믿으시오. 예수 믿지 않으면 지옥 갑니다."라고 하더라는 이야기를 들었습니다.

스님 옷을 입었는데도 불구하고 그렇게 하며 붙들기에 뿌리치는데도, 결국 팜플렛까지 던져 주더라는 말을 듣고 저도 그 스님과 함께 분개했던 적이 있습니다. 에크하르트의 신비신학은 당시 교회 지도자들의 시각에서 볼 때, 너무나 창조적이고 혁신적이라 늘 경계와 관찰의 대상이 되었답니다.

그는 이렇게 말합니다.

"당신이 바다에 물방울 하나를 떨어뜨리면 그 물방울이 바다가 된다. 이와 같이 우리 영혼도 마찬가지이다. 우리 영혼이 하느님 안에 떨어져 잠길 때, 우리 영혼이 하느님이 된다."

우리 영혼이 하느님이 된다는 말은 중세 당시의 '하느님 관'으로는 아마 예수님이 하느님이 당신의 아빠, 아버지라고 한 것만큼이나 놀라운 말이었을 겁니다. 제가 놀라는 것은 타이가 에크하르트의 글을 읽었는지도 모르지만, 그와 굉장히 비슷한 표현을 합니다.

타이가 말합니다.

"우리는 모두 물을 근원으로 하는 물결이다. 물결로서 서로를 충분히 바라보는 데 시간을 갖는다면, 우리가 물로 만들어져 있고, 서로를 포함하고 있다는 것을 깨닫게 될 것이다."

에크하르트가 물방울이라고 하는 것을 타이는 물결이라고 표현합니다. 이것이 신비가들이 우리에게 들려주는 가르침입니다. 브라이언 피어스에 의하면, 불교인들의 영혼 안에 있는 존재의 근원과 그리스도인들의 영혼 안에 있는 존재의 근원이신 그분이 다른 분이 아닙니다.

회교인들이 '알라'라고 부르는 신이 예수님과 그 제자들이 '압바'(아빠라는 뜻의 아람어)라고 불렀던 하느님과 다른 분이 아닙니다. 우리가 모두 존재의 위대한 바다에서 물결이며, 물방울입니다.

타이가 말합니다.

"물결의 고향은 어디인가? 물결의 고향은 모든 다른 물결들이며, 물결의 고향은 물이다. 물결이 다른 물결들을 깊이 어루만질 수 있다면, 물결은 자신이 물로 만들어졌다는 것을 알게 될 것이다."

브라이언 신부는 우리가 상상 안에서 타이가 에크하르트와 대화를 나누고 있다고 가정하고 그들의 대화를 듣는다면, 우리는 타이가 에크하르트의 눈을 바라보면서 말하는 것을 들을 수 있을 것이라고 합니다.

"그렇습니다. 마이스터, 당신이 하시는 말씀에 전적으로 동감합니다. 우리는 물결이 물이라는 것을 알고 있지요. 그리고 물이 물결의 근원이지요."

'생명의 숨' 또는 당신의 얼, 당신의 기, 당신의 얼을 인간의 코에 불어넣어주셨다는 것은 하느님이 당신의 본성을 인간에게 나누어 주셨다는 의미라고 이해한다면, 에크하르트의 사상은 성서 전통과 맥을 같이 합니다. 글자 그대로 해석한다고 해도 하느님은 분명히 하느님의 본성 그대로를 인간에게 불어넣어 주심으로서 인간을 지으셨습니다.

에크하르트나 타이의 이미지처럼 물결이 물이 되고 물방울이 바다가 됩니다. 그런 다음에 어떤 일이 일어나게 되겠습니까? 우리는 다만 사라지는 것입니까? 아니지요. 우리가 하느님 안에 온전히 잠길 때 우리는 어떻게 되는가? 만약 우리가 에크하르트에게 이런 물음을 던진다면, 그는 지혜로운 스승이 지닌 기지로서 미소 짓고 대답할 것입니다.

"당신은 물방울이 바다에 떨어진 후에 어떻게 되는지 알고 싶단 말이지요? 간단하지요. 하느님을 찾게 됩니다. 자신을 찾는 것과 하느님을 찾는 것이 하나이고 같은 행동이지요."

만약 우리가 고집스럽게 "어디에서 그런 일이 일어납니까?"라고 다시 묻는다면, 그는 또다시 미소 짓고 대답할 것이다.

"우리가 떨어져서 잠기게 되는 장소는 무(無)입니다."

에크하르트가 말하는 무(無)란 텅 빈 거대한 침묵의 사막입니다. 이것이 바로 불교에서 말하는 '태어나지도, 비롯되지도, 창조되지도, 형성되지도 않은 세계'이기도 하지요. 태초에 창조는 바로 이 텅 빈 하느님의 무(無)로부터 일어났습니다. 이 무(無)라는 말의 신비적인 의미는 존재의 근원을 말합니다. 하느님께서 무(無)로부터 세상을 창조하셨다고 말할 때, 이 무(無)는 모든 창조의 근원을 말합니다.

무(無)라는 깊은 강이 우리를 통해 흐르도록 맡겨둘 때, 결국 그 강물이 우리가 돌아가야 할 고향으로 데려갈 것입니다. 거기서 우리는 존재의 근원이신 분과 만나게 될 것입니다. 몇 년 전에 '흐르는 강물처럼'이라는 영화가 상영되었습니다. 같은 제목의 소설을 영화로 만든 것인데, 마지막 구절이 이렇게 끝납니다.

"결국, 우리는 흐르는 강물처럼 하나로 돌아간다. 하느님이라는 위대한 침묵의 심연 안에서 존재의 근원인 무(無)로 돌아간다."

이것이 바로 에크하르트가 말하는 하느님의 씨앗이 하느님 안에서 자란다는 이미지이며 타이가 말하는 물결의 이미지도 같습니다. 물방울이 하나로 모아져 바다로 들어갑니다. 제가 번역했던 칼릴 지브란의 시, '눈물과 미소'에서도 마지막 행이 우리가 '아름다움과 사랑의 바다, 바로 하느님께로 돌아간다고 하지요. 그러나 물방울이 바다가 되는 이미지에서 간과하지 않아야 할 점이 있습니다.

에크하르트는 말합니다.

"당신이 물방울로 바다 안에 떨어진다면, 그 물방울이 바다가 될 것이다. 그러나 바다가 물방울이 되지는 않는다. 인간 영혼이 하느님의 본성을 지닐 수 있지만, 하느님이 인간 영혼이 되지는 않는다."

씨앗의 이미지도 같습니다. 씨앗이 하느님 안에서 자랍니다. 그러나 하느님이 씨앗이 되지는 않습니다. 타이는 이 문제에 대해 이렇게 말합니다.

"우리는 주의를 기울여서 분명히 알아야 한다. 우리가 물과 물결을 혼동할 수는 없다. 서로 인과의 관계가 있지만, 분명히 다르다. 물을 물결과 같은 차원에서 다룰 수는 없다. 근원적이고 궁극적인 차원과 현상적이고 역사적인 차원은 분명하게 따로 바라보아야 한다."

타이의 말처럼 하느님은 현상적인 세계 안에서의 존재일 수는 없습니다. 우리가 하느님에 대해 말할 때, 하느님은 이런저런 분이라고 할 수 없는, 다시 말해, 어떤 존재로서 규정할 수 없습니다. 다만 존재 자체이신 분이십니다. 하느님 안에는 '왜'라는 물음이 없다고 합니다.

에크하르트는 말합니다.

"사람이 하느님에게 '이런저런' 분이라고 개념을 부여하여 파악하려는 것은 어리석은 일이다. 모든 것이 사라진다. 전혀 아무것도 남아 있지 않고 다만 '스스로 있는 존재'만이 있을 뿐이라면, 그것이 하느님의 이름에 걸맞은 특성이다."

우리는 하느님은 이곳에 계시다, 저곳에 계시다라고 말할 수 없습니다. 시간이나 장소에 구애되는 분이 아니시기 때문입니다. 요한복음서에서 예수님께서 사마리아 여인에게 말씀하신 것도 이런 맥락에서 이해할 수 있습니다. "저희 조상들은 이 산에서 예배를 드렸습니다. 그런데 선생님네는 예배를 드려야 하는 곳이 예루살렘에 있다고 말합니다."

물결이 물이 아니지만, 물이 물결의 근원이며, 궁극적으로 물결과 물은 하나라는 이미지나, 물방울이 바다에 떨어져 바다가 되는 이미지, 인간이 하느님의 씨앗이라는 이미지 등을 통해 우리는 동서양의 신비 음악이 이루는 놀라운 화음과 아름다운 멜로디에 경탄하게 됩니다.

브라이언 신부가 말합니다.

"비록 우리의 길이 서로 다르고, 우리가 섬기는 궁극적인 존재에게 다른 이름을 붙이고, 다른 전통 안에서 그 존재를 이해하지만, 서로가 들려주는 음악에 귀를 기울이다 보면, 서로가 지닌 다른 과일을 나눔으로써 서로의 식탁이 풍성해지는 것을 느끼게 된다. 사실 서로 사이에 이렇게 다름이 있음에도 불구하고 공유할 수 있는 공통점이 더 많다."

그렇습니다. 서로를 존중해 주고 서로를 나눌 때, 거기 진정 풍요로움이 있습니다.

## 바람

### 성령의 움직임

오늘은 바람이 세차게 붑니다. 이 바람이 이 공동체, 오클랜드 공동체에 영적 쇄신을 불어오는 성령의 바람이기를 바랍니다. 여러분들, 희랍어에서는 바람과 성령은 같은 단어를 쓰는 것을 아시지요? 이번 주 복음에서는 계속 '생명의 빵'에 관해 듣습니다.

오늘 복음에서 "내가 생명의 빵이다. 나에게 오는 사람은 결코, 배고프지 않고 나를 믿는 사람은 결코, 목마르지 않을 것이다."라고 말씀하실 때, 그것은 영적인 의미이지요. 그렇습니다. 우리가 예수님께 다가갈 때만 우리는 영적으로 풍성함을 누릴 수 있습니다.

공동체가 예수님 안에 머물면서 서로를 나누어야 합니다. 그래야만 거기 성령의 바람의 움직임을 알아채고 영적인 쇄신을 이룰 수 있습니다. 여러분들의 '월간 성가정'의 '이것이 궁금합니다.' 란에 '교황 선출은 어떻게 하는가?'는 아주 유익한 정보였으리라 생각합니다.

참 시의적절한 편집부의 센스와 배려에 감탄했습니다. 그런데 저는 읽어보면서 아주 중요한 내용이 빠진 것이 조금 아쉬웠습니다. 특히 이번 새 교황 프란치스코 교황님이 선출되시는 과정에서 중요한 역할을 했던 내용이 잘 드러나지 못한 아쉬움이 있었습니다. 바로 선거가 시작되기 전에 어떤 일이 있었는지가 아주 중요합니다.

첫 선거가 있기 전에 콘클라베 전 추기경단 115명 전원이 모여서 함께 기도하고 비공개 나눔의 자리를 마련합니다. 이 자리에서는 모든 추기경에게 발언 기회가 주어집니다. 각자는 모두 적어도 한 번 어떤 자질의 사람이 교황이 되면 좋겠는지 등의 자기의 소신을 이야기하는 것이지요.

모두 다 한 번 발언한 후에 다시 보충하고 싶으면 더 발언할 수 있는데, 이번에는 150차례 정도 발언이 이뤄졌다고 하니, 35분 정도의 추기경이 더 발언한 것이지요. 이때 모든 추기경은 다른 추기경의 발언을 경청하면서 바람의 움직임, 성령의 이끄심을 감지하는 것이기 때문에 이 순간이 아주 중요합니다.

프란치스코 교황이 이 자리에서 교회가 본연의 '영적인 임무', 바로 예수님이 '생명의 빵'이셨던 것처럼 영적으로 배고프고 목마른 사람들에게 영적인 풍성함을 주어야 한다고 말씀하시면서 바람이 프란치스코 교황님 쪽으로 불기 시작한 것입니다. 워싱턴 대주교인 도널드 우얼 추기경은 "가난한 이들을 위해 평생을 바쳐온 그가 이런 이야기를 했기에 많은 이들의 심금을 울렸다"고 전해 주었습니다.

콘클라베 첫날인 12일 오후 이뤄진 첫 투표에서 프란치스코 교황의 깜짝 독주가 시작되었던 것이지요. 성령의 바람이 불기 전에 유력 후보로 부각되었던 이탈리아의 안젤로 스콜라 추기경도 적지 않은 표를 얻었지만, 프란치스코 교황에게는 크게 뒤떨어졌다고 합니다.

프란치스코 교황님은 예수회원으로서 역사상 처음으로 교황직에 올랐습니다. 이것은 정말 놀랄 일이었습니다. 예수회를 설립한 성 이냐시오 로욜라는 예수회원들에게 교회의 선교에 관해서 "교황께 충성 서약하는 특별 순명"을 하도록 정하였고, 동시에 교회 내에서 고위성직자에 오르지 말 것을 요구하였기 때문이었습니다.

전혀 새 바람을 일으키는 수도회로 공인하는 것을 반대하던 수많은 이들에게, 교황 율리오 3세는 그것이 성령의 뜻이라는 의미로 말했지요. "바로 여기에 하느님의 손가락이 있습니다." 제가 예수회원이라서 말씀드리기 무척 조심스럽기만 결코, 자만이 아닙니다. 그 후 예수회는 가톨릭 교회의 영적, 내적 쇄신을 이루는 역할을 수행하였습니다.

여러분들이 영화 미션를 보셨으면 예수회원들의 활동을 대략 가늠하실 수 있겠지만, 그들은 늘 가난한 자, 소외된 자들 편에 서서 교회의 영적 쇄신을 이루고자 했습니다. 고 요한 바오로 2세께서는 예수회원들을 "인간의 뜨거운 열정과 복음의 진리가 만나는 곳에서는 항상 예수회가 있었다."라고 치하하신 바가 있습니다.

우리는 오늘날 급변하는 현대사회 안에서 과연 교회의 역할이 무엇인가를 깊이 고민하지 않을 수 없습니다. 영적인 위기의 시대라고 할 수 있습니다. 이런 시점에 가톨릭교회의 새로운 수장으로서 성 이냐시오의 후예인 예수회원이 교황님이 되셨다는 것에 저는 어디로 부는지 알 수 없는 바람의 움직임, 성령의 이끄심과 섭리를 느끼는 것입니다.

예수회원이 교황으로 선출되어 즉위명을 프란치스코로 택한 것도, 상당히 깊은 의미를 간직하고 있습니다. 우선 새 교황 '프란치스코'는 교회 쇄신을 지향하는 상징적 의미를 담고 있습니다. 아씨시의 성 프란치스코 성인은 가난과 겸손의 삶을 살며 제도화된 종교의 권력과는 가장 멀리 떨어져 살아가셨던 분입니다.

그분이 행려자와 같이 남루한 모습으로 인노첸시오 3세 교황을 알현하였을 때, 교황은 그를 거부하였었습니다. 교황은 그날 밤 꿈에 당시 교황청의 권위를 대표하던 라테라노 대성전의 한쪽이 무너지고 있는데, 바로 거지 같던 모습의 프란치스코가 자신의 어깨로 무너져가는 교회를 지탱하고 있는 모습을 보고 놀라게 됩니다. 그는 다음날 즉시 프란치스코를 부르고 수도회로 인준하였다고 전해집니다.

가난과 겸손의 삶으로 예수 그리스도를 가장 가까이서 따르며 세상에서 소외되고 버려진 이들 안에서 그리스도를 찾았던, 성 프란치스코의 삶은 교회 쇄신의 확고한 은사이며 표징이 되었던 것입니다. 이제 이 시대에 프란치스코 교황님께서 가난과 겸손, 그리고 일치의 마음으로 여러 가지 위기 속의 교회를 쇄신하고자 하는 새로운 표징으로 떠올랐다고 생각됩니다.

가톨릭교회의 많은 수도회 전통 안에서 특별히 예수회와 프란치스코는 교회 역사 안에서 라이벌 관계로 인식되어 왔습니다. 아주 정확한 표현은 아니고 조심스럽기는 하지만 두 수도회는 교회 내에서 지성 '머리'와 의지 '가슴'을 각각 대표해 왔다고 해도 그렇게 틀린 말은 아닐 겁니다.

예수회원인 그분이 프란치스코로 택한 것은 교회 안의 모든 분파적 전통을 넘어서 "평화와 일치"의 정신 안에서 새로운 통합과 교회 일치를 추구하는 지향을 명백히 드러내고 있다고 보이기 때문에 상징적인 일치의 의미를 담고 있다고 생각됩니다. 예수회원의 가장 큰 특징은 융통성입니다.

프란치스코 교황님은 형식과 격식의 틀에 매이지 않고 아주 영적, 내적인 자유로운 삶은 살았던 분으로 잘 알려져 있습니다. 아르헨티나라는 지역교회에서 그리스도의 '복음 정신'을 실제로 구현해 나가는데, 앞장서 나가고 있던 분으로 우리나라에서 김수환 추기경께서 존경을 받았듯이 온 국민에게 존경을 받던 분입니다.

교황의 즉위식을 보러 로마까지 오지 말고 그 돈으로 가난한 이들에게 자선을 베풀라고 말씀하신 것은 복음적 삶의 구체적인 징표로 읽을 수 있는 대목입니다. 그리고 프란치스코 교황의 첫 미사 강론에서는 예수회를 설립한 성 이냐시오의 예수 그리스도에 대한 깊은 사랑이 복음 정신 안에 깊이 배어 드러나고 있습니다.

"우리가 만일 예수 그리스도를 고백하지 않는다면, 모든 것은 헛됩니다."라고 하며 교회를 건설하는 신앙 안에서 십자가를 짊어지는 복음적 삶을 다음과 같이 강조하였습니다.

"우리가 십자가 없이 교회를 건설한다면, 십자가 없이 신앙을 고백한다면, 우리는 주님의 제자가 아니라 세속적인 인간일 뿐입니다. 우리는 주교요 사제요 추기경이요 교황일 수 있겠지만, 주님의 제자는 아닙니다."

저는 프란치스코 교황님이 이 시대에 영적 쇄신을 이루고 교회의 영적인 본연의 임무를 수행하는데 크게 기여하시리라 믿어 의심치 않습니다. 아울러 그 바람이 이 공동체, 오클랜드 한인 천주교회에도 세차게 불기를 바랍니다.

부드러운 풀 잎새

수녀님, 보내 주신 글월 잘 받았습니다. 읽고, 다시 읽으며 수녀님의 마음이 느껴져서 그 마음을 생각하며 기도를 드렸습니다. 수녀님께서는 이런 이야기를 나누시는 것이 무슨 도움이 되겠냐고 하셨지요. 그것이 아무리 하찮은 것이라도 마음 깊은 곳의 소리는 늘 울림을 주지요. 하물며 영혼의 상태를 나누는 소리는 공명이 커서 깊은 곳에서 반향을 불러일으킵니다.

기도 안에서 주님께서 수녀님 가까이 계심을 느꼈습니다.

"제 마음 깊이 깊이에 새겨져 있는 타인에 대한 불신의 마음은 선을 행하려는 의지는 물론 타인과의 친교에 있어서 항상 뒤로 물러서고 관계하지 않는 것이 상책이라는 결론을 갖게 합니다."라고 쓰셨지요. 그래요. 우리가 타인으로부터, 더구나 가까웠던 사람들에게서 배반을 당하는 상처를 받게 될 때, 우리는 더 이상 상처받고 싶지 않다라고 생각하게 됩니다.

그런 마음에서 마음의 문을 꼭꼭 걸어두게 되지요. 그러나, 사랑이란 상처받기를 두려워하지 않는 것이라고 합니다. 예수님께서 진정 사람들을 사랑하셨기에 사람들에게 상처받으셨지요. 사랑하던 제자에게 배반의 입맞춤을 받아야 했고, 끝내 오상을 받으시고 십자가상에 죽으셨지요. 상처받으시기를 두려워하지 않으심으로써 참사랑이 무엇인지 가르쳐 주셨지요.

어느 날 밤, 수녀님에게 강렬하게 다가왔던 수녀님의 길에 대한 의심은 아마도 주님의 독특한 교육방법이었을 것이라고 생각합니다. 우리가 가는 길에 대한 확신에는 의심과 부정과 긍정의 덩어리들을 용광로에 넣고 거기서 불순물들이 제거되는 분별의 과정이 필요하지요.

그곳 평화로운 시골의 삶이 마치 고향처럼 느껴지고 논밭의 곡식을 돌보며 살고 싶다는 갈망이 일었던 것은 분별을 위한 의심이었다고 생각합니다. 우리가 선택한다는 것은 대개 선과 악 가운데 선택을 하는 것이라기보다는 선 중에서 더 큰 선을 택하는 것을 말하지요.

성 이냐시오의 마지스(보다 더)라는 개념이 바로 그것이지요. 단순히 하느님의 영광을 위해서가 아니라 하느님의 보다 큰 영광을 위해서 어떤 길을 택할 것인가, 정확하게 말하면, 어떤 길로 하느님이 이끄시는가를 분별해 나가야 하는 것이지요. 평화로운 시골에서 곡식을 기르며 사는 삶이 어찌 나쁜 것이겠습니까? 그러나, 수녀님을 향한 주님의 부르심은 다른 것이었지요.

사람들과 부딪치면서, 그들로부터 상처를 받으면서 그 상처를 부둥켜안고 거기서 상처받으신 당신을 만나기를 원하시고 계셨던 것이지요. 바로 그것이 주님이 수녀님께 들려주신 말씀이었지요. "내가 목숨을 바쳐 구한 사람들인데... 너는 그들을 사랑할 수 없단 말이냐?"

주님의 그 말씀을 겸손하게 수락하겠다고 결심하신 수녀님께 격려와 찬사를 보냅니다. 스스로를 고립시키는 생각들이 영적 삶을 메마르게 하고 영혼을 고갈시킬 수 있다는 것을 깊이 새기면서 새로운 마음으로 인간관계에 정진하시려는 새로운 결의에 뜨거운 박수를 보냅니다.

그렇습니다. 여기저기 흩어져 피어 있는 들꽃들도 하느님을 향해 찬미를 드리고 있습니다. 꽃들은 저마다의 모습이 있어 그 아름다움이 다르듯이 사람들도 저마다의 성격과 특색이 있어 그 아름다움도 다르지요. 서로의 다름을 인정하고 받아들일 때 내 가슴을 찌르는 비수라고 생각했던 그것이 사실 내게 관심을 받고픈 장난 어린 부드러운 풀 잎새였다는 것을 알게 되지요.

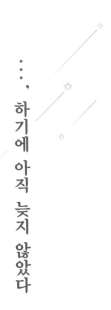

# 하기에 아직 늦지 않았다

오스트레일리아의 논픽션 작가 패트릭 린지라는 사람이 쓰고, 고은경 님이 옮긴 '지금도 늦지 않았다.'라는 책이 있습니다. 책의 띠지에서 이렇게 소개합니다.

"어느 날 문득 지금의 삶이 자신이 꿈꾸어온 삶이 아니라고 느껴질 때 이제 당신은 무엇을 할 것인가? 여기 새로운 나로 거듭나기 위한 171가지 실천이 있다. 정체되지 않고 성장하는 삶, 얽매이지 않고 자유로운 사람, 그것은 '지금도 늦지 않았다.'"

어느 수녀님이 제게 선물하여, 조금씩 읽게 된 책입니다. 영한 대역으로 나왔어요. 다시 말해, 왼쪽 페이지는 영어 원문, 오른쪽 페이지는 한국어 번역문을 싣는 형식으로 나온 책입니다. 171 가지의 "하기에는 아직 늦지 않았다."라는 똑같은 틀의 재미있는 글의 구성 방식을 택한 책입니다.

예를 들어, "시를 써 보기에는 아직 늦지 않았다." 등등. '자신을 용서하기에…' '사랑한다고 말하기에…' '더 나은 내가 되기에…' 그리고 매 장마다 그 내용에 어울리는 격언이나 명언을 곁들어 넣어 맛을 살렸습니다. 작자 미상의 격언들이 있는가 하면, 유명한 명사, 예컨대 덩샤오핑, 찰스 디킨슨, 존 밀턴, 오스카 와일드, 윌리엄 셰익스피어 등의 명언들이 있습니다.

그 명언이 묘한 여운으로 각 장에 풍미를 더해 주고 있습니다. 제가 재미있게 읽은 명언이 덩샤오핑의 명언, "검은 고양이든 흰 고양이든 쥐만 잡으면 된다."라는 말입니다. "타협하기에 아직 늦지 않았다."라는 장에 있는 격언입니다. 조금 과장되게 말하면, 덩샤오핑의 이 한마디 말에 중국이 자유 개방을 하게 된 것이지요.

작가는 짧은 몇 마디의 말을 통해 우리 삶을 돌아보게 합니다. 짧지만, 한마디 말 안에, 아, 그래, 맞아, 아직 늦지 않았어라고 공감하게 됩니다. 이제 새롭게 무엇을 하기에는 너무 늦은 나이라는 저 자신의 변명을 조금은 부끄럽게 하기도 하지만, 나이를 핑계로 머뭇거리고 있는 저의 어떤 것에 대해, 아니야, '아직 늦지 않았어.'라고 말함으로써 저에게 새로운 용기와 격려를 해 줍니다.

# 작은 악마와 농부의 빵조각

옛날 옛적에 러시아에서 있었던 일입니다. 어느 농부가 살았는데, 아주 착한 사람이었어요. 그는 몹시 가난하였지만, 아내와 함께 행복한 삶을 살고 있었어요. 그 농부는 너무 가난하기 때문에 아침도 먹지 않고, 점심으로 빵 한 조각만을 싸서 가지고 밭갈이를 하러 나갔답니다.

농부는 쟁기를 내리고 수레를 나무 덤불 밑에 끌어다 놓은 다음, 그 위에 빵을 얹고 겉옷으로 빵을 덮어 두었습니다. 열심히 밭을 가는 일을 하다가 보니 말도 지치고 농부 자신도 몹시 배가 고팠어요. 그래서 그 농부는 쟁기를 밭에 꽂아 두고, 말을 풀어서 꼴을 먹도록 놓아준 다음, 자기도 겉옷이 있는 쪽으로 점심을 먹으러 갔어요.

그가 옷을 들고 보았더니, 당연히 있어야 할 빵이 없었습니다. 그는 부근을 찾아보기도 하고, 겉옷을 뒤집어 털어 보기도 했으나 빵 조각은 없었어요. 농부는 참 이상한 일도 다 있다고 생각했지요. "여기에 온 사람이라곤 아무도 없었는데, 누가 빵을 가지고 갔을까?"

누가 가지고 갔을까요? 꼬마 악마였답니다. 농부가 밭을 갈고 있는 동안 꼬마 악마가 빵 조각을 훔쳐내고, 덤불 뒤에 숨어서 동정을 살피고 있었습니다. 농부가 화를 내고 욕을 해대기를 바란 것이지요. 악마 대왕이 자기에게 그 착한 농부를 타락시키라는 명령을 내렸거든요.

그 농부가 욕을 하고 저주를 하여, 그를 죄짓게 만들면 그를 타락시키는 것이지요. 그를 타락시킴으로써 큰 악마를 기쁘게 해 주리라 생각하며 귀를 기울이고 있었던 것이었어요. 그런데 그 농부는 약간 실망하기는 했지만, 결코 욕을 하지 않았어요. 다시 말해, 죄를 짓지 않았어요.

농부는 이렇게 중얼거렸어요.

"아마 내가 일하느라고 못 본 사이에 나그네가 지나가다가 너무 배가 고파서 먹었나 보다. 나보다 더 배고픈 사람이 먹었다면, 할 수 없지 않은 가! 다 그것도 하느님의 뜻인지도 모르지."

그 농부는 우물로 가서 물을 잔뜩 마시고, 한숨을 쉬고 나서 쟁기를 메고 또 밭을 갈기 시작했어요. 꼬마 악마는 농부가 죄를 짓게 만들지 못하자 몹시 당황하여 악마 대왕에게 달려갔어요. 그는 악마 대왕 앞에 나가, 자기가 농부의 빵을 훔쳤는데도 농부가 욕을 하기는커녕 오히려 하느님께 축복받을 말만 했다고 보고했어요.

악마 대왕이 꼬마 악마에게 잘했다고 칭찬해 주었겠어요? 아니지요. 그는 노발대발하며 말했어요.

"만약 그 농부가 정말로 죄를 짓지 않고, 너를 이겼다면, 그것은 모두 너의 잘못이다. 네 방법이 나빴기 때문이란 말이다. 만약에 그 농부와 그들의 가족까지 그런 생각을 지니고 있다면, 우리들의 사람들을 타락하고 죄를 짓게 만드는 일은 실패이지 않은가? 절대 그대로 둘 수는 없다! 어떤 수단 방법을 가리지 않더라도 꼭 그 농부를 타락시켜라. 3년의 시간을 주겠다. 만약 3년 안에 그 농부를 타락시켜 죄짓게 만들지 못하면, 너를 성수 속에 처박아 줄 테다."

악마들이 가장 무서워하는 것이 무엇인지 아세요? 바로 성수였어요. 꼬마 악마는 깜짝 놀라 악마 대왕에게 사정했어요. 제발 성수에만은 넣지 말라 달라고요. 그는 어떻게 자기의 잘못을 보상해야 좋을지 그 방법을 궁리하기 시작했어요. 별 묘안이 떠오르지 않아 자기보다 조금 더 경험이 많은 선배 악마를 찾아가서 조언을 구했지요. 선배 악마는 기가 막힌 묘책을 가르쳐 주었어요. 그것이 무엇일까요?

꼬마 작은 악마는 아주 성실하고 건장한 젊은이로 변장을 하고, 그 가난한 농부를 찾아갔어요. 악마는 변장술의 천재예요. "저는 먼 지방에서 왔는데, 그곳에 기근이 들어, 떠돌아다니다가 이곳까지 오게 되었는데, 저를 머슴으로 써 주시면, 열심히 일하겠습니다."

그 농부는 자기도 가난하여 머슴을 둘 처지가 아니라고 했지만, 품삯을 받지 않고 일해 주겠다고 했어요. 농부는 아주 착한 사람이잖아요. 그는 기꺼이 그 젊은이를 받아주면서, 머슴이 아니라 그냥 친구로 함께 지내자고 말하였지요. 그는 함께 일할 친구가 생긴 것을 기뻐하였어요.

그 젊은이는 아주 일도 열심히 잘할 뿐만 아니라, 아주 똑똑해 보였어요. 하루는 자기 아버지에게서 점을 치는 것을 배웠다고 하면서 말했어요. 자기의 점괘에 의하면, 올해는 여름에 큰 가뭄이 들 것 같다는 거예요. 그러니 습지에 농사를 지으면 좋을 것 같다고 했어요. 그 농부는 젊은이로 변장한 꼬마 악마의 말을 듣고, 습지에 씨앗을 뿌리고 농사를 지었어요.

정말 큰 가뭄이 들어, 다른 집들 모든 농작물이 타서 말라 죽어 가는데, 그 가난한 농부네 집 농사는 잘 자란 이삭이 영글어 풍작이 되었어요. 그래서 그 농부에게는 곡식이 그 이듬해 추수 때까지 먹고도 남아돌 정도였어요. 다른 집에서 이제 그 농부에게 와서 곡식을 꾸어달라고 하였지요. 그 농부는 기꺼이 곡식을 나누어 주었어요.

그 다음 해에는 그 젊은이가 올해는 아무래도 장마가 질 것 같으니, 높은 언덕 위, 건지에 씨를 뿌리라고 권했어요. 그 농부는 그렇게 했지요. 그랬더니 아니나 다를까, 그해 여름에는 비가 몹시 많이 내렸어요. 다른 집 농작물은 모두 쓰러지고 비를 맞아 썩어서 제대로 영글지 않았으나, 그 농부네 언덕 위의 밭에서는 곡식들이 아주 잘 영글었어요. 그래서 또 다시 많은 곡식이 생겼고, 그것을 처분하기 곤란할 정도가 되었지요.

이제 마을에서 가장 부유하게 되었어요. 마을 사람들이 모두 찾아와서 허리를 굽실거리며 곡식을 청하게 되었지요. 그 농부야말로 마을에서 가장 똑똑한 사람이라는 칭찬들이 자자했어요. 농부는 뿌듯한 마음이 들었어요. 그렇지만 아직 착한 마음을 가지고 있었고, 가난한 사람들에게는 기꺼이 곡식을 나누어 주었어요. 그렇게 젊은이의 도움으로 3년째에도 아주 농사를 잘 지었어요.

이제 정말 그 많은 곡식으로 무엇을 해야 좋을지 모르게 되었어요. 그것을 본 젊은이가 그 농부에게 조언을 해 주었어요. 밀을 빻아 술을 담그라고 일러 주며 술 담그는 법을 가르쳐 주었어요. 그 농부는 술을 담가 자기도 마시고, 마을 사람들에게도 나눠 주었지요.

젊은이, 다시 말해 꼬마 악마는 농부와 함께 지내면서 농부를 부유하게 만들어 주었고, 이어서 마을에서 가장 똑똑한 사람이라는 소리를 듣게 해 주었지요. 쉽게 말해 그에게 명예를 갖게 해 주었어요. 그리고 계속해서 그 농부에게 교만한 마음을 불어 넣어주었어요. 이제 부와 명예를 지녔으니, 당신이 최고라는 생각을 지니게 해 준 것이지요.

하루는 마을 사람들을 불러 잔치를 베풀었어요. 잔치에 술이 없을 수 없지요. 젊은이, 실은 꼬마 악마가 가르쳐 주어서 만든 술을 마시게 되었는데, 그 농부가 그만 술이 많이 취했어요. 이제 마을 사람 모두 그 농부에게 굽실거리며 인사를 한다고 했지요? 그런데 조금 늦게 잔치에 온 마을 이장이 그만 그에게 먼저 인사를 하지 않고 자리에 앉는 것을 보게 된 거예요.

그 농부는 이장에게 화를 내면서 자기에게 얻어먹는 주제에 인사도 하지 않는다고 욕을 했어요. 그것을 보고 누가 쾌재를 불렀겠어요? 바로, 꼬마 악마이지요. 꼬마 악마는 악마 대왕에게 달려갔어요. 그는 자기가 드디어 그 농부를 타락시켜 죄를 짓게 했다고 자랑스럽게 보고를 했지요. 악마 대왕은 직접 그것을 확인해 보러 나섰어요.

그가 농부네 집에 가서 보니, 농부는 돈 있는 마을 사람들을 초대하여 술을 대접하고 있었어요. 농부의 아내도 손님들에게 술 시중을 들고 있었는데, 그만 식탁 모서리를 돌다가 옷이 걸려 술잔을 쓰러뜨리고 말았어요. 그러자 농부는 화를 내며 아내에게 욕을 했어요.

"조심하지 못하고, 못난 여편네 같으니라고. 이런 좋은 술을 엎지르다니. 당신, 이게 뭐 구정물인 줄 알아! 도대체 눈을 어디에 달고 다니는 거야?"

꼬마 악마는 팔꿈치로 악마 대왕을 쿡쿡 찌르며 말했어요.

"보십시오. 대왕님, 이제 그 착하던 농부도 빵 조각도 아닌 술 조금 엎지른 것도 아까워하며, 욕을 하잖아요. 이제 제가 저 농부를 이긴 것 맞지요?"

농부는 아내에게 마구 욕을 하며 호통을 쳐 놓고, 손수 술 시중을 들기 시작했지요. 그때 들일을 하고 돌아가던 가난한 농부가 초대도 하지 않았는데, 잔치가 벌어진 소리를 듣고 그곳에 들어왔어요. 그 사람은 인사를 하고 자리에 앉고 보니 모두 술을 마시고 있어, 자기도 한 잔 마시고 싶은 생각이 들었어요.

들일을 하느라 무척 지쳐 있었어요. 그래서 군침을 삼키며 앉아 있었으나 주인은 그 사람에게 한 잔도 권하지 않고, 이렇게 중얼거렸어요. "이 좋은 술을 아무에게나 마구 퍼서 먹일 수는 없지!" 악마 대왕은 이 말이 매우 마음에 들었답니다. 꼬마 악마는 코를 은근히 벌름거렸어요.

"두고 보십시오. 지금부터가 시작이니까요."

돈 많은 농부는 술을 주거니 받거니 하면서 한 잔씩 돌렸지요. 러시아 술잔은 엄청 크답니다. 한 잔만 마셔도 취해요. 그들은 서로 공치사를 늘어놓으며 입에서 나오는 대로 지껄여 댔어요. 악마 대왕은 열심히 귀를 기울이고 있다가 꼬마 악마를 칭찬했어요. 그러고는 덧붙였답니다.

"만약 저 술 때문에 저렇게 교활해져서 서로를 속이게 된다면, 저 사람들은 이미 우리에게 진 거야."

"조금 더 두고 보십시오."

꼬마 악마는 어깨를 으쓱하며 말했어요.

"아직도 멀었습니다. 저놈들에게 한 잔만 더 먹여 보십시다. 저 사람들은 지금 저렇게 여우처럼 꼬리를 흔들며 서로 속이고 있지만, 곧 심술

사나운 이리가 될 겁니다."

사람들은 두 잔째 술을 마셨어요. 그러자 그들은 음성이 차차 커지고 거칠어졌답니다. 간지러운 공치사 대신 그들은 서로 욕설을 퍼붓고 화를 내며 멱살을 잡고 싸움을 했어요. 주인도 싸움판에 끼어들어 호되게 얻어맞았지요. 큰 악마는 가만히 그것을 보고 있었어요. 그는 이것도 마음에 들어 했어요.

"거 참, 재미있는데."

꼬마 악마가 재빨리 대답했지요.

"아직도 멀었습니다. 놈들에게 석 잔째 먹여 보십시오. 지금 저 녀석들은 이리처럼 씨근대고 있지만, 잠시 후에 석 잔을 마시며 당장 돼지처럼 되어 버릴 테니까요."

사람들은 석 잔째 마셨어요. 어떻게 되었을까요? 그러자 완전히 취해서 녹초가 되어버렸지요. 그들은 무슨 말인지 알아들을 수 없는 말을 중얼거리고 소리를 지르며 남의 말을 듣지 않았어요. 이윽고 그들은 한 사람, 두 사람 혹은 세 사람씩 떼를 지어 거리로 비틀거리며 걸어갔어요.

주인은 손님을 배웅하러 나왔다가 물웅덩이에 빠져서 온몸이 물에 빠진 생쥐 꼴이 된 채 돼지같이 뒹굴며 으르렁거리고 있었어요. 이것은 더욱더 악마 대왕의 마음에 들었어요.

"거 참 아주 좋은 음료수를 발견했구나. 이것으로 훌륭하게 빵 조각을 보상한 게 되었구나. 그런데 너는 어떻게 해서 이런 음료수를 만들었지? 넌 틀림없이 그 속에 여우의 피를 넣었을 거야. 그래서 사람들이 여우처럼 교활해진 게 틀림없어. 그 다음에 이리의 피를 넣고, 돼지의 피를 넣었겠지. 그러니까 놈들이 저렇게 된 게 아니겠어?"

"아닙니다. 대왕님."

꼬마 악마는 말했답니다.

"저는 그런 짓은 하지 않았습니다. 전 다만 그 농부에게 여분의 곡식을 영글게 해 주었을 뿐입니다. 그것은 즉, 그 짐승의 피는 항상 그 농부 속에 있었던 것이지만, 그자가 필요한 만큼의 곡식을 마련할 동안은 그 피가 출구를 찾을 수 없었던 거지요.

그때까지는 그는 한 개뿐인 빵 조각이라도 아끼지 않았는데, 곡식에 여유가 생기니 무슨 좋은 위안거리가 없을까 궁리를 하게 되었습니다. 그래서 제가 그자에게 술을 가르쳐 주었습니다. 그랬더니 그가 하느님의 하사품으로 술을 담그기가 무섭게 그의 몸속에 여우와 이리와 돼지의 피가 솟아나지 뭡니까?"

악마 대왕이 그 꼬마 악마에게 어떻게 하겠어요? 성수에 넣었겠어요? 아니지요. 그는 꼬마 악마를 칭찬하고, 지난날 농부를 타락시키지 못했던 것을 다 용서해 주었을 뿐만 아니라, 악마들 가운데에서도 아주 높은 자리로 올려주었답니다.

여러분들, 이야기 재미있게 잘 들었어요? 이 이야기의 교훈이 무엇일까요? 우선 악마가 우리를 유혹한다는 것이지요. 악마가 흉측한 모습을 하고 우리를 찾아올까요? 아니지요. 악마는 변장술의 천재라고 했지요. 아주 그럴듯한 모습으로 우리를 찾아와요.

우리 중에 전혀 악마의 유혹을 받지 않는 사람이 있을까요? 아니지요. 창세기에 보면, 첫 사람들인 아담과 하와도 유혹을 받았지요. 누구에게 유혹을 받았어요? 뱀에게 받았지요. 뱀은 바로 악마의 상징이랍니다. 악마가 뱀의 모습으로 변장을 한 것이지요. 하와는 그만 뱀의 유혹에 넘어가고 말았고, 아담도 하와의 말을 듣고 하느님이 따먹지 말라는 선악과를 따 먹었지요.

복음에 보면 예수님께서도 악마의 유혹을 받으셨지요. 악마도 예수님 앞에서는 변장하지 않고 그냥 나타났어요. 변장해도 소용없다는 것을 알았나 봐요. 악마가 어느 때 예수님께 나타났어요. 예수님께서 사십 일 동안 밤낮으로 단식하신 뒤로 몹시 시장하실 때였지요.

제가 들려 드린 이야기에서 처음 꼬마 악마가 농부에게 나타났을 때도 그 농부가 몹시 배가 고플 때였지요? 기억해요? 악마가 처음에 예수님께 뭐라고 유혹했지요?

"당신이 하느님의 아들이라면 이 돌들에게 빵이 되라고 해 보시오."

예수님께서 돌보고 빵이 되라고 하면, 그렇게 될까요? 당연히 그렇게 되겠지요. 예수님께서는 하느님의 아들이시고, 무엇이든지 못하시는 것이 없을 테니까요. 예수님께서 그렇게 하셨어요? 아니지요. 예수님께서 뭐라고 하셨어요?

"사람이 빵만으로 살지 않고 하느님의 입에서 나오는 말씀으로 산다."

그래요. 우리에게 빵, 다시 말해, 육적인 양식이 꼭 필요하지만, 더 중요한 것은 하느님의 말씀이라는 영적이 양식이에요. 앞의 이야기에서 악마가 가장 먼저 농부를 유혹한 방법이 어떤 것이었지요? 농사를 잘되어 해 준 것이지요. 부를 제공해 준 것이에요.

악마가 예수님께 유혹한 것 중의 첫째도 바로 이 부랍니다. 돌이 빵이 되게 할 수 있으면, 엄청난 부를 축적할 수 있겠지요. 그 다음에 악마가 예수님을 유혹한 것은 무엇이었지요? 악마는 예수님을 성전 꼭대기로 데리고 가서, 뛰어내려 보라고 했지요. 그러면 천사들이 받쳐 줄 것이라고 하면서 유혹했지요.

예수님께서 유혹에 넘어가셨어요? 아니지요. 예수님께서는 말씀하셨
지요.

"주 너의 하느님을 시험하지 마라."

이 유혹은 무엇일까요? 바로 명예에요. 성전 꼭대기에서 뛰어내려도
천사들이 와서 받쳐주면 얼마나 멋져요. 얼마나 명예스럽겠어요? 그렇지
요? '농부와 꼬마 악마 이야기'에서 농부도 부에 이어 명예를 지니게 되었
지요. 사람들이 와서 마을에서 가장 똑똑한 사람이라고 칭찬하고 굽실거
리며 인사하였잖아요. 명예를 지니게 된 것이지요.

마지막으로 악마가 예수님을 유혹한 것은 무엇이었지요? 높은 산으로
데리고 가서 세상의 모든 나라와 그 영광을 보여주며, 자기에게 경배하
면 저 모든 것을 다 주겠다고 했지요? 예수님께서 어떻게 하셨지요?

"사탄아, 물러가라. 성경에 기록되어 있다. '주 너의 하느님께 경배하고
그분만을 섬겨라.'"

악마가 예수님께 한 유혹은 한 마디로 무엇의 상징일까요? 바로 교만
이지요. 하느님을 경배하지 않고 자기가 모든 것을 지니고 할 수 있다고
생각하는 교만을 불어 넣어주려고 한 것이에요. '농부와 꼬마 악마 이야
기'에서 농부도 나중에는 교만해져서 마을 이장이 자기에게 인사하지 않
는다고 화를 내잖아요.

제가 해 드린 '농부와 꼬마 악마 이야기'에서 우리가 알 수 있는 것은
첫째, 악마가 우리를 찾아와서 유혹한다는 사실이에요. 악마의 유혹을
받으면 어떻게 해야 할까요? 유혹이 달콤하니까 넘어가야 할까요? 아니
지요. 예수님께서 우리에게 분명히 본을 보여주셨지요.

"사탄아, 물러가라."

우리도 그렇게 외치면 되지요. 여러분들, 할 수 있겠어요? '농부와 꼬마 악마 이야기'에서 우리가 알 수 있는 두 번째 사실은 악마가 우리에게 어떻게 접근해 오는지에 대한 것이에요. 첫째, 부, 둘째, 명예, 셋째, 교만을 제시하면서 교묘하게 우리에게 접근해 온다는 사실이에요.

부나 명예가 나쁜 것일까요? 그 자체로 나쁘지 않은데, 하느님보다 그것들을 더 앞에 두면 그것이 악마의 유혹에 넘어가는 것이 되니까 조심해야 한다는 거예요. 교만도 마찬가지예요. 어느 정도 자신감, 자부심은 있어야 하지만, 하느님은 필요 없고, 내가 다 할 수 있다고 생각하는 교만을 지닌다면, 그것은 바로 악마의 유혹에 넘어간 것이에요. 알았지요?

여러분들, 이제 무엇이 악마의 유혹인지 알았지요? 여러분들, 그 악마의 유혹에 넘어가지 않고, "사탄아, 물러가라."라고 외칠 수 있겠어요? 그래요. 꼭 유혹을 이기고 처음의 착한 농부처럼 착하게 살기로 해요.

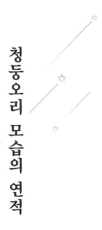

청둥오리 모습의 연적

이 글은 오늘 제 조카 혼인 미사에서 했던 강론이자 주례사라서 극히 개인적이며, 가족적인 내용이지만, 저는 가장 개인적인 것이 가장 일반적일 수 있고, 가장 구체적인 내용이 가장 보편적인 내용이 될 수 있다고 생각하기 때문에 여러분들과 함께 나눕니다.

오늘 저희 류씨 집안의 장손인 한형이가 장가를 갑니다. 삼촌인 제가 주례를 하게 되어 영광이고, 기쁩니다. 한형이 아버지, 바로 저의 큰 형님의 평소 소신대로 신랑 측, 저희 류 씨 집안에서는 형제들 가족만 모여 조촐하게 혼례를 올립니다마는 그렇다고 혼인 자체의 의미가 퇴색되는 것은 아니라고 생각합니다.

우리나라에서는 예로부터 혼인은 인륜지대사라고 하였습니다. 선인들은 혼인을 삼강의 근본이요, 시초를 바로잡는 도리라 여겨 그 예를 매우 중요시하였습니다. 저는 성경의 배경이 되는 이스라엘의 혼례가 우리나라의 혼례와 굉장히 비슷한 것을 알고 매우 놀란 적이 있습니다.

우리나라에서 혼인은 마을의 경사였기 때문에 혼례 당일만은 마을 사람들이 일반 서민들도 궁중 예복을 착용할 수 있도록 허용하고, 혼인 당사자들은 그날만은 왕과 왕비처럼 대했는데, 이스라엘에서도 혼인은 마을 잔치였고, 혼인을 하는 신랑과 신부는 정말 왕과 왕비와 같은 예우를 받으며, 오늘날 신혼여행 가는 대신 일주일 동안 잔치를 벌였습니다.

　우리나라 전통 혼례를 보면, 우선 전안례라는 것을 했습니다. 전안례는 신랑이 신부의 집에 들어가서 행하는 혼례의 첫 절차인 소례(小禮)입니다. 신랑이 신부의 혼주에게 기러기를 전하는 의례를 말합니다. 꼭 살아 있는 기러기가 아니라 기러기 모습의 물건이지요.

　신랑이 기러기를 신부의 집으로 가져가는 것은 기러기는 한번 부부의 연을 맺으면 평생 한 몸인 양 떨어지지 않고 함께 하기 때문에, 깨끗한 정절을 상징한다 여겨 백년해로를 약속하는 서약의 징표로 본 것입니다. 기러기를 혼례에 사용하는 까닭을 조금 더 설명해 드립니다.

　천상계(天上界)에서 인간의 수복(壽福)을 관장하는 '자미성군'에게 기러기를 폐백으로 드린 풍속에서 온 것이라고 합니다. 즉 '자미성군'이 인륜지대사인 혼인도 주선하여 천생연분을 맺어 준 것으로 믿고 기러기를 폐백으로 올리면서 백년해로와 자손의 번창을 빌게 된 풍속에서 유래된 것이지요.

　한편 기러기는 봄에 북녘으로 날아갔다가 가을에 찾아오는 음양의 승강을 따르는 철새인 동시에 장유유서와 부부유별 그리고 수절을 하는 동물이기도 하답니다. 가톨릭 신부인 제가 '자미성군'이 혼인을 주선한다고 말하니까 이상하게 들릴지 모르지만, 저는 '자미성군'도 다만 하느님의 옛날 우리식 표현이라고 봅니다.

혼인은 하느님이 맺어주시고 축복을 주신다고 이해하면 조금 더 쉽겠지요. 하느님께 축복을 빌며, 기러기를 전하는 것은 남녀로서는 오직 부부간의 서로만을 사랑하고 신의를 지키기를 스스로 다짐하는 것입니다. 제가 한형의 삼촌으로서, 그리고 결혼 주례로서 선물을 하나 준비했습니다.

바로 기러기와 같은 류의 새, 청둥오리입니다. 이것은 사실 따로 준비한 것이 아니라, 제가 가지고 있던 물건이지만 오늘 혼인하는 두 사람에게 내놓기로 마음먹은 것입니다. 제가 중국 북경의 골동품 시장에서 구한 물건 중에서 마음에 들어, 아끼던 것입니다. 골동품 가게에서는 이것이 명나라 때의 물건이라고 하며 비싸게 부른 것입니다.

중국 사람들 믿을 수 없으니, 정말 명나라 때의 물건인지에 대한 신빙성은 없습니다. 그래도 물건은 작지만, 기품이 있어, 제가 마음에 들어 선뜻 샀던 것입니다. 바로 이 한 쌍의 청둥오리 형상의 연적입니다. 옛사람들은 청둥오리를 혼인의 상징으로 사용하기도 하였지요. 청둥오리는 기러기의 류로서 같은 의미를 지니고 있습니다.

바로 변함없는 사랑을 나타냅니다. 그런데 제가 단지 그런 이유 때문에 이 청둥오리를 선물로 주는 것이 아닙니다. 이 청둥오리 형상의 물건의 용도가 연적입니다. 연적이 뭡니까? 한 사람을 동시에 사랑하여 경쟁 관계에 놓인 사이를 말하는 것입니까?

그것도 연적이라고 하지만, 연적은 바로 먹을 갈 때, 벼루에 따를 물을 담아 두는 그릇을 말합니다. 이 연적은 바로 학자들을 상징하는 물건입니다. 학자들은 늘 글씨 쓰는 일을 게을리하지 않기 위해서는 먹을 갈아야 하고, 먹을 갈기 위해서는 이 연적에 물이 채워져야 했던 것이지요.

연적에는 보통 2개의 구멍이 뚫려 있는데 하나는 물을 담는 곳이고, 다른 하나는 물이 나오는 곳입니다. 물도 그냥 밀폐된 공간에 담겨 있으면 썩기 마련입니다. 그렇기에, 연적에 늘 물이 들어가고 나와야 합니다. 그래서 바로 연적이 공부를 게을리하지 않는 학자들의 상징을 나타내는 물건입니다.

두 사람이 청첩장으로 만든 글을 보니, 이렇게 쓰여 있었습니다.

"서로 다른 곳에서 서로 다른 이들을 만나며 서로 다른 꿈을 꾸었던 저희 두 사람은 이제 한 보금자리에서 소중한 사람들을 함께 만나고 의미 있는 꿈을 공유하며 길을 함께 걸으려 합니다."

길을 함께 걷는다. 두 자로 줄이면, 동행이지요. 저는 '동행'이라는 말을 좋아합니다. 제가 번역한 책 중에도 '동행'이라는 제목의 책이 있습니다. 원제는 'We walk the path together.'인데, 동행으로 옮겼지요. 글자 그대로 해석하면, 청첩장에 쓴 대로 우리는 "함께 길을 걷는다."라는 뜻이지요.

예, 그렇습니다. 부부는 함께 길을 걷는 사람입니다. 한형이는 모두가 잘 알다시피 학자의 길로 들어선 사람입니다. 그것도 그렇게 어렵다고 하는 국문학을 하는 사람입니다. 사람 사는 일이 쉽지 않지만, 정말 학자의 길은 남다른 각고의 노력이 필요한 길입니다. 단순히 학위를 받는 것이 어려울 뿐만 아니라 평생 학문에 정진하는 그 길이 참 쉽지 않은 길입니다.

신부가 되는 은희 양이 그것을 모르고 결혼에 동의했고, 청첩장에 '의미 있는 꿈을 공유하며 길을 함께 걸으려고 한다.'라고 쓴 것은 아니라고 생각합니다. 제가 이 청동오리 연적을 주는 것은 조카, 한형에게보다는 신부가 되는 은희 양에게 주는 것입니다. 물론 한 쌍이니까 하나씩 갖는 것으로 생각할 수도 있겠지만, 저는 두 개 다 은희 양에게 주고 싶은 것입니다.

바로 한형이 걷는 학자로서의 길에 내조로서, 연적의 역할을 해 주기를 바라는 마음에서입니다. 함께 길을 걸으면서 늘 연적에 새 물을 갈아서 채워 주기를 바랍니다. 그리고 한형에게 부탁하고 싶은 것은 학문에 정진하는 데, 다소 게을러지고 싶을 때가 있으면, 그 연적에 채워진 물을 보면서 내조를 하는 은희 양의 동행과 수고를 감사하며, 새롭게 힘을 내기 바랍니다.

가끔 연적을 새로 바라보며 이 새, 청둥오리가 슬피 우는 소리를 듣고 마음의 벗으로 삼기 바랍니다. 사실 이 말은 원효 스님의 '발심수행장'에 있는 말인데, 제가 인용한 것입니다. 원효 스님은 수행자가 수행할 때, 외로운 마음이 들면, 슬피 우는 새를 보며, 마음의 벗으로 삼으라고 하였습니다.

결혼 생활도 수행의 길이고, 학자로서의 길은 더구나 수행의 길입니다. 수행을 해 나가는데, 어찌 외로움이 없겠습니까? 그럴 때, 상상 안에서 이 청둥오리가 슬피 우는 소리를 들으며, 마음의 벗으로 삼고 다시 정진하기를 바라는 것입니다. 실제 예로부터 학자들은 새를 벗 삼아, 여유를 찾았습니다.

물론 은퇴를 한 후에 새를 벗 삼는 것을 생활로 하기도 했지만, 가끔 새를 벗 삼는 것을, 학문에 정진하다가 잠시 휴식으로 했던 것이지요. 새들은 우리에게 많은 묵상 거리를 줍니다. 제가 가끔 찾아가는 곳 중의 하나가 자유로가 거의 끝나는 곳에 임진강 변의 반구정이라는 정자가 있는 곳입니다.

세종조의 명상이며 청백리의 귀감인 방촌(尨村) 황희(黃喜) 정승의 정자입니다. 반구정은 이름 그대로 기러기, 청둥오리 등의 철새와 갈매기를 벗하며 황희 정승이 그의 노년을 보낸 곳입니다. 그런데 같은 뜻의 이름의 정자가 있지요. 바로 서울 강남의 압구정입니다.

압구정은 세조의 모신(謀臣)이던 한명회(韓明澮)가 그의 호를 따서 지은 정자입니다. 반구정의 '반(伴)'과 압구정의 '압(狎)'은 글자는 비록 다르지만 둘 다 '벗한다'라는 뜻입니다. 이 두 정자는 모두 노재상들이 은퇴하여 새들을 벗하며 여생을 보내던 정자입니다만 남아 있는 지금의 모습은 다릅니다.

반구정이 지금도 기러기, 청둥오리 등의 철새들을 맞이하고 있지만, 압구정은 다만 호화로운 동네 이름으로만 남아 있습니다. 저는 한형의 학자로서 삶, 그리고 은희 양과 더불어 이루는 그의 결혼 생활도 압구정이 아닌, 반구정이 되기를 바랍니다.

명예가 아닌 진정한 추구로서의 학문을 하며, 때로 새들을 벗 삼는 여유를 지니면서 인생을 누리기를 바란다는 의미입니다. 두 사람에게 하느님의 축복이 가득하기를 빌며, 저도 사제로서 축복을 드립니다. 그리고 두 사람에게 아파치족 인디언들의 결혼 축시를 제 축시로 들려 드립니다.

### 두 사람

이제 두 사람은 비를 맞지 않으리라.
서로가 서로에게 지붕이 되어 줄 테니까.

이제 두 사람은 춥지 않으리라.

서로가 서로에게 따뜻함이 되어 줄 테니까.

이제 두 사람은 더 이상 외롭지 않으리라.

서로가 서로에게 동행이 되어 줄 테니까.

이제 두 사람은 두 개의 몸이지만

두 사람의 앞에는 오직 하나의 인생만이 있으리라.

이제 그대들의 집으로 들어가라.

함께 있는 날들 속으로 들어가라.

이 대지 위에서 그대들은

오랫동안 행복하리라.

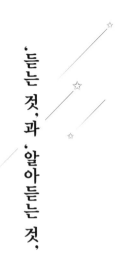

‘듣는 것’과 ‘알아듣는 것’

오늘 독서, 사무엘기 상권에 보면, 주님께서 사무엘을 부르시는 대목이 나옵니다. 저는 이 대목으로 묵상하면서 사무엘이 주님의 부르심을 듣고도 그것이 주님의 부르심인지 못 알아듣는 이유가 무엇인지에 대해 곰곰이 헤아리게 되었습니다. 성서 본문에서는 사무엘이 아직 주님을 알지 못하고, 주님의 말씀이 사무엘에게 드러난 적이 없었기 때문이라고 합니다.

성서 본문은 또한 소년 사무엘이 이미 엘리 앞에서 주님을 섬기고 있었다고 우리에게 전해 줍니다. 주님을 섬기고 있었는데 주님을 알지 못한다는 말을 어떻게 알아들어야 하는가에 제 묵상의 초점이 맞추어져 있었지요. 그런데 아침 미사에서 강론으로 나누어 주신 모 신부님의 묵상은 제게 빛을 던져 주었습니다.

그 신부님은 ‘듣는 것’과 ‘알아듣는 것’에 대해 이야기를 나누어 주셨습니다. 사무엘은 듣지만, 그것이 주님의 말씀인지는 모릅니다. 우리는 흔히 들으면서도 알아듣지 못하는 것에 대해 '듣는 것'은 별로 소용없고 '알아들어야' 하는 것으로 이해하기 쉽습니다.

그런데 그 신부님은 '듣는 것'에서 '알아듣는 것'으로 나아가게 되는 과정으로 이해하시면서, 묵상을 하셨더군요. 먼저 '듣고' 그 다음에 '알아듣게 되는 것'이지요. 소년 사무엘이 '들을 수 있었던 것'은 열려 있는 마음, 들으려는 자세, 어린아이와 같은 순수함을 상징하는 것이랍니다.

그러나 그것만으로 주님의 말씀을 듣기에 부족하고, 우리에게 알아들을 수 있는 지혜가 필요하지요. 때로 알아듣기 위해서는 도움도 필요합니다. 소년 사무엘이 엘리의 도움으로 주님의 말씀을 알아듣게 됩니다. 엘리도 처음에는 그것이 주님의 부르심인지를 모르다가 이루어지는 상황을 보면서, 그것이 주님의 부르심인지를 깨닫고 사무엘에게 알려 줍니다.

사무엘은 삶의 연륜, 경험을 통한 이해, 깨달음, 지혜를 상징한다고 합니다. 그 신부님이 나누어주신 묵상의 포인트는 우리는 영적인 삶을 살아가면서 이 두 요소, 소년 사무엘적인 요소와 사제 엘리적인 요소가 다 필요하다는 것입니다. 소년 사무엘적인 요소는 우리가 수도 삶을 살면서 처음에 가졌던 초심, 순순한 열정이라고 합니다.

사제 엘리적인 요소는 수도 삶을 살면서 하느님과의 관계 안에서 이루어지는 신앙의 깊이, 하느님의 뜻과 그분의 이끄심을 아는 지혜, 성숙한 영성 등입니다. 사제 엘리적인 요소를 우리가 지니기 위해서 늘 정진하는 지난(至難)한 노력이 필요하다고 합니다.

소년 사무엘적인 요소, 즉 초심을 잃지 않고 순수한 열정으로 늘 들으려는 자세를 지니는 것도 이에 못지 않은 수행이 필요할 것이라고 생각합니다. 그 신부님께서 저희 예수회원들에게 나눈 강론이라서 '수도 삶'을 살면서 그렇다고 하셨지만, 저는 수도 삶을 사는 사람에게뿐만 아니라 신앙을 살아가는 우리 모두에게 마찬가지라고 생각합니다.

우리는 늘 두 가지 요소, 소년 사무엘적인 요소와 사제 엘리적인 요소를 우리 안에 함께 간직하고 성숙시켜 가기 위해 늘 주님의 도우심을 청하고 성령께 의탁 드려야 할 것입니다.

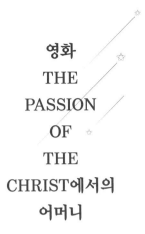

# 영화
# THE
# PASSION
# OF
# THE
# CHRIST에서의
# 어머니

어머니!

뛰어오다 넘어지는 어린 예수를 향해

달려가 일켜 주고 안아주시며

"내가 여기 있다"라고 들려주신 어머니!


십자가의 무게에 짓눌려 넘어지는

예수를 향해 달려 나가시는 어머니!


어머니,

당신은 언제나 그렇게

아들 곁에서

아들의 고통을 바라보시고 지켜보십니다.

어머니의 시선 속에

늘 아들이 있었습니다.

"내가 여기 있다"라고 말씀하시는 당신에게

이제 예수께서 "보십시오. 어머니,

제가 모든 것을 새롭게 할 것입니다."라고 들려주십니다.


"아들아,

언제, 어디서, 어떻게 이들을 구원할 것이냐?"고 물으셨지요.


그러나 어머니, 당신은 아셨습니다.

바로 그 순간

십자가에서

아버지께 온전히 자신을 맡겨드림으로써

세상을 구원하신다는 것을.


"이 몸은 당신의 종입니다.

말씀대로 저에게 이루어지게 하소서"라고 응답하신 그 믿음으로

당신은 온전히 아들을

주님께 맡기실 수 있으셨습니다.


십자가상 위에서의 처절한 고통의 순간

어머니, 당신은 거기 서 계셨습니다.

지켜보는 당신의 사랑 속에서만이

아들은 생명을 바칠 수 있었고

모든 것이 새로워질 수 있었습니다.

말없이 광장의 바닥에 무릎을 꿇고 앉아

아드님의 피를 정성스럽게 닦으신 어머니!

차라리 흘리신 피를 받아들이는

수건이 되고 싶으셨을 슬픔의 어머니!


피닦음 속에서 이루어진

온전한 용서와 받아들임의 신앙을,

이제 저희가 보게 해 주십시오.

고통의 순간을 기도로 아버지께 맡겨드리며

오열하지 않고 묵묵히 받아들이신 어머니!


아들의 피를 닦는 어머니의 마음을

저희가 보게 해 주십시오.

저희도 당신의 그 절제와

말없는 용서와 사랑을 닮을 수 있게 해 주십시오.


아드님이 생명을 바쳐 타오르도록

등잔이 되어 주신 어머니!

아드님의 생명을 앗은 유대인들처럼

잔혹한 침략전쟁을 하고 포로를 고문하는

이 시대의 저들을 향한 당신의 마음을 헤아립니다.


어머니

당신 손으로 닦으신 피가 물길 되어 흐르는
화해와 평화의 세상을 이루게 해 주십시오.
저희도 당신을 평화의 모후로 모시고
이 폭력과 광란의 세상에
다시 생명의 불을 밝히는 데 쓰이는
작은 연료가 되게 해 주십시오.

아드님이 타오르는 불이 되시던 그 순간
막달라 여자의 위로를 받으신 어머니!
저희도 막달라 여자 마리아처럼
어머니 곁에 서서
어머니를 바라보며 지켜드리는
또 하나의 사랑이 되게 해 주십시오.

아들 예수를 바라보시듯
지금도 저희를 지켜 봐 주시는 어머니,
십자 나무에서 피어나는 부활의 꽃
장미 화관으로 엮어, 어머니의 머리 위에
오월의 꽃으로 봉헌하나니

보십시오, 어머니.
당신이 바라보신 눈길 안에서 새로워진
저희의 사랑을 보십시오.